艋舺戀花

恰·恰·恰

楊麗玲　著

【出版緣起】

打造台灣出品好小說

國家文化藝術基金會董事長
施振榮

國家文化藝術基金會於二〇〇三年創設「長篇小說創作發表專案」，致力挖掘當代文學經典，深耕文學閱讀活動。藉由補助生活費，協助創作者全心投入寫作，也推動後續出版、評論、論壇等各種推廣活動，希望藉此一方面鼓勵創作，另一方面則希望能提升作品之價值。

本專案目前已補助二十八位優秀創作者進行計畫，十六冊作品完成出版，其中七冊囊括國內外各大重要文學獎項。這些作品，深入台灣在地生活的各種面向與多元議題，包括探索原住民文化、小鎮文化、海洋議題、青少年議題、歷史政治議題等等；在語言的使用上，除了以華語為主軸，也兼及原住民語、客語、閩南語等母語的使用，呈現台灣多元的文化視野、豐沛的活力。

而這些能觸動讀者的特質，也正是台灣本土創作者所出版的小說，在出版市場上能優於國外翻譯小說的特色所在。

藉由這一本接一本重量級的長篇小說問世，就像一塊塊厚實的文化礦脈，我相信將能為台灣積累禁得起考驗的文化底蘊，蓄積以文化、生活品味而創造的資產，這也是台灣最值得驕傲的地方。

不過，這些無形的文化價值，往往就像釀酒，需要長時間的沉澱，才能釀出酒的香醇。我也期待藉由本專案的鼓勵，能打造更多台灣出品的好小說，讓台灣之美，透過小說，被世界看見！

第二篇　高潮迸發的瞬間

第三篇　祕密基地

第六篇　末代風月與迷宮

【導讀】

艋舺，我們的美麗與哀愁

廖輝英

對老台北人來說，或是不必生於台北、只要童年在台北度過的戰後嬰兒潮那些人，儘管物換星移、時日更迭，挖土機已然在盆地上翻過好幾回、宛如徹底大整形一般無復昔日風貌，但台北有幾個地方，對他們而言，卻總像母親一樣，散發著母奶香味、召喚出滿滿的集體鄉愁，隔一段時間，就會不由自主，吸引他們逡巡到這些地帶。

艋舺就是這樣一個地方。

台北人的集體鄉愁

就像有些人會記得，國小三年級時，等到夜裡近十點，父親領到微薄的年終獎金，偕著母親，帶上所有的孩子，看你家住那裡，選個較近的，不是到艋舺，就是去圓環，買鞋置衫褲，打點好新年的行頭。時隔數十年，我依然記得父母幫我買的那雙三十元的紅皮鞋。

再來是高一時，上下學等公車擠死人，十六歲的我仍然有些不知人間疾苦，強力要求父親買一台腳踏車給我。當時食指浩繁的八口之家，父親默默辛苦了兩個月，某日下班回來，用他的腳踏車載我到艋舺「賊仔市」，用八百元買了一部綠色二手腳踏車給我，從此我擺脫公車族，騎著它讀完北一女高中、騎著它到西門町、用省下來的午飯錢看遍所有好看的首輪西洋電影，以及位於艋舺地段的愛國戲院的二輪電影。在那只有升學和經濟拮据壓力的灰撲撲的少女時代，那部腳踏車猶如雖無法載我高飛、但卻大大擴展了活動範圍和眼界視野的神駒，載我低空掠過那一段時而灰心、時而茫然、大部分時候都很無可奈何的慘綠年華。

大學畢業、開始就業那一年的中秋節，哥哥到我工作的地方找我，用他那部五十C.C.的本田機車載我到艋舺桂林路口買了一盒中秋月餅回家，都還月入不豐的我們，共同攤付了月餅和幾顆柚子的錢。幾年後，他成家、創業、生子、離婚，我也走入自己繁忙的人生路，偶然回首，常常看見暮色中那部小機車上的兄妹、看見我英姿煥發俊美無比的年輕兄哥……後來我們再也不曾有那共乘機車、合買家裡物品的機會，再也不曾一起去過艋舺！

艋舺當然不是只有這些。

剛從烏日搬到台北時，媽媽常帶我們去龍山寺，她是這樣介紹寺裡供奉的觀世音菩薩的：「第二次世界大戰時，美軍轟炸艋舺龍山寺，飛行員投彈之後，忽然看見一個全身皆白、著古裝的女入，揮動水袖，把炸彈撥開，讓龍山寺和許多民宅倖免於難。後來人家根據飛行員的描述，才知道那是觀世音菩薩。」

那是母親告訴我的第一個神話故事，也是我認識的第一個民間信仰的神祇。幾年以後的初中聯考前夕，母親替我在龍山寺抽了一支籤問考運，得到上上籤，解籤的人氣定神閒的告訴媽媽：「沒問題啦，一定是第一志願，而且是高分。」放榜後果然考上當年最後一屆省辦初中的北一女初中，而且分數還蠻高。從此媽媽就成為龍山寺觀世音菩薩的信徒。

雖然母親只走拜龍山寺，但艋舺的名寺名廟非常多，那是我婚後聽我公公講述才得以知道更詳細；介紹寺廟是順便為之，公公最主要是希望我將他的家族史寫成書籍公諸於世。為了這個目的，他巨細彌遺告訴我他兄弟的事蹟。他的弟弟（也就是我先生的親叔叔）曾刻鏤過龍山寺的雕梁畫棟，是個手藝甚佳的木工師傅；他同時也是艋舺地區名噪一時的𨑨迌人，以名號在艋舺黑道間接受請託排難解紛；當然還有他因當妓院保鏢而結識老鴇進而同居，後者中風躺臥病床二十餘載，阿叔盡心盡力、無怨無悔看顧她的往事；以及他們的養子娶妓女為妻的種種舊事。此外，我公公的大哥在擔任台北市參議員期間，因調查偷油事件而成為二二八受難者，這些家族史，公公生前一直殷切盼望我將它寫成小說，一晃二十幾年，老人家早已不在，我卻還在蹉跎。

寫了這麼多自家「閒話」，做為本書序文，是否會有喧賓奪主之嫌？不會！不會！我的目的只有兩個，其一是陳述艋舺在台北人心中無與倫比的地位，它的瑰麗繁複、曲折龐雜、豐富華美與哀愁憂傷，深植於所有台北人的心中，不管你是否住在艋舺，都無損於它對你的影響力；只要是台北人，就無法自外於艋舺！艋舺已經變成一種注入台北人血脈之中的重要成分，無法單獨分析出來！就像我九十歲的父親，每個星期一定要去艋舺兩三次，不做什麼，只是去龍山寺口走走繞繞，頂多吃一碗排骨清燉湯罷了。前幾年，家人不懂他老人家幹嘛一定得舟車一番如此勞頓；慢慢隨著時日，大家終於明白：有一種懷念，大概就像這樣吧。

因此，艋舺史，就等同於台北人無法抹殺的重要區域歷史。缺少它，宛如沒有了心一樣，台北頓失風華。我們有必要也渴望更清晰、更分明的認識它，聽清楚它是如何跳動美麗的脈搏，形成台北的風景。

既是艋舺史、也是個人史

第二個目的，我希望讀者認識這本小說的多元。

它當然可以說是艋舺的斷代史，舉凡艋舺的大事紀，它都在正確的時、正確的地點提上一筆；我相信作者從詳實紀錄和斷簡殘篇裡，費時耗日，非常用心、也非常有耐性的抽絲剝繭才下筆，身為作者，做為小說，她非僅無意誇大虛構這一骨幹，甚且是有點約制這一部分的伸腳出手；可以說，作者的野心在於「史」的這一部分是非常堅持的。我們讀到二二八事件發生時，艋舺士紳本來要與大稻程一起舉事，對公家機關發動攻擊，結果卻被黃音子識破，用藥迷昏準備起事的兩個兒子，以致化解了這次的事件。讀這一段，效果頗像小說情節；但應有文字記錄才對。寫到十大槍擊要犯珍珠仔呆殺歐肥仔的動機，作者明列市井傳言兩三種，沒有自作聰明的定於一尊。珍珠仔呆死亡的「真相」，她也無意譁眾取寵，採用最聳動、最腥羶的黑白兩道對決的場面，而只是平實描述重病且久病的珍珠仔呆，一股腥熱往上噴湧，七孔流血、萎然而逝的畫面。這可能也是作者特意從頭到尾以「我族」——「文字」的觀點做敘述的一種強烈的自剖與自況意味。「我族」從頭看到、「我族」無所不在，離開「我族」無以成立！這是有憑有據的！

毫無疑問，這本書也可以看做是艋舺近代的黑道史和娼妓史。書裡寫到的東西很多：戰爭、巷弄、寺廟、查某間（妓女戶）、艋舺發展、二二八、愛情、家庭、白色恐怖……但它寫得最多、而且寫得最精彩的，當推黑道和娼妓！從日治時代藝妲的風華、與仕紳文人的交往、甚至像選藝妲花魁的盛事、藝妲的重情感講義氣，一路寫到公娼和廢娼，連公娼做生意之現場、婦女團體與末代公娼抗議場景都有詳細的描述，這些書寫，融合文字記載與親身參與，歷歷在目，日後必定變成後人參考的文獻。關於這一點，作者可能早在書寫時便驕傲的意識到了吧？

藝妲與書中寫到的老鴇公娼，如月春嬌、黑貓嬌之養母、三好嬌、白蘭、余美美、愛咪、莉娜，都是因窮或成全其他家人而被賣入妓院，淪落也輪迴，可是有誰比她們更有情有義有擔當？但在花柳界，她們贏得的只是不斷的剝削：不只家人、黑道，還有吃軟飯的、白嫖硬上的黑道囉嘍，以及其他女性的罵名；這些娑婆世界的地藏菩薩，我不入地獄誰入地獄，渡盡千千萬萬一般女性渡不過的男人，結局依然令人不捨——作者對這些女性，筆下其實是同情與迴護的，所以讀來特別溫暖。

至於黑道描述，從歐肥仔的看時勢、拼眼色到政商勾結，每役必與的選舉搓圓仔湯、甚至包娼包賭包攤包殯葬、做抓耙子、藏軍火槍械到坐大於艋舺，縱橫捭闔，這是一個典型黑道大哥成名、成氣候的漫長歷程的敘寫，非常精細，應該是有所本的，也是本書中黑道人物寫得最精彩的一個：恩威並施，卻也恩義全無，表面說一套、私下做一套，為了自家利益，是否竟狙殺了救命恩人？珍珠仔呆自來膽小，卻被迫成為十大槍擊要犯，獨來獨往，卻令人聞風喪膽，其中轉折通情通理，這也是作者筆下精彩人物之一。

倒是貫串全書的大目坤仔，卻像個悲劇人物。自小好動好奇，特別聰明，卻不按牌理出牌的他，不幸遇到兩個大中原思想的老師，視他為搗蛋頑劣學生，從此大目坤仔便無好日子可過；加上被自己好賭而動不動就打孩子的父親視若糞土；又不滿母親一輩子被父親和祖母凌辱謾罵糟蹋，而被他視為偶像的哥哥陳武雄以棒球王和優秀學生的身分，竟然無來由被以叛亂份子思想犯羅織入獄，種種打擊，促使他二十五歲便離家出走遁入黑道，成為歐肥仔的手下，也因此命喪於四個少年的刀下。

這個生不逢時，明明聰明絕頂、勇冠同儕的大目坤仔，即使救過黑道大老歐肥仔，卻在利益至上和被人挑撥的情況下，好死不死、死在除夕夜！他放不下的人可多了，從小意愛到死的名醫蔡仲豪之女蔡詩卉、自己那因長輩咒誓陳、張不能聯姻而不得祖母歡心的母親、被關十六年猶然未回的大哥陳水雄……

本來可以成為英雄人物的大目坤仔，卻死於大意和陰錯陽差之下……可以說是天意啊！

那麼，那一場備極哀榮的喪禮，豈不顯得突兀而無意義？又豈不叫大目坤仔揪心不甘？又難道不是迢迢沒了時的寫照？令人扼腕的生和死啊！

不只是大目坤仔一家，還有名門蔡氏家族的三代、蔡黃音子的一身、三好嬌的一生，以及更多更多娑婆世界的眾生，跳著他們人生的舞步，相遇分開再重逢，在艋舺的大舞池裡悲歡離合。

書寫愛情．也書寫女性

本書名「艋舺戀花恰恰恰」，是貼著主角人物大目坤仔短暫的生命和未能廝守的苦戀而命名，因為他愛家世與他懸殊的蔡詩卉而不可得；也因在他活著時不能打破世俗框架投身相愛，在他亡故之後追悔莫及且無以報愛，名門千金蔡詩卉竟無預警的投身為私娼，像個地藏菩薩普渡眾生，權且當做救贖！「恰恰」是大目坤仔最愛跳的舞，連做了鬼魂也在跳！書名是戀之花，可見這份情愛在作者心目中多麼重要！從日據時代到廢娼，書中有多少男男女女相戀著，大部分雖然都無善果，但有的認了女人為他所生的兒子、卻依然守著原來的老婆；有的明知沒有了局、卻至死都癡心的盼望和等待著……空心的、斷情的，形形色色，這些都是愛情，都是作者要歌頌的。

每一個女性都是一朵花，這樣那樣的花，美的、艷的、香的、媚的、嬌的。也譬喻著女人的生命之源，從那兒吞吐生命、釋放男人、救贖男人、也孕育男人——不管是娼家，還是平凡女性，她們都在「渡」所有的男人，她們都是菩薩。

在這信念之下，不孕的蔡黃音子，從黑貓嬌那裡接養了丈夫和藝妓所出的子為子；在大目坤仔生前，不敢對抗世俗與他公然相愛的名門之後蔡詩卉，在大目坤仔身故後，亦瘋亦勘破的做起私娼，誰知她是後悔錯失今生最愛而大徹大悟？還是劇痛之後喪失心神？亦或是以對大目坤仔之愛來報效眾生？女人的心啊，如海似洋，大到莫之能御，深到無可預測，溫暖到無所不融！

好一個查某人花！

（本文作者為知名小說家／兩性專家）

挑逗艋舺（代序）

怎麼——你也說是魔幻寫實嗎？

小說完成之際，就曾請幾位前輩及朋友指正，其中數位都朝馬奎斯式的魔幻寫實來理解套論，按理，創作見世，原就可由世評公議，作者實應欣然廣納，無需另外多嘴，然而，我太愛這篇小說，第一次以成長原鄉為背景，明明是調笑熟悉的艋舺人、艋舺事，戲弄的是台灣民間風俗信仰與地方神鬼，干中南美洲何事？若將「魔幻寫實」作為形容詞來探看艋舺故事，倒也可尊重視為權宜性的辦法，但若創作的真正用心未被看見，反被硬生生擠進魔幻的理論框架，則未免讓人氣餒歎息！

顯然，大師臂膀大，張翅之下，處處陰影啊！

渺小的作者只好勉力掙出頭來，希望能在台灣天空下，自在曬著溫暖的台灣太陽，而在以書寫與世對話的過程，只想認真戲說，起伏流宕的情節該怎麼推演就任自推演，事實上，若為避嫌而刻意反動，豈非太無聊？

而我倒也並非在意人們視以「魔幻寫實」，那是人家的自由，但若除了論套魔幻外，別無看頭，那委實也看得太過走眼了！固然，我的書寫，在這裡，的確刻意層層包裹，隨著閱讀逐漸拆解，以為謎底終將揭曉，最後卻給了空無。

如果閱後，徒有被騙的憤怒，那麼，不知該得意你落入我的圈套？或羞愧自己的功力太糟？

但是很抱歉，即使期待與真實落差太大，我也只能坦承，**虛枉與空相，正是這本小說的基調**——無論文字書寫或言傳口述的歷史、情慾纏綿或金錢交易的男歡女愛、那些那些千瘡百孔的人間故事，都是！

即連在這部小說裡，允稱男主角的大目坤仔，也一出場就是死人，而許多被故意大肆鋪陳的情節或人物，例如蔡詩卉，卻除了大目坤仔亡靈意識中的童幼影像外，竟從頭至尾不曾真的出現過。反倒是，虛實難辨的女人，一再離奇地強出頭，在情節與情節的斷層間，荒誕遊走……

一切只是虛枉與空相，唯獨存在的，是人們／文字，為之所下的定義。因為虛枉，所以汲汲於定義，因為定義，空相得以幻變無限，所以，意義也隨之演生了。一個人物牽引出另一些人物，一個情節堆疊出另一些情節，小說不就是這樣？人生，也是。

論者常議，內涵重於形式／或形式重於內涵／或形式與內涵並重／或……至於我，形式，是創作的思維邏輯／是看的方法／是建構情節的樑架／是與世界對話的文法……是小說本身。小說，沒有形式，內容也就離開了，我是這樣看待世界的——線性思維的時間軸，是文字敘述賴以寄生的假相，所有發生過的事／歷史，就像在光陰裡翻騰的灰塵，一時的塵埃落定也証明不了什麼，一陣風來，可能再度紛飛翻攪，幻生新的定義。

對我來說，這可能才是更真實的。

出生、成長於艋舺的我，就算離開那裡生活已近三十載，卻依舊時常夢回艋舺。但我真的離開過嗎？

——夜裡總恍惚以為還睡在小閣樓裡，踢腳卻碰不到熟悉的牆面，睜眼也望不見那座擺著觀音菩薩的神桌，還有，傍晚時分常站在陽台上，倚著鐵欄杆朝下望，像望著一條河，那樣地望著一條街，人如魚，為了生存／還是什麼？汗濕淋漓，泅來泅去，大聲說笑、吵架，東家長、西家短，還有，在夕陽下騎著摩托車拿掃刀追殺仇家的流氓，還有，還有半夜猛踹西藥房門、要買硫酸鬧事的男人，鐵捲門震震聲響，在半夜聽來，分外驚心，還有，還有，還有……

大目坤仔、珍珠仔呆、歐肥仔、番仔忠、簡唐、白蘭、三好嬌、蔡仲豪、陳寶山、陳馮媽、張阿水……都曾活在現實世界中，和我的人生有過或深或淺的交集，他們是槍擊要犯、是賺吃查某、或是菁英、良婦？在我古板的頭腦裡，無論這些人多麼梟勇、媚態、低俗、或狂燥、亮烈、優越，都只是男人和女人，沒有誰是英雄，也沒有聖母，連觀世音菩薩都被我拉下神座，一起請入小說，真實世界裡確曾發生過的或記憶混亂編造的，那些人與事，也都被我刻意張冠李戴，變幻離亂，而且直接嗆明我就是這樣挑逗艋舺，強暴真實——我很賊吧？這樣你就失去把故事裡的人物和現實中的誰誰誰對號入座的機會，連指摘我誤植了哪些歷史片段的樂趣，也都被剝奪了？

如果你非要把「沒有的真實」抽絲剝繭，那麼，抱歉啦！我的小說就算拍成電影或電視劇，也沒那個本事。

面對沉重，我試圖學著輕佻，不然該怎麼辦？人們是如此努力地活著，歡笑也是，流淚也是，無論戰爭帶來的破壞、歷史荒謬造成的政治壓迫、或是被文化不仁與命運乖舛扭曲的人生悲涼，包括那些暴走江湖、殺人掠財的𨑨迌人、那些被政治正義狎暴的娼婦們……對不被大歷史記載的小人物來說，一個戰爭、一次改朝換代、乃至一則政令的佈達，都可能威脅生存，但他們被刮打搡倒，或傷或痛或亡或毀滅或苟延殘喘，能向誰討公道？反正，事情就是這樣發生了！

如果，一直懷恨，日子恐怕只會更猙獰？如果，強要以德報怨、寬恕原諒，卻又談何容易？與其朝不知所以的方向擊鼓鳴冤，或勉強假作聖人，不如放自己和對方一馬吧！也因之，帶傷的靈魂撿起斷肢，還能裂嘴一笑，說：「呃，來去——喝一杯？」

呵！不這樣，還能怎樣?!朋友說，要好好寫序，讓這小說比較容易被讀懂，以此為序，不知真有助益否？或反而攪得更亂咧？

哎呀！不管啦！反正既有了小說，有了序，就也趁機謝謝大家——所有協助過這本書的良師益友，以及讀者。

還有，還有，哪天大夥兒來去——呃，喝一杯？

楊麗玲 於二〇一一年六月

序曲

長長的大街，吞掉黑暗，也吞掉祕密。

論理，她是不該提前知道的，許多年後，大目坤仔竟會在他出生的這條大街上，被四個乳臭未乾的小混混追殺。

她的家族與這條街淵源極深，不，不僅她的家族，許多老艋舺人的家族都是如此，無數艋舺囝仔都是在這條大街上出生，她母親的母親，更是與這條街關係匪淺——如果沒有搞錯，那應該還是同治年間的事，由於當時棄嬰、孤兒極多，甚至有溺殺女嬰的惡習，淡水同知陳培桂極為不忍，邀集富商們共襄盛舉，募捐買地，在這條大街上建造了育嬰堂，專門收容棄嬰、孤兒，並在台北城內建造十間屋子，租給店家做生意，收取租金，加上部分船隻稅收，合併作為育嬰堂的運作基金。

而這條街就地命名為「育嬰堂邊街」，當時的艋舺猶商業繁盛，大漢溪與新店溪在大溪口匯流，舟楫雲集，帶來經濟之利，就像艋舺人常講的：「有利頭，就有拚頭。」五湖四海的英雄好漢蜂擁而來，打天下、討生活，賺吃之餘，還有情色大慾的胃納需要填飽，雖說是草莽拓荒的年歲，那畢竟是個禮教社會，男人情慾爆發了，總不能掄起狼牙棒，把看上眼的女人一棒打昏，就拖進山洞裡情慾纏綿。所幸大溪口碼頭邊番薯街底附近的凹肚仔，提供了看似文明些許卻保留野蠻快趣的解決辦法——銀兩，代替了狼牙棒，展現威力，賺吃查某得以靠此賺吃，而發春的查甫則能暫時卸下禮教面具，任野性勃起。肆情發洩。暢快。淋漓。但男歡女愛之事，不靠銀兩媒合，只因兩情相悅而發生，例子也是所在多有。反正，無論是哪一款，在潮熱溼潤的廝磨中，當精子遇上卵子的瞬間，時間無涯的宇宙洪荒或許就此爆炸，啟動生命之初——至於她母親的母親的母親，究竟該歸類在哪一款，就不得而知了，她只知道母親的母親的母親的生命之初，就與很多棄嬰一樣，臍帶才剛剪斷，就像垃圾般，被丟棄在育嬰堂外。

她的母親、母親的母親、母親的母親的母親……一生中的重要大事，幾乎都發生在這條日後被改名為廣州街的大街上，而育嬰堂則已改建為仁濟醫院，聽說，她的大目坤仔兄打從還在娘胎時，就性情暴躁，急欲降生那日，做母親的原在洗衣，才覺肚痛，還來不及趕進仁濟醫院，竟就在街口的電線桿下匆促難產，血崩洪流，把大目坤仔沖出產道，泡在血光中的奶娃兒倒是哭聲洪亮，但難產的母親卻在鬼門關前足足徘徊了半年多，才勉強又活回人間；誰也料不到，日後，彪勁英勇的大目坤仔竟會如此慘死，而且是死在自己降生的同一根電線桿下。

那天，極冷，夜極深，街燈投下沉沉的光，朝他砍過去的長刀，彷彿滋滋地冒著冰霧，隨著長刀揮動的軌跡，刀鋒閃著反光，大目坤仔曾試圖躲閃，但喝了太多酒，身手遲鈍，連痛都還來不及感覺，整個人就軟軟地倒了下去。

若認真追究，那四個小混混原本應該沒打算置他於死地吧？所以才會只砍斷他的腳後筋，沒有直劈要害，事後，三好嬌和白蘭到式場弔唁時，曾經這樣揣測，認為對方應該只是想挫挫他的銳氣，讓驍勇的大目坤仔從此無法在艋舺闊步稱雄，即使還能活著爭強鬥狠，終究也只是跛腳坤了！不過，大目坤仔的父親陳寶山老淚縱橫，表面上唯唯諾諾，對阿寺口老大歐肥仔和白蘭、三好嬌等人的看法未置可否，私下卻強烈懷疑，這樁謀殺根本不是大溝邊蜘蛛仔幫所作所為，而是芳明館臭屁彥勾結頭北土、蟾蜍榮那幫角頭幹的。經過這件事，歐肥仔像突然老了十歲，不斷喃喃自語：「不值啊！運氣太壞，大目坤仔死得太不值啊！」

的確不值！也的確運氣太壞！

大目坤仔抱柱慘死的那根電線桿，離艋舺著名的仁濟醫院，僅數步之遙。

照說，不過是被砍斷了腳後筋，只要及時送進仁濟醫院，急救得當，總不致一命嗚呼。

若在平日，這條大街，白天人來人往，傍晚後，更是流動攤販齊結出動，聞名的艋舺夜市，主要就是從這條大街向前蔓延，連接蛇店與查某間麇集的華西街、穿過龍山寺前的西園路、直通與青草巷臍帶相連的西昌街，即使翻過子時，夜市陸續收攤，凌晨兩、三點，就開始有做早餐生意的清粥攤、蚵仔麵線、米粉攤……紛紛出籠營生，有路無厝的羅漢腳圍在攤前，趕早吃飽，有的要去大橋頭等出臨時工，有的要到中央市場去幫手買貨……如此早晚熱鬧滾滾的一條大街，竟然默默任由一條人命草率死去？

大目坤仔的確運氣太壞！他死的那天，恰是寒流來襲的農曆除夕夜。

更深夜靜，仁濟醫院裡，有無醫護人員值班不得而知，但大街上卻杳無人蹤嗎？是否歸鄉團圓的歸鄉而去？艋舺人則窩在家中圍爐守歲享受天倫？雖然當天許多夜市攤販仍然照常做生意，想賺逛街人潮口袋中的壓歲錢，是否深夜後，天寒地凍的，人潮比往常更早褪去，所以攤販們也就提早收攤？而次日即農曆初一，百業休市，連做早餐生意的都不出攤？………是否種種巧合，讓扶著電線桿掙扎的大目坤仔，倒在老艋舺區最熱鬧的一條大街上，雙目圓睜，瞪著才幾公尺外的仁濟醫院，叫天不應，呼地不靈，熱辣辣的鮮血汩汩冒出……

「就是這裡，就是倒在這裡，血流了滿地……」

大目坤仔的靈魂無限哀傷。

命中註定的事，能不能化解轉變呢？俗話說：「人死，有重如泰山，輕於鴻毛。」但大目坤仔的死，卻輕得比不上一根鼻毛。

她穿透大目坤仔的靈魂，看見鮮紅的血液像一道河流淌過農曆年前市政府才剛派工重新整鋪的柏油路面，黑夜裡，幾張紙屑像蛾翅般在風中翻飛，長長的紅河滑過黑硬的地面，緩緩流動，穿越環河南路，鑽巷而行——

那是現在的桂林路二四二巷，大馬路開通前的舊環河南路。

在大馬路向外推進以前，這條不足五米寬的舊環河南路曾是相當重要的交通幹道，而走進這條路，也就同時走進了許多艋舺囝仔的童年。

大目坤仔的童年是，她的童年也是。

人與車，在馬路上川流不息，店鋪、住家，接連著店鋪、住家，沒有什麼整體規畫的觀念，何處有人潮、能營生，人們就在哪裡落戶、討生活，三叉路底，菜刀店隔壁的協和安西藥房就是大目坤仔的家，再隔壁的蒸籠店未著火前，每天看顧飲冰棚的白蘭，常也會去幫工削竹片，哪料得到自己日後會被賣去賺皮肉錢？對街，流動攤販羊肉老簡仔的兒子簡唐小時候就是愛哭鬼，再遠一點，長大後才被歐肥仔收為契子的珍珠仔呆，童年時，就是在三聖宮邊和大目坤仔打了一架，兩人才成為換帖的，至於艋舺富豪蔡氏家族的尾仔囝蔡呈瑞那夥，則算是玩過界，屬於桂林路和西園路那頭的外來客。

其實不用成人過度操心，大街每天都在教導囝仔們生存的智慧，成人世界裡複雜糾葛的廝殺、搶奪、爭利、團結、互助、關懷……早就融合在大街上的遊戲規則裡，用最直接的方式，化繁為簡。

蔡呈瑞那夥的，屬於老松國小，大目坤仔這邊的，屬於龍山國小，兩邊關係永遠忽敵忽友，沒有絕對的公式，只有隨時因事變異的進行式。

當大人們在馬路上奔忙討生活，囝仔們則把馬路當作天寬地廣的遊樂場，在馬路上跳繩、玩橡皮筋、推彈珠、過五關、跳房子……

放學後，馬路即操場，沒比完的競跑，就繼續展開延長賽，一、二、三，預備——起！號令一下，囝仔們奮力往前衝，在兩根電線桿之間的寬闊跑道中互相推擠，小心躲避可能突然駛來的車子，最後抵達終點的，大都會是倒楣的簡唐，他將被凌遲至哭，不，通常刑罰才要開始，他就先哭了。

土地公廟邊，沿淡水河道興建的堤防斜坡上，雜草叢生，沒有錢到外面遊樂場見世面的囝仔們，卻懂得自創滑草遊戲，找一塊木板墊在屁股下，就能從堤防上直溜而下，切記，抵達終點前一秒，要緊急煞車，否則就會倒栽蔥跌入大水溝，落得鼻青眼腫兼一身髒臭。

不過，也沒關係，反正夏日酷暑，被附近鄰里公認最奸詐的林志明家外，設有水龍頭，大目坤仔忙從家裡拉來長長的水管接上去，強大的水柱朝天疾射，向下飛灑，孩子們雨露均霑，暢快啊！透心涼！陽光穿透水花，輻射人造彩虹，亮燦燦的彩虹，與囝仔們的笑靨相輝映，卻不敵林志明老婆淒厲的尖叫：「夭肖死囝仔，死沒人哭，路旁屍，要死就初一、十五……」渾身溼漉漉的孩子們四散驚逃，邊逃還邊回頭做鬼臉、吐口水，個個笑得咧開嘴……

就像傳言般平凡無奇！

據說瀕死時，生前點點滴滴將如快轉影片般在腦海飛掠而過——隨著血液不斷湧出而氣息將盡的大目坤仔，是否也就因此看見這些童年片段而露出虛弱的微笑呢？

她則看見鮮血之河穿過舊環河南路後，在桂林路底猶豫了一會兒，就向左拐進大目坤仔常去的河濱公園。

日頭就要沉落西，水面染五彩，
男女老幼在等待，漁船倒返來，
桃色樓窗門半開，琴聲訴悲哀，
啊～啊～幽怨的心情無人知……

走唱歌女哀怨的歌聲，伴著盲樂師以胡琴拉奏的淒楚弦音，從河濱公園裡悠揚傳開。歌曲作詞者葉俊麟所寫的「淡水暮色」，雖與艋舺無關，但歌詞裡描述的，卻與這個區域古早古早以前的景象十分貼近。

河濱公園長長的綠帶，沿著淡水河迤邐蜿蜒，向前延伸涵蓋貴陽街二段底與環河南路二段交叉處的第一水門——那附近正是老艋舺發展之初的大溪口，當時原住民常用名為"MANKAH"的獨木舟載著番薯，來此與漢人物物交易，而貴陽街二段現址就發展形成所謂的番薯市。

昔日每當船隻靠岸，男女老少就會擠在碼頭邊，等待親人返來。

當地曾流傳一則淒美的故事，據說，住在凹肚仔附近的一名過氣藝妲，常會來到河畔守候，其實，她無人可等，只是太期盼那種有所依戀、有所等待的感覺，船入港時，就會盛裝打扮，來到碼頭上，擠在人群裡，和大家一樣翹首等待虛無的愛人歸來……

然而，有什麼是能夠永遠守候，恆常不變的呢？

歲月更迭，河川消長，就如史料所揭示的，因為「頂下郊拼」及淡水河道淤淺等原因，台北城商業重心逐漸移往大稻埕，失去舟楫之利的艋舺，不再帆檣雲集。

不過，這裡並未因此失去魅力，反倒發展出獨特的人文風貌，昔日碼頭搖身一變，情致風雅的河濱公園取而代之，在五、六十年代前後，此段淡水河道雖已不能行駛大船，卻仍可游駛小舟，夕照下，一排排美麗的小舟泊在岸邊，吸引遊客遠近而來，更成為老艋舺人休閒納涼的最佳場域。

大目坤仔的血會流到這裡來，絲毫不奇怪。

在大目坤仔短暫的年輕生命裡，每當暮色漸沉、夜未降臨之際，他常藉故流連於河濱公園，心慌意亂地窺探那位姑娘來了沒？

有時她沒來，有時，她會來。

尤其暑熱逼人的仲夏，夕陽落得晚，時近七點，天才漸次暈黑，幾抹彩霞刷透雲層，殘留半邊驚豔，天際線拉開寬敞的大片深紫，紫的漸層暈染著夜色迷離，倒映在水光粼粼的淡水河面上。

店仔頭的歐吉桑早就把做生意的行當擺置妥當，沿著河岸，可臥可坐的竹藤涼椅一排排拉開，涼椅與涼椅之間，放著一張張茶食小桌。

附近，用罷晚膳的人們，常是呼朋引伴、扶老攜幼地散步來此，租幾張涼椅，要幾份茶點，吹著河風消暑，閒話家常，或說古談今，論政時事。

盲樂師與走唱的歌女偕伴穿行其間，勸誘客人點唱，討點賞錢。

她家是艋舺地區有名的望族，每回闔家出動來遊，總是前呼後擁，陣勢浩蕩，最靠近河岸的一整排涼椅，幾乎被占據半滿。

盲樂師拉弦拉得更賣力，歌女也唱得更投入。

白牡丹～白花蕊，春風不來，花無開，
無亂開～無亂美，不願懸枝出牆圍，
啊～～不願懸枝～～出牆圍……

富少、富奶奶們閒嗑瓜子、笑聲喧譁，唯獨她靜靜的聽，月光映照著她凝神瓷白的側面，像一尊女神，驀地，她似乎感應到了什麼，微側過臉來，迷離的眼眸發現大目坤仔悲傷的靈魂，巨烈的震撼鋪天蓋地而來，她全身顫動。

說不上來是追悔或補償，在大目坤仔短暫的人生裡，她絲毫不曾給過他一絲安慰，而現在他突然死了，但她還得活，就是在那一刻，她下了決定，從今往後要給所有需要的男人一切所能給予的安慰。

她站起來，不理會身後眾人的呼喚，走出河濱公園，在桂林路和環河南路交叉口猶豫了幾秒，終於續向前行，右轉彎入華西街底。

大目坤仔的鮮血追隨著她的腳步，蜿蜒流向國民黨政府接收台灣後更名為寶斗里的凹肚仔，淫笑浪語陣陣傳來……是的，就在那一刻，她決定告別過去，從一尊不食人間煙火的女神，化身變成走入滾滾紅塵的神女——

一、查某人花

每個查某，攏是一朵花。

這句話，是阿媽的阿媽的阿媽的阿媽……一代講過一代流傳下來的。有的查某人花是牡丹，有的是玉蘭，有的是茉莉、玫瑰、百合……也有圓仔花、韭菜花、油麻菜籽花……

你，看見了嗎？

那個查某人花一直像貝殼般緊閉不開的女人，就坐在那裡。

關於女人的傳聞極多，她可能是你所認識的每個女人，每個女人也可能都是她，其中最聳動的一則說——她是艋舺傳奇流鶯月春嬌；最不可思議的一則卻說——她是艋舺望族之後……但各種說法，都是街誤巷議的小道流言，無法證實。

河面揚起一陣風，把她的髮狂捲開來。

夕暮沉沉，天空線纏繞著螺旋狀的雲，她的髮瘋狂飛舞，像一團黑色火焰，在赤豔霞暉中熊熊燃燒。

女人一直都在，從來不曾離開。

1.1 死亡之謎與羊肉羹

有一天，女人會在日漸淤淺的淡水河畔遇見大目坤仔的靈魂，彼此交換關於愛情的神祕，但那是以後的事了。

在尚未相遇之前，大目坤仔的靈魂，茫茫渺渺地飄蕩著，在他肉身死去的那根電線桿下，聞見血腥的氣味。

那股刺鼻的味道瀰漫著，人們卻恍若未聞，大街上，人潮依舊川流不息，為討生活而拚搏，為三件一百元的汗衫、兩件五十元的內褲，和討價還價的奧客爭得臉紅脖子粗……

如果拉開大遠景，從高處俯視——沿途，一攤攤滷肉飯、米粉湯、麵線羹、炸天婦羅、愛玉冰、串烤魷魚、拍賣水貨、皮鞋服飾、雜物百貨、倒店皮件皮包、彈子房、撈金魚、套圈圈、打鳥間……吃的喝的玩的用的……傍晚五點三十二分，夜市尚早，但許多攤販已提早出來卡位。

那邊，羊肉老簡仔正賣力推著沉重的攤販車，搶黃燈，越過環河南路，直朝廣州街挺進——

似有旋律從人們奔忙的腳下滑瀉而出。

音符隨風飄揚，先是細微的震音，樂聲漸漸鮮明——恰！恰！恰！——恰恰！恰恰！恰恰——恰！……口琴悠揚的樂聲，伴著時而高亢時而低沉的西索米，間或插入敲擊樂器震撼性的節奏……大目坤仔亡靈就在羊肉老簡仔的攤販車上，點著腳尖，隨樂起舞……

日子被擠壓著，生活嘈嘈亂亂，夕陽下，汲汲營生的男女們汗流浹背，額上每顆汗珠都閃閃發亮，熱度飽滿。

與廣州街交錯的華西街朝向環河南路延伸，隱藏於街巷內的寶斗里暗藏春色，再往前去，可以來到俗稱番薯市的貴陽街和祖師廟口，而羊肉老簡仔攤頭停佇的梧州街，則巷弄歪來拐去，通往和平西路三段，過程中連接著九間仔口和頭北厝，巷弄內擠滿數不清的阿公店、暗間仔（私娼館）……淡水河岸的潮溼氣味，與春色淫浪的濃濃脂粉味，水乳交融，流淌出愛的汁液，使街道溼滑潮潤。

……恰恰，恰恰恰……橘色天空下，大目坤仔亡靈的舞姿，順著愛的汁液滑行……

艋舺獨特的音聲與氣味，飄揚在空氣中，男人與女人的故事，就在街道與街道間火熱纏綿，洋溢著生之歡趣，燃燒複雜的愛慾，既富挑逗性，卻又在心旌激盪的瞬間，翩然離去，在回應與拒絕、冷漠與熱情、亢奮與頹廢之間，矛盾、衝突……

●

這是我所知最複雜的街道。

複雜的並非街道本身，而是所有的複雜，幾乎都與它們息息相關。

這些街道，是商業貿易之利消頹後、沒落風華苟延殘喘的精華地段，各種姦淫嫖賭、偷搶拐騙、買賣交易、休閒娛樂、宗教信仰、教育文化、情報交換……的據點與發展，幾乎都以此為核心，朝外向四面八方輻射開來——這些街道，利頭不少，有利頭就有地頭，老艋舺地方角頭的勢力爭奪，也就沿著這些街道消長、分界，向四面八方拓展。

而大目坤仔亡命的所在，正是這些街道的中心軸線。

事實上，除了大目坤仔之外，多年來，無數的殺戮，就在大街上演出，無數年輕或年老的生命，在街道上消失，尖銳的疼痛隨著熱辣的鮮血汩汩淌出，一具具受傷的靈魂，頓時像軟趴趴的牙膏被擠壓出來，流溢於肉體之外，剛開始，他們往往並未意識到死亡，只是感覺到強烈的飢餓與空虛。

就像死亡未久的大目坤仔，餓到足以把整隻豬都吞進去，如果可以，他甚至願意把硬邦邦的盤子或桌腳一併啃光，卻完全無能為力。

離開拖板車，瞬間就來到自己供桌前的他，憂傷地徘徊，即使供桌上擺滿各式各樣的鮮果食物，但當他舉起血跡未乾的手，一次又一次地伸長出去，卻控制不了力道，手指頭直直穿透食物，連一顆花生米都撈不起來。

他的母親陳張阿水不曾忘記兒子最愛吃花生燉豬腳，不管合不合乎禮儀，堅持要將這道菜放上供桌，雖然，她在這個家裡，地位卑微，不受重視，但是這回，面對她堅決的態度和無可妥協的眼神，她的丈夫——陳寶山，只罵了一聲：幹！隨在妳啦！至於她的婆婆——陳馮嫣，向來無論媳婦做什麼都持反對意見，也不過就是撇撇嘴，冷哼一聲，就轉身邁開。

大目坤仔生前最鍾愛的妹妹陳秀玉，則點燃香菸，用燃盡的香腳竹籤刺進香菸濾嘴，插在香爐裡，供亡靈享用。

但大目坤仔畢竟是死了，還能指望什麼？連眼前的一口花生燉豬腳都可望不可即，即使生前菸不離手，此刻，也僅能嗅味道過乾癮，他還能指望什麼？

●

指望街道能還他一個公道嗎？

如果他竟存有這種奢念，我只能抱歉搖頭，回一句：屁！

在各方角頭爭權奪利、逞凶鬥狠的大街上，好戲高潮迭起，大目坤仔的遭遇，不過是潮浪底下的一朵小漣漪，對人們來說，他的生與死，恐怕比小孩放個屁都還不如。

畢竟有太多死亡在大街上發生，在這裡，死亡，微不足道。

※

你說，以死亡作為描述的開端，有些不敬？也會讓人錯貶街道的價值，以為它暮氣沉沉，離死期不遠？——歷史上確實有很多街道生生滅滅，有時只因行政區重劃，或都市計畫、市政建設等各種狗皮倒灶的理由，明明還活得好好的一條街道，突然就從地圖上被除名，無疾而終。

又或許，原本充滿生機的大街，因時遷物移，喪失地利，悄悄沒落——像是大溪老街、三峽老街之類的樣板，人類？／或說政府？為了保存古蹟，就挖空心思蒐集、羅織、編造各種故事，企圖為老街改頭換面，闢為內涵空洞的觀光大街，美其名「重生」，讓老街得以苟延殘喘，卻活得夠窩囊。

其實，關於「死亡」的種種不祥觀感，只是偏見，莫以為蒙蓋一塊布，絕口不提，就能與之隔絕。

誰能逃離死亡？

死是生之必然，是真理，放諸四海皆準，無法逃避，無堅不摧。

既然如此，又有啥好避諱的？從誕生的那一刻起，生命就不停歇地朝著死亡大道前進，活著的生靈對死亡一無所知，而死去的亡靈卻又無法向人間說明真相。

這正是死亡的弔詭，死亡本身就是一團謎。

你認同嗎？一個地方，若不曾有至親死亡、入葬，那裡就稱不上是家鄉，而一條大街，若與死亡沾不上邊，恐怕就會缺乏深度和歷史感。

若一條被死亡氣息深深籠罩的大街，卻又同時生機盎然，從先民開拓出來，直到現在，依舊熱鬧繁華，既充滿死亡的弔詭，卻又活力充沛，那麼，這條街絕對無可取代。

光憑這一點，就足夠讓我深懷謙卑，著迷於它深邃的魅惑性和爆發力。

●

「**究竟是誰殺死大目坤仔？這個仇一定要報！**」

獲知大目坤仔慘死的頃刻，珍珠仔呆就是站在這條大街上，爆發出震撼性的怒吼。

這句話擲地有聲，又極富彈性地從地面騰躍而起，瞬間化為一顆姿勢優美的語言之珠，在充滿死亡之謎的大街上空輕快彈跳，穿越春寒料峭的淺灰色雲團，為艋舺日漸寂寥的傳統農曆年節氣氛，增添不少八卦趣味。

大目坤仔靈魂滿足地嘆氣，緩緩點頭，對珍珠仔呆的義氣豪情，頗感欣慰。

但坦白說，大目坤仔並不認為這句話真夠分量，畢竟在他亡故的那年，珍珠仔呆壓根兒只是個混吃騙喝的卒仔，連小角色都編派不上，誰能料想得到，未來，珍珠仔呆竟會榮登十大槍擊要犯榜首，甚至一槍擊碎堅固的黑道倫理，重畫了艋舺角頭勢力分布圖，也為日後黑道發展史掀開新頁！

這不能怪大目坤仔有眼無珠，事實上，又矮又瘦的珍珠仔呆，橫看豎看都毫無出色之處，更不具備任何狠角色的明顯特徵——例如銳利的眼神、殘忍的臉型、凌厲的嘴角、冷酷的表情、彪勁魁梧的身材、強硬蠻橫的拳頭……等等，他的模樣，即使到他搖身一變，成為一清專案中響叮噹的人物後，看來依舊只是個不稱頭的卒仔。

所有認識他的童伴們，也都會聳聳肩，同意這種看法。

那陣子，沿著廣州街向兩畔或交錯、平行、垂直的其他街巷裡，許多認識大目坤仔的人、童年友伴、一同攪亂江湖的黑道弟兄、混跡白道的警察大哥、黑白兩道游移不定的臥底線民、被收取保護費的商家攤販……在或多或少的悲傷或幸災樂禍的複雜情緒裡，難免也都會發出猜測之語：

究竟是誰殺死大目坤仔?!

究竟是誰殺死大目坤仔?!

究竟是誰殺死大目坤仔?!

•

不管猜測之語的聲量大小若何，那陣子，確實成為艋舺街頭巷尾、茶餘飯後的熱門談資。

而當珍珠仔呆擲出的那枚語言之珠，穿越透明冷冽的空氣，時而鑽入雲端，時而隨風飛翔，時而疾速俯衝，時而在艋舺街頭彈跳穿梭之際，許多人都聽見了。

那句發誓復仇的話，問號之前的半句，反正沒有答案，聽聽就算了，後半句則明顯缺乏說服力，被當作笑話。

包括從小一起幹架、遊戲，也一起長青春痘、偷柑仔店零嘴的簡唐與番仔忠，都嗤之以鼻，在料館媽祖宮附近，遇到珍珠仔呆時，就當場吐槽。

「幹，究竟是誰殺死大目坤仔？憑你就想查明真相？啊我番仔忠是按怎？不是大目坤仔的兄弟喔？出來迌迌，臭屁的死在先啦！」番仔忠冷笑，抽出一根菸，把菸盒丟給珍珠仔呆。

「是啊，兄弟仇一定要報，但哪有像你這樣？憨話亂放，小心暗路被堵！」簡唐幫腔，找了打火機，一邊替二人點菸，再點燃自己的菸。

「白蘭和三好嬌姨怎麼說？」珍珠仔呆深深吐了一口煙，整張臉籠罩在煙霧中，顯得模糊猶疑。

「大姐頭仔能講**啥小**？伊黑白兩道一兼二顧，摸蜆仔兼洗褲——」

「莫**亂涮**啦，白蘭姐是重義的人，若有消息一定會講，」簡唐為她辯解，大聲起來：「一層歸一層，你莫因為伊轉去三好嬌姨那邊做，就記恨！」

「幹！你今嘛是在嗆我嗎？按怎？不爽喔？幹！不爽，**釘孤支**啦！」番仔忠臉紅脖子粗，青筋暴起，吐掉菸，就要衝向簡唐。

珍珠仔呆死命拉住番仔忠，瘦小的他，擋在兩人之中，足足矮了一大截，若從街道這邊望過去，則身量完全被胖乎乎的簡唐擋住，絲毫不具威脅性。

已被這場小小爭端驚動的路人或商家，等著看一場好戲。

1.2 語珠、番鴨與三太子

「幹！看啥小啦？」

番仔忠轉頭嗆路人，路人一驚，慌忙散去。

「好了啦！大家都很堵爛，莫別人沒亂，自家人顛倒先亂起來好否？」

在珍珠仔呆勸解下，這場爭端不了了之，對死亡之謎卻也毫無助益。

我之所以突然贅述這段小插曲，也是莫可奈何！在繼之而來的敘述裡，這樣的無奈，難免還會偶爾出現。

你能了解吧？這正是台語文的宿命！

台語文的複雜，就和台灣歷史命運一樣無奈。

典型移民社會，原就是文化、語言的大熔爐，而語言和文字這對孿生子，會在生活中生長、茁壯、成熟、代謝、老化、再生……

當失去生機的語彙，氣數耗盡，就會漸漸在人們生活中消失，從記憶中消磁。

而命不該絕的語彙，則會努力變種翻新，另尋生存之道。

語言、文字會新生、會繁殖，會開花散葉，如瓜瓞綿延，也會變種、會衰敗、會死亡、就像生命一樣自然而然。

但台語文卻尷尬極了。

而一提到台語，多數人腦中聯想的就是閩南語，雖然，我認為，那是犯了語言上的沙文主義，也是以眾欺寡的文化鴨霸。不過，我也必須坦承，粗糙來看，在台灣，說閩南語的福佬族群，的確占有人數上的優勢，而且，如眾所周知，艋舺人的母語，是以閩南語居多，而艋舺人說的閩南語，既非所謂的漳泉腔、鹿港腔、台南腔、福州腔等等，也非優雅而古老的唐朝官話，台語文早在歷史與生活的跌宕起伏中，一再變種、脫胎換骨——但這都不是問題。

最大的困擾是，在台灣歷史長河中，台語文這對原本存在著微妙牽繫的孿生子，飽經親狎蹂躪，早已遍體鱗傷——不，應該說屍橫遍野。

連續侍候不同政權，不得不一再作小伏低的台語文，雖傷亡數據成謎，但實情慘烈，讓我族極為苦惱。

一牽涉到語文，尤其是老艋舺人說出來的話，有些俗擱有力，有些文雅巧怪，但若想要精確地以文字表達出來，根本是空思夢想。

我猜，你早就困惑了？

例如，我有時講「男人……女人……」；有時又講「查甫……查某……」有時為符合所需，還將文字語言相互借貸、插枝接骨——敘述相當混亂，是不是？

更糟的是，許多時候，為求傳神，某些詞句的文字和語言根本毫無親源，卻為了借助諧音而勉強濫用，這對不會講閩南語的人，簡直是酷刑。

當然啦，或許**你會提醒我應該仔細參究諸多不同版本的台語文相關資料、書籍，也不妨上各**

種官方或民間台語文網站對照、查詢？甚或強烈建議我乾脆採用羅馬拼音？

唉！礙於**我族對於文字偏好各有堅持**，目前殊難萬流歸一統，好意心領了！

我思前顧後，決定採取權宜之計——因應需要，偶爾來個小小的語辭解釋，如何？（若你不認同，也請不要太驚訝！）

例如，珍珠仔呆、番仔忠和簡唐的對話，就出現了不少令人困惑的字眼，有必要解釋一下：

語珠註解：

1. **啥小**：什麼？
2. **亂涮**：像隨便撒尿般，引申為胡亂放話、抱怨責難。
3. **釘孤支**：指兩人單獨對打，不靠幫手。
4. **𨑨迌**：遊戲，引申為潦混江湖，艋舺人常稱角頭為𨑨迌人，與所謂的流氓，差別微妙，流氓傷天害理，壞事做盡，毫無品味，但𨑨迌人雖也打殺擄掠，爭利頭拚生死，有嫖有賭，卻講情理重義氣，有所為有所不為。

眾人皆散，珍珠仔呆等人也消失於街頭後，唯獨語言之珠猶兀自沉浮，尋找機會發揮影響力。

但全艋舺只有三個人被珍珠仔呆的話震撼到！

第一位被震撼到的人

昔時豔名艋舺的三好嬌，是在半睡半醒間，被那句話嚇得差點摔下床。

前夜，她才聽說了噩耗，既震驚又感傷，失眠大半夜，天快亮才迷迷糊糊睡著，又被電話鈴聲吵醒。

「……阮想去龍山寺拜佛祖、求神明，請一天假好嘸？」是白蘭打來。

「隨在妳啦！唉！發生這種歹誌，心情亂糟糟，」差點摔下床的三好嬌，話鋒一轉，沉聲問：「珍珠仔呆真的到處嗆聲，要替大目坤仔報仇？」

「伊婆啊咧！人若呆，看面就知，報仇用講的有效？肉腳兼臭屁涎！」電話那頭的白蘭嗤之以鼻。

「妳喔，歹那支嘴——」三好嬌笑罵。

掛了電話，三好嬌已無睡意，坐在梳妝鏡前出神。

為了朋友，珍珠仔呆竟然有膽敢挑戰角頭老大？是迌迌人的情義？還是**起痟**說憨話？或者——根本是有人在背後唆使？

三好嬌打了個顫，擔心不久後，艋舺將會發生角頭火拚，猶豫著該悄悄阻止？或暗助一把勁？還是躲遠些，明哲保身？畢竟她只是開查某間的生意人，犯不著撩進是非。

鏡子裡的她，眼袋略深，眼角有些細紋，皮膚稍顯鬆弛，但依舊白皙細緻，唯脖頸的皺紋，略能猜出年紀。

「該找阿草姐來染染頭髮了！」她喃喃自語，揉揉太陽穴，嘆口氣，站起來，蓬鬆著黑雲濃密的鬈髮，踱到窗邊。

她伸個懶腰，探頭出窗外喊：「喂！肚猴伊某！叫恁尪送一碗切仔麵來啦，滷蛋、海帶也切一盤！」聲音略微低啞而慵懶。

兩樓半造的舊式閣樓底下，肚猴麵店就侷促在寶斗里邊緣巷弄一角，桌椅擺到了門外，肚猴伊某正在收拾桌面，抬頭應了一聲：「恭喜哦——新正年頭，吃啥切仔麵啦？煮一碗A仔菜麵線好嘸？」雖是做油湯小生意，肚猴伊某仍打扮得喜氣洋洋，左頰一小塊紫色胎記，撲了粉，隱約不明。個頭嬌小的她，雖才一百五十公分高，但踩上高跟鞋，身材也高䠷玲瓏了。

「隨在妳啦！記得馨油多灑幾滴——」三好嬌又笑喊過去：「哎唷，妳穿得水噹噹，面肉白泡泡，嘴巴紅赤赤，看到妳，才知是過年！恭喜恭喜！」

午后三點多，幾位男客已喝得微醺，聽見她柔媚的笑聲，抬起頭來張望，三好嬌也不吝惜回以媚眼，盈盈一笑，旋就消失於窗邊。

「喂！莫走啦，妳是哪一間的小姐？」麵攤外的一位男客嘻嚷。

「老是老了些，但薑是老的辣！」旁邊的男客也跟著起鬨！

「幼齒顧目睭，老牙補嘴鬚，也不錯嘛，叫伊打折啦！」

男人們你一句我一句，愈說愈輕薄。

「你祖媽不是小姐，是小姐的阿嬤啦！」三好嬌忽又露臉於窗邊，已梳洗畢，鬢邊斜插髮飾，捧著一臉盆的水，就朝窗外潑，喊一聲：「水來了，閃哦——」

也不知是故意，還是不小心，那盆水雖然略偏了偏，沒有直接潑向麵攤，卻也讓那幾個閃躲不及的男人溼了半邊身。

「哎唷喂呀！過年敢是要講恭喜？這下歹勢啦，我有喊水來啊，你們怎麼不閃吶？」三好嬌閒倚在窗邊，笑紋紋地，點了根菸。

男人們酒醒了大半，幾乎當場發作。

「惹熊惹虎不通惹恰查某！我看你們是外地客，才不識三好嬌，真正是**胎糕食番鴨**，」正在拌麵線的肚猴伊某忍著笑，勸那些怒火中燒的男人說：「卡忍耐咧啦，快返去換裳才免感冒！」

幾個男人你望我，我望你，幹字訣咬在唇邊，模樣狼狽地離去。

「咦？走若飛喔？阮在寶斗里開貓仔間，有閒來坐啦！」三好嬌吐出一口濃煙，還丟了句話屁股，背後相送。

不一會兒，肚猴伊某把A仔菜麵線和小菜送上閣樓。

「死肚猴，你是送去西天轉一圈才返來？還是按怎？恁祖媽餓到腹肚——」

三好嬌聽到電鈴聲，一邊罵，打開門，發現是肚猴伊某，笑出來：「哎唷，歹勢歹勢，奈會是妳？恁肚猴咧？」

「哼，透早睏未天光，錢偷掖著就溜出去賭，要哪裡找人？」肚猴伊某冷笑。

「算啦，過年時隨在伊去——」

「若過年才賭，我也不會管，一年三百六十五天，伊不是喝就是賭，只差一項婊無而已，唉！」

「差這項就省多囉！尪有愛妳，知足啦！」

三好姨輕佻地撞了一下肚猴伊某的肩，兩人都笑了。

一些積下來的髒碗盤被擱在牆角，肚猴伊某一一收拾到提食盒裡，轉身要離開，卻被喚住。

「珍珠仔呆咧？沒返來嗎？」三好嬌喝了口湯。

「講到伊，就慪氣！飼狗還會顧厝，飼那隻比狗不如，竟然三十晚也沒返來圍爐，若敢給我踏入厝，我就摃到伊做狗爬。」肚猴伊某氣乎乎地。

「算啦，少年仔不懂事，珍珠仔呆若返來，說我在找伊，叫伊來店裡一趟！」

三好嬌說完，就翻開報紙，一邊看，一邊吃麵。

語珠註解：

胎糕食番鴨：胎糕——癩病（皮膚病），會流膿流血，屬毒火外攻的症候，禁食公番鴨，否則會引發猛爆性潰爛，胎糕吃番鴨是台灣諺語，意指自找死路。

第二位被震撼到的人

當大目坤仔流乾最後一滴血，靈魂也隨著他吁出的最後一口氣逸出肉體之際，他的阿嬤——陳馮媽女士，突覺背脊一陣冰涼，整個人就癲狂顫抖，頭一垂，癱軟在太師椅上。

但僅是一秒的時間，這位老婦人又神氣活現地揚起臉來，露出調皮的表情，蹦蹦跳跳地，跑到廟埕上，一下子嘻笑玩鬧，一下子又像在和誰溝通似地，對著虛空比畫手勢……

寅時，三太子竟突然降駕起乩？這很少見，據說廟公陳豬乳也嚇了一跳。

「三太子有指示，說祂已經去閻羅地府和牛頭馬面打過招呼，叫妳準備好，兩日後的下晡返去艋舺……」三太子退駕後，廟公陳豬乳是這樣告訴陳馮媽的。

陳馮媽對自己起乩當時的情況，其實並無記憶，事後，才把所有事情加加減減歸納起來，並告訴其他人。

●

初二傍晚四點多，艋舺那邊來了電話。

「先返來再講啦！」電話那頭，陳寶山聲音沉痛，欲言又止，極不耐煩。

陳馮媽趕搭火車，返回艋舺，從萬華車站出來，越過和平西路，走向廣州街底，來到料館媽祖宮附近——

就是在這時，她被那顆「語言之珠」撞得頭昏眼花。

當珍珠仔呆和番仔忠、簡唐等人，在路邊爭吵，起了衝突時，恰好路過的陳馮媽雖不清楚子孫們的交遊情形，也不認識𨑨迌兄弟，卻因那些對話，驚惶不已。

她推開圍觀人群，擠到最前面。

「大目坤仔死去，咱應該查清楚，替他報仇，怎麼可以自己先亂陣腳？」珍珠仔呆橫擋在番仔忠與簡唐之間勸架。

「幹！看啥小啦？不走，恁爸就讓你好看！」

番仔忠一肚子氣，轉頭嗆圍觀的路人，人們慌忙散去。

唯獨陳馮媽非但沒被嚇跑，還舉起傘，猛戳番仔忠。

「你你你你是在講阮大目坤仔嘎？」陳馮媽顫聲問。

脾氣暴躁的番仔忠竟沒發火，躲開傘尖，一臉尷尬。

看見那三人面面相覷，遲疑地點頭，陳馮媽四肢乏力，頭昏眼花，皺得像醃梅般的老臉，頓時涕淚縱橫，她拒絕攙扶，以傘為枴杖，顫巍巍地朝著家的方向蹣跚而行——

第三位被震撼到的人

大目坤仔的妹妹陳秀玉，則是行經仁濟醫院旁的龍山國小圍牆外時，與那句話撞個正著。

對他人而言，輕得激不起漣漪的一句話，在她聽來，卻震耳欲聾，並在心湖掀起驚濤駭浪。

在環河南路與廣州街交叉口的紅綠燈下，她全身強烈顫抖——並非因為珍珠仔呆說的話具備威力，而是深藏於她內在深處的意識洪流，突然狂烈翻攪，心臟彷彿像被緊緊捏住，一陣尖銳的痛，穿透脊髓。

是誰殺死大目坤仔？

追到地獄，也要揭穿死亡之謎！

這些話，她一字也不曾說出口。

珍珠仔呆卻輕佻地說出來！

而即使陳秀玉不說，但大目坤仔卻總能穿透她的意識，清楚她的意念。

頗詭異地，這對兄妹雖然無論外貌、性格、性向、志趣、好惡都南轅北轍，兩人之間，卻自幼存在著微妙的牽繫。

有時，她，會進入他，有時，他，會進入她。

很難解釋那是一種意念交錯或意識融合，也很難釐清究竟是誰在影響誰？

有時似真似幻，有時似夢似醒——人類腦細胞的活動與變化，連最了不起的科學家和醫界先進，都知之甚微。

那麼沒有任何專業學養的**我**，又該如何說明那是怎麼一回事？設若必得套用現代醫學名詞來強加解釋，才會顯得較有權威，也較具說服力的話，那麼，所謂的「**異類睡眠症**」，或可勉強拿來對號入座。但**我**必須把話說在前頭，並特別加以強調，這只是權宜性解釋，並不具備專家保證的公信力。

總之，**我**所知道的陳秀玉，從十一歲左右，病過一場後，就有情緒性睡眠困擾，尤其在面臨壓力時，症狀會更明顯，有時甚至會突然昏厥——無預警地進入深沉睡眠中，就像突然昏倒，喚也喚不醒，直到自己恢復意識。

就像此刻，陳秀玉的大腦因那句話的強烈撞擊，受到壓力與震懾，才覺眼皮沉重、神思渙散，忽然就昏沉了，整個人軟軟地倒了下去。

其實，她並未失去意識，而是跌落神祕而深邃的意識波濤中。

在那裡，大目坤仔的靈魂，像一陣煙鑽進來，幽幽進入她，眼前光影晃動，絢麗奪目，分不清楚是透過她的眼，或透過他的眼，或是他們一起看見——

●

一位打扮極為特殊的古典美女，身著鳳仙裝，黑亮的綢緞布面上，以金銀線刺繡著神話傳說裡的鳳凰于飛，一對鳥侶前後相隨，因為角度的關係，彷彿互相交纏，偕翅同飛，長而曼妙的尾羽朝向衣襬延伸化為滾邊。誇張而美麗的圖案，幾乎占據整套衣裳的三分之二布面，此外別無其他裝飾。

那女人眉目清靈，柔和的斜肩上，露出一截凝潤的頸子，皮膚白皙，淡青色的微血管隱約浮現，她嘆口氣，將懷裡的琵琶擱置在小茶几上，慵懶地靠向椅背，微翹纖細的蓮花指，勾拿著長長的菸具，左腿蹺在右腿上方，露出嬌小的纏足。

玄關那頭，穿著花布衫的老婦，領著一個拘謹畏縮的鄉巴佬和約莫七、八歲的小女孩進來。

古典美女凝視著小女孩，把她拉近身邊，捏捏膀子、手心，上下左右摸個仔細，嘆口氣，點了頭。

「時局變化莫定，花也無百日好，聽我勸，養幾個媳婦仔，存老本，早做打算，是對的……」花布衫老婦臉上堆滿了笑，從懷裡撈出一張備妥的字契。

小女孩緊緊抓住那鄉巴佬的褲管，想往後躲，鄉巴佬紅了眼眶，卻硬把小女孩往前推，極其謙卑地以大拇指沾壓印泥，在字契上畫押。

小女孩想哭又不敢哭，低下頭，不安地捏著衣襬。

那古典美女微微皺眉，抓了把蓮子糖給小女孩，小女孩瞪著驚惶的雙眸，抓著蓮子糖果，畏縮地往後退一步，古典女人微笑嘆氣，幾縷髮絲垂下來，側面線條美極秀極。

大目坤仔幾乎看呆了。

她是誰？如此美麗而神祕！他看過三好嬌年輕時的照片，曾因她與蔡詩卉的神似與美麗而驚豔不已，但這位神祕的古典美女，不僅與年輕時的三好嬌神似，且比三好嬌更嬌媚。

如果有口琴在身邊，就能為她吹奏一曲。大目坤仔在身上口袋四處摸了半天，卻遍尋不著，忍不住哼唱了起來：

白牡丹，白花蕊，妖嬌含蕊等親君，無憂愁，無怨恨……

那古典美女忽然側過臉來，朝著大目坤仔媚眼一笑，眼角竟出現密密麻麻的皺紋，更恐怖的是，她朱唇微啟——露出的竟是一嘴黑齒。

大目坤仔一驚，跌出陳秀玉的意識之外。

※

昏睡過去的陳秀玉就在此時悠悠醒來。

「恁婆啊咧——呃，妳還好吧？」白蘭一急，口頭禪衝口而出。

她去龍山寺拜拜後，正要前往大目坤仔的喪儀式場，半途在龍山國小前遇到陳秀玉，為了找話題，化解陌生感，就把從簡唐嘴裡聽來關於珍珠仔呆所發的誓言，當作笑話轉述，沒想到陳秀玉聽了，突然就昏過去了。

陳秀玉和白蘭是童年玩伴，原不該如此疏離，但自從白蘭被送進寶斗里後，兩人就漸行漸遠。

陳秀玉繼續升學，大學畢業後，當了報社記者，從此，兩人就更少交集，幾乎十年不曾見面了吧？

此番，是因為大目坤仔突然凶死，二人才又有了接觸。

白蘭並不清楚陳秀玉有異類睡眠症，以為是被她所說的話嚇昏。

所幸這回陳秀玉只昏睡了幾分鐘，就被白蘭搖醒。

陳秀玉茫然地睜開眼睛，對於飄忽的夢境不甚清晰，隱約記得一位女人的臉，和極為突兀的黑齒。

大概是前陣子翻閱台灣藝妲資料後，在腦海中留下的殘存印象吧？夢境中的女人，恰似傳言中日據初期艋舺第一名妓「鳳春嬌」。陳秀玉吁口氣，站起來，拍掉身上的灰塵，無意多作解釋。

白蘭也不敢再多嘴，陪著默默往前走，尷尬氣氛在並肩而行的兩人之間，微微晃漾。

1.3 黑道陰謀論和腳尾錢

大目坤仔的靈堂式場，就大剌剌地設在廣州街底，依殯葬業的算法，約莫三格九連，規模不小，大大的棚架，沿著環河南路朝西北方向延伸，直通到他家「協安西藥房」門口，和艋舺聞名的寶斗里兩相對望。

協安西藥房的招牌被遮去了一半，只露出「協安」和半個「西」字。

前來祭拜的各路人馬絡繹不絕。

數不清大大小小的花圈、以鮮花裝飾的各類罐頭塔，占滿式場，擺不下的就往外延伸，從三聖宮、舊料館口、黃祖厝改建的種德幼稚園那段，直到廣州街、桂林路、環河南路交叉點附近一帶，幾乎陷入一片花海和罐頭塔之中，送來的花圈愈大、罐頭塔愈精緻昂貴，就愈能彰顯致儀者的厚意——裡面不乏珍貴的車輪牌鮑魚、螺肉罐頭，當然，也有白蘭氏雞精、老行家燕窩等新款養生補品，至於義美花生仁湯、果汁飲料、啤酒、八寶粥等廉價罐頭為主體的，則概為大宗。

更誇張的是，式場入口兩側，高聳著以罐頭排疊而成的兩根巨柱，三寶架邊還矗立著裝滿各類酒類的酒櫃，更多租用的奠禮花圈仍不斷被送來。

從這些表面風光來看，大目坤仔算是死得相當有面子。

這般豪奢禮遇，不僅街坊瞠目，外人咋舌，連大目坤仔的家人，都難以置信。

依傳統慣俗，一般而言，唯有富貴人家德高年劭者壽終正寢時，為了特別彰顯亡者福祿壽俱全，喪儀式場才會如此豪奢。

大目坤仔不過是三十來歲的囝囝人，憑啥享此殊榮？

翻開他短暫的生命史，雖然還來不及作惡多端，他就死了，算來，對人間危害還不太大，卻也未曾造福人間，點數其英雄事蹟，雖有零星幾項，倒也不致令各界懷念難忘，這樣的大目坤仔，何德何能廣獲各方送來超值的禮遇？

※

「哼！誰敢失禮？」艋舺地龍歐肥仔冷笑。

掌握阿寺口（龍山寺）和芳明館兩大角頭勢力的歐肥仔，在艋舺是威震八方的一號人物。其他如頭北厝、新加坡、大橋頭、蜘蛛仔、大眾廟、後菜園等角頭，雖也各具勢力，卻還是尊奉歐肥仔為大哥大，大目坤仔既是歐肥仔愛將之一，各方奠儀豈敢輕忽？而暗地裡，更主要的原因，恐怕是想要藉此撇清嫌疑吧？

大目坤仔的死亡之謎，及其幕後錯綜複雜的陰謀論，甚囂塵上，大家都害怕被牽連其中。

歐肥仔心知肚明，各方角頭都可能涉嫌，他甚至懷疑自己手下的某位大將，就是背後真正的主謀，但事發後，他一逕沉著臉，對各種傳言，未置一語。

葬儀式場棚子搭起來的第二天，歐肥仔就在隨從簇擁下，來到喪儀式場。大批道上兄弟護守在靈堂外，戒備森嚴。

自從大目坤仔亡故的消息傳出，認識與不認識的人，不斷前來祭拜、致贈輓聯、奠儀，而其中不認識的人占絕大多數，這已讓大目坤仔的家人驚訝、不安，歐肥仔的出現，更讓一家之主陳寶山萬分驚惶。

就算不認識，稍有在外走動的艋舺人，沒有不知道歐肥仔這號人物的，聽說，連白道都得買他的帳，有時，警方辦案陷入膠著，破不破得了案，還得靠他點頭，才有希望。

「請節哀！」歐肥仔聲音沉亮有力，重重握了陳寶山的手一下。

陳寶山緊張得手心冒汗。他已聽說了，兒子是在歐肥仔手下當保鏢，也幫忙鞏固角頭勢力。

陳秀玉點燃線香，交給歐肥仔，代表家屬，向奠祭者回拜答禮。

「唉！運氣太壞，實在料想不到，大目坤仔在我那裡，做事很認真啊！」

祭拜後，歐肥仔喟嘆連連，在靈前站了約莫五分鐘。

身為亡靈父親的陳寶山，佇立一旁，內心百味雜陳。

他深知，大目坤仔從小個性暴烈，百般不學好，但也不至於混黑幫，作奸犯科，死於非命——他將喪子之痛，完全歸咎於歐肥仔，認為兒子的死，並不單純，歐肥仔涉嫌重大，對這位角頭老大，充滿憤恨。

歐肥仔敏覺到身後灼烈的注視，猛然轉過身來，陳寶山低下頭，臉上涕淚縱橫，適時掩飾了怨怒的眼神。

歐肥仔嘆口氣，再次重重握了陳寶山的手，拍拍他的背，親手送出一個分量沉重的大白包，沒有再多說什麼，就率眾離去。

●

歐肥仔竟沒有到靈堂後方，再見亡者一面？這讓陳寶山耿耿於懷。

想到兒子甘願做流氓，為人拚地頭，賭性命，死得這樣淒慘，角頭老大竟然盡禮數，只做表面工夫，這不合常理。

連日來，陳寶山聽說了很多關於大目坤仔的事蹟與傳言——那些迌迌兄弟，個個翹起拇指讚嘆：「大目坤仔天不怕，地不怕，老大一句話交代下來，大目坤仔絕對拚第一，講到猛，沒人有他的氣魄！」

聽到這些話，陳寶山鼻頭發酸，絲毫不覺意外。

這個艋舺囝仔是出世來亂的！

大目坤仔幼時，一位盲眼摸骨師就曾這樣預言。

那時，大目坤仔才三歲，某次，隨阿嬤去三太子宮拜拜，在宮廟外擺攤的著名摸骨師才摸了小大目坤仔的頭頂，就嘆氣說：「唉！人講三粒椿，惡到沒人問，你竟然有四粒？」繼而摸摸他的手，臉色一變，搖頭說：「啊？混世魔王投胎，沒法度！」摸完腳脛和胸骨，摸骨師沉默了，連錢也不收，就收起攤子，走了。

小大目坤仔出生那日，母親陳張阿水差點就因難產死於路邊。

而成長過程中，大目坤仔的頑劣倔強，更是常讓大人抓狂。

小孩子不懂事，調皮搗蛋，在所難免，做父母的被惹火，隨手抓起棍子抽打幾下，威嚇教導，也事屬平常。

但是，多數孩子挨揍，通常會啼哭求饒，乖乖認錯，保證不再犯，父母也就氣消了。

問題是，大目坤仔**從・不・求饒**。

許多時候，陳寶山揍兒子，原是威嚇為輔，教導為重，但效果等於零。

無論被罵得多凶、被打得多慘，小大目坤仔既不躲也不哭，生就濃眉大眼的他，只是咬緊牙根，瞪著大大的牛眼，一臉倔強。

「知道錯嗎？」陳寶山打累了，停下棍子，喘口氣問。

小大目坤仔的回答，永遠是搖頭。

這樣的反應，往往把陳寶山激怒，下手也變重了。

愈打愈氣，愈打愈凶，打到後來，做父親的甚至忘了為何教訓孩子，卻就是拉不下臉，歇不了手。

陳寶山打到手軟，把小大目坤仔拖進廁所，將他的頭按進洗澡盆裡吃水，甚至用兩根大棍子夾綁孩子吊起來打……但統統無效。

即使被打得渾身鞭痕，奄奄一息，小大目坤仔依舊頑冥不靈。

●

「哼，有氣魄！這就是你𨑨迌的代價?!」

陳寶山從歐肥仔致唁的白包袋，抽出大疊鈔票，恨恨地放在兒子遺體腳邊，咬牙切齒地說。

自從兒子脫離家庭，加入黑幫，雖仍混跡艋舺，近在咫尺，卻不曾再踏進家門，未料，父子再相見，竟是這種局面！

陳寶山凝望虛空，嘆氣，把兒子身上的水被蓋得嚴實些。

這一拉，亡者的腳掌，反而露出水被外。

※

因為死得倉卒，又逢農曆年節期間，百業休市，棺材店雖然願意配合，但歐肥仔特別交代，要選一具上好的肖楠棺木，而陳馮媽又堅持要等到最好的入殮吉辰，所以棺木遲未送來。

無棺可睡的大目坤仔，只得暫時屈就，躺在俗稱水床或水鋪的大門板上，蓋著一毯薄薄的水被，四周放著防腐劑，大門板底下則墊以長條凳，避免地氣侵擾。

陳秀玉正蹲在亡者腳邊，一張張往鐵盆裡燒腳尾錢。

她斜側著頭，齊肩髮絲垂落下來，遮住大半張臉，眼角餘光恰可望見大目坤仔滑出水被外的半截腳丫子。

是因為被砍斷腳筋，血液流盡嗎？那對腳丫子極為慘白，腳底骯髒，腳指甲如半透明的甲殼般，裂紋參差，指甲縫藏汙納垢。

蒼白的腳，像乾涸的灰蠟，映著火光。

不應致命的致命傷，經過專業修補，也撲了粉，淡化傷口。

鐵盆裡，淡褐色的冥紙，沿著鍋盆邊緣一張緊挨著一張燒去，火苗竄升起來，又縮下去，一團火追著一團火，一路燒成圓滿的弧度。

腳尾錢從亡靈斷氣那刻就開始燒，直到入棺，中間不可間斷。據說，這在陽間燃燒的火，會照亮陰間路，指引方向，溫暖亡靈行腳，讓去路不再那般孤寒黑暗……

「坐啦！」白蘭走過來，塞了一張小凳子到蹲著的陳秀玉屁股下，陳秀玉才察覺自己兩腿痠麻，略微一動，就彷彿針刺。

白蘭又抓了張小凳子坐在旁邊，幫忙收拾堆積在鐵鍋裡的腳尾錢紙灰。

「妳和小哥交往？——」陳秀玉抬起臉來，欲言又止。

「不是妳想的那樣啦！」白蘭搖頭，臉上隱約閃過一絲尷尬。

對話又塞住了，沉默像厚重的海綿，飽吸周遭溼冷的氣息。

白蘭將冥紙摺成一朵朵蓮花。

「厲害，哪裡學來的本事？」陳秀玉由衷讚嘆。

「這個？沒什麼啦，誰都會！」白蘭微笑。

「妳從小手就巧，很會畫圖，尤其勞作最強……」陳秀玉眼神矇朧。

幼時回憶，突然像一陣微風，在兩人臉上拂過。

白蘭嘆氣，好一會兒，似乎考慮再三，又舊話重提：「她——還是沒來嗎？」

「誰？」陳秀玉疑惑的目光，遇上白蘭的眼神，就明白了。

「唉！她應該來——至少該通知她一聲，是不是？」白蘭困難地解釋著：「妳們都在讀冊，也沒有往來嗎？我還以為——欸！大目坤仔這幾年很少回家吧？妳可能不知道，總之，呃，反正，他一直都沒有忘記她……」

陳秀玉悶聲不語，撥了撥鐵盆裡的灰燼。

「欸欸——！腳尾錢不能翻啦，錢攪碎了，在那邊怎麼用？」白蘭輕嚷。

「我原以為他可能會——跟妳在一起。」陳秀玉看了她一眼。

「跟我？妳嘛幫幫忙，」白蘭瞪大眼睛，猛搖雙手，笑得誇張，說：「伊婆啊咧，甭憨啊，大目坤仔是誰？天下第一癡情男，通艋舺誰不知？」

這樣嗎？大家是這樣認為？妳呢？陳秀玉看白蘭一眼，暗自喟嘆，話到嘴邊又吞回去，低下頭，繼續燒腳尾錢。

「我是猜啦，大目坤仔過世時，目睭不願閉，應該很希望詩卉來送他一程，至少也要探個頭……我想一定是這樣，沒錯……」

白蘭眼眶微紅，站起來，走到水床旁，下意識地，想拉水被蓋住那裸露在外的腳掌，卻又驚覺身分不恰當，連忙縮回手。

「我是比較雞婆啦，總覺得該去把詩卉找來，但我做這種行業，實在是，實在是，不曉得怎麼才好……」

那外露的半截腳掌，冷白如灰，皸裂的指甲彷彿隨時會剝落。

●

忽然，一陣陣壓抑的啜泣，從西藥房裡頭傳出來。

西藥房內，陳張阿水形容枯槁，嗓子早已哭啞，她乾嚎著，嘶啞的啜泣聲仍從喉嚨深處擠壓出來。

喪子之痛，究竟有多痛？任何語言文字都難以精確表達。

沒有痛過的人，不懂別人的痛，而未曾痛到深處的人，恐怕也永遠無法體會那究竟有多痛。

坦白說，在任何故事裡，像陳張阿水這樣的婦人，平凡到不值一提，而在以文字敘述的人類歷史中，更是難以分配到角色，但她在人間生活中的真實存在，卻不費半個字，就讓周遭的人完全相信，原來野史中關於吳子胥一夕白髮的描述，半點也不誇張。

她，真的，一夕白髮。

那個邪惡籠罩的除夕夜，當大目坤仔終於被拖出血泊，送進咫尺之遙的仁濟醫院時，偌大的急診室裡，難得一片祥和安靜，連意外事故的傷患都沒有，病床和地板都乾乾淨淨，窗門邊貼著紅色對聯，靠近醫藥櫃那邊的牆面，甚至懸掛著喜氣洋洋的鞭炮垂飾，消毒水的刺鼻味在年節氣氛中晃漾，只有一位值班護士無聊到打起瞌睡。

碰！碰！碰！「救命喔！緊啦！救命！」……

被驚醒的護士，嚇得跳起來，慌忙打電話找醫生，並做緊急護理。

但止血帶也發揮不了效用，大目坤仔的血幾乎已經流乾。

經過一陣折騰。

大目坤仔又因故兩度被推出、推進醫院，等醫生終於趕來，左觸右摸，按壓頸間動脈，確認他的脈搏停止跳動，鼻息已無。

午夜鐘響，三點三刻，大目坤仔被宣告死亡。

陳張阿水臉色慘白，緊握著顫抖的雙手，努力站穩。

習慣逆來順受的她，就像極力忍著痛，依舊溫馴而帶著些許怯懦。

平日，她最大的享受，就是忙完家務後，能得空看八點檔閩南語連續劇，她記得許多劇情，也看過許多劇中母親喪子時呼天搶地的精采演出，並隨之情緒起伏，一掬感動之淚。但當事情真的發生，她卻發現，自己只是全身顫抖，咬緊牙根，看著兒子被蓋上白布，被推過幽長的甬道，穿越黑暗，送進醫院附設的太平間。

她腦袋一片空白，只是一路緊緊跟隨著，完全忘了通知其他家人。

※

大目坤仔斷氣時，其他陳家人在哪裡？

- 大兒子陳水雄，蹲在監獄裡。
- 女兒陳秀玉，在報社值班。
- 陳馮媽吃完年夜飯後，就到板橋三太子廟去幫忙，準備次日信眾新春祈福活動諸項事宜；據她事後表明，大目坤仔斷氣的瞬間，三太子降駕起乩。
- 一家之主陳寶山，窩在隱藏於暗巷的地下賭場。

除夕夜‧桂林路＊巷＊弄＊號

從外部看來，那個地下賭場，就像一間普通民宅。

打開大門，會看見幾個人坐在客廳泡茶聊天，但瞧仔細，應會發現他們狀似輕鬆，卻眼神戒備。

萬一遇到警方臨檢，他們得馬上因應，及時按鈴通知賭客們從暗道疏散，並快速清理現場。不過，時逢農曆春節，警察也要過年嘛！何況之前已經孝敬過禮數，所以，把風者不似尋常般戒慎，瓜子嗑得喀喀作響，笑容悠閒。

客廳後面，隱藏著一道隔音極佳的厚重鐵門。

門後暗藏乾坤，順著小通道往前轉了個圈，會遇到另一扇門，幾個彪形大漢就坐在門後的辦公室裡，監看閉路電視，另一邊，經過小玄關，鞋櫃裡塞不下的鞋，全擠到外面來了，往前幾步，地面接連著樓梯，朝向地下室延伸。

底下燈火輝煌，人氣沸騰，吆五喝六地。

靠牆的那兩桌，春色蕩漾，六女、二男在賭四色牌，笑聲浪語，嬌嗔作態，間雜著幾句粗話，偶爾也來點欲拒還迎的淫逸舉止。

中間，幾桌打梭哈的，輸贏不小，賭客聚精會神，香菸一根接著一根，小碟子裡，還有檳榔侍候；另一邊，玩二十一點和壓寶比大小的牌桌邊，擠滿了人，但觀望者比下注者還多。

靠樓梯這邊，則氣息草莽，賭客們扯直喉嚨激情大喊：「西叭咧！」桌面上，四顆骰子被拋進大碗公裡，鏗鏘旋轉，立見輸贏。

大目坤仔斷氣的那一刻，陳寶山就擠在骰子桌前，正玩得起興，腦中突然閃進大目坤仔幼時擲骰子的影像……

●

……「西叭咧！」……

即使稚氣未脫，小大目坤仔丟起骰子，卻手法老練。

在陳家，過年圍爐小賭一下，原是年夜飯後必備的餘興節目，從擲骰子、撿紅點、梭哈……到猜拳、比大小、翻書……賭的花樣千變萬化，玩啥都好，老爸陳寶山帶頭領著孩子們玩賭博遊戲，重在娛樂，不在輸贏。

而小大目坤仔偏愛擲骰子。他賭博時，牛眼圓睜，全神貫注，帶著一股殺氣，狂烈的性格，自幼在牌桌上顯露無遺——連陳寶山都看得心裡直發毛。

無論小大目坤仔身上有多少錢，必是全數一局押上，從無例外。如果輸，壓歲錢飛了，口袋空空，倒也乾脆，小大目坤仔既不哭，也不賴皮，頂多做做鬼臉，棄賭他顧，玩別的去。

神奇的是，不知是他特有偏財運，還是那幾顆骰子怕他，小大目坤仔幾乎一路贏，不管當莊家的老爸陳寶山擲出幾點，他都略勝一籌。

驚人的是，不管他已贏走多少鈔票，仍全數推出去——一百元變兩百元，兩百元變四百元……那年頭，一碗陽春麵才五元！一個小學生贏了幾千、幾萬元，卻面不改色，笑嘻嘻地，照樣一局全押了。

反倒是陳寶山輸紅了眼，惱羞成怒，拿出父親的威嚴。

「幹！幾歲囝仔？賭這麼大！」陳寶山一拍賭桌斥喝！

小大目坤仔瞪著老爸，硬是不肯縮手「減資」。

結局只有兩種，其一：莊家本錢大，挺得住，小大目坤仔總算輸了最後一道，贏來的錢，連同壓歲錢，瞬間歸零；其二：陳寶山輸急了，暴怒發威，喝令孩子們上床睡覺，草草結束殘局。

昔日過年，陳寶山總會挨到初一，才出外試手氣，但自從大目坤仔離家後，凝聚親子感情的家族性農曆春賭，變得索然無味，漸漸不了了之。

這個除夕夜，陳寶山才吃完年夜飯，就丟下碗筷，溜進地下賭場——那是蚵蚋慶越界到芳明館附近來設的賭局，據說此舉讓艋舺大角頭歐肥仔非常不爽。

但那不干陳寶山的事，他在擲骰子時，想起了幼時的大目坤仔，突覺一陣心痛，丟了一把么三，火大不玩了，轉到一旁賭梭哈！

初一清晨・仁濟醫院

當陳秀玉獲訊趕到醫院時，原以為見到的是一位陌生老婦，待認出母親，不禁掩嘴驚呼。徹夜守候的陳張阿水，形容轥灰。當晨光滑過雨露微溼的草地，夜潮迅速褪去之際，似乎也將她的元氣和髮絲的黑亮色澤一併吸走。

一夕之間，陳張阿水至少老了二十歲。

她向來引以為豪的烏黑秀髮，已成乾枯紊亂的雜草，糾結披散，灰白夾纏，臉上爬滿皺紋，雙眼乾澀泛紅，神情呆滯。

她不僅一夕白髮，中年發福的身材，也在兒子亡故後，迅速消瘦乾癟，像紙片人一般，彷彿一陣風就能吹走。

1.4 玻璃碎片和牛頭馬面

自從大目坤仔的遺體被送回家，陳張阿水就像踩在夢裡，整個人輕飄飄的。

起初，她完全沒有流淚。

家人原本擔心她承受不了打擊，在暗處悄悄關注著。

但她不哭、不鬧、不吵，臉上也沒什麼表情，許多時候，只是躺著昏睡，但十幾、二十分鐘後，就會醒過來。

一醒來，她就下床，在屋子裡晃過來、晃過去，這邊摸摸，那邊碰碰，有時候也會拿起抹布，趴在地上，隨意擦著櫸木地板。

向來愛乾淨的她，原是連一根髮掉在地板夾縫裡，都會拿牙籤仔細挑出來，但是現在，卻十分草率，一條乾抹布胡亂地滑過去、推過來，連掉落在眼前的紙屑都視若無睹。

很快地，她又覺得睏倦，躺回床上昏睡，然後，很快地又醒來。

除此之外，她沒什麼異狀。

親友看她太沉默了，有時撥空陪她閒聊，不敢觸及傷心話題，說話不著邊際，陳張阿水很有耐心地聽著，會禮貌性地回應，點點頭，微笑一下，眼神空空地望著自己的手。

她的手，骨節膨大，嶙峋少肉，皮膚鬆弛而粗糙，爬著皺紋、斑點、和一些長期做家事不慎留下的刀傷、燒燙傷痕跡，手背上青筋浮現，像盤纏交錯的網絡，大動脈浮突而出，把薄而脆弱的皮膚撐起來——這樣一雙手，可以做很多事，卻無能為力。

她又望著自己的腳，大腿隱藏在裙底，膝下露出裙襬外，小腿嚴重靜脈曲張，血管糾結暴起，捲成青紫色的粗辮子，往下延伸直到腳踝，血管分枝變細，叉開散成瘀紫色的鬚根，盤根錯節，牢牢地纏住寬大而粗實的腳——這樣一雙腳，曾經蹲著幫人洗衣服，走過很多路，如今卻困住了。

依民間喪葬慣俗，讓白髮人送黑髮人，年輕亡靈觸犯了大不孝，罪孽深重，要墜入無間地獄受千萬億劫無量苦。賦予亡者肉身的父母，連一炷香、一張冥紙也不可以燒給他。

陳張阿水於是什麼也不能做，只能盡量不添亂。

親友們進進出出，忙著張羅後事，也沒有多餘的心力照管她。

一直緘默的陳張阿水，在大目埤仔的喪儀式場棚架搭起來時，淚水才止不住撲簌撲簌地落下來。

她一哭，就摧心折肺，哭昏過幾回，每回都驚天動地。

或許是體質特異，這位一生為家庭兒女奉獻的婦女，能承受任何苦楚，但只要情緒過於激動，就會失去意識，但並非昏倒，而是類似羊癲瘋發作那般，全身痙攣，雙眼翻白，四肢蜷曲僵硬，口吐白沫，齒牙狂顫。

一旦發作，得趕緊在她嘴裡塞進一根湯匙，以防她狂顫咬傷舌頭，接著，強灌一瓶「救心」藥水，輕拍腦門，並施以全身按摩，放鬆她的肌肉……

所有急救措施，得在幾分鐘內完成，否則就有生命危險。

幸虧陳家就是西藥房，打開藥櫃，就能拿到「救心」藥水。多年來，陳家發生過幾次重大事故，多虧陳寶山發明的這套急救措施奏效，但每回發作，都還是人仰馬翻，混亂一場。

※

陳秀玉曾擔心母親撐不過喪子之痛！

但她和許多人一樣，都太小看女人堅不可摧的韌性，而若無相當的智慧和幽默，也難以領略她們獨特的生命情調。

歲月漫漫，女人可哭的事太多了，但若一逕地號泣大哭，那麼，淚流乾了，生命燈枯油盡，查某人花也隨將燥癟枯萎。

無論是悲歡離合、生老病死，抑或意外橫逆、挫折打擊，深諳哭之藝術的女人，雖會毫無顧忌地發洩，卻將哭功昇華了。

她們對於哭的藝術展演，技藝之純熟，境界之高妙，令人嘆為觀止。

她們愛哭，看歌仔戲哭，看連續劇也哭，聽到別人的可憐遭遇，會跟著哭，遇到不順心的事，更要哭，只要機會適當，都能借題發揮，把生活中的大小磨難，隨著哭聲一併傾吐出來，時而幽幽泣訴，時而呼天搶地，時而含悲飲泣，時而婉轉咽啼，這是她們應得的權利，是她們面對苦難的良方，淚水洗滌了潰傷，淨化了心靈，整個人浸泡在悲情的潤澤中，以哭的藝術來療傷止痛，激發力量，用以面對更多的災難。

陳張阿水的哭，就相當具代表性，她不僅哭，哭著哭著，就會咿哼成調：「……我歹命，我歹命，不孝子放我家己去，叫我按怎活落去？……」旋律與歌仔戲裡的哭調仔、或葬儀隊裡專唱「孝女白琴」的魔音團無分軒輊，聲聲哀怨，哽咽淒泣，讓聞者也隨之鼻酸。

而當這個家族地位最高的陳馮媽獲知噩耗，從板橋三太子廟裡趕回來時，喪儀式場剛剛架設好不久，她顫巍巍地踏進靈堂，發現媳婦竟在靈堂前哭得幾近昏厥，當場破口大罵。

「妳這個破格！破蕫！妳是要哭衰，還是要哭給阿坤仔更加淒慘?!」

陳馮媽雖身量嬌小，發起飆來，聲音尖銳有力，唇角皺紋深深，整張嘴恰似一朵乾燥菊花，從花心射出來的唇槍舌劍，氣勢凌厲。

依陳馮媽的見解，陳張阿水在靈堂哭子的行徑，已觸犯天條，做父母、長輩的絕不能在亡故的後輩、子女前哭嚎，那將加重罪孽，折損亡靈的福報，也會為家族帶來凶煞劫難。

但若避開靈堂與亡者，在家中則不妨盡情哭嚎。

陳馮媽一路罵，一路穿越靈堂，朝著家門邁進，左腳才跨過門檻，就揮手抹淚，擰了一把鼻涕，放聲嚎泣。

「我歹命，我歹命，是誰人作歹失德？才害阮金孫來受難？放阮一個老婆仔將來是要靠誰人？嗚……嗚……金孫啊，你有怨報怨，有仇報仇，怨仇若報，才好投胎做貴人……」

她蒼邁的嗓音，將哭調仔唱得悲切淒涼，抑揚頓挫，深富戲劇效果。

在這個家族裡，只要陳寶山沒有反對，陳馮媽的話就是聖旨，陳張阿水強忍著淚水，被眾人扶回家中，才敢又放聲大哭。

大目坤仔停靈待葬的那陣子，這對婆媳常就這樣分據屋內兩處，頗有默契地，以相近的旋律，各唱各的哭調仔。

有時候，陳張阿水才開口哭了第一句，陳馮媽更愴楚的聲調就緊追在後，有時，會等媳婦哭累了，她才中氣十足地展開接力賽，有時，則一前一後，一句追疊著另一句，和媳婦形成互相唱和的局面，有時也迎頭搶進，獨領風騷。

薑是老的辣，在與婆婆的長期對峙中，陳張阿水通常是敗陣居多，連哭調仔也不例外。陳張阿水愈哭愈無力，啜泣聲漸漸微弱。

陳馮媽就愈哭愈帶勁，火力全開。

「……我歹命，我歹命！媳婦是掃帚星，剋尪婆又剋囝兒，我歹命啊！當初時，娶歹媳婦仔背祖訓，伊依山山崩、靠厝厝倒、近豬寮死豬母……害阮金孫白白來犧牲，……」

陳馮媽的哭調仔，情節直逼連續劇，時而高潮迭起，時而暗濤洶湧，字句尖酸，夾針帶刺，正剛倒削，任其即興發揮。

深受傳統教養的陳張阿水，不敢頂嘴忤逆，苦往肚裡吞，只好拚命哭得更悲切，哭到一次又一次昏厥。

●

陳寶山終於站出來主持公道，一邊搶救妻子，強灌「救心」，一邊勸止母親。

陳馮媽反正也哭累了，就蹭出房門來，改發幾頓脾氣。

被救醒的陳張阿水，這才驚覺自己的責任，連忙拖著疲憊的身心，到廚房張羅三餐。

雖然，從式場搭起來那刻，就聘雇了外燴業者來幫忙料理眾人餐飲，但陳張阿水一走進廚房，就精神一振，沒有人比她更熟悉自己的廚房，沒有人比她更懂得如何餵飽飢渴的胃。

作為這個家族的掌廚人，她責無旁貸，得餵飽所有人，並為來幫忙喪事的一干人等，以及依傳統慣習分不同時段請來誦經超薦、舉辦法事的師公、道姑們，供應足夠的茶水與營養。

雖然弔唁者眾，大都待在靈堂式場，但人們來來去去，偶爾也會到家裡來，或借用廁所、電話，所以清潔維護不可疏失，此外，還要隨時備妥供品，關注各項喪儀事項……

千萬不要小看死亡，死了一個人，該忙的事，太多太多了！

或許就是有這麼多事要忙，還有一位婆婆在背後鞭策，所以，陳張阿水雖然被喪子之痛重擊，差點整個人倒下去，卻不能垮，她得努力站起來。

●

陳秀玉的擔憂，顯然多餘。

但人類就是如此吧？最欠缺的，是智慧，最擅長的，是自尋煩惱。

對於還沒發生的事，提早擔憂，對於已發生的事，擔憂更多，相信看見與聽見的，而先入為主的直覺或成見，往往又主導一個人聽見或看見什麼。

許多人甚且只相信自己所相信或願意相信的事。

你相信嗎？對**我**來說，**根本沒有真相**這回事，真相只是一堆玻璃碎片，從各種角度反映、折射著浮光掠影，而人們就各取所需，拼貼符合需要的真相，加以合理解釋後，再想辦法說服其他人。

◎命案關鍵的三道題

刑警吳志明來到靈堂上香兼訪查真相的那天，正是如此盡責地追探真相，努力尋找、拼貼破案細節。

陳張阿水當然是最重要的關鍵人物。

大目坤仔出事那日，她是唯一及時趕到事故現場的人。

第一道問題：究竟是誰來通報噩訊的？

這位可憐的母親卻完全想不起來。

她只記得那天很冷，急切的敲門聲，在闃靜的深夜聽來分外驚悚，她猛打寒顫，披上外套，才去開門，那位通報者的脖子縮在衣領裡，丟下訊息就跑了，陳張阿水一時回不過神來，但覺心驚膽戰。

她重複訴說內心的恐懼和憂慮。

依民間習俗，除夕夜子時得準備三牲蔬果拜天公，因此她早早就先睡會兒，十點半起身準備供桌、供品，也煮了麵線團捲於杯內，還有牲禮、水果、發粿、年糕……她叨絮詳述，一再被吳志明刑警打斷，直至兩人都失去耐性。

「就我們側面了解，凶手應該是四個少年仔，妳真的沒看見嗎？」吳志明刑警皺眉，盯著眼前淚眼婆娑的婦人。

陳張阿水堅決地搖頭，撥了撥散在耳際的白髮。

「應該是四個，沒錯！」吳志明刑警加重語氣，讓話聽來更具權威。

不！不可能！被四個未成年小混混殺死？

不！她絕對不信，不信兒子死得如此不值。

陳張阿水緊閉著嘴，眼裡流露強烈的怨懟，彷彿抗議亡者遭到屈辱。

第二道問題：為何延誤就醫？

不管大目坤仔為何而死？死得值不值？

僅就醫學觀點來看，大目坤仔的死因，是失血過多。

死亡報告不會說謊，大目坤仔所受的傷，沒有任何一刀命中要害。

雖然大目坤仔的腳筋被砍斷，並傷及左腳腳踝附近和膝蓋窩的大動脈，但都不會馬上致命。

坦白說，就算他痛得倒在路邊，牛頭馬面也滿懷熱忱地提前趕來，卻得先靠邊站著等，而且得等很久，以血流失的速度估算，大目坤仔應該有很充裕的時間，可以接受救援，並且笑著活過來，向白跑一趟的牛頭馬面說句：失禮啦！

但大目坤仔卻無助地倒在春寒肅殺中，被雨淋溼，慢慢僵冷。

可憐的母親，只清楚記得，今年她炊的發粿發得很好，應是好兆頭，拜天公時，也準備周全，但是供桌剛擺好不久，線香才剛燃上，還來不及燒卦金、壽金、福金，更來不及燃放鞭炮，突然春雷一聲響，她嚇了一跳，驚魂未定，就接獲通報，驚惶失措地奪門而出——那應該是半夜一點以前，沒錯吧？刑警打斷她冗長的陳述。可憐的母親不敢肯定，因為她沒看時鐘，也忘記戴錶，甚至忘記該帶把雨傘……

從陳家到廣州街那根電桿下，頂多距離一、兩百公尺，要走多久？兩分鐘？

那麼，被宣告死亡前，還活著的大目坤仔倒在電線桿下，可憐的母親做了些什麼？

刑警咄咄逼問，陳張阿水幾乎無法招架，哭得更傷心。

第三道問題：哪些人曾幫忙送大目坤仔進仁濟醫院？

倒在血泊中的大目坤仔，是用拖板車推進廣州街仁濟醫院急診室的。

經查，一一九報案專線並未接獲相關通報，所以不管是艋舺消防局、派出所或醫院，都沒有派員搶救大目坤仔的記錄。

值班護士很肯定地表示，大目坤仔被拖板車推來時，有個外省口音的中年男子也跟在一旁，臉色難看，又有些恐懼，大目坤仔被抬上診床後，那外省男子沒向病患家屬說什麼，直接就把溼答答的拖板車拉走，還隨地吐了一口痰，喃喃叨念著：「南無阿彌陀佛，這不關俺的事，俺只是幫忙，沒對不起誰，唉！新年頭，就倒大楣，咋遇上這種事兒？明早得去龍山寺拜拜，南無阿彌陀佛……」

那位中年男子是誰？陳張阿水說她也不認識。

反正救子過程惶急，她的心更是亂糟糟。

反正兒子往生了，過程中有沒有人幫忙，有差別嗎？

很糟糕的是，拜天公才拜到一半，她就跑出去，香沒燒完，鞭炮也還沒放，萬一天公生氣，會不會降罪？還有那些刣金、福金、壽金，是特別到貴陽街的香燭鋪買的……而且，她忘記帶把傘，渾身溼透……

陳張阿水翻來覆去地就是那幾句話。

喪子之痛，讓這位母親精神耗弱，時而失神，時而渙散，時而清楚，時而糊塗。

陳馮媽的補充

每當媳婦說話糊里糊塗時，陳馮媽就會適時發揮婆婆的權威，加以補充說明。

「你也知道我退休不做童乩很久了，但是三太子有靈驗……」

陳馮媽將除夕寅時起乩的事，又仔細重述一遍。

她非常慎重地強調，自己會成為乩童，是神明親自遴選的，正式「坐禁」七七四十九天，關在廟裡的廂房中，紅綢遮光，草蓆為床，頭不見天，腳不踏地，素果為食，通宵不眠，向一等一的紅頭仔法師，學習神靈附身、驅邪壓煞之法與巫器法術、密儀等絕學……

出禁後，她成為正式的乩童，不過，並未在固定的宮廟裡服侍神明，她的身分，其實更像民間通靈者，在艋舺一帶，當人們遇有孩子不乖、家庭欠安、事業不順、婚姻失和等事，她就扮演神明與信眾的溝通橋梁，幫人收驚安神、消災解厄，甚至栽花換斗、討嗣安厝……直到兒子陳寶山藥房生意做穩了，她才收腳洗手……

言而總之，陳馮媽神色凜然地下了結論：

「神明的事，不是作耍，是誰殺死阮大目坤仔？一定要抓到凶手，若無，神明絕對管到底，阮大目坤仔一定會去報仇——」

※

吳志明刑警皺眉苦笑。

「先這樣吧，若有需要，會再請妳們到局裡做筆錄。」

吳志明刑警終於完全失去耐性。

他的記事本裡，寫滿了問訊的內容，做了好些記號，但左右推敲，也理不出個所以然來，他闔上記事本，嘆口氣站起來。

陳寶山謙恭地跟在一邊。

「你某一問三不知，你老母說東說西，我是想好好辦案啦，但如果家屬不配合，也沒辦法！」吳志明刑警毫無笑容，對送客的陳寶山撂下話。

「大人，失禮啦，失禮啦，查某人憨慢，不是故意耶，我會問詳細，才向你報告，萬事拜託，萬事拜託啦！」

少時受日本教育的陳寶山，依舊習慣稱警察為「大人」，搓手搓腳地，不斷鞠躬致歉。

吳志明刑警揚了揚眉，向大目坤仔的遺照又點個頭，就轉身離去。

但吳志明刑警才走出靈堂幾步，忽又折返，但懶得再走進喪儀式場，直接就站在入口處，朝陳寶山等人喊了一句：

「你們家陳水雄可能會提早假釋！」

●

嘖嘖，怎能用如此輕率的態度，像切西瓜一樣，切開人家的傷？

每個家庭，都難免有些不可碰觸的祕密或傷痛，陳家當然也不例外。

吳志明刑警雖算不上看著陳家每個孩子長大，卻是老鄰居，又常因大目坤仔惹事，以及陳水雄一案，三不五時地進出這個家，應該知道傷在哪裡嘛！

他的話，卻像利刃，一刀切下，結痂的舊傷，馬上流出血來。

現場所有陳姓家人，頓時失血，臉色慘白。

在這個家，陳・水・雄，一直是深藏於黑暗，不可碰觸的祕密。

多年來，陳家謹守著祕密，不願讓任何人知道，也不要鄰居好心探問，他們裝作若無其事，只在暗處掉淚。

毫無預警地，祕密突然在大庭廣眾前被掀開，尤其在如此敏感時機，更顯得尷尬，怪異的氣氛，彷彿在暗處嘶嘶冒著寒意。

天氣本來就冷，喪儀式場裡，更冷。

雖然前來弔唁的熟人或陌生人，來來去去，喪家還是依禮接待，但是，偌大的式場，卻似變得空洞洞……「你們家水雄？老大嗎？」「他是犯了什麼罪？」「關多久了？」……所有的好奇、關心、探問，都變成釘錘，重重擊打著舊傷。每個人都變成行屍走肉，變得不存在——只有「陳、水、雄」三個字，像氣球般一直膨脹，愈脹愈大，愈脹愈大，悶堵住每個人的胸口，猛打哆嗦的心，都快被撐破了。

陳秀玉受不了沉悶，走來走去。

她對陳水雄這位兄長，幾乎快沒印象了，但還是站到靈堂前，燃起一炷香，對著遺照默禱，把「好」消息告知大目坤仔。

●

陳水雄？

好親近又好遙遠的名字。

大目坤仔亡靈從水床上坐起來，表情有點錯愕，迷糊了幾秒鐘。

那位棒球王水雄哥嗎？又會玩，又會讀書，連老松掛頭目蔡呈瑞都不得不俯首稱臣的厲害傢伙嗎？

哈！如果說，在這個家族裡，大目坤仔是「出世來亂」的混世魔王，那麼，封號棒球王的陳水雄，就是「歹竹出好筍」的天縱英才。

是呀！就是那個冬天的大街棒球賽，奠定了龍山掛和老松掛的尊卑地位。

大目坤仔亡靈微笑了，記憶在他眼前鮮明浮現。

從古早以前，龍山掛這邊的囝仔，和老松掛那邊的囝仔，就有不共戴天之仇，若在街頭巷尾遇到，即使沒幹架，至少也要互嗆幾聲，各自彰顯威風。

尤其棒球季一開始，全國各級學校的棒球隊都動了起來，競爭激烈，在台北市的少棒隊伍中，就屬龍山國小和老松國小最強，幾乎年年棋逢敵手，互爭冠亞軍。

校隊選手在正規的運動場上揮汗相拚，擠不進校隊的艋舺囝仔也沒閒著。

雖然，老舊社區缺乏休閒設施的概念與規畫，閒置空地多被大人們以各種名目占用，但艋舺囝仔永遠不缺玩樂的智慧。

寬闊的街道，就是現成的運動場。

龍山掛的囝仔，以陳水雄為首，老松掛那票以蔡呈瑞為首，吐口水擊掌約定，以十包王子麵為賭注，誰被三振出局一次，還得脫掉一件衣服或褲子，所以雙方都努力增衣加褲，個個穿得像隻圓滾滾的熊。

一場驚天動地的棒球賽，就在大街上瘋狂進行。

雖然已避開交通繁忙的路段開賽，但既是街道，總有人車來往，因此大夥兒得眼明手快、反應超強，投球、揮棒、跑壘、封殺……之際，還得隨時閃避突然疾駛而來的車輛、行人，甚或貓、狗——以及狗屎。

賽事之緊張刺激，難以文字形容。

礙於人數及場地限制，賽事規模及規則，都簡化創新了，克難式的棒球場上，改以三根電線桿為界，中間是本壘，一、三壘分列兩旁，對面放個石頭，就是二壘了，跑壘的矩陣被拉成直線；遇到人數不足時，球員角色可以隨時靈活更換，互相支援——反正，被三振三次，就算輸掉一局，簡單明瞭。

老松掛的蔡呈瑞，是有錢人家少爺，唯有他擁有真正的球棒、棒球和手套，甚至還有一套棒球衣，所以他是永遠的投手，並掌握人事權，能指定他們那一隊的參賽人選，至於龍山掛的囝仔，就只有從垃圾堆裡撿來的、重新用麻線縫得歪七扭八的破手套，並以粗木棍代替球棒。

大目坤仔還記得，那回，水雄哥是投手，他是捕手，番仔忠擔任二壘手，簡唐則是外野手。

雖然蔡呈瑞的打擊力頗強，以令人稱羨的球棒，連連為老松隊得分，但龍山隊的粗木棍表現也不賴，戰事如火如荼，雙方被三振的次數都不少，被罰脫下來的衣物疊成一堆小丘，大夥兒仍熱出一身汗，當比賽來到七局下半，態勢漸明，比數七比十，蔡呈瑞急了，明明已經被三振，卻強要「死而復活」，再度上場打擊。

「幹你娘！臭屁啥？有球棒就了不起喔？」只贌衛生衣和短褲的番仔忠，從二壘跑來，火爆地擋人。

「本來就可以！怕我得分喔？那你們就認輸啊！」那時，年長三歲的蔡呈瑞，即將跨入青春期，足足比番仔忠高出一個頭。

「幹你娘雞巴啦！我們贏耶，為什麼要認輸？」只賸內衣褲的簡唐也嗆聲了。

還擁有卡其學生褲與汗衫的大目坤仔則是連話都懶得說，脫下手套，拋在地上，直接就卯拳要搥過去了。

「幹！不怕死，就讓他上！」陳水雄在雙掌間拋接著球，冷冷地說。他是現場唯一還衣冠齊整的傢伙，他拍拍大目坤仔，揚了揚眉說：「誰怕誰？幹！上幾次，咱就三振他幾次！」

厲害！不愧是棒球王！

雖然蔡呈瑞動用「特殊人事權」，又上場多得了兩分，但很快又被三振，脫到只賸內褲，肥白的胸脯和腰間贅肉，堆積著層層脂肪，裸露的雙腿像凍米藕，微微發紫。

但比賽未能進行到終局，就被白蘭的母親秀英嬸，以強力水柱擊潰。

「死囝仔甫，敢在路頭要棒球？勿驚給車撞死?!路旁屍，絕對有你份啦，猴死囝仔！好啊，不驚寒？就讓你們透心涼……」

秀英嬸一手擰住在旁觀看球賽的白蘭，一手拉起水管朝孩子們猛烈水攻，罵聲不絕。

在那個年代，大人還是很有權威的，囝仔們一哄而散。

●

大目坤仔至死都認為，若非秀英嬸壞事，那回，絕對可以把老松隊殺得片甲不留，讓蔡呈瑞輸到脫褲卵，從此在人間抬不起頭來。

對了，那年，他幾歲？嗯，十一？

暑假後，棒球王陳水雄進入雙園國中。

從此龍山掛就換由大目坤仔領軍，當起新一代的囝仔王。

再過幾年呢？四年？五年？六年？反正那時，讀建中的陳水雄臉上長了許多青春痘，因積極準備聯考，已經很久不再打棒球。有一個週末下午，陳水雄剛擠完青春痘，在一邊安奉神桌、另一邊擺書房的小閣樓裡，拿口琴吹起了台灣童謠「點仔膠」，小大目坤仔則躺在地板上，腳丫子翹上椅背，晃呀晃地，哼唱著：

點仔膠，黏著腳，叫阿爸，買豬腳，

豬腳箍，滾爛爛，夭鬼囝仔流嘴涎……

陽光從窗戶照進小閣樓，兄弟倆說說笑笑。

突然有四名大漢闖進來，不分青紅皂白，就把陳水雄、連同書架上的幾本書一併帶走。

陳水雄的蝴蝶牌口琴，被粗魯的撇到神桌下。

那天晚上，陳張阿水從昏厥中被救醒後，就坐在黑暗的桌子前，連燈也不開，緊緊握住那把口琴，小心地用布蘸油擦拭。

閣樓另一邊，倚牆的供桌上，安置著觀世音菩薩和祖先神主牌位，月光透窗而入，照亮了觀世音菩薩的臉。

半夜睡不著爬起來的大目坤仔，從門縫裡看到觀世音菩薩發亮的慈眉善目，和母親沉重黑暗的背影，母親的肩好像一顫一顫的，不知道是否在哭？

一會兒，母親把終於擦亮了的口琴，供奉在觀世音菩薩像前，燃香祈求，嘴裡念念有辭……

大目坤仔輕輕把門拉上，孤單地上完廁所，又悄悄爬回自己的床上。

1.5 家庭相簿和不能說的祕密

「多謝三太子保庇！阮孫要返來……」陳馮媽抹著淚，打破沉默。

陳寶山點點頭，眼底也是淚光浮現。

夜裡，喪儀式場那邊，由大目坤仔的弟兄們負責排班守靈。在家中休息的長輩們，講起往事，咳聲嘆氣。

陳秀玉在一旁翻閱家庭相簿，終於找到陳水雄被捕前拍的最後一張照片。

那張照片的背景是龍山寺，可能是元宵節吧？廟前張燈結綵，垂掛著爭奇鬥豔的各式花燈，陳水雄身穿卡其制服，留著三分頭，左手插在長褲口袋裡，右手拿著口琴，倚牆而立。濃眉大眼，是這個家族成員的特徵，而他的兩道濃眉更長至眉心，在鼻梁上方幾乎連成一氣，沉重地壓住炯炯雙眸，使他年輕的臉龐，增添了幾分憂鬱氣質。

陳秀玉翻開透明塑膠套，想把照片摺角處撫平，忽有兩張老照片從相簿裡掉落出來。

「這是誰？」陳秀玉撿起照片，好奇地問。

那兩張邊緣呈波浪狀的老照片發黃了，光面的紙身，摺痕交錯，像是曾被捏成一團後又攤開。

其中，一張老照片背景似乎也是龍山寺，但因年代久遠，寺廟外觀有些不同，照片裡諸多閒雜人等，看來相當熱鬧，廟埕前還拉著長長的布條，另有不少人舉著旗幟及布幡，上面寫著中文和日文，陳秀玉只看懂「祝出征」的字樣。

照片中的焦點，是一位著軍服的年輕男子和身旁一位個子較矮、臉孔較圓潤的少年，前方地面上，攤開一幀日本太陽旗，旗面上，「武運長久」四字圍繞著血紅的太陽。著軍服的年輕男子，胸前披掛著出征布條，靦腆地高舉軍帽，濃眉下的雙眼，彷彿有些恐懼，迷惑地望向遠方。

另一張老照片，似乎是在相館裡拍的沙龍照，背景是虛無飄渺的國畫山水，年輕男子仍穿著日本軍服，圓臉少年則穿起時髦的西服，左右分別是穿和服的中年婦女和穿著土里土氣的年輕女子，四人正襟危坐，表情呆板。

「這個是妳阿爸少年時呀，穿軍服的——是妳阿伯。」陳張阿水把照片拿得遠些，瞇起眼來指認。

「穿和服的是阿嬤對嘜？那——年輕女孩是誰？」陳秀玉又問，那女子身量嬌小，幾乎只及男子胸膛，眉目還算清秀，但臉頰上有塊紫色胎記，眼睛腫腫的，笑容有些勉強。

「這個——妳要叫阿姑，阿嬤養的媳婦仔，本來是要和妳阿伯送作堆——」

「那妳呢？怎麼沒在照片裡？」

「那時我和妳阿爸還不相識咧——」

「問甲一枝柄！興啼！晚囉，緊去睏！」陳馮媽突然粗魯地抽走相簿。

陳秀玉皺眉，悻悻然走開。

陳馮媽瞪著媳婦陳張阿水大聲斥責：

「講得哩哩囉囉！那款古早歹誌，少年仔懂啥？這款時陣，哭都未赴，妳還有心情搬嘴花？

嗄？做啥老母？」

陳張阿水低頭不吭聲。

「咱水雄今年幾歲？」陳馮媽哼一聲，又把話題轉回孫子身上，問：「已經關十幾年了吧？」

「記得當時他高三，嗯，差不多……呃，算算看……」陳寶山沉吟著。

「十六年，又四十一天……」

陳張阿水望著前方，輕聲補充，尾音只有自己聽得見。

從獲知消息的瞬間，陳張阿水就知道自己不會、不可能、也不可以倒下去，知道今後她會帶著傷痛，更努力活著，她堅信，這是觀世音菩薩的安排，雖讓她死去一個兒子，卻將送回來另一個兒子。

就是那一刻，她決定站起來，抹乾淚痕，拿著抹布，開始收拾廚房。

一個決心站起來的女人，是連老天爺也擊不垮的。

●

或許你不相信？

對陳張阿水來說，打理家務、清潔工作，幾乎和哭泣、拜佛一般，同樣具有神奇的力量，能如做夢般釋放壓力、自我催眠，在淨化環境的同時，也清理了蒙塵的心，抹去人生的傷痛。

那是她的救命索，在波濤洶湧的人生惡海上，得緊緊抓牢，才能免於被巨浪捲走，慘遭滅頂。

許多次遭逢重大打擊時，她都是靠著救命索，渡過難關，牢牢綑住幾近分崩離析的家。

例如，事發以來，陳寶山難抑喪子悲痛，怨氣無處發洩，常常就把氣出在她身上：「說起來，天就黑一邊！莫怪人說，查某人，放尿漩昧上壁！當初若知妳是這款樣——唉！了然啦，說到這款查某，就觸氣！囝仔按怎死，一問三不知，刑警是給妳裝肖耶？幹！拚去現場，也是青盲仔掛目鏡，無路用……」

陳馮嫣還會火上加油：「說到你某？哼，我早就料準準，伊命底刻薄，敗𡛼傷子，你就是不聽我勸，興娶啊！今日才知苦，咱早叫伊去三太子廟祭祭咧，伊有在聽嘸？……」

這類謾罵指摘，在這個家裡早已司空見慣。

陳張阿水緊閉雙唇，面無表情，更用力擦地板、刷流理台，連一粒灰塵、一滴油漬也不放過。

她緊緊扭絞抹布、擠乾水滴，又放進清潔劑裡用力搓洗，一次又一次，一次又一次，直到抹布上的污痕完全消失，直到整間廚房光可鑑人。

真的很奇妙，每當她全神貫注，周圍就會拱起無形、無色、透明、堅韌的防護膜，防護膜裡，莊嚴的龍山寺佇立於滿天霞光中，遠處，大船鳴笛，緩緩靠岸，世界一片祥和。

宛若有神靈護法，無論唇槍舌劍多麼銳利，如何萬箭齊發，一射到防護膜之前，都被虛空吞噬，無疾而終。

陳張阿水在堅不可摧的安全聖地，立於不敗，毫髮無傷。

不管是她的男人，或是她的婆婆，都不知道她的祕密。

觀世音菩薩，則是她的另一根救命索。

就像遇難時，人們常會虔誠祈禱，依不同宗教信仰，懇請他們比較麻吉的天主——或阿拉、或上帝、或聖母馬利亞、或佛祖、或老天爺……趕來救苦救難。

龍山寺的觀世音菩薩是她終生的信仰，永恆的慈母，有求必應。

她也完全沒有把這些事告訴林志明刑警。

◎陳張阿水沒有說清楚的事件補充

1. 在把大目坤仔送進仁濟醫院前，她決定先向艋舺名醫蔡仲豪求救。
2. 拖板車是她在心狂意亂的情況下，未告而取——算是偷來的。

除夕那日，白天晴陽朗照，入夜後，卻開始起風，天氣轉陰，颳起寒流。

春雷一聲響！

彷彿預兆現前，正在拜天公的陳張阿水心頭一陣慌悚。

她只告訴刑警有人來報噩訊，卻未提及獲知訊息的第一時間，她沒有馬上趕往事發現場，而是追出門外，原是想要問清詳情，但通報的年輕人，卻不理會呼喚，低頭快跑，中年發福的她，哪兒追得上？在寶斗里和貴陽街交接處附近，就追丟了人影，四下遍尋不獲，發現走進了死巷，想起兒子生死未卜，趕緊折往廣州街。

當她氣喘噓噓地趕到電線桿下時，大目坤仔已倒在血泊中，他最愛的那把蝴蝶牌口琴，就掉落在腳邊，卻幸運地未沾到血跡。

陳張阿水嚇得渾身發抖，腦海一片紛亂。

但她依舊記得先將口琴撿起來，收進外套口袋裡，然後，拚盡全力想扶起兒子，卻怎麼也辦不到。

幼時綽號「大箍呆」的大目坤仔，雖成年後，不再胖乎乎，卻彪勁健壯，身量約莫一百八十公分，臂膀幾與她的腿一般粗，一個婦道人家怎抬得動？

多少人目睹這一幕？

當時的廣州街……應・該・還・醒著。

如果，陳張阿水及時大喊救命，會有人伸出援手吧？

陳張阿水卻忘記自己喊了沒？只清楚記得腦海閃過一個念頭：

這件事不能讓人知道！尤其是伊老爸！

陳寶山的火爆脾氣，讓她畏懼。

從大目坤仔孩童時，這對父子就勢同水火，大目坤仔混入黑道後，陳寶山更是恨得咬牙切齒。

今年，好不容易情勢略有改觀。

大目坤仔混黑幫後，雖不曾回家，今年卻託人帶給父母一個大紅包，陳寶山把紅包摔在地上，但當陳張阿水悄悄撿起來，收進錢櫃時，陳寶山只罵了一句：「幹！了尾仔囝！」陳張阿水護子心切，擔憂兒子又惹事生非，還在除夕夜觸霉頭，若丈夫發現，一定會大發雷霆。

如果，她及時通知其他家人，無論是找到丈夫、女兒，或任何一位親友幫忙，或許不致走向絕境。

又如果，她馬上把兒子送進相距幾十公尺外的仁濟醫院，或許大目坤仔現在仍是一尾活龍。但顯然地，陳張阿水錯估事情的嚴重性，以為憑一己之力，加上觀世音菩薩幫忙，就能消災解厄。

雖然她抬不動兒子，但辦法是人想出來的。

茫然無助的陳張阿水，四下張望，發現路邊靠巷口牆角的地方，停著一部拖板車，攤販收攤後，把不重要的東西放在車板上，以塑膠布覆蓋、綁牢。她想都沒想，就使勁拆開繩索和塑膠布，把車板上的東西統統卸下。

這時候，春雨悄悄飄落。

風一陣一陣涼，牛毛似的霏霏霪雨，從領口灌進胸背，陳張阿水猛打寒顫，卻一身是汗。她費盡九牛二虎之力，終於把兒子搬上拖板車，而且沒忘記把塑膠布蓋在兒子身上，為他遮擋風雨。

「救苦救難，南無觀世音菩薩！……」

佛號追著佛號，一句接一句，珠串繩結，蔚為聲潮。她喃喃虔禱，春雨飄進她的眼裡、嘴裡、衣領裡，渾身又癢又麻，卻沒有多餘的手來擦拭或搔癢，一路使勁推著拖板車，搖搖晃晃沿著廣州街前進。

仁濟醫院就在相隔幾十公尺的前方，然而，拖板車過門不入。

艋舺名醫蔡仲豪的吉順醫生館，才是陳張阿水的首選。

●

昔日，她懷大目坤仔時，丈夫陳寶山因欠下一屁股賭債，開溜跑路，丟下一大家子，她雖有孕在身，只得幫人洗衣服貼補家用，農曆七月半當天傍晚，她拜完好兄弟時，已略感不適，但還有很多事未完，陣痛卻像電流般一波波襲擊而來，她咬牙強忍，直到洗淨最後一件被單，又煮好次日飯菜，交代孩子不可亂跑，才匆匆準備應急物品，拿了小錢包，鎖好門窗，欲趕往產婆家，半途卻破水見紅，痛倒在路邊的電線桿下。

離產婆家還有一小段路，而仁濟醫院近在咫尺，她死命抱著那根電線桿，想撐起身子求救，但下體血流如注，她渾身虛脫，昏死過去。

適巧，艋舺名醫蔡仲豪經過，救了他們母子倆。

如此因緣殊勝，蔡仲豪很開心地贈給嬰兒大紅包，並在眾人起鬨下，收了大目坤仔當契子。但平日兩家並無深交，只有在大年初二時，蔡家會按古法慣習，打電話來邀請大目坤仔「回家」作客。

雖然那回，難產的她，幾乎在床上躺了半年，才度過危險，但總算活回人間。

在陳張阿水眼裡，蔡仲豪是天下第一名醫。

俗話說，先生緣、主人福，做母親的堅信，兒子與蔡仲豪有緣，救命的事，還得靠他。

其實，吉順醫生館也不遠，就位在廣州街和康定路交叉口附近，那一帶，又俗稱剝皮寮，若在平日，從仁濟醫院走過去，一般腳程不會超過十分鐘。

問題是——拖板車加上大目坤仔的體重，遠遠超過陳張阿水的負荷！

即使卯足勁，沿途沒有休息，陳張阿水也花了一個多小時，才抵達目的地。

但除夕夜，醫生館不開張，陳張阿水瘋狂敲門，左鄰右舍都被驚動了，大過年的，不宜惡口，有好心人探出頭來喊：「醫生全家都到國外度假啦！」

陳張阿水跌坐在地，幾乎虛脫。

若在白天，探出頭來的人，或會發現拖板車上的倒臥者，命在旦夕，應該會主動伸出援手吧？但當下是黑夜，路燈已熄，而且大目坤仔被母親很妥善地蓋在塑膠布下，就像一堆貨物。

陳張阿水只容許自己喘息了幾分鐘，又振作精神，撐起身子，死命地再把兒子往回推。

雨溼路滑。回程，耗費更多時間。

但運氣不壞，經過龍山寺時，拖板車失主羊肉老簡仔氣勢洶洶地朝她衝過來——除夕夜，羊肉老簡仔早早收攤，和朋友搓麻將，休息時間，出來撒泡尿，卻發現鍋碗瓢盆等家私被丟了滿地，拖板車不翼而飛，他氣炸了，四下尋找，當場人贓俱獲——但當他衝向前，看見在風寒春雨中披頭散髮、渾身溼透、滿臉憂懼和雨水的陳張阿水時，滿腔怒火化為虛無，他嚇呆了，吶吶地，不知所措，反而主動上前幫忙推車，急朝仁濟醫院奔去。

●

事件就是這麼簡單。

許多時候，人們錯估情勢，過度擔憂，或善意隱瞞，不願給別人帶來負擔。

陳張阿水盡力了，救子行動雖然失敗，但母愛不容懷疑。

其實，若不刻意複雜化，多數事情很簡單，但人們常有太多顧忌，就在心裡挖個洞把話埋起來，使拼湊出來的真相永遠缺一角。

有時候，人們卻又期待太高，忍不住加油添醋、灌水充數，設法讓事情看來更有分量。這又使得真相不斷旁生枝節，繁殖虛胖。

坦白說，**在我眼裡，真相和歷史一樣，都是虛張聲勢的幻影**，只是曾在光陰裡揚起騷動的灰塵，除非能回到過去的時點上，否則，所有發生過的事，都不可能重返歷史現場還原真相，所有的推測，都只是後見之明。

你呢？你又如何看待真相？

其實，當大目坤仔從拖板車上被搬到急診室的白床上時，並沒有馬上斷氣，當時，值班醫生不知溜去哪兒了，小護士一邊急救，一邊設法聯繫，急如熱鍋上的螞蟻。

等在一旁的牛頭馬面，暗自竊喜，垂涎已久，吐著長長的紅色舌頭，猛舔大目坤仔的靈魂。

春雷第二響！

天空驚白，雷聲震耳欲聾。

昏去多時的大目坤仔，忽然在急診室床上醒過來。

那頃刻，閃電急馳，照亮瀕死的臉，他微側過頭，望見悲傷的母親，虛弱地喊了聲：「阿母，咱來返好否？」一滴淚跌出眼角——在那當下，陳張阿水突然決定，要把兒子帶回家去，要死，也死在家裡，強烈的念頭，讓她馬上行動。

當一個母親下定決心時，沒有人阻止得了。

即使是牛頭馬面，也只能暫時癡望著幾乎拘到手的靈魂嘆氣。

由於大目坤仔的傷，明顯不是一般意外，小護士除了急於找到值班醫生外，也不忘緊急聯絡里長、龍山分局員警，所以未曾注意到傷患家屬的異常舉動。

倒楣的羊肉老簡仔，原以為可以順利拿回拖板車了，試圖勸阻衝動的陳張阿水，卻反被她懾人的氣勢與決心震撼了，吶吶地不知所措，竟又伸出援手，協助她把大目坤仔搬回拖板車，推出醫院。

• •

醫院內，小護士終於聯絡上值班醫生，鬆了口氣，回頭，才發現病患不見了。

醫院外，陳張阿水心急如焚，不斷催促。

「別趕啦，俺已經盡快啦！」羊肉老簡仔推著拖板車，賣力快走，淌下一路歪歪扭扭的血跡。但還是來不及，拖板車才離開仁濟醫院，往前走了幾十公尺，就被匆匆趕來的醫生和小護士攔住。

「這位先生、太太，你們不能這樣子，醫生來了，卻找不到病患，我怎麼交代啊？怎麼可以這樣子嘛！」小護士又氣又急，攔住拖板車。

陳張阿水奮力護子，推開小護士。

「先回醫院，有什麼事，等警察來了再說——」醫生也來幫忙拉住拖板車。

「警察？這完全不干俺的事喔！」

羊肉老簡仔努力撇清，在他的看法，任何事扯上警察，都要倒大楣，都會變得更複雜，他只想拿回拖板車，盡快脫身。

雙方在電線桿下奮戰。

遠遠望去，淒寒苦雨中，他們就像兩組潮溼的黑色剪影，以誇張的慢動作，相互拉扯、爭奪載著傷患的拖板車。

春雷第三響！

「阿母，失禮啦！」

雷聲轟隆中，臥在拖板車上的大目坤仔突然高喊一聲。

霎時，互相拉扯的黑色剪影，完全靜止。

是的，就在那一瞬間，大目坤仔流盡最後一滴血，腿一伸，死了！

陳張阿水張著嘴，卻喊不出聲來，巨慟像強烈的電流，一陣陣鞭擊她的心臟，她突然不再抗拒，任由醫生和小護士急匆匆地把拖板車推回醫院。

羊肉老簡仔被震嚇得不知如何是好，胃裡泛出陣陣酸水，忍著嘔吐感，勉強跟在腳步蹣跚的陳張阿水後頭，打算萬一她昏倒時，可以及時扶上一把。

不過，陳張阿水雖然連站都站不穩了，卻沒有倒下去，緊跟著拖板車，盯著兒子被移到白色床上，盯著醫生進行急救，盯著兒子被翻來翻去，盯著醫生滿頭大汗，盯著醫生抱歉的表情……

「……得等警官和里長、法醫來做行政相驗……」

醫生和護士盡職解釋著，陳張阿水恍若未聞，盯著白布下的兒子出神。

羊肉老簡仔一點也不想聽，半秒都不願再逗留——趕在里長和警察來臨前，他沒有告別，悄悄地推著拖板車，快步離開。

……南無阿彌陀佛……

羊肉老簡仔永遠忘不了，那樣的眼神……

……南無阿彌陀佛……

無論念多少佛號，都安定不了心神。

羊肉老簡仔睜眼、閉眼，都會看見大目坤仔的死相。

雷電照亮他臨終的臉，像灰慘的粗廁紙，平平板板的，雙眼卻瞪得好大，混濁的眼球，滿布血絲，沒有一絲光澤。

那一刻，羊肉老簡仔差點當場嘔吐。

那絕對是——死不瞑目的眼神。

他曾經和無數多這樣的眼神相遇過。

無論是在二次世界大戰時，與日軍決戰於上海灘頭，或是抗戰勝利後，與八路軍肉搏相拚於徐州大平原，無論是兄弟同袍，或是共匪、日本鬼子、甚至藍眼金髮的盟軍，那一張張垂死倒臥的臉，無論是沾滿了血跡、汙泥，或是焦黑、乾枯，哪怕被戰火炸得碎不成形，只要眼睛還在，幾乎都是死不瞑目——他甚至看過一個年輕人被轟掉半顆頭，腦漿汩汩流出來，下巴和鼻子缺了一大塊，只賸半張臉，而他死時，仍是瞪大雙眼，無辜、困惑、絕望，失焦的瞳孔，極不甘願。

即使從死人堆裡爬出來，濃烈的屍臭和斷肢爛肉，都比不上那種眼神的恐怖。

他時常想，如果自己戰死了，一定也會有那樣的眼神。

沒想到逃來台灣後，他又遇上好幾次。

一九四七年，二二八事件發生時，在許多本省籍受難者和外省籍受難者的臉上，他竟然都看到近似的眼神——如果那眼神會吼叫，一定洪亮驚悚，慌狂吶喊著強烈的恐懼、留戀、冤屈——

那震耳欲聾的無聲之聲，讓他耳鳴，嚴重反胃。

•

他搶救回來的拖板車，一路滴著血水和雨水。

臨近家門前，他再也忍不住了，靠在路邊，吐得摧肝折肺，不僅把除夕圍爐吃下去的美食佳釀吐光，連膽汁都吐盡，還一直乾嘔。

而即使春雨下不停，拖板車上殘留著的血漬，仍多得嚇人，像密度濃稠的紅色湖泊，賣力刷洗了三天三夜，猶散發出濃烈的腥臭味。

「死老芋仔，就是收攤躲去賭博，才會衰新年頭舊年尾……用沒兩年的車就要換掉？按怎，新台幣跟你有冤仇嗎？……」

羊肉老簡仔的老婆簡邱春嬌罵聲咧咧，一邊焚香祭拜，拉著丈夫蹲在拖板車邊，把買來的幾疊冥紙，一張張燒在鐵鍋裡，嘴裡念念有辭：

「南無阿彌陀佛……大目坤仔啊，你就好好跟阿彌陀佛去，莫來糕糕纏，阮老簡仔與你非親非故，無冤無仇，以前你來收錢，都有照付喔，老簡仔脾氣歹，請你大人大量啦，以前𡳞倉後詛咒你，是說著玩的，莫當真……以後若賺大錢，才燒樓仔厝給你住……」

羊肉老簡仔是個退伍老兵，在艋舺落戶多年了。為了討生活，他改良家鄉口味，在廣州街和梧州街交口處擺流動攤販賣羊肉羹，每天，角頭兄弟都會來向攤販們收取「保護費」，陋規行之已久，前陣子，負責來收利頭的正是大目坤仔。

羊肉老簡仔並非對大目坤仔特別反感，而是任何角頭兄弟來收保護費時，他雖乖乖照付，卻忍不住私下咒罵幾句。

●

後來，羊肉老簡仔也被警方約談，把自己幫忙推車、搶救大目坤仔的過程，繪聲繪影說得極為精采。

但究竟誰殺了大目坤仔？他除了極力撇清外，也說不出個所以然來。

語珠註解：

尻倉：屁股；臀部。

二、高潮迸發的瞬間

高潮迸發的瞬間，男人的意念化成一片霧。
查某人花從汙泥中冉冉而升，綻放一千萬朵玫瑰的芬芬。
沒有骯髒的意念，沒有高貴的情操，沒有世俗的牽絆，也沒有禮教的束縛。
在絕對與極致中，只有男人與女人，只有，那檔子事——

大目坤仔命案的調查，一開始就毫無頭緒。

如同他的招魂儀式般，令人不知所措。

雖然在例行性的「行政相驗」後，大目坤仔的大體順利被送回家中，依民間習俗，在棺材未送至前，拆卸門板設為水床，暫且安置，靈堂式場也在歐肥仔特別關注下，很快搭設起來，但他的魂魄是否也跟著回家？或依舊在外遊蕩，成為孤魂野鬼？卻連艋舺最有名的師公雀仔，都說不準。

2.1 師公聖筊和銅板

「怪肖！我從囝仔時代看阮阿公招魂，自己也做師公三、四十年，生目睭不曾遇到這款怪事！」師公雀仔搖頭不迭。

但這些話，他可不敢對喪家或外人說。

大目坤仔的招魂儀式，原本是由特地從板橋三太子宮請來的師公陳豬乳主持全局。

但一開始，就怪事連連。

先是怎麼也點不燃線香，換了幾個打火機，好不容易點燃了，番仔忠一個踉蹌，把香爐打翻，珍珠仔呆伸手去扶，卻被壓住一起痛倒在地，簡唐不小心踩斷了引魂幡，情急下，砍不到竹子，只好奔去五金行，總算買到一根竹掃把取柄代用，而出發前，負責撐黑傘的胞妹陳秀玉，忽然覺得尿急，上完廁所出來，卻又找不到原先準備好的冥紙……三阻四礙地，招魂隊伍才總算浩浩蕩蕩出發。

雖然大目坤仔是在仁濟醫院被宣告死亡，但母親陳張阿水認定兒子是在返家半途中就斷氣了，所以招魂隊伍沿著廣州街前進。

由於還在新春期間，艋舺逛街人潮多，原屬夜市的廣州街，從一早就攤販麇集，沿路還有一攤又一攤的賭博性遊戲，庄內人設的局，小桌子擺開，放個碗公，當街就作莊擲起骰子，圍觀聚賭的，多是街坊鄰居，也有一些過路客，逛街中途，好奇停下來試試手氣，男男女女殺紅了眼，喊聲連迭。

●

「西叭咧！——幹！擱扁之！恁爸就不信！」

那邊，賭客們興奮激情，戰況熱烈。

●

「南無阿彌多婆夜，多他伽多夜，多地夜他，阿彌利都婆毗，阿彌利多悉耽婆毗……」

這邊，師公陳豬乳唱誦往生咒，抑揚頓挫，鈸鐃嗆嗆鏘鏘，熱鬧非凡。

●

也有不少逛街人潮看到招魂隊伍經過，覺得陰森晦氣，紛紛走避，失去賭客的莊家，就閒在一旁抽菸聊天。

師公陳豬乳率領的招魂隊伍，一路在誦經聲伴奏下，來到生死關鍵點上的那根電線桿下。

一位師公該幹的活兒，陳豬乳都盡力做到了，擲筊時，他更是好話說盡，聲聲呼喚，卻是叫天不應，呼地不靈，兩枚十元硬幣一擲、再擲、三擲……拋了一百多遍，要不就是兩枚硬幣都呈現先總統蔣公介石先生笑瞇瞇的大頭，要不就都是呈現反面的浮雕梅花。

但是，得要兩枚錢幣分別呈現一正面、一反面，才算得筊呀！

陳豬乳一臉嚴肅，冷汗沿著兩腮淌下來。

突然風雲變色，一陣黑風旋襲而過，陳秀玉手上的黑傘被吹翻開花。

冥紙像粗糙的黃色蝶翅，被風捲起，滿地滾動……

大目坤仔的亡靈是否就在現場冷眼旁觀？誰都不敢說，只覺背脊陣陣寒意。魂幡在風中狂顫著，竹桿也搖擺不定。

快天黑了，大目坤仔的魂還招不回來，怎麼辦？

陳豬乳情急之下，甚至把招魂隊伍帶進仁濟醫院急診室，鬧得現場人仰馬翻，卻還是沒有結果，最後，他技窮了，臉色鐵青，脫下師公服，抱憾而去。

「艋舺人就要拜託咱艋舺的師公雀仔才對啦！」有人強烈建議。

「爛散講！咱祖籍是新店渡頭，是阿公和叔公兩兄弟在板橋買田買地起大厝……然後，是到咱這代才遷來艋舺——」陳馮媽叨叨反對。

不過，陳寶山仍採納眾論之議，派人速去延請。

天黑前，師公雀仔就趕來了，同樣的法事，重複一遍，十元硬幣又被摜擲了百多次，蔣公頭像都快被撞凹了，結果卻是一樣——

呃，不，那只是前半段。

師公雀仔在艋舺名號響亮，豈可任由英名毀於一旦？再難纏的亡靈遇上他，也得乖乖就範。

雖然前半段，照一般招魂儀式作法，效果不彰，但師公雀仔依舊老神在在，很快就巧妙應變。

也不知師公雀仔究竟施了什麼法，只見他手舞足蹈地，踏起了七星步，嘴裡念念有辭，兩手各捏著一枚十元硬幣，翹起優美的蓮花指，手印快速翻來覆去地，高高舉起，輕輕放下！

嘿！果然！

就這麼擲出一筊！

兩枚硬幣呈現一正一反，蔣公笑瞇瞇，梅花好神氣！

而且，接連三筊都成功耶！

圍觀的群眾嘖嘖稱奇，瞪大眼睛，吁出一口長氣，簡直要拍手叫好了，但這可是喪事喔！哀矜勿喜，千萬不可輕浮亂來。

無論如何，大家總算放心了，讚嘆師公雀仔功力高明，並對大目坤仔招魂一事，議論紛紛。

可不是邪門兒嗎?!有些老人家頻頻搖頭，說：「我吃到七、八十，生目瞷不曾見過，真正怪！有夠怪！」

師公雀仔沉吟著，點頭附議，榮身而退。

◎艋舺・一九四五

嘖嘖！人真是健忘呀！

其實，師公雀仔絕非第一次遇到邪門事兒。

許多老艋舺人也都經歷過類似事件。

而且，**我**敢保證，包括陳馮媽、陳寶山、陳張阿水、陳家的童養媳邱阿足、三好嬌、歐肥仔……乃至艋舺名醫蔡仲豪，都親眼見識過了。

那次，因為戰爭的緣故，艋舺遭受盟軍轟炸，死了不少人，被請來主持招魂儀式的師公雀仔，就面臨過收服不了冤靈的窘境。

我記得清清楚楚，那是一九四五年六月八日。

二次世界大戰即將結束，戰事吃緊，日軍已如強弩之末，猶作困獸之鬥。而盟軍攻擊日益猛烈，台北城連遭數次轟炸，人口集中的艋舺首當其衝，許多店鋪都關起門扉，大家陸續往鄰近的板橋、新莊等地疏散。

艋舺望族蔡家也不例外。

當時蔡家大厝原是坐落於廈新街（現今西昌街——貴陽街與桂林路之間那段），堂皇建築的後門直通到八甲庄街（約現在的康定路、貴陽街一帶），蔡家族人多已疏開到板橋鄉居，只有蔡氏祖輩蔡煲不願離開，長房蔡毓文也暫留家中，等候遠赴日本求學的兒子們蔡仲琛、蔡仲豪、蔡仲霖三人歸來，髮妻蔡黃音子則外出，專為老大人到淡水買魚，正在回程途中。

當天，因戰事而被緊急召回的蔡家三位少爺，聯袂搭乘大型商輪裕豐丸，順利在基隆港靠岸，轉乘火車，安全返抵艋舺。一路上，三兄弟有說有笑，出了火車驛，走在熟悉的土地上，步伐輕快，歸心似箭，卻來不及踏進家門，才走到龍山寺街附近，就遇上空襲。

空襲警報響徹雲霄，街上人群慌狂避難。

許多人躲進淡水河邊的防空洞——例如，當時還是漂丿青年的歐肥仔、雖已中年卻仍美麗的三好嬌、富泰福相的蔡毓文髮妻蔡黃音子；另外，也有不少人正走在龍山寺街上，來不及找到掩蔽，就衝入龍山寺，尋求佛祖庇蔭。

當時，蔡家三位少爺就是隨人群避入龍山寺後殿。

至於已從板橋遷來艋舺的陳馮媽，與兒子陳寶山、童養媳邱阿足就擠在蔡仲豪身邊，嚇得臉色慘白。

而陳張阿水，當時還是待字閨中的青春少女。那天，她被調去協助婦女團體縫製勞軍袋，原本預定工作結束後，將與青梅竹馬的意中人相約在龍山寺前見面，還特別在鬢邊戴上他送的蝴蝶髮夾，但時間未到，意中人還沒出現，盟軍飛機就來了，她隨眾人一路奔逃，慌忙躲進寺中避難，一個踉蹌，跌坐在觀世音佛像腳下。

一顆顆炸彈，從天而降，像大鳥拉屎，一坨坨掉落人間，頓時天動地搖，不少建築嘩嘩傾倒，瓦片、碎牆、塵土捲起萬丈硝煙，數座民宅化為焦土，蔡氏大厝難以幸免。

甚至眾神護衛的龍山寺，也遭受炮火波及，中殿、右廊和諸佛神像都化為灰燼，其中一尊由艋舺雕塑家黃土水製作的釋迦如來佛像，也不幸罹難了！

躲在後殿的陳馮媽，被炮火震得昏過去。

真所謂天機難測，著名的民間神祇——俗稱三太子的李哪吒，竟選在那危急時刻，來到龍山寺後殿，託夢給昏過去的陳馮媽。

夢中，龍山寺街頭，淒風苦雨，許多精神委靡的軍人，踩著凌亂的步伐行進，有些人背著包袱、挑著飯鍋，手不拿槍，反而擰著破傘，有些人還扛著棉被，胸前掛著一雙破鞋，道路兩旁擠滿有臉沒有五官的人群，個個搖旗歡呼，那些旗幟有的是滿地血紅包夾住左上角的一方藍色，藍色中央一輪十二道光芒的白太陽，有些則只有藍底、白太陽。

忽然冥紙滿天飛，黑傘展開如幡陣，陳馮媽看見自己披頭散髮，左肩扛著燒水煮菜的大鍋子，右手擎著一把沉黑的桃木劍，在虛空中飛奔……

警報解除時，陳馮媽也驚醒過來。

●

另一項神祕天啟，則發生美麗少女張阿水身上。

雖然中殿幾近全毀，觀世音菩薩端麗莊嚴的臉，也被燻黑了，卻仍安詳地端坐壇上，跌在觀世音菩薩腳下的張阿水，則安然無恙，但滿頭滿臉的硝灰，米白色洋裝也髒了，裙角勾破了一小塊。

她仰望慈眉善目的神聖容顏，內心一陣肅穆敬畏。

當灰頭土臉的少女張阿水，整好衣衫，重新戴好蝴蝶髮夾，跨出中殿時，陳寶山、陳馮嫣、邱阿足等人也恰從後殿走過來，彼此正面相迎。

邱阿足驚魂未定，左頰上約一角銅板大小的紫色胎記，襯得臉色更加慘白。

張阿水。邱阿足。她們互望了一眼。

在那一刻，這兩位不同家庭的童養媳，都從對方的眼底，看見自己靈魂的傷，卻還不知道，未來人生將會被悄悄更換。

年輕的陳寶山則望著張阿水，一股溫暖柔柔地融化了戰慄的年輕心靈——那時，他們還互不相識。

●

劫後餘生。

龍山寺街猶籠罩在濃濃的火藥味裡，到處斷壁殘垣，哀鴻遍野，放眼望去，黑傘羅列，無數喪家捧著各自的米斗和神主牌位，燒起冥紙，哭喊家人的名字：「×××返來哦——」

死難者名冊

＊蔡旲，艋舺富商，蔡氏大家長，得年七十八歲

＊蔡毓文，艋舺才子，蔡旲之子，得年五十五歲

＊蔡忠，蔡家長工，得年五十九歲
＊蔡家查某嫺，蔡罔腰，得年四十九歲；胡免來，得年二十一歲
＊丁大海，張阿舍，高阿昌，王滿，簡太郎，姚阿玉，郭月鳳，林玲子……
＊醉花園、千鳥亭等娼館的公娼，以及私娼數名
＊無名屍若干

失蹤者名單

＊鳳春嬌，隱退的昔日艋舺第一名妓，時年七十三歲
＊歐阿猴，歐肥仔之叔，艋舺遊廓娼館頭人，時年六十五歲
＊趙大海、余國文、李茂德、陳阿義、李仔春、吳德……

厚厚的炸彈灰，刺鼻的燒焦味，籠罩老艋舺區。

罹難者有些被炸得面目全非，有些肢體殘缺不全，但都在眾人協助下，盡量湊齊全屍。一具具遺體，用草蓆裹覆起來，有些已有家屬認屍，有些則仍是無主孤魂，暫且擺在路邊，等候認領。

倉卒間，當時還是個青愣小子的師公雀仔，被請來為諸多亡靈招魂。

他來不及更換法衣，也未及準備法器，喪家的魂幡，都是從附近竹林砍摘來的新鮮竹枝，草草綁條白布充數，並以硬幣代替聖筊——但不是中華民國政府出品的十元硬幣，而是日本政府發行的五分鎳幣。

直接穿著對襟仔衫褲就上場作法的師公雀仔，流利地誦經念咒，捏著兩枚日本錢幣，一次次擲筊，呼請亡靈——有些亡靈還算配合，但有些死不瞑目的冤魂，就像大目坤仔一般很不給面子。

那時，他才剛傳承先父師公明仔的衣缽不久，功力尚淺，做不到「老神在在」，喜怒形於色，擲不到聖筊，就一臉羞憤。

末了，法事草草結束，雖然許多亡靈千呼萬喚引不回，嘈亂的現場氣氛，籠罩在陰森詭譎、驚惶不安中，但非常時期，罹難者家屬雖悲慟，也多能諒解、妥協。

那天，因為一場轟炸，陳馮嫣、陳寶山、童養媳邱阿足、張阿水，與撐黑傘、捧牌位的喪家歐肥仔、三好嬌……乃至蔡黃音子、蔡仲豪等人，曾一起在昔日稱為龍山寺街的廣州街頭出現，但相見未相識，或者相識卻錯身而過，不知**日後，彼此間竟會發生許多牽連**。

2.2 肉身布施與毛毛蟲

昔日，戰火下的亡魂，於今仍徘徊於枉死城，抑或早已超渡投胎？誰都說不準。

至於大目坤仔的冤靈，是否真的順利被師公雀仔作法收服，隨著魂幡引路，乖乖回家，棲息於神主牌位，供人弔唁？

曾幹過乩童、對生死禮俗還算內行的陳馮媽，頗為懷疑。

但無論如何，喪事不能拖著，得依禮俗按部就班逐一進行。

亡者豎靈後，暫候吉時入殮，大目坤仔的靈堂式場裡，早先搭起了三寶架，並把一些輓聯也提前張掛出來。

※

艋舺名醫蔡仲豪一回國，聽聞不幸消息，就匆匆趕到喪儀式場。

與陳寶山年齡相仿的蔡仲豪，一派士紳行頭，穿著正式的黑色西裝，帽子挾在右脅下。他一進來，就吸引了眾人目光。

地方上家世顯赫的名醫前來弔唁，陳寶山連忙呼喚妻子與母親出來相見。

陳馮媽在媳婦陳張阿水的攙扶下，跨出西藥房大門，步入靈堂。

「節哀順變！」蔡仲豪深深行禮。

陳張阿水內心百味雜陳。

如果除夕夜，蔡醫師在家，或許兒子能保住一命？思及此，她抹淚不已。

陳馮媽則靠在椅子上哀嘆，拿起手絹頻頻拭眼。

「若有需要幫忙的，你就講！」蔡仲豪緊握迎向前來的陳寶山的雙手。

「感恩啦，花圈都擺到式場外頭去了！大家都很幫忙，感恩啦！」陳寶山一臉哀戚，順勢指了指琳琅滿目的花圈，並特別介紹其中某些政要送來的輓聯。

陳秀玉皺眉，頗覺尷尬，扶著母親，坐到另一邊。

名義上，蔡仲豪算是大目坤仔的契父，卻對契子所知有限吧？知道大目坤仔混流氓嗎？會否因此後悔收了契子？

陳秀玉雖坐得有些遠，卻忍不住悄悄注意起蔡仲豪，發現他時而盯注那些地方角頭們送來的眾多花圈，時而環視周遭，看到許多貌似幫派分子的男人在喪儀式場中來來去去，露出既似疑惑，又似了然於胸的眼神。陳秀玉更覺難堪。

那些幫派分子，多是大目坤仔生前的手下小弟，或道上好友，事發後，他們常來喪禮式場幫忙，夜裡，也主動排班輪流守靈。

珍珠仔呆、番仔忠和簡唐更是幾乎每天報到。

除了燃香祭拜外，他們也敬奉香菸、檳榔。把綠皮白肉、夾著紅灰荖葉的幼菁仔刺進香腳竹籤，插在香爐裡，就像一顆顆小頭顱，以此祭靈，確實頗合大目坤仔的脾味。此外，米酒調和養樂多，也成了供品，頻向大目坤仔遺照敬邀，當大夥兒在靈堂前打麻將、擲骰子，或玩起梭哈時，還會特別留一個空位給亡靈。

幾乎每個來到喪禮式場的人，除了安慰家屬外，都會談到大目坤仔的命案，彷彿唯有如此，才能充分表達對死者及喪家的同情、敬意與關心。

他們從各種不同角度揣測、推斷，卻談不出任何結果。

「兄弟事，兄弟了！這個仇一定要報！」珍珠仔呆常望著大目坤仔遺像，撂下狠話。其他弟兄們嘆氣，默默點頭，或出聲附和。

站在靈堂前的珍珠仔呆，抽著菸，檳榔咬得卡嗞卡嗞響，呸一聲，滿嘴鮮血般的汁液，就吐在充當菸灰缸的塑膠免洗杯裡。

「你的嘴最好給我塞起來！」

聽那言語，竟是——艋舺名娼三好嬌？她人未到，聲先到，聲未到，香味已彌漫了整個喪禮式場。

●

傍晚時分，三好嬌突然造訪，讓在場所有人都驚了一跳。

不只男士們盯著她瞧，連女人們看到她，也都表情複雜。

她穿著一席象牙白褲裝，髮上簪著小白花，雖然素雅，卻又流露媚態，或許是紋了眼線，分外襯托出雙眼明亮，眸光水瀅瀅，深邃如潭。

她蓮步輕盈，不知是用了什麼香水或香粉，渾身花香——是什麼花香？卻又難以確定，周遭人只覺暗香浮動，隨三好嬌的身影忽左忽右，忽淡忽濃。

「三好嬌姨一直對大目坤仔很照顧……」陪同前來的白蘭，向在場的陳秀玉及家屬們介紹，嘴裡一邊說著，眼睛卻四下張望，在蔡仲豪身邊停一會兒，又望向陳秀玉，抛出疑問的眼神。

陳秀玉不知所云，只好點點頭。

陳寶山看見三好嬌，有點錯愕，慌忙起身迎賓。

三好嬌微微頷首，無視於現場眾多好奇的注視，行過時，瞄了瞄珍珠仔呆、番仔忠等人，逕自走向靈堂桌案前，仰首望著大目坤仔遺像。

那是大目坤仔二十五歲離家前拍的。

遺照裡的大目坤仔，方頭大耳，濃眉大眼，連鼻頭都肉肉的，像未經世故的愣小子，有點害羞，笑容青澀，眸子又大又黑又亮，如牛眼般溫馴中帶點固執。

人家說，相隨心改，半點沒錯！三好嬌暗自喟嘆。

她是在幾年前才與大目坤仔相熟的，那時的他，卻已顯露凶相，一身彪勁，牛眼瞪起來，陰狠冷酷，叫人不寒而慄。

沒想到以前的他，會是如此純情模樣？

「長得像阿公？還是像父親呀？」三好嬌輕巧旋身，睨了陳寶山一眼。

「呃，呃……？」陳寶山支吾著。西曬的陽光，打在棚架的塑膠布上，也曬得他臉色微紅，掏出手帕擦汗。

坐在陳寶山左側的陳馮媽蹙眉，緊閉著嘴，唇邊的皺紋更深了，醃梅般的臉上，目光銳利，瞪三好嬌一眼，不屑地轉開頭。

三好嬌不以為意，輕淺一笑，目光溜過陳寶山，滑向坐在另一旁的蔡仲豪，眉目含情，點頭致意。

蔡仲豪卻似坐立難安，向來謙沖多禮的他，猛地站起來，向陳寶山及其家屬告辭，馬上轉身離去。

三好嬌仍是笑了笑，上香後，就輕盈轉身，直走到珍珠仔呆面前。

坐在一旁的陳秀玉，只覺花香變濃、綻放一股飽滿溫潤的甜味。

「狗吠火車，做放送頭，是憨人，若是巧人，恬恬吃三碗公半，我看大目坤仔若家己人，你當作伊是兄弟，我才會多話勸你，莫目睭糊到屎，按怎死，都不知！」

三好嬌語言如風，玩笑一般，輕聲帶過，略微沙啞的嗓音，還是那般慵懶甜膩，笑眼裡卻有一股子冷。

現場彷彿由她主導，交代完珍珠仔呆，又軟語提醒番仔忠等一干幫派分子，莫在式場裡喧譁，檳榔汁和菸蒂要收拾乾淨。

話畢，三好嬌也不多逗留，向眾人點頭致意，施施然離去。

艋舺不老花．普渡眾生

三好嬌來去一陣風，香氣薰然，餘味不絕。

「她——就是，傳說中的艋舺不老花嗎？感覺有些面熟——」陳秀玉好奇極了，悄聲問留下來的白蘭。

「嗯？——詩卉還是沒來啊？」白蘭卻顧左右而言他。

陳秀玉未及回答，陳馮媽就借題發揮，嚴厲開罵：

「啥不老花？自己封的，查某囝仔人問那做啥？不肆拉怪！留一些給人探聽啦！垃圾賺吃查某假囂掰，來這猥泗四界……」

白蘭坐不住了，起身告辭。

陳秀玉也悻悻然走開，轉身入家中廚房，取來新鮮的捧飯，供奉在靈前，望著遺照發呆。

大目坤仔離家後那些年，家人只知道他進了幫派，卻不清楚實況。

因著他的亡故，南北二路各色人等前來弔唁，位於頭北厝的阿公店、寶斗里的公娼館、龍山寺口的露店……乃至蜘蚋仔的花農會社等，都送了花圈奠儀來，家人才略微見識到他的交遊、行徑與混跡事宜。

之前，歐肥仔特別關照，還親自到靈堂來，已讓他的家人驚訝不已，於今，三好嬌竟也來弔喪，更是出乎意料之外。

雖然，她既非達官貴人，亦無顯赫背景，論身分，不過就是在寶斗里經營公娼館的老鴇罷了，但在艋舺一帶，卻是個傳奇人物。

據說，她就是曾經名噪全台的藝妲「黑貓嬌」。

傳聞黑貓嬌十五歲時，就成了艋舺最有名的藝妲。

那約莫是在日據後期，當時的艋舺，既已喪失舟楫之利，亦不具鐵路、陸路交通樞紐地位，世道日趨沒落，大稻埕起而代之，商業鼎盛，成為北台灣之最，起初興起於艋舺的藝妲，也紛紛轉移陣地。

然而，紅極一時的黑貓嬌卻仍留在艋舺，日後，又淪落為娼妓，其中緣故費人猜疑。而淪為

「賺吃查某」後，聽說她不願玷汙昔日聲譽，刻意改名為三好嬌，光復後，申請到「大牌」，就直接在寶斗里經營起娼館。

●

三好嬌是否就是黑貓嬌？眾說紛云。

不過，三好嬌對自己的事，絕口不提，有人好奇追問，她煩了，嘴笑眼不笑，撥了撥髮鬢，閒閒地點起一根菸，重重吐出白霧，睨著那人說：

「你祖媽是媽祖化身，要來救苦救難，肉體布施，普渡眾生，按怎？若有閒搬嘴花，不如來開查某，我叫小姐請你喝茶啦！」

據說曾經有一名記者假裝嫖客，潛入寶斗里，企圖挖出內幕，卻被艋舺地帶的角頭老大痛毆，連滾帶爬地逃出風化區。

也沒人知道三好嬌的實際年齡。

論輩分，她該與陳馮媽媽接近吧？那麼大目坤仔過世時，約莫七十多歲？

陳馮媽已明顯是梳著包包頭的老嫗，臉上皺紋極深；三好嬌卻是「徐娘半老，風韻猶存」的最佳代言人，保養極好，雖不復青春，卻媚骨風騷，擅長妝扮，濃妝合宜，穿著時尚套裝，總讓眾人驚豔。

「艋舺不老花」的豔名不脛而走。

更傳奇的傳聞是，據說，在她年輕時，賣藝不賣身，自視甚高，即使對日本警察也不放在眼裡，北台灣有一半以上的文雅之士，渴望一親芳澤，把悶騷在心的愛慾，寫成豔詩豔詞，譜成歌送給她，但願能獲青睞；而當年華漸逝，從一名藝妲變為賣身不賣藝的公娼後，全艋舺約有半數男人誇口說自己曾經幹過她，另一半男人則在夢裡想幹她。

不管是文雅的奉承，或粗鄙的淫語，三好嬌一概巧笑倩兮，既不承認，也不否認，如果來人還是不識相，她只會冷眼斜睨，柔聲問一句：「您老爸最近好否？」

據說，連蔡仲豪的父親蔡毓文，生前也與傳聞就是三好嬌的黑貓嬌過從甚密，他們之間的風流韻事，當年還曾傳遍艋舺呢！

才子佳人的故事，原就引人遐思。

在艋舺，蔡氏家族從清代就是地方富豪，祖上經商有成，培養子弟詩文傳家，蔡仲豪的父親蔡毓文，不僅是地方上的重要人物，因作得一手好詩，曾代表艋舺詩社，受邀至日本總督府參加「吟詩會」活動。

當時，正值壯年的蔡毓文已婚，但身為富家子弟、又是艋舺詩社頭人，交際應酬在所難免，風流倜儻的他，對懷春少女黑貓嬌一見傾心。

時遷物換，幾十年過去了，蔡毓文和他所寫的詩，於今早已屍骨無存，卻因那段豔史而名留史冊，老艋舺人談起來仍眉飛色舞，臉上陣陣春風。

雖然對老一輩台灣士紳而言，文人名花之間的風流情事，並不失身分，但與自己父親的老情人面對面，想必滋味複雜。

是因為這樣，蔡仲豪才急著離去嗎？

艋舺究竟有多少男人或多少人的父祖叔姪，曾與三好嬌發生親密關係？又有多少父祖兄弟曾經嫖過同一位妓女？若讓嫖過同一位妓女的父祖兄弟叔姪……開個意見交流大會，場面一定很滑稽……

陳秀玉甩甩頭，覺得自己真荒唐，竟然在兄長的靈堂前胡思亂想！

那夜，失眠的她，在日記裡這樣寫著——

時代創造情色，貓仔創造英雄

據說有不少男人認為——妓女是最低廉的奢華享受，婚姻卻是最昂貴的劣質服務。

無論衛道人士如何瞧不起妓女，視情色為毒蛇猛獸，但生之大慾，永難根絕。

女人總要經歷許多男人之後，才會發現男人對女人的原始渴望，並不單純是性，更常是透過性，來填補心靈破洞，滿足征服的快感。

但在現實生活中，多數男人卻連自己的女人都征服不了，存在的斤兩很快就被女人看破掂輕，雄性也從而萎縮了，根器軟趴趴像隻毛毛蟲。

唯當女人低賤，男人才顯得高高在上。

許多時候，唯有妓女才能給予男人安慰。

許多時候，在卑賤的妓女面前，男人更能勃起，不必負責，只需付錢，沒有禮教，更敢縱慾發洩。

2.3 空白圖畫本與寶斗里

粗淺涉獵過一些台灣風月史料的陳秀玉，對三好嬌深感好奇，而且覺得她十分面熟。

這也難怪！其實她忘了，十幾年前，她就見過三好嬌。

那時，她還是個小女孩，最要好的朋友白蘭，也還不叫白蘭，叫做林春花。

小林春花原本住在淡水河畔，家裡開設露天茶棚，媽媽秀英嬸是許多艋舺囝仔眼中的恐怖女魔頭。

「……路旁屍，蹓骨長短肢，歹心黑澇肚，欲死就初一十五，欲埋風加雨，欲拾骨尋無路……」秀英嬸一開罵，從河堤那頭，一路罵到街尾這邊，臉不紅，氣不喘，尖酸刻薄，方圓數里內，人人走避。

街坊鄰居無分大人小孩，幾無幸免，全被她罵過。

至於林春花的繼父林志明，則是孩子們公認最奸巧的奸商，他賣的枝仔冰，據說都是用生水、加糖精和色素做成的，連林春花自己都不吃，只有老松國小的那些笨蛋才會買。

陳秀玉和林春花都是讀龍山國小的。

那年，她們一個小三，一個小五，雖然不同年級，但每天下課後，常會在校園或操場一起玩，放學後，則躲在她們的祕密基地，一起繪製人形娃娃，玩家家酒，還約好將來長大，要嫁給雙胞胎兄弟，一起穿新娘禮服，一起生小孩……她們編織過許許多多的夢。

小林春花雖然功課很糟，連一到十都會加錯，但繪畫、勞作卻很拿手，常把她們的夢想，畫在各式各樣的紙上，摺成各式各樣的紙鳥、紙船、紙飛機、紙房子……然後用紅線穿起來懸掛在祕密基地裡。

有時候，風會灌進祕密基地，把那些夢吹得飄揚起來。

但是，夢，像無聲的風鈴，空空懸盪著，一個都來不及實現。

※

那一年，克麗娜颱風過後，小林春花突然就失蹤了。

而不久前，她們才打勾勾、蓋手印，約好要送給對方一個大驚喜，但林春花卻失約了。

當時，小陳秀玉幾乎每天放學後，都到祕密基地等待。

祕密基地裡，有女孩們的專屬特區，鋪著一張草蓆，牆上掛滿了林春花的圖畫和勞作，但是，那年颱風後，林春花就不再去學校，也從此不到祕密基地。

對十歲小女孩來說，兩星期的枯候，是只比永恆短一些的漫長時光，陳秀玉等到都氣哭了。

雖然她很怕秀英嬸，仍鼓起勇氣，在第十五天放學後，穿越河堤，找到露天茶棚去。

淡水河畔卻一片狼藉，到處是垃圾、碎玻璃、漂流木，還有三兩隻貓屍、狗屍，陣陣腐臭味飄揚，好些大樹倒下來，原本在一株百年茄冬樹旁的秀英露天茶棚不見了，半片傾倒的木造基座歪在一邊，鋁製招牌斷了，有一半被埋進潮溼的爛泥裡，只露出秀字的半個頭，壞掉的躺椅、小桌子零亂散落開來……暮色沉落的淡水河畔，漾著悠忽的紫光，整個環境就像鬼域。

夜蟲突然尖叫一聲，小陳秀玉嚇得拔腿就跑。

●

林春花喔？她被賣掉了啦！

沿著堤防邊一路衝回家的陳秀玉，喘得心臟都快爆炸了，在住家屋後空地遇到簡唐。簡唐舔著白脫糖爆出驚悚內幕。

「妳是笨蛋喔？再給我一顆糖，我就全部告訴妳。」簡唐一臉垂涎。

陳秀玉猶豫了一下，從書包裡又掏出一顆白脫糖，那是她存起來預計要請好朋友一起分享的！

「林春花被賣去寶斗里了啦！」簡唐一臉神祕兮兮。

那是陳秀玉第一次聽到「寶斗里」這個字眼，卻還不懂那代表著什麼意思。

後來，陳秀玉用兩包香菸糖的代價，央求簡唐帶她去寶斗里。

那是她首次踏進聞名的艋舺風化區，書包裡放著幾顆白脫糖，和首頁寫著「勿忘我」三個大字的空白圖畫本。

這兩位小女孩原本有機會和好。

可惜，在陽光燦爛的寶斗里巷弄裡相遇時，她們卻吵了起來。

「妳忘記和我約好了，對不對?!」小陳秀玉氣鼓鼓地。

小林春花倨傲地揚起下巴，兩眼像要瞪出火來。

「妳還不承認？哼，一定是忘記了，白賊七啦，臭小狗，小氣鬼，王八蛋、臭雞蛋，一斤兩塊半，還沒人要，所以，所以——妳才會被賣掉！」小陳秀玉直逼到好友面前，紅著眼眶叫罵。

「妳才被賣掉，妳是爛土，昧糊得壁……死人骨頭，路旁屍，腳骨長短肢……歹心黑澇肚，欲死就初一十五，欲埋風加雨，欲拾骨尋無路……」小林春花滿臉赤紅，用力一推好友，把秀英嬸的經典罵辭，發揮得淋漓盡致。

兩個小女孩都扯直了喉嚨喊，誰也不認輸。

小陳秀玉聲勢略輸，一氣之下，竟撲過去，用書包裡的圖畫本，猛打小林春花的頭，甚至狠狠咬了她的手臂。

「哎唷！是兜位來的恰查某啊？敢打阮白蘭嗄？」

一聲柔媚低啞的嗓音響起，小陳秀玉整個人被拉開。

那是小陳秀玉第一次看見三好嬌——她燙著時髦的蓬鬆髮型，整個人又香又白，還戴著長長的耳環、項鍊，模樣就像電視明星。

「查某囝仔嬰，敢打阮白蘭嗄？緊走，若擱來，我就抓妳去賣！」三好嬌連罵人都帶笑，但直勾勾盯人的眼眸深亮如潭，透著凌厲。

小陳秀玉嚇哭出來，落荒而逃。

當然，陳秀玉還記得白蘭，也記得白蘭本名叫林春花，對於童年的這段插曲，卻幾乎忘光了。

但是白蘭卻刻骨銘心。

克麗娜颱風來襲之夜，適逢滿月漲潮，河水暴漲的速度極快，水漫進屋裡時，她還睡得迷迷糊糊，突然被拎小雞般從床上抓起來，眼睛都還睜不開，母親已把最小的兩個弟弟牢牢綁在胸前，麻布包裡裝進一些細軟，讓她背著妹妹，全家緊急撤離——至於她的繼父林志明，則扛著重要家當，在前方開路。

風雨肆虐，天地像被扭轉過來，山石倒塌，震聲轟隆！

眼前是一片洪潮滾滾的汪洋大海。

根本分不清何處是河？何處是岸？平日供遊客休閒遊河的小船，原本都牢牢綁緊在樁上，此刻卻像得了瘧疾，在浪頭間狂打擺子。

河畔的幾棵大樹，都泡在水裡，瘋了似地，樹幹猛烈搖擺，枝葉急促地甩來甩去，像狂亂的巨人，在黑風急雨中，哭嘯尖叫，十分嚇人。

洪流來得又快又急，他們根本來不及撤離，一路涉水前行，才蹣跚走到消波塊旁，突然一陣洪流襲捲過來，他們全家人就被沖散了。

在失去意識前，她曾回頭望了一眼，腦海中最後的印象是——

不僅她家，所有淡水河畔的露天茶棚，就如推骨牌般嘩嘩傾倒，像破碎的玩具屋被大水拖著走，四分五裂的棚架散成無數尖銳的木樁，把好幾個被大水沖倒的人給當胸刺穿、勾掛起來，一起被大水拉著往前沖，他們都是來不及撤離的鄰坊……

若非親眼見識，那種誇張而超現實的驚悚畫面，難以想像。

次晨，竟是天色朗朗，日照當空。

小林春花與許多受災戶，暫時被安置在龍山國小教室裡。

一些好心的歐巴桑，包括陳張阿水、陳馮嫣等人都來了，就在教室外的走廊埋鍋造飯。蔡詩卉的阿嬤蔡黃音子，也送來很多食物和棉被，那時，原就高大富泰的蔡黃音子已經胖得像座大衣櫃，舉步震動八方！

當小林春花被震醒，她的童年也結束了。

自古以來，最老調乏味的悲情故事，發生在她身上。

「伊阿爸躺在病院等著要開刀，弟弟和妹妹，到現在還沒醒，說是腦震盪，萬項要用錢，茶棚也沒了……」秀英嬸逢人就淚眼婆娑地解釋。

林春花蒼白著臉，緊咬下唇，沒有掉半滴眼淚。

起初，秀英嬸原是託了中間人阿草姐和三好嬌商量，以兩萬元談成，來看「貨色」的三好嬌摸摸林春花的頭髮，順口就說：「阮白蘭真勇敢，真乖吶！」彷彿林春花天生就該叫「白蘭」似地。

雙方口頭約定，收做養女的白蘭，因未到青春期，先在娼館打雜，負責洗衣燒飯，其他的以後視情況而定。

但說好的事，卻中途生變。

在這次艋舺大水災中，歐肥仔出面組成民防保安隊，救災不遺餘力，雖然是迌迌人，仍深受庄頭鄉親讚嘆，白蘭的繼父林志明，據說正是歐肥仔從水中撈救起來的，加上他願意付出的錢更多，人口販子一再遊說，白蘭的母親心思就鬆動了。

秀英嬸抹著淚分辯：「做人要感恩知報，是不是？若不是歐肥仔，阮尪和阮囝仔，早就沒命，我是為著生活，沒法度——」

「我也不為難妳，」三好嬌嘆口氣說：「但是，妳要想清楚，查某囝仔花正清芳，一進歐肥仔的門，是龍潭虎穴，想反悔也無退路！」

三好嬌覺得可惜，但她向來不做「黑」的，旗下小姐都是領有政府小牌的公娼，賣肉行情是有公定價的，她算盤打得精，同情歸同情，成本還是得抓緊，既不壓榨小姐，就付不了超額「養女費」。

無條件放人後，街頭相遇，三好嬌還是善待她，時常「阮白蘭……阮白蘭……」地喊著，給她糖吃，也讓她幫點小忙，賺些額外的零用錢。

就這樣，白蘭在寶斗里開始完全不同的人生。

她一直都沒有哭，就算陳秀玉找來，狠狠咬了她，她也沒哭。

直到最後，她從地上撿起來那本爛巴巴的圖畫本，翻開封面首頁，看到陳秀玉笑出小酒窩的照片，和那寫得又大又醜的三個大字「勿忘我」時，才忍不住哭出來。

◎關鍵泡泡和眼淚

之後，白蘭就很少哭了。

最近一次哭，竟是和大目坤仔有關。

她不想告訴任何人。

大年除夕夜，大目坤仔，曾經，來・找・過・她。

她記得很清楚，約莫午夜十二點。

她和寶斗里姐妹們的聚會剛結束不久，因為喝過一些酒，心情很暢快，抽了幾根菸，胸口卻又堵上一股莫名的鬱悶，整個人暈暈沉沉的。

姐妹淘都離開了，有的回家去，有的隨三好嬌和阿草姐到附近賭場去試試手氣。她向來討厭賭博，自告奮勇留下來收拾殘局。

水槽裡，堆滿油膩的杯盤碗筷，骯髒的油垢浮在水面上，形成各種扭曲的圖案，她倒了許多洗碗精，把每個碗都搓得澀澀作響。

大目坤仔就是這時候出現的。

他在別處和朋友喝過一些酒，眼神微酣，一進來，滿臉笑意。

「欸——不用招呼我，妳洗碗、洗碗，我幫妳伴奏。」大目坤仔興致高昂，一邊說著，從口袋掏出隨身攜帶的口琴，吹了起來。

口琴樂聲、水龍頭的流水聲、刷鍋搓碗的摩擦聲，時而，大目坤仔還騰出左手來，拿湯匙敲擊流理台、陶鍋、杯盤……各種聲音混揉成了輕快節奏，彷似倫巴、恰恰，充滿歡悅趣味。

「神經！」白蘭笑罵！

大目坤仔人高馬大，倚在廚房邊，頭幾乎頂到門楣，他微側著臉，口琴在唇邊滑來滑去，音符就汩汩冒出來，輕快旋律歡騰一陣後，忽而，口琴聲調性轉換，淒楚悲切的「南都夜曲」如流水般滑瀉而出……

白蘭忽覺心頭微酸，隨著輕輕哼唱起來：

南都更深，歌聲滿街頂，冬天風搖，酒館繡中燈，姑娘溫酒，等君驚打冷，
無疑君心，先冷變絕情，啊〜〜薄命薄命，為君仔哮不明……

是酒精作祟吧？大目坤仔的銳利眼神似乎變柔和了。

白蘭望著他，有點失神。

一曲既畢，大目坤仔收了口琴，走過去，主動幫忙一起洗碗。

「幹麼呀？」白蘭驚訝而笑。

大目坤仔竟把洗碗精倒在手上，攏拳從虎口吹出一個又一個大泡泡。

「妳也試試看，吹呀，好玩吧？」

大目坤仔又粗又大的手，拉著她白嫩的小手握成拳頭，在虎口抹上洗碗精，教她怎麼吹泡泡。

燈光下，無數多的大泡泡，一個個飄出來，在空氣中浮浮冉冉，透明的薄膜上，映現著迷離光影，像七彩霓虹旋轉著、飄蕩著，彩虹的幻影，彎著優美的弧度，隨著珠圓玉潤的大泡泡翻滾著，變幻著，向虛空消失——

是酒精作祟。

洗碗的事被忘在一旁。

他們盡情地玩，也不知道怎麼那般開懷。

窗外傳來一陣陣鞭炮聲，炸響新春歡悅的氣氛。

他們一直笑，一直吹泡泡，連開數瓶啤酒，不需要開瓶器，大目坤仔直接用牙齒一咬，就剝一聲，瓶蓋脫落，連杯子都免了，直接對著瓶嘴，你一口、我一口地喝了起來，春寒料峭，冰鎮過的啤酒透心涼，穿過食道，沖進胃裡，化成一股溫熱。

原始的、孩子氣的遊戲，拉近男人和女人的距離，他們放肆笑鬧，在笑鬧中啤酒被過度搖晃，米白色泡沫冒出瓶口，像浪濤般沖了出來，大目坤仔連忙用嘴去接，白蘭也同樣——

事情就這樣發生了。

他們的唇碰到一起。柔軟的唇。冰冷的唇。纏綿的舌。火熱的身體。堅挺的乳房。勃起的陽具……酒意把原始慾望狂烈翻揚上來……

……就是玩樂，沒有別的。

那一刻，性，是玩樂，是遊戲，純粹的放縱，沒有複雜思維，肉體與肉體交歡廝磨，搧風點火，把靈和慾都燒得乾乾淨淨，連灰都化在銷魂蝕骨的極樂中，美得渾渾噩噩，卻又雪亮明白

——

那原本可以是很美的一場際遇。

喝了混酒後，兩個人都暈陶陶了，回到混沌之初，回到原始。

沒有骯髒的意念，沒有高貴的情操，沒有世俗的牽絆，也沒有禮教的束縛。

一切完美。

在絕對與極致中，只有男人與女人，只有，那檔子事——

那一刻，白蘭不是妓女，靈魂與肉體都乾乾淨淨，從來不曾受傷，不曾汙濁，沒有沾染一粒灰塵。

那一刻，女人最私密的部位完全敞開，迎接男人的侵犯、蹂躪、占有。

那一刻，她是一朵花。飽滿。興奮。緩緩綻放，散發出馥郁的香氣，因為快樂而歡舞、呻吟！

那一刻，大目坤仔只是個男人，純粹的男人！

●

然而，那一刻，愛情的意念突然如山洪爆發！

在高潮的瞬間，大目坤仔呻吟著，忘情大喊：「詩卉——」

●

一切。瞬間。崩潰。

熱度降到冰點。

女人萎縮了，綻開的花瓣如貝殼緊閉。

●

一道傷痕劃過去，白蘭的心裂開了，她推開大目坤仔，臉色慘白。

趕走大目坤仔後，很少哭的她，靜靜流淚。

●

發洩後，男人通常會累得睡著。

如果，當時沒有被趕走，或許大目坤仔不會慘死，他會在激情過後的床上，安然舒眠，醒來後，再面對尷尬，或者其他。

但是，大目坤仔的死，雖然在她裂開的心，再狠狠刺上一刀，她卻很清楚，就算時光倒流，歷史重演，她還是會惡狠狠地趕走他。

強烈的屈辱與憤怒。

無法彌補的遺憾。

她寧可拿錢、被嫖，甚至被一千萬個男人強暴，就算被幹到死，也留有全屍。

但在大目坤仔胯下，毫不設防的她，被碎屍萬段。

沒有人知道這件事。

她說不出口。

不管對刑警或三好嬌，都沒辦法。

對早已疏離的童年摯友，更沒什麼好說的，她只能告訴陳秀玉：

把詩卉找來就對了！

2.4 童年碎片和剝皮寮

詩卉？真的要去找她嗎？陳秀玉卻很猶豫。

多年來，她忙於學業、就業，童年記憶早就不知遺失何方。反倒是國中後輟學的大目坤仔，和那些同樣早早離開學校的友伴們，交情未減。

最近，因為大目坤仔亡故，她與遺失的童年，才又接上了線。

孩提歲月的吉光片羽，偶爾會突然從深邃的意識底層浮騰上來，無數多記憶碎片，在她腦海中翻來覆去。

有些破碎的童年印象，讓她極為震撼。

陳秀玉不敢告訴任何人，或許——她早就知道小哥將會死於非命！

說或許，是因為當時她還小，約莫小三吧？十歲？

對，是十歲！

就是她和林春花鬧翻的那次。她被三好嬌嚇得大哭跑開，哭累了，竟就在三清宮外的路邊睡著。恍恍惚惚地，好似做了怪夢，卻又分不清楚那究竟是夢境？或是難以解釋的天啟？抑或根本是胡思亂想、憑空杜撰？

小小年紀的她，在哭泣的夢中，預見兄長的死亡。

尤其，那對蒼白的腳、藏汙納垢的灰指甲，陳秀玉印象特別深刻——多年後，當事情真的發生，她身歷其中，就像看著歷史重演，逐漸恢復忘失的記憶——但還有不少片段，仍蒙在霧裡，看不清楚，想不起來。

那種感覺非常怪異。

雖然她的阿嬤是乩童，專門幫人收驚、消災解厄，但她卻很平凡，既不曾起乩，也無能和神靈溝通，傳達靈界訊息。她甚且私下懷疑阿嬤根本是裝神弄鬼。

但如果阿嬤真的有靈異體質，會隔代遺傳給她嗎？

累積太多煩憂、疑惑、恐懼，她的心像掛著重重的鉛錘，在不安中擺盪。

而白蘭三番兩次刻意提醒的事，更加深她的心頭重擔。

俗話說，死者為大。與她最親的小哥是否未忘情蔡詩卉？真的期望她能來？聽說人死前，腦海會浮現至愛的影像——臨終時，他想的是她嗎？

若果如此，是否該幫他達成遺願？但難道蔡詩卉不知道小哥過世的事？為何一直未來奠祭？……太多問題，攪得她心煩意亂。

※

好幾次，我發現陳秀玉神情沉重，沿著廣州街一直往前走，來到剝皮寮老街附近徘徊，而大目坤仔亡靈也一路跟隨。

蔡詩卉的家，就在附近——自從一九四五年，蔡家大厝於戰火中全毀，蔡家就遷居於剝皮寮。

這是我第三次提到剝皮寮，你應該有印象吧？過去，很多人或許不曾聽過「剝皮寮」，即使是在地的艋舺囝仔可能也對這個名稱感到陌生。但近些年，位在廣州街上的剝皮寮，被翻修設置為台北市鄉土教育中心，並出版相關的口述歷史訪談專輯，吸引不少人注目，加上之前電影「艋舺」以此地作為拍攝重要場景，漸成追星族及遊客探訪的熱門景點。不過，在大目坤仔亡故時，這些都還沒出現，所以，我覺得有義務在此略加說明：

- **地理位置：**位於台北市萬華區康定路、昆明街之間的廣州街北側，老松國小南側，包括現在的康定路一七三巷
- **面積：**約六千九百六十六平方公尺
- **地目：**日治時期至戰後均劃為學校用地

黨外運動如火如荼的那些年，台灣本土懷舊風颳得強強滾，陳秀玉曾經做過相關專題，採訪一些地方耆老，他們說，清代，這裡是艋舺至古亭庄必經要道，街尾更是北台灣重要的軍事營盤地。

但究竟該叫剝皮寮？北皮寮？或是福皮寮？卻連老艋舺人也說不清楚。

反正地名由來，據說最初是在嘉慶四年，以福皮寮街之名，出現在艋舺契字中，道光十八年至清末，稱為福地寮街，日治時代則稱北皮寮，光復後又改為廣州街×號，或康定路一七三巷×

號，但民國四十二年，蘇省行在《艋舺街名考源》中稱為「剝皮寮」後，經報章媒體廣泛使用，「剝皮寮」就漸漸變為普遍的通稱。

至於為何叫剝皮寮？則又眾說紛云。

有人說古早以前，從閩粵或新店一帶運送來的杉木、柚木、樟木等，會集中到此區剝去樹皮，加工製成木料或家具，行銷全省。

也有人反駁，不是剝樹皮，而是剝獸皮——據說，剝皮寮曾是北台灣最重要的製革中心，也是皮件集散地。區內在日據時期還存在的消防池，在往昔正是洗獸皮的地方。

另外還有人說，「剝皮」是「北皮」的音轉結果——因為日文、閩南語發音轉來轉去，就成了發音近似的「剝皮」。

更有一種勁爆的傳聞，在民間吱吱喳喳，指稱這裡自古即是艋舺重要商集，街後有兩座經營「粉味」的酒樓，商販們做完交易後，口袋滿了，心也癢了，飄飄然踏入銷魂窟，來時，有錢是大爺，乳峰臀浪，軟玉懷香，任憑逍遙蝕骨，離開時，錢財散盡，整個人彷彿被剝光吸乾，赤條條、空盪盪——因此，這裡就被人們謔稱為「剝皮寮」。

●

不過，對別人來說，無論是廣州街×號、康定路一七三巷×號，或是福地寮街、北皮寮、剝皮寮——可能都不重要，任由它隨政權更迭、行政區重劃或任何雞毛蒜皮原因，草率更名，統統無妨。

但對陳馮媽來說，「剝皮寮」卻是錐心刺骨之地，即使天荒地老、世界毀滅，她對這地方的成見，至死不變。

如果，陳秀玉去請問畢生不承認自己是艋舺人的阿嬤——新店渡頭陳氏馮媽女士，她必會斬釘截鐵、甚至破口大罵：

「哼！剝什麼皮？剝查甫人的皮啦！妳那個不肆鬼的阿公就是皮被剝得光光，死在剝皮寮啦！」

她的怨怒，其來有自。

很久很久以前，她在如花似玉的年齡，就嫁給陳秀玉的阿公陳逑。

陳家在板橋雖稱不上望族，卻也家道殷實，僕役成群，但她這位少奶奶，即使從俗領買了童養媳後，又連生了兩個兒子，地位應已穩固，在大家庭裡，卻仍處處劣勢。

原因無他。陳逑好賭又好色，終日花天酒地，耗盡家財，連公帳都虧空了，連帶地，公婆、妯娌也看她不順眼，甚至怪罪是因她婦德差，揗不住查甫人的心，尪婿才會浪蕩。

有一回，陳逑到艋舺做買賣，錢是賺到了，卻又嫖光賭輸。

「要按怎才好？」陳逑一臉懊喪，他不僅傷財，也染了花柳病。

「去死啦！最好死在剝皮寮！」陳馮媽哭著跑進儲物間，抱了兩瓶巴拉松（農藥）出來，塞進陳逑懷裡，並把他推出房外，反鎖房門。

雖然這一幕，大家庭中人人看在眼裡，卻無人出面緩頰，反倒冷嘲熱諷，看作笑話。

「好！我就來去死在剝皮寮！」

這是陳逑留給陳馮媽的最後一句話。

幾個月過去了，陳逑一去不返。

陳家人這才著慌，怪罪陳馮媽，鬧得雞犬不寧。

「惡毒破查某，竟然咒詛尪去死?!汝怎不家己去死？……」婆婆呼天搶地。

「唉！若有這口灶在，厝內永遠就不平靜！」兄弟妯娌埋怨不已。

「人死見屍，就算沒命，也要運返來埋！」公公也是寒著臉說。

那段日子，她都不知道是怎麼熬過來的。

之後，台灣爆發瘟疫，公婆相繼病死。

有一天，大伯將帳本摔在她臉上：「哼，阿逑虧去的，超過應得的，不叫妳吐出來賠，已經真優待啊，還肖想分財產？」

她和兩個兒子，以及一個童養媳，就這樣被逐出家門。

●

那時，憤怨悲切的陳馮媽，帶著年少的三兄妹，走上連接板橋和艋舺的昭和橋（今光復橋），嬌弱的身軀，被夕陽向後拉出長長的影子。

橋下，河光粼粼，流金晃漾，夕照將雲霞染成橘色，陳馮媽沉黑的背影也被描出一道金色輪廓。

新店溪就從昭和橋下流過，在江子翠與大漢溪匯接後流入淡水河，那時，許多產自坪林的樟木會順新店溪而下，轉入淡水河運至大稻埕碼頭。

遠遠望去，淡水河畔，圓筒型的蜘蛛車，正忙碌滾動著，引河水入田灌溉。

「那邊應該是咱的地！」陳馮媽望著板橋方向，喃喃地說。

「阿母，我腹肚真餓！咱先來去吃晚頓啦！」陳寶山不肯前進，被兄長陳寶泉拖著走。

陳馮媽橫眉豎目，擰了一把鼻涕，抬起手，「啪！啪！」兩下！各給兒子一個耳光，順便踹了畏縮在旁的童養媳一腳，並從她背著的布袋裡拿出一粒番薯，大罵：「死查某囝仔鬼！吃了米！番薯不會切一切？分給大兄小弟哮咕，是缺腳欠手嗎？萬項要人吩咐！」

「走！咱來去找阿爸返來……」

那當下，陳馮媽突然決定不跳河了，抹乾淚痕，挺起腰桿，朝向艋舺剝皮寮前進。

如果他們下了昭和橋後，越過俗稱的蜘蛛仔，沿著現在的西園路一直走到廣州街右轉，就會來到艋舺的剝皮寮。

不過，昔日，陳馮媽雖約略是走著這條路徑，卻選擇左轉，並在淡水河大溪口附近的竹仔寮就打住，沒有繼續前進。

究竟什麼原因，使她的尋夫之征半途而廢？無人知道。

日後，被問起來，陳馮媽只淡淡地回答：「查甫人若會顧家，免某仔去找，若不顧家，找返來顛倒累敗傢伙！」再追問，她就擰起眉毛，反操起掃帚柄，怒斥：「吃飽太閒嗄？出去**喊玲瓏**！若要吃不討賺，另日，乞食，有你份啦！」

「知啦！知啦！」陳寶山躲過掃帚柄，趕緊背起貨架，奪門而出。

家鄉既待不下去，在艋舺求存，營生也不易，陳馮媽除了在淡水河畔的早市裡擺攤賣些雜貨蔬果、偶爾為人收驚，賺點費用，也早早就把陳寶泉送去鄉親陳豬乳介紹的蒸籠店當學徒，而總被罵「吃了米」的童養媳邱阿足，得負責大部分家務，至於頭腦靈巧的陳寶山，自幼就會幫忙在早市攤位招呼客人，十五、六歲時，更已經懂得做生意。

每天一早，陳寶山就背著裝滿各色雜貨用品的貨架，沿街喊玲瓏，所需資本不多，靠的是腿下肯走，態度殷勤，和三寸不爛之舌。

從梳子、髮夾、針線、化妝品到簡單的家庭成藥，他幾乎什麼都賣一點。

遇到年輕女子，他會說：「姐仔真水喔，若抹香粉、點胭脂，更加水百倍，尤其這種新竹白粉，連總督夫人都愛用，保證妳皮膚幼綿綿，白泡泡，迷倒眾生——」那年輕女子笑起來：「你才幾歲？懂啥?!」

發現年長女人在看面霜香精，他更是滿嘴甜：「姐仔真內行，這罐是日本進口的，正港資生堂，用一點點，就香透全世界，厝邊頭尾都香得到！」末了，他又補一句：「再加一瓶味之素？煮的菜，大人囝仔攏愛吃！達家會嘴笑目笑，稱讚妳是好媳婦……」

「猴囝仔愛搬嘴花，我做恁老母做得過，叫啥姐仔？」年長女人瞇眼罵著，捏捏他的臉頰，也笑了！

若女客年事已高，他就改口大力推薦：「少年姆啊，日時若會愛睏，吃參茸固本丸，補精神、恢復青春……尤其這罐惠乃玉，查某人專用，頂港有名聲，下港有出名……」

除此之外，小小年紀的他，還受雇於城內日本人竹中先生開設的西藥鋪——他說服了竹中先生供應藥品，讓他負責跑外務，到大街小巷的一般家庭「寄藥包」，藥包裡面裝了十幾味「家庭常備救急平安藥」，從專治流行性感冒的發汗解熱散、松井製藥的胃散、消炎粉、頭痛藥十分間、薄荷冰……到廣貫堂的癬治水，甚至濟生堂本鋪的防蟲芳香粉……月結一次帳，依客戶實際使用數量收費，並收回不用的舊藥，添補新藥品。

「若頭痛、嘴齒痛，日本製五分珠最好用！」有時，他會和客戶閒聊：「若有人臭頭爛耳，生疔長瘡，切菜刀傷，煮菜燙傷，這味二元膏抹落去，馬上見效！」種種額外的建議，會讓他的業績和外快增色不少。

語珠註解：

喊玲瓏：閩南語音譯，一種沿街叫賣雜貨的小生意。

達家：閩南語音譯，指婆婆。

陳寶山不僅賺在地人的錢，也賺日本婆仔的錢。

「日本婆仔最風騷，愛享受！」這是陳寶山的結論。

常在台北城內到處溜轉的他，很快就發現，不少住在城內的日本婆仔，不像台灣查某一般每天上市場採買。

她們妝扮得美美的，坐在家裡養尊處優。

陳寶山腦筋動得快，不僅販售各種雜貨用品，還從早市挑選一些日本人喜愛的蔬果食材，擔到家門口來讓她們挑選，有些日本婆仔會當場銀貨兩訖，有些要求月結，只讀了公學校沒畢業就輟學的陳寶山，寫得一手好字，就把帳記在線裝和紙簿上。

只要能賺錢，陳寶山天不怕，地不怕，就怕遇到日本警察。

當年，日本警察很有權威，幾乎無所不管，民間還流傳著描述小販窘狀的童謠：

杏仁茶，見著警察叩叩爬，碗盆損破四五個，乎伊掠去警察衙，雙腳跪齊齊，大人啊，後擺不敢賣。

雖然，陳寶山不賣杏仁茶，卻也曾在艋舺走街販賣時，被有明町派出所的「大人」本田靖雄踹屁股，貨物散落滿地，損失不少，卻仍鞠躬哈腰，對警察大人網開一面，未將他逮進警局而千恩萬謝。

按說，家裡有個陳寶山這樣的兒子，生計應該日有改善。

可惜陳寶山能賺也愛花，尤其好賭，儘管陳馮媽時常擺出母親的威嚴，但陳寶山表面唯唯諾諾，卻前腳才進門，後腳就開溜。兒子大了，做母親的管教不住，也莫可奈何。

但無論如何，他們一家人，總算在艋舺落了戶。

不過終其一生，陳馮媽不肯踏進剝皮寮半步，有事經過也總是刻意繞開路，更對所有的賺吃查某都恨之入骨。

●

不過，如果陳秀玉採信陳馮媽的指控，或是支持相同論調的一派說法，寫出的報導，可能會被退稿。

因為，這派論調，並不被官方資料認可，愛鄉的衛道人士更是嗤之以鼻，視為誣衊。

反正嘛！古早傳說，轉過來翻過去，幾分真實？幾分假？

古人既死，也沒法跳出墳墓作證，傳來傳去的傳說，大半是憑老輩們不很可靠的印象，加上半猜半謅、拼拼湊湊而來的！哪些論調最貼近真相？有時在歷史文獻裡，是官方說了算，至於民間怎麼說？管他咧！

總之，在很多老艋舺人的記憶裡，遠早以前，這一帶多半是低矮的土埆厝，間雜著幾幢磚造樓房，清代著名的船頭行永興亭，也位於剝皮寮，據官方資料指出——就是現在的康定路一六三至一七一號。

而在清代稱為育嬰堂邊街的廣州街，原本只到龍山寺前就打住了，一直要到日據時期，龍山寺前的美人照鏡池填平後，廣州街才拓寬、擴建，但剝皮寮也因而被截斷，並隱沒在廣州街的背後。在日據時代，以商業為主的剝皮寮，已有碾米店、茶室、道壇、裝訂廠、醫生館等各種鋪面經營。

蔡詩卉的父親——艋舺名醫蔡仲豪開設的吉順醫生館，據說，曾是當年剝皮寮最顯眼、最美麗的一棟建築。

然而，當陳秀玉來到記憶中的剝皮寮，場景卻已和往昔印象大不相同。

事實上，她迷路了。

2.5 城市與娼妓

她總是迷路，無論在現實生活中，或是在夢境。

有時候，她想要去的地方，就在眼前，卻像隔著一道厚重的透明帷幕，怎麼也衝撞不過去，尤其在當旅遊版記者那陣子，她總是夢見和同伴們走散，急得滿頭大汗，卻找不到約定的地方，時間到了，同伴們是等不到就放棄了？抑或根本就忘記她的存在？大夥兒說說笑笑，搭車離開。她，一再被遺留於異鄉，茫然失措。

而許多時候，夢境會和現實生活中的場景、讀過的書籍、採訪過的人物、事件，看過的影片、資料……全都混攪在一起。

此刻，眼前的景象，既熟悉又陌生，彷彿曾經走過，卻又無法辨識，原本寬闊的街道似乎變窄了，不再是柏油路面，而滿是泥濘和碎石子。

陳秀玉愈走愈慌張，記得自己明明是要到剝皮寮，不知為何走了許久，卻總到不了？是遇到傳說中的鬼打牆嗎？為何老是在原處打轉？又彷彿身陷濃霧中，看不到前景，找不到出口，充滿挫折與恐懼。

莫非時空錯置？陳秀玉一陣恍惚，感覺自己宛若走入歲月發黃的老照片。

沿街道兩旁，不見現代樓房，卻盡是磚厝瓦屋，層層疊疊，間雜著低矮的土埆厝、竹子厝，野草雜生的空地上，擺著竹籮，曬著一些蘿蔔乾、米粉，日照西曬，暑風薰然，遠方，河水間雜著腐土的潮溼氣息，陣陣傳來。

街頭一片忙亂，許多人扛著扁擔、推著食攤、提著藤籃……匆匆朝著夕照的方向移動，滾滾人潮，洪流湍急，她也被那股衝勁推搡著，往前滑進。

•

忽而，兩畔景象旋如影片快轉，迅速扭曲、變形、拉長……

•

悠悠忽忽地，陳秀玉發現自己不知何時竟隨人潮來到了淡水河畔。

大溪口碼頭人聲雜沓，船桅雲集，男男女女扶老攜幼地，迎候大船入港。

遠行歸來的遊子、他鄉來訪的旅客、外出返家的親友、返航的行船人、貿易物流的南北百貨……人們各有所等，各有期待，而人群中，出現一位容貌秀麗、氣質出眾的窈窕女子，不知是哪家的千金小姐，由婢女攙扶著，裙下微露出嬌俏的三寸金蓮，行路搖曳多姿。

陳秀玉遠遠望去，在眾多凡夫俗子、村姑鄉婦間，那女子的身影，相當顯眼，身旁的男男女女也都忍不住偷眼瞧她。

那女子泰然自若，彷彿早已習慣成為注目的焦點，舉止優雅，揚首凝望河面。

大型戎克船緩緩靠岸，郊商們熱絡寒暄，吩咐屬下點交貨物，頭上繫著布巾的粗工們汗流浹背，忙得不可開交。

載貨的牛車絡繹不絕。有些小工蹲在岸邊，抽著水菸。

岸邊的大片空地上，群聚著販賣各種小吃、新鮮物色的攤子，「喊玲瓏」賣雜貨的小販也來湊熱鬧，攤子一擺，就甩起響板，吸引注意，一個人自問自答，有說有笑，一下子漫天喊價，一下子跌價千倍，裝腔作勢，自娛娛人。

而那邊，趁機挾帶私貨上岸的船伕，也忙著在尋找買家，識行識貨的商人看上眼了，就與船伕隱到角落去交易。

這一邊，卸下工作的船伕們嘻嘻鬧鬧地，成群結隊，踏上岸。

連日來，漂浮於黑海白浪之間，雙腳初踩地面，整個人還暈漾漾地，腳步飄忽、晃著、搖擺著，彷佛足點尖、舞步浪浪。

岸邊，艋舺著名的風月場所，生意鼎沸，濃烈的脂粉香味，在淡水夕暉中漫泗擴散，夜色尚早，附近旗亭、酒肆卻已燈火輝煌，燒旺著男人們的慾望，弦歌盈耳，隨風飄揚，妓樓、娼寮傳出歡聲笑語，間間座無虛席。

赤足上岸的船伕們，得先洗淨腳，才穿上妓樓、娼寮外備妥的草拖鞋，隨小龜頭引領走進銷魂窟……

◎凹肚仔與寶斗里

這裡——莫非即是名噪全台的凹肚仔？

在歷史記載中，台灣的開發，從南部漸及北部時，閩南漳、泉人，先是由八里坌溯上淡水河，最初在新莊、繼而轉於艋舺開墾，並和原住民開始交易，漸漸形成市集，就是俗稱的番薯市

（今萬華貴陽街一帶）。

——相關內容，隨便翻翻史料，就可以蒐羅編織成一大片文字海，所以就點到為止吧！不多贅述。

我比較感興趣的是——城市和娼妓這對連體嬰相互依存的關係。

你呢？

自古以來，人們聚集之處，原始需求也如影隨形，食慾、性慾沛然勃發，城市胃納日漸撐開，城市變大了，男人得流更多血、淌更多汗，飽足更大的食性色慾，而女人得餵飽男人，才讓世界有足夠的力量，繼續運轉。

就北台而言，艋舺是築城之始，就艋舺而言，番薯市是市集雛形之初，而離番薯市不遠的凹肚仔，正是滿足男人大慾的柔軟核心。

這裡，隨著艋舺的繁榮而發展，從清朝道光年間，妓樓、娼寮、酒肆便一家家開張，到了光緒年間，已遍及新店頭、粟倉口、草仔鞍、死貓巷、後街仔等處，全盛時期，凹肚仔娼妓芳名遠播，魅力甚且震及神州，尤其福州、泉州方面，許多富商貴人都慕名而來。

貪腥尋春的慾望，雖無二致，人，卻分三六九等，銀兩的多寡，權勢地位的等級，劃開涇渭分明的界線。

同樣是尋花問柳，嫖飲快活，一般船夫、庶民解開褲腰，直接掏錢買斷賺吃查某的片刻春宵；至於富有的郊商、達官貴人，則偏愛放浪調情的風花雪月，奉上更多銀兩，取悅色藝俱全、且帶點神祕氣息的藝妲。

……可記得，三更半夜和你跳過了粉牆。
可記得，心驚膽戰和你進入了繡房。
可記得，紅羅帳內和你仔細了相量。
可記得，鴛鴦枕上和你鸞交了鳳滾。
可記得，奴的胸膛和你懷抱了胸膛。
可記得，舌尖口內和你吐出了沉香。
可記得，雲雨風雷和你排下了戰場。……

婉轉柔媚的嗓音，伴隨著琵琶音聲纏綿，時如珠串玉落，時如流泉琮琮，聲聲扣人心弦，循聲而去，順著凹肚仔曲折蜿蜒的小巷弄轉了幾個彎，裡面竟別有洞天。

迷途的陳秀玉，發現自己來到一處幽靜雅致的閣樓前。

門楣上用紅紙寫著「鴻禧」二字，門前，湘簾半捲，隱約可見室內景況。

黑沉木櫃上擺著些古玩，牆上掛著些名家字畫，檀香木椅上，斜倚著一位秀極美極的女人，她身穿黑亮緞面的鳳仙裝，服飾上刺繡著的金鳳凰，栩栩如生，彷彿悠然展翅，在暗夜中絢麗飛翔。

咦？是她嗎？方才在淡水河碼頭邊看到的美麗女子？陳秀玉暗自嘀咕。

那女子翹起蓮花指撩撥著琵琶琴弦，一句句香豔露骨的歌詞，就隨著音符抑揚頓挫，如行雲流水般，滑出她潤澤的紅唇，幽幽傾訴。

陳秀玉嚇了一跳，瞠目細瞧，那女子竟然滿嘴黑牙？

乍看之下，那口黑齒，與清秀佳顏極不相稱，但怪異中，卻又透露出某種奇特的頹廢美感，一種悽惻哀怨，一種微妙的觸動。

咦?!竟是她?!

陳秀玉更驚了，靈光一閃，隱約認出來，那女子豈非晚清、日據初期號稱「艋舺第一名妓」的鳳春嬌?陳秀玉曾在關於台灣藝妲的史料中，看過鳳春嬌的照片與介紹，雖然照片老舊模糊，介紹粗淺，仍令她深深著迷。而那個古老年代，受原住民影響，時髦女子多喜食檳榔，且常以梨仔叐來染黑牙齒，並以滿嘴黑牙和三寸金蓮為美。

關於鳳春嬌的身世與起伏跌宕的一生，眾說紛云。傳說，她的母親是艋舺最大郊商黃姓家族的千金小姐，卻與世仇之子相戀，珠胎暗結，偷偷產下女嬰，就丟棄在育嬰堂外。

在育嬰堂長大的鳳春嬌，原本和多數棄嬰一樣沒有名字，隨便被喚作**罔市**，有時又被叫成**罔腰**，直到被一位過氣藝妲收養，才取了花名叫鳳春嬌。

語珠註解：

罔腰、罔市：閩南語音譯，意指勉為其難、隨便養著；舊時台灣重男輕女，即使女性勞苦勤作，仍普遍遭歧視，生了女孩，連名字都懶得另取，就隨口喚作罔腰、罔市。

透過半掩的簾子，陳秀玉看見廳堂裡，有幾位長衫男子的身影，他們舉止瀟灑，言語風雅，其中一名男子，還起身吟誦了一首詩。

「我聽說，每次大船入港，妳就會到大溪口碼頭去，等人嗎?」男子吟詩後，飲了清秀佳人敬的酒，笑問。

「當然是等郎君，還用問？……」另一位較年長的男子笑意淫淫地插嘴。

「不行嗎？」那清秀佳人嬌嗔地踢著三寸金蓮。

「當然行，當然行，我們只是偶爾來插花的嘛！」年長男子輕薄地將三寸金蓮捏入掌中。

「想要插花，得有好瓶（評），先生說是嗎？」清秀佳人睨了一眼，似笑非笑，縮回三寸金蓮。

「若出高價，能得好瓶，倒也美事一樁。」吟詩男子也半醉了。

「好瓶無價之寶，有錢也買不到呢！」清秀佳人巧笑，唾了男子一臉瓜子殼。

吟詩男子也不嫌髒，竟把瓜子殼拈進嘴裡嚼碎，嚥了下去。

夜愈深，頹廢的歡樂氣氛也愈濃厚，黑齒古典美女又開始彈唱，「小思春」、「十八摸」……豔詞靡樂愈夜愈纏綿……

笑鬧聲斷斷續續的，間或傳出幾句嬌嗔佯怒……但宴飲的熱鬧和鶯聲啼囀的琴音歌樂，卻在高潮處突兀地戛然而止。

像突然斷氣一般。

四周陷入一片死寂。

陳秀玉莫敢出聲，屏住氣息，伸長脖子，想看得更清楚些，卻發現室內已無男人影跡，更怪異的是，原本彈唱悅眾的黑齒古典美女，懷裡已無琵琶，手上卻多了根藤條，高翹起嬌俏的三寸金蓮，斜倚著茶几，邊嗑瓜子，擰眉冷笑：「哼，若無認真學，恁祖嬤就給妳一頓粗飽！」

陳秀玉這才發現，廳堂另一邊，還坐著一位小女孩，從這角度望去，只能看見小女孩的側面，但從身量判斷，約莫十一、二歲吧？身軀嬌小的她，懷抱著琵琶，邊撩指彈唱，偶爾還騰出手來抹淚。

「莫哭，目睭腫得像紅桃，等一下去漢文老師那裡，人會愛笑哦！來，練好了，這牛奶餅給妳吃。」一旁，請來教學的南管師傅，低聲勸慰，低垂著頭的小女孩，總算忍住啜泣，點點頭。

一曲既罷，南管師傅稱許，摸了摸小女孩的頭，對著坐鎮於太師椅上監督的女子欠身，笑說：「若要大調小曲任考不倒，得下一番苦工夫，急也沒用，逼太緊，效果顛倒差，我想，伊是沒問題啦！再學兩年，應該就可以報名參加檢番的考試……」

那翹足的女人總算笑了，又露出一口黑齒，舌尖輕輕一推，把瓜子殼吐在小缽裡，順手把一袋雜物往門外丟。

陳秀玉險些被擊中，反射性地閃開，側頸想看清楚小女孩的臉容，移了一下位置，伸手正要偷偷掀開簾子時，臂膀卻不知被誰從背後用力拉住。

怒氣翻騰上來，陳秀玉皺眉，猛回頭——

「伊婆啊咧！敢坐在這裡睏喔？也不怕被誤會是站壁的！」白蘭口頭禪衝口而出。

偷空去夜市買羊肉羹解饞的她，正要回公娼館「貓仔間」，從廣州街那頭，左轉華西街，越過桂林路，行經由昔日芳明館原址改建的公園時，竟發現陳秀玉躺臥在公廁旁的休閒椅上打盹。

白蘭連忙走過去，試著搖醒陳秀玉，一個粗布袋子忽從秀玉懷裡掉落，她彎腰拾起來。

被搖晃的陳秀玉，大夢初醒，一臉怒氣，睜開眼，迷惑地望望四周，又看看白蘭，搞不清楚發生了什麼事？

「愛睏就返去厝內睏，這裡遊民很多，四界亂亂逡，危險啦！」

「我——嗯，原是想去找——」

「找我哦？憨面書呆，先打個電話嘛！我早就不在歐肥仔那邊做，換到三好嬌的店，好幾年囉！妳對寶斗里的路不熟，會走錯啦！」

白蘭掏出一根菸，拿了打火機，想想，又把菸塞回皮包。

「妳就抽嘛，沒關係！」陳秀玉伸個懶腰。

白蘭搖頭，笑問：「找我有什麼事？要不要一起到貓仔間去?!」

「呃——妳忙，改天再去找妳。」

「這樣啊？那就另外約一天，今天貓仔間特別忙，請假也不好，我餓到現在呢，欸欸欸！別忘記妳掉了的東西——」

白蘭把剛才撿起來的粗布袋子，物歸原主。

「是我的嗎？」陳秀玉疑惑地接過來。

「怎麼不是？睏憨去啊？分明是妳掉的，睏去的時陣，還緊緊抱著吶。」

陳秀玉一臉困惑。旁邊，公共廁所裡傳出陣陣尿騷味。

她皺眉，站起身，與白蘭道別，分朝不同的方向，看見前方豎立著醒目的蛇店招牌，才真正回過神。

陳秀玉吁口氣！

記得明明是想到剝皮寮去找蔡詩卉，怎麼迷迷糊糊地走到了華西街？莫非睡眠症又發作了？陳秀玉心驚，提醒自己回家要記得吃藥。

三、祕密基地

點仔膠，黏著腳，叫阿爸，買豬腳，

豬腳箍滾爛爛，夭鬼囝仔流嘴涎……

女人一直記得這首童謠，那是她愛情的開端，也是迷途的指引。

大目坤仔亡靈陪陳秀玉在迷途中逛了許久，卻沒有跟著回家，獨自哼著幼時最愛的童謠「點仔膠」，飄過華西街曲曲折折的巷弄，鑽向廣州街。

他在龍山國小附近，左右張望——奇怪，應該在斜對面的呀?!

時遷物移。幾年前，道路擴建時，那家常聚集許多外省掛的「義大利啡啡廳」被拆除，另蓋起新樓房。莫非，料館媽祖和種德幼稚園也拆了嗎?

他曾聽老人家說過，「料館」，是清朝咸豐、同治年間，艋舺大姓黃家在這一帶經營木材行而得名。黃家利用這間木材行幫助滿清政府採集木材，供作軍艦之用。料館本身有座媽祖廟取名為「啟天宮」，但在地人多仍直接稱為「料館媽祖」。而種德幼稚園，就設在近旁的黃祖厝內。

上國中後，他就很少來這裡。

這一陣子，他總莫名地想起童年往事，某些艋舺歷史，偶會鮮明地浮現，和童年記憶攪混不清。

而每一想起種德幼稚園，他竟就瞬間來到了現場。

3.1 種德幼稚園和玫瑰

「幼稚園後壁住著料館媽祖，旁邊還有千里眼和順風耳護衛。」

「媽祖？伊不是住在龍山寺裡面？」

「大箍呆！阿嬤跟你講，媽祖和神明，都會分身，四界住，辦代誌才會方便啊，若無，北部人也求，南部人也求，媽祖哪走得赴？」

「那千里眼和順風耳，誰武功較高強？」

「差不多哦，他們本來是桃花山的妖精，後來被媽祖收服了！」

「哇！媽祖更厲害?!」

「是啊，小朋友若不乖，惹媽祖生氣，就會被千里眼和順風耳抓去打尻倉，知否？」

「那——史豔文比較厲害，還是媽祖厲害？」

「囉唆，問甲一枝柄！布袋戲尪仔是要比啥?!囝仔人有耳沒嘴！」

有一回，陳馮媽牽著他的小手去幼稚園報到，祖孫兩一路走著、閒聊。

因為這一席話，導致大目坤仔的幼稚園歲月，幾乎都在努力尋找千里眼和順風耳中度過。

思及童年，大目坤仔亡靈輕輕笑出來。

不過，相較於料館媽祖，他更盼望找到的，還是種德幼稚園。

當年的種德幼稚園是利用現成的黃祖厝，簡單隔間，擺進課桌椅和置物櫃，就成了教室；屋前的大埕，充作小朋友活動玩耍的操場和遊戲區，仍保留祖厝的外觀架構——古色古香的飛簷、屋瓦、廊柱、壁飾……頗似一座廟宇。

幼時，很長一段時間，小大目坤仔就曾以為自己是到寺廟裡上學呢！

大目坤仔亡靈穿牆而過。

啊哈！看到了！

黃祖厝仍矗立在原地。

但因著道路拓寬，地貌改觀了，黃祖厝縮在小巷子裡——呃，或者它原本就是縮在小巷子裡？只是在童稚眼中，一切都被擴大了？

於今，巷子外靠環河南路的那邊，高高矗立著一座「黃祖厝」牌樓，新的種德幼稚園已遷至鄰近蓋起的新式大樓裡，「黃祖厝」則大致維持舊貌，鍛鐵圍欄上，「種德幼稚園」幾個大字，也仍醒目。

望著既熟悉又陌生的景象，大目坤仔亡靈揚起嘴角，摸遍全身，卻找不到口琴，只好吹起口哨。

「點仔膠」簡單的旋律，不斷重複，輕快而愉悅……童年往事也在歡快的口哨聲中重現……

記憶碎片

剛讀大班的小大目坤仔，溜出教室，在種德幼稚園到處亂跑。

孩子的世界無限寬廣。

黃祖厝寬敞的門廳外，矗立著巨大的紅色廊柱，從童騃眼中望去，每根都又粗又壯，彷彿直插天際，撐起高斜的屋頂，底下是圓滾滾的柱珠，柱身漆面因為反光，產生透明的錯覺，摸起來，冰冰涼涼的。

那一根根火紅色的冰柱，有時，就像童話森林裡的怪樹，環繞著幽森祕徑，彷彿還滋滋冒著煙；有時，這間黃氏宗祠，又像埋藏著無數祕密的水晶洞穴，每根冰柱後面，都隱藏著不同次元，柱下迴廊彷彿千折百轉，通往深邃、通往無限，也通往危險。

他在廊柱間奔跑，企圖衝撞每個隱匿的空間，尋找千里眼和順風耳。

但是，他沒來得及找到心目中的二位英雄，卻意外撞倒穿著蕾絲洋裝、綁著兩條小辮子的蔡詩卉。

那是他第一次遇見她。

最深刻的感覺，就是，痛！

那年，蔡詩卉未滿三歲。

由於蔡黃音子是黃姓家族後代，因著這層淵源，包括蔡呈瑞、蔡詩卉等蔡家子孫們，成長過程中，都是越區就讀種德幼稚園，而那天，還不夠年齡上幼稚園的蔡詩卉，則是隨胖阿嬤來祠堂祭祖。

小小孩蔡詩卉被魯莽的小大目坤仔撞倒在地，膝蓋擦破皮了。她沒有嚎啕大哭，只撫著膝蓋，小聲啜泣。

肇事一方，則災情慘重，小大目坤仔滾跌了幾圈，直直撞上柱珠才被擋住，頭頂腫起一個包，身上多處擦傷，倒在柱子旁哎哎叫。

一會兒，他撐地爬起來，朝掌心吐了口水，用力按壓頭上的腫包，痛得眼裡蓄滿淚水，卻咬著嘴唇，沒有讓淚水掉下來。

「乖乖喔，不哭！」

小大目坤仔又吐口水了，這回卻是吐到小小孩的膝蓋傷口上，還用骯髒的手，把口水抹開。

「哎呀！垃圾鬼啊，你大社欺負小社，嗄？整日變鬼變怪，還欺負小妹妹？」

河馬臉廚房阿姨經過時瞧見，高聲尖叫：「金剛踏小鬼，嗄？你若加兩隻角就是魔啊？沒看過比你更皮、更夭孽的死囝仔甫，上回把我的鍋鏟偷提去挖土，還把糍糊、鼻涕抹了整牆整壁，害我擦到腰痠背痛……」

河馬臉廚房阿姨罵罵咧咧地，不分青紅皂白，擰著小大目坤仔的耳朵，一路拖進園長室告狀。

●

結果是，小大目坤仔被反綁於廊柱，小屁股罰坐在柱珠上，勒令好好反省。

小蔡詩卉則躲在另一根柱子後方偷瞧。

趁大人沒注意，小大目坤仔猛朝她眨眼，一會兒吐舌頭，一會兒做鬼臉，一會兒又齜牙咧嘴，還大聲唱起歌來：

點仔膠，黏著腳
叫阿爸，買豬腳
豬腳箍滾爛爛，
夭鬼囝仔流嘴涎……

小蔡詩卉笑了，露出可愛的小虎牙。

小大目坤仔的心田，霎時吹過一陣春風，一千萬朵玫瑰同時綻放。

那一千萬朵玫瑰依舊盛開。

大目坤仔亡靈，還能清楚嗅到微風吹來陣陣幽然香氣。

他心醉神馳，嘆口氣，閉上雙眸。

花香像女人溫柔的手，輕輕撩撥他的髮，滑過額際，撫過眉毛、眼皮、雙頰、嘴唇……化作一陣煙，從毛細孔鑽進去，把他的每個細胞都舒展開來，乾涸的血管，得到些許滋潤，停止跳動的心，不再那麼冰冷……

他感覺身輕如燕，抬起手，懷抱想像中的女人，翩翩起舞，跳起了最喜歡的恰恰……

……恰恰！恰恰恰！……無數多童年的記憶碎片，在他的腳底下，發出清脆的碎裂聲。

每一碎片，都映現著一部分遙遠的記憶，碎片與碎片相互疊映，影像交雜著影像，虛實難辨……

●

奇怪?為什麼會這樣?

懷中,想像的女人,突然有了形象,卻在被賦予形象的同時,瞬間逸出他的雙臂,往前疾行。

他追過去——

但女人像風,永遠追不著。

●

環顧四周,已經沒有女人影跡,只有淡水河低切幽咽。

天色暗沉沉,稀微的月光偶爾從黑霧中穿透出來。

大目坤仔亡靈嘆口氣,東張西望,他太熟悉這裡了,他的整個童年幾乎就是在淡水河畔度過的。

那時,這一帶被稱為河濱公園,樹木茂盛,防波堤盡頭,有一處隱祕的所在,是他們這夥龍山掛囝仔們的祕密基地。

靠近堤防邊那間小小的土地公廟,約略就是龍山掛與老松掛的地盤分界。

若站在祕密基地外圍,朝左邊看,不遠處,有一座抽沙場,馬達終日轟轟隆隆,把河沙抽上岸來,堆成一朵朵高丘,朝右邊看,沿著碎石路進去,則是一片綠草如茵,岸邊,停了許多小船,每到假日,就有遊客租船遊河,河畔茶棚生意興隆,但那多是外地客浮光掠影的觀光趣味,在地的老艋舺人則會避開假日。

平時，這裡遊客不多，白天茶棚生意寥蕭，但每到黃昏，淡水河畔美得驚心動魄，瑞氣霞光，萬紫千紅，那是在地艋舺人才懂的享受，早早吃罷晚頓，散步到河濱公園，租張躺椅，買壺釅茶、配上點心，坐賞淡水夕照，遠山籠在蒼茫霧靄中，天空赤豔燃燒，彤雲鑲著金邊，河面流金晃耀，盲樂師與小歌女已經調好琴弦，開始在露天的茶桌間走唱，幽怨悽惻的歌聲，在風中飄揚，流水潺潺，彷彿也在低吟嗚咽，訴盡生之滄桑……

童年時的大目坤仔、番仔忠、簡唐，雖常是口袋空空，無力消費，卻還是喜歡在河畔流連，尤其酷暑盛夏，運氣好時，那時還叫林春花的白蘭，偶爾會從家裡偷一些凍凍冰出來。

「恁阿爸做的喔？有沒有加糖丹——」簡唐做了個噁心的表情。

「我做的啦！」林春花凶巴巴地。

「幹！不吃？就給我嘛！」番仔忠一巴掌拍響簡唐的後腦勺。

「不要啦，誰說我不吃？」簡唐連忙搶回自己的份。

他們坐在綁著鐵絲網的消波塊上吃凍凍冰，吹著河風，涼透心脾。

林春花不能閒晃太久，快快吃完冰，就跑回去照顧生意，還得背著裝滿零食和冰棒的木箱子，在茶桌間穿梭兜售。

有時，蔡仲豪一家人，也會來此消暑納涼。

抬頭望去，連夏季都穿著蕾絲蓬蓬裙的小蔡詩卉，總是安安靜靜地坐著喝果汁、吃小餅乾，她的哥哥蔡呈瑞卻一下吵著要吃蜜餞、糖果，一下子又要吃包子、啃甘蔗，看到林春花經過，就吵著要買冰，鬧個沒完，大聲嚷嚷，連坐在消波塊這頭的人都能聽得見……

「嘻……林春花賣那種加糖丹的枝仔冰給他們咧！」簡唐一臉幸災樂禍。

小大目坤仔朝地面吐了口口水，遠遠盯著小蔡詩卉，發現她對枝仔冰搖頭，悄悄笑了。

「咦？那不是大目坤仔？來來來，契爸請你吃枝仔冰——」那頭，蔡仲豪恰好瞧見他們，揚手招呼著，滿臉笑意。

小蔡詩卉也望過來。

小大目坤仔臉紅了，一溜煙兒地跑走，不管身後童伴們及契父的呼喚。

●

那年暑假過後——他剛升上小五吧？身材比同齡的林春花還矮許多！

當年的情節，記憶猶新，但眼前的景象，卻十分陌生。

明明是一樣的淡水河畔，感覺卻不一樣。

記憶中的河岸茶棚，應只是兩、三間簡陋的磚泥、木造混搭建築，但是此刻，卻有十數家大茶棚沿河岸搭蓋，棚屋又長又寬，裝飾得古色古香，廊前掛著嶄新的燈籠，幾個紮辮子的小姑娘，站在門口招攬生意。

圓月破雲而出，黑亮河面映現著大大的銀盤，檸檬黃的月光如幻如夢，照亮淡水河，河上，遊船如織，熱鬧非凡。

隔著堤防，遠遠望去，朝環河南路的方向，應是寶斗里的那一帶，更是燈火輝煌，娼館林立，尋芳客熙來攘往，和娼婦們打情罵俏，笑語如浪……

大目坤仔亡靈疑惑地左顧右盼，是寶斗里？卻又不像寶斗里？濃濃的脂粉味，在空氣中飄蕩著，一般的頹廢氣息，卻風情迥異。

啊！他總算發現一些差異了。

人們穿著大不同——有些男人穿著對襟衫，綁褲腿，有些則西裝革履，還戴著怪怪的紳士帽；還有些穿花襯衫的男人，寬褲腳高到足踝上，露出白襪、黑布鞋，有些男人更誇張，竟穿著日式浴衣，踩著夾腳木屐，叉開大步走路的模樣，像極舊時電影裡的日本浪人……而年輕女人則多數穿著保守又土氣的洋裝衫裙，也有一些女人燙起鬈髮，穿著緊身長旗袍，站在娼館門口，媚態地抽著菸，另有些中年婦女梳著包包頭，穿著大陶衫、對襟衫、寬腳褲……或把洋裙和大陶衫混搭著穿……

娼館的樣貌也大異其趣。巷弄間，多是木造閣樓，間雜著一些灰泥抹牆的磚樓，家家戶戶張燈結綵，門口懸著布簾子，被風悠悠吹拂，幾個娼婦們翹腿坐在門口的矮凳上，搖著絹扇，和尋芳客眉來眼去。

大目坤仔亡靈穿梭於既熟悉又陌生的巷弄間，逐漸遠離嘈雜，悠忽來到一處幽靜的所在。

那是一座閣樓式二層半的建築，門楣邊，掛著漆色猶新的木牌子，上書「沉香醉月居」五字，墨跡流暢，意興湍飛。

透過半捲的湘簾，隱約可見室內擺著些古玩、字畫。

貴妃床上，斜倚著一位穿著長旗袍的中年女子，手拿長長的菸具，正在吞雲吐霧，旁邊，一位紮辮子的少女為她按摩，另一位綰起髮髻、著洋裝的女孩，則面對她坐在圓凳上，嗑著瓜子，只能看見背影。

中年女子背後的牆面上，掛著一幅畫像，畫中的人物，似乎就是她自己，五官神韻相似，但樣子年輕許多，容貌秀麗，髮戴珠飾，穿著刺繡華麗的鳳仙裝，坐在黑檀木的太師椅上，左腿翹在右腿上，露出嬌巧可愛的三寸金蓮，懷裡抱著琵琶，清靈俊秀的雙眸，流露淡淡哀愁。

「汝近前佇台中一年，人面是熟了，但才剛立門戶，客門還未闊咧，就目睭生在頭殼頂嗄？」中年女子揚起柳眉，吐出一口濃菸。

「汝不是教我，不相識的生客，免理會？」著洋裝的女孩反駁。

「我不是青瞑牛啦！阿母萬項看在眼內，汝才十四、五歲，不識世間凶險！蔡桑只是逢場作戲，汝莫憨面，為伊怠慢其他人客！」

女孩緊握茶杯，急急分辯說：「哼，阮好歹，干蔡桑啥關係？」

「汝喔！死鴨子硬嘴巴啦！反正，我歹話先跟妳嗆明，明年妳妹妹飛鳥嬌也得南下飲墨水，返來又要翻修藝妲間，萬項要用錢，不管是蓬萊閣還是江山樓來點番，汝出局去一趟大稻埕，單單車錢就不少，要知，想要挽人客的心，手腕要活，重要的是二次會，汝不款待日本人客，也不請人客來藝妲間，是要靠啥？」

「阿母，從大稻埕到艋舺，很遠吶，邀人客來吃清糜、點菸盤，還得叫三輪車，別家藝妲間都遷去大稻埕，咱怎樣不遷去？」停下按摩動作的少女，飲了口茶，又自問自答：「噢，我知啦，是因為這裡離大溪口較近？對嘸？但是今嘛，大船早就駛不進艋舺，妳憨憨等——」

「囝仔人有耳無嘴！」中年女子怒目斥喝！少女吐了吐舌尖，趕緊噤聲。

「哼！誰買的臭瓜子？真歹吃！」著洋裝的少女掃落一地瓜子，憨態嬌蠻，起身，轉過頭來。

大目坤仔亡靈吃驚極了——那著洋裝的少女是誰？

他困惑地猛甩幾下頭！

再定睛一看！她是三好嬌——姨?!

沒錯吧?!實在太像了！不過，「姨」字得去掉。他曾在「貓仔間」見過三好嬌當年豔冠群芳的美麗照片，而那少女容貌幾乎與花樣年華時的三好嬌一模一樣——

3.2 預言和文字屍

正在喪儀式場裡，利用守靈時間看資料的陳秀玉，比大目坤仔更吃驚。

之前，白蘭「歸還」她的那個粗布袋子裡，裝著一本**筆記**、一些發黃的**舊文件**，和一本殘缺的流水帳冊。

被撕缺許多頁的流水帳冊，既似日記，又似帳本，不定期地記載著一些事件，偶爾還隨性抒發情緒、感想，間或簿記著收支情形，卻又沒有標記日期，內容也語焉不詳，例如：

出局酒樓	五圓	本月實收一百二十，一百給阿母，客人賞銀留下
吃清糜	七圓	本月實收一百九十八，兩根金飾留下
做衫	十八圓	花布色美，做洋裝還是旗袍？
花露水、粉餅胭脂	四圓半	阿母一盒，妹妹一盒
五分珠、仁丹、福神漬	兩圓	牙痛要人命。叫阿母戒大煙，去更生院……
馬戲團		天勝在江山樓前空地演出，蔡桑派車邀請

簿記旁的空頁，還斜斜地寫了一些字：

> ・聽聞女給陪酒一番一圓，陪宿三圓？令人不禁哀嘆，女子賤價至此？
> ・檢番事務所每局取一圓，藝妲間得四圓，還要籠絡酒樓茶房，攢私房錢難啊！
> ・日警託熟客引見，說什麼可否一親芳澤，哼，寧死不做番仔酒矸。

那些舊文件裡，還有幾份契書，彼此間似有牽連：

・**契字一：**

立賣女為養女斷根字人，台南廳城外第五區祖樓第二十八番戶邱丁木，同髮妻洪氏有親生女子一口，取名邱免來，年登八歲，今因家務窘迫，日食難度，夫妻相議，先問房親伯叔兄弟姪等，皆無力承受，即願將此女出賣，外託媒引就，向與淡水縣轄台北府艋舺庄福地寮街戶張魁官，出首承買為養女，同媒三面，言定身價青龍銀貳拾陸大員足正……他日長大，若不合家教，或配或賣，聽張魁官自裁任從其便，從此一賣千休、割藤永斷……

為保家媒人　馬氏實動

光緒七年舊曆三月五日

立賣女為養女根字人邱丁木
代筆人　李壽昌
在場知見人　洪李氏

·契字二

立轉養女斷根字人，淡水縣轄台北府艋舺庄後菜園壑戶李施氏，有憑媒名買女子一名，改名春嬌，年登十歲，今因不合家教，欲將此女出賣，外託媒引就，向與淡水縣轄台北府艋舺庄粟倉口街戶張魁官，出首承買為養女……他日長大之時，若不合家教，或配或賣聽張魁官任從其便……

光緒十年舊曆二月十三日

為保家媒人　黃枝嫂
代筆人　陳乣
立賣女為養女根字人許冷觀

·契字三

立胎借銀字人，台北廳艋舺庄龍山寺街第二十九番戶林施氏，有養女一口，名喚石頭，年登十一歲，今因養父林阿忠病氣沉重，無錢請醫調治，致將此女託中向凹肚仔街第十八番號張魁官胎借出龍銀陸拾大員，先支參拾銀收訖；其餘參拾銀暫寄銀主留存，候日後養父林阿忠去世，以為喪費之資。其女交付張魁官領去掌管，請先生教曲，他日若能侍酒，其母林施氏逐月應領參銀，若能接客者，逐月加領參銀……此炤

明治二十八年舊曆四月十二日

為中人　洪泉
知見人　養父林阿忠
立胎借銀單字人　母林施氏
代書人　吳高昌

簡短契書，隱藏無盡辛酸淚。

被賣的女孩及原因，雖各不相同，但命運一樣悲慘。

當**家務窘迫**，**日食難度**，八歲小女孩就被賣掉換錢，在養母家任勞任怨，說不定還備受「苦茶」，一句不合家教，就又被轉賣牟利；當**養父病氣沉重**，**養女則成了提款機**，不僅能預借現金請醫調治，連喪費之資都提前備妥，還批明：**其女若能侍酒**，**其母林施氏逐月應領參銀**，**若能接客者**，**逐月加領參銀**。女性賤如草芥，利用價值卻頗高，被剝削殆盡，還得乖乖認命，白紙黑字寫得清楚明白，不容辯解。

而乍看之下，這些契書，只是一般收買、轉賣女子牟利的文件。但若對照另外一份手寫的筆記內容，就十分耐人尋味了。簡短摘錄幾則如下：

・筆記一

艋舺第一名妓

鳳春嬌被轉賣多手，後由張魁官收養，九歲纏足，經細心調教，十三歲就習得一手好南管，唱作俱佳，豔幟高樹，迅速在北台灣竄紅，與東方玉、色如嬌、雞母珠、飛鳥花等知名藝妲分庭抗禮，後來居上——有一傳言說，鳳春嬌於花樣年華，即服毒自殺，雖被救回一命，但最引以為豪的嗓子卻毀了。

・筆記二

三代無阿公

舊時台灣，不僅一般人家會「賣女為婢，買女為媳」，風月場所也是如此。無論是身價較高的藝妲，或廉價的娼妓，若到了二、三十歲尚未配嫁良人，多會抱養子女，當作「存老本」，作為將來的生活保障，傳言鳳春嬌十八、九歲，就開始抱養「媳婦仔」，又稱「苗媳」，對收養她的鴇母而言，這個女囝仔就成了「孫媳婦仔」，當時，藝妲間就流行一句話：「三代無阿公」，意指從鴇母、媳婦仔到孫媳婦仔三代之間，都沒有男人的意思。

・筆記三

飲墨水：一連串有計畫的培訓行動

小藝妲自幼習藝學文，時機恰當時，鴇母就會帶著小藝妲南下「遊學」，第一站通常是富庶的台中，小藝妲一面學藝，一面觀摩應接客戶的技巧，訓練媚態，加強談吐、應酬能力，台中待一陣子之後，又會接著南下。

如此遊歷、實習薰陶，約莫三、五年的工夫，小藝妲經過一番閱歷，人面漸熟，客門漸闊，鴇母就會帶著小藝妲返回台北，整修藝妲間，高樹豔幟。

這就是所謂的「飲墨水」。

・筆記四

艋舺最後的藝妲

傳聞黑貓嬌有三好，文才好、容貌好、曲藝好，龍山寺觀音佛祖神誕，受邀登台演出藝妲戲，遠近馳譽，發起艋舺華麗會，榮登花榜後，卻銷聲匿跡。

※

「喂，愛睏，返去厝內睏啦！」

陳秀玉被搖醒，困惑地睜開眼，看到番仔忠、簡唐、珍珠仔呆和幾個黑幫弟兄們。

原來她看資料，累到睡著了，打個呵欠，伸伸懶腰，看看錶，十二點多了。

他們是來接班守靈的。

剛從寶斗里下班的白蘭，也順道買了些包子點心過來。

「咦？古代契約啊？真的假的？」簡唐吃著包子，滿嘴油，靠在桌緣搭訕。

「欸欸——小心，那些紙已經很脆弱了。」陳秀玉小心翼翼地把契書放進透明夾。

「哇靠，還有古代扇子？」簡唐不識相地東摸西摸，拿起粗布袋子瞧，一把絹扇掉落下來。

「別亂碰嘛，這是很重要的資料——」陳秀玉嗔怒，伸手要奪回。

「幹麼用的？說了，我才還妳！」簡唐舉高古扇過頭頂，死皮賴臉的笑。

「寫報導要用的，你再亂拿，我翻臉了哦！」陳秀玉板起臉。

「臭屁啥肖?!還就還嘛！」簡唐自討沒趣。

陳秀玉瞪他一眼，謹慎地把所有文物都收妥，再用封套保護，收進公事包，啪一聲，上了鎖。

•

「啪」！像電線短路般，大目坤仔亡靈猛震一下，眼前突然陷入黑暗。

燈火輝煌的場景不見了，風化區一片沉寂，三好嬌——姨?也消失了。

他愣怔失措，才一轉眼，又渾渾噩噩地回到淡水河畔。

然而，河畔又景觀丕變。

岸邊芒草叢生，發出腥腐的惡臭味，到處都是垃圾，飲冰茶棚不見了，沒有走唱的樂師、歌女，沒有納涼的躺椅，沒有半個遊客，河上非但沒有遊船，連一條舢舨也無，河水寂寞地被日漸淤淺的沙洲困住。

一陣風把濃雲略略吹散。

月光透雲而出，向人間灑下一束銀帛。暗處，河水黑得像墨汁，被月色照亮處，隱約可見湍流遲滯，除了垃圾擋道外，還有許多文字也被棄置在水裡，跌得東倒西歪，有些文字已經破損，殘缺不全，有些文字還藕斷絲連，互相串接成句。

大目坤仔覺得古怪，把手伸進河裡，試圖撈起比較完整的文字串。但那些文字滑不溜丟地，才撈起來，還來不及閱讀，就又從掌中滑落，噗通噗通跌進水裡。湍流粼粼，光影浮晃，大目坤仔亡靈側著頭，勉強辨識出幾個被河水光影扭曲的文字，卻完全讀不懂其中含義：

「……命案……頂罪……人，…陳林趙錢孫李……雙啊雙炮台，要買啊兩包菸，三請孔明啊伊都，五關斬將啊伊都……八仙過海啊伊都你輸你就喝……」

「什麼跟什麼啊？百家姓？還有三國拳？」眾人嘩然！

●

同一時間，那些語焉不詳的字串，竟以另外一種形式出現在大目坤仔的喪儀式場。

原本，排班守靈的角頭弟兄們，一邊泡茶、嗑瓜子，話題又圍繞著大目坤仔命案的種種疑惑，結論仍然莫衷一是。閒極無聊，有人提議向「碟仙」求教，附議者眾，馬上有小嘍囉跑出去買回「碟仙」遊戲組。

「幹！這是靈堂，不是遊樂場所好不好?!」珍珠仔呆皺眉。

「在靈堂玩碟仙最準了，恁莫不信喔！上次我就——」簡唐興致勃勃，但話未說完，後腦勺就被番仔忠敲了一記。

「準一顆卵！聽你咧放屁！碟仙若會準，路邊的狗屎就能吃，恁爸就會飛天鑽地！」番仔忠嗤之以鼻，又抬起手，簡唐馬上反射性地躲閃，番仔忠嘿嘿咧嘴笑：「驚啥啦？這回，恁爸是要抓癢啦。」

年輕人原就愛嬉鬧。反正，玩嘛！無趣的靠邊站，有趣的就參一腳。

大夥兒把印滿文字的紙張鋪平在桌上，圍在桌前，伸出食指輕觸小碟子，心中默念疑問的事項——

請問碟仙，是誰殺死大目坤仔？……

不一會兒，小碟子真的動起來，剛開始，只是緩緩地在紙上盤旋移動，漸漸加速，轉得飛快，小碟子上的箭頭，陸續指向一些字，記錄下來正是：

「……命案……頂罪……人……趙錢孫李……雙啊雙炮台，要買啊兩包菸，三請孔明啊伊都，五關斬將啊伊都……八仙過海啊伊都你輸你就喝……」

大夥兒看傻眼了。

「幹！大目坤仔死去，跟百家姓有啥關係？還三國拳咧？喊拳若會喊到死人？恁爸磕豆腐自殺！」番仔忠又拍了簡唐的後腦勺一下。

「會痛耶！碟仙不會亂說啦，其中必有緣故！」簡唐瞪他一眼，撫著後腦勺，振振有辭。

「百家姓和三國拳若會殺人，幹！我一支槍，就會翻倒全艋舺！喝酒嗆死，七孔流血！」珍珠仔呆更是滿臉不屑。

●

到底該不該信？

那夜，也好奇在旁觀看的陳秀玉，和我一樣，半信半疑。

有人說，那小碟子是因眾人心念而「靈動」，也有人說，玩碟仙、錢仙，引來的多是附近飄蕩的中陰身、孤魂野鬼，這些靈體有「他心通」，可以從人們意識窺知已發生的事，但「鐵齒」者斥為無稽，認為小碟子是被手指悄悄推動……

反正，眾說紛云。神佛、靈體……冥冥之中的神奇力量存在嗎？信者恆信，不信者，恆不信。

不管那夜附靈的碟仙是何方神聖，之後，角頭兄弟們沒當回事，隨手就把記錄下來的內容丟棄了。

3.3 幸福的滋味和詛咒

我是這樣揣測。

人死了，會失去真實感，但所有發生過的事，卻依舊在光陰深處繼續搬演，在時間深邃的迷宮裡徘徊，不同次元的虛影，會相互層疊、輻散、迴映、折射……像神祕鏡屋裡重重疊映的複影，所有的複影，都互為因果，此是因，彼是果，因果相生，緣起、緣滅，劫劫相因。

亡靈，寄生於活人的意識中，亡靈對現實的感應，將隨人們對他的記憶而存在、而增減、而幻滅，當被人們記憶愈深，談論愈多，亡靈的力量也愈大。

猶如我的存在，寄生於人類，人類創造我，餵養我，而隨著人類的發展，我族也不斷分裂繁殖、新陳代謝、成長茁壯，有了自己的生命意志和力量。

我族和人類相互依存，也相互影響。

有時候，我族力量無遠弗屆，足以扭轉人類的思維、生活、乃至歷史，甚或毀滅一切，有時候，卻又脆弱無助，連一粒檳榔都舉不起來。

就像大目坤仔亡靈，彷彿自由自在，卻又不知所措，即使靈堂前的角頭弟兄們，人人手上叼菸，嚼嚼檳榔，桌上，擠了滿缽菸屍，垃圾桶裡，吐了一口又一口紅灰腥汁，香爐裡，插著一顆顆綠色頭顱般的檳榔，他卻只能目睭晶晶看，哀嘆悲憐！

幸好，兄弟們尚未遺忘他，一被談論，他就應聲而至。

在眾人聚精會神請碟仙開示的時候，大目坤仔亡靈也正在一旁觀望。

碟仙的開示，似乎沒有帶來太多建設性的參考價值。

倒是讓一件童年往事，從番仔忠等人的記憶底層，浪湧上來。

「記得嗎，小時候我們在祕密基地玩酒拳鬧事？」番仔忠邊說著，出掌一拍，又是好大一聲響！

這回簡唐沒躲過，撫著後腦勺，怒瞪番仔忠，勉強忍氣吞聲。

●

怎麼忘得了？

那件事，不僅番仔忠、簡唐、珍珠仔呆記得，連白蘭和陳秀玉也印象深刻。

◎前因

嚴格說來，事件的真正肇因，是老松掛與龍山掛多年積怨的一次總清算。

就現實面而言，棒球則是引爆震撼彈的導火線。

那一回，常敗衰軍老松棒球隊，竟然險勝一分，搶走龍山棒球隊蟬聯多年的北市冠軍頭銜。

龍山棒球隊小將們哭紅了雙眼。所有挺龍山掛的大小朋友們，也面上無光，陪著垂淚，發誓報仇。

落敗者吞悲飲恨已經夠慘了，勝戰者還耀武揚威，刻意在龍山寺前辦桌，請有名的蜘蛛麵店送來外燴，廣設流水席，款宴附近遊民，更令人髮指的是，竟大張旗鼓地，雇請三輪車隊遊行，像迎媽祖一般，遶境大街小巷。

這件事轟動了艋舺。

許多人聽到風聲，趕來湊熱鬧。

鞭炮放得震天響，車鑼鼓陣領頭前，曾多次在「大街棒球場」慘遭痛擊、差點輸到脫褲卵的蔡呈瑞，既非校隊正軍，更從未實戰立功，竟然得享殊榮，穿著全套棒球衣，像王子出巡一般，和棒球隊教練共坐在為首的三輪車裡，後面，緊跟著一長串老松棒球隊諸小將們的三輪車隊、啦啦隊和支持群眾。

蔡呈瑞滿臉得意，學教練一樣，揮舞著棒球帽，接受群眾歡呼，還朝街道撒出大把大把的糖果、銅板。

道路兩旁擠滿看熱鬧的群眾，大家開心地搶拾著。

車隊來到廣州街剝皮寮附近。

蔡呈瑞居高臨下，眼尖瞧見龍山掛的「那群卒仔」，就擠在**音子雜貨店**門口。那家雜貨店是他的阿嬤蔡黃音子經營的諸多生意之一。

「嘿！手下敗將，要不要撿錢啊?!牛奶糖和巧克力，恁爸請客啦！」

蔡呈瑞笑得很囂張，對準龍山掛的孩子們撒出一大把糖。

「幹！你若敢撿，恁爸就給你死得很難看！」番仔忠一把抓住簡唐的衣領。

「臭屁啥啦！誰要撿嘛！」簡唐翻白眼。

●

這整件事，讓龍山掛的艋舺囝仔超級不爽。

聽說背後出最多錢的人，就是當時兼任龍山國小和老松國小校醫及家長會長的艋舺名醫蔡仲豪，因此蔡呈瑞才榮登車隊之首。

於是這群艋舺囝仔決定，從街道另一邊，翻過老松國小圍牆，從後門潛入僅有一牆之隔的音子雜貨店海削一頓。

蔡呈瑞的阿嬤蔡黃音子，雖像大衣櫃般笨重，腦袋卻十分靈光，尤其擅長理財，既投資大生意，也不放棄賺小錢。從雜貨店裡的動線規畫，就可看出她頗具經營頭腦，靠老松國小的那邊，貨架上全是小朋友們最喜愛的東西，從糖果、餅乾、乖乖、生力麵……到不能吃的彈珠、尪仔標、鞭炮、玩偶……一應俱全，至於菸、酒、油、鹽、糖、豆……南北百貨等，則集中在靠馬路這邊的貨架上，自然隔開不同客群，各取所需，又可以互不干擾，平時，女店員坐鎮中央，也正好兩面看管，得心應手。

但這時陣，大家都上街湊熱鬧。

蔡黃音子又奉獻了幾桶糖果餅乾給老松棒球隊，氣氛更歡樂了。

沒有人發現店裡忽然潛入多個猴囝仔，也始料未及，動線的巧妙設計，正好大大方便入侵者。他們不用尋找、判斷該拿哪些東西，貨架安置得條理分明，朝著對的方向，出手大撈就對了！

幾分鐘的時間，這群身手敏捷的艋舺囝仔，就款走了一大袋糖果、餅乾、蜜餞，和整打整打的可樂、啤酒，甚至幾瓶米酒和紅露。

直到他們又翻過圍牆，離開老松國小，回到大街，遊行隊伍才行進到龍山寺前，蔡黃音子和女店員仍全神貫注於慶典的彼端，未發現任何異狀。

●

這事原本可以就此打住。

小小的偷竊行為，讓龍山掛的艋舺囝仔們興奮開懷，在豐富的糖果餅乾裡，嘗到幸福的甜味，受挫的心情，獲得紓解，雙方就算扯平了吧？

問題是，遊街才結束，老松掛的蔡呈瑞，竟還敢不知趣地越界，單槍匹馬穿著直排輪溜過堤防，侵犯到街底土地公廟這邊的廢棄空地上來玩耍。

龍山掛的艋舺囝仔們，群情激憤。

坦白說，若是平時，越不越界倒在其次，龍山掛和老松掛的分界，也不過就是艋舺囝仔們自由心證，原則上愈靠近老松國小那邊的，就屬於老松掛的地盤，較靠近龍山國小這邊的，就歸屬龍山掛的勢力範圍，而地界可能隨時因心情移動，甚至因為對方請吃一根棒棒糖就暫時一笑泯恩仇。

真的，越界不是重點。

是蔡呈瑞太欠扁！

那年代，一般在街頭瞎混的艋舺囝仔，能擁有一雙完好無缺的四輪「溜冰鞋」就偷笑了，誰見過直排輪啊？才發生過球賽受挫、遊街事件，蔡呈瑞竟還敢嘻皮笑臉地叫囂：「哈哈，你們那也叫溜冰鞋喔？」

幹！這不是軟土深掘？這夥艋舺囝仔咬牙切齒，盯著他的直排輪，眼睛幾乎要冒出火星，番仔忠則已摩拳擦掌，打算把蔡呈瑞押到暗處痛毆。

但大目坤仔卻在大夥兒幹架前，出手擋下事端。

◎過程

當遊戲過火，就會變成惡毒的詛咒。

「幹！臭屁瑞是你契兄齁？每次都故意放過他？」

番仔忠怒火中燒，他一定是氣瘋了，竟膽敢嗆大目坤仔？

「你懂屁啊?!」大目坤仔沒發飆，瞪起牛眼，一手抵住番仔忠，直推到堤防牆面，冷冷地說。

番仔忠的背抵住粗糲的水泥堤防，打了個冷顫。

他是真的不懂。

大目坤仔不願以眾欺寡，勝之不武。而事實上，他更完全不懂的是，大目坤仔的確每次都想看在契父的面子上，放蔡呈瑞一馬，但每回事到臨頭，卻反而會做得比預期的更殘忍一些。

大目坤仔甩開番仔忠，轉頭望向蔡呈瑞，挑高眉梢，用眼睛問：敢就來啊！

「你那也叫溜冰鞋喔？」蔡呈瑞笑得快喘不過氣來。

大目坤仔腳下的一雙溜冰鞋，原該有八個輪子，右腳左前輪卻壞了，那是他從空地邊的垃圾堆裡尋到的寶，雖然缺少一輪，但無論在柏油路面或石頭地面溜起來，都毫不礙事，他甚至為它取了名字叫：「獨孤金鋼」。

大目坤仔穿著七輪溜冰鞋，繞著蔡呈瑞轉了一圈。

他擋下友伴們的拳頭，卻投出新戰帖：

——兩人單挑，穿著溜冰鞋，繞過土地公廟，翻越長滿野草的堤防，爬過綁著鐵絲網的消波塊，直直穿越抽沙場，再滑溜過退潮的淡水河畔溼地——

大目坤仔的目的，其實很明顯。那時，還沒被賣到寶斗里的林春花，咬著下唇，努力不笑出來，以免露出破綻。

這群龍山掛的艋舺囝仔，稍具聰慧的，例如珍珠仔呆就明白了，但番仔忠之類的魯莽傢伙，還一臉氣呼呼地。

「贏的說了算？比完後，要讓我去你們的祕密基地？」蔡呈瑞也在掂量。

「不管輸贏，都請你在祕密基地吃點心、唱歌，好否？」大目坤仔不懷好意地笑出一口白牙。

●

比賽開始！

長滿野草的堤防。

綁著鐵絲網的消波塊。

沙垛如山的抽沙場。

淡水河畔溼地。

所有地形，哪一樣利於輪鞋行進？沒有，統統沒有！

再優的直排輪，也毫無用武之地。

地勢不平整，直排輪反而成為累贅，蔡呈瑞一路向前衝，一路跌跌撞撞，卻又不甘心認輸，跌倒了，就爬起來，再衝！

相反地，這條路徑，雖沿途高低起伏，變化多端，對野慣了的大目坤仔而言，簡直如履平地——他巧妙地伺機行動，發現敵方落後太多了，就悄悄放慢速度，等他快追上來了，才又拔開距離，到了抽沙場，還故意讓蔡呈瑞領先一小段，等爬到沙垛頂端時，忽然蜷起身子，往下滾風火輪般，快速飛越而過，把小心蹲踞著要爬下沙垛的蔡呈瑞遠遠拋在後頭。

事情就是這麼簡單。

抵達終點時，兩人都一身髒兮兮，但大目坤仔反正隨時都是一副野孩子樣，無啥稀奇，但穿著向來乾淨整齊的蔡呈瑞卻髒得狼狽，長褲被消坡塊上的鐵絲網鉤破了，臉上也沾了泥巴。

他輸了！

贏的，說了算！

一路緊追在旁觀戰的這夥艋舺囝仔，叫囂歡呼。

大目坤仔信守承諾。

落敗者蔡呈瑞果然如願進入嚮往已久的祕密基地，也唱了歌，吃了點心，還喝了加味飲料，和不少台灣啤酒。

但他不是走進去，而是被押進去的。

和大目坤仔頗有默契的林春花和陳秀玉早就已合力做好「**巫婆湯**」恭候多時——湯底有啤

酒、米酒、可樂、馨麻油、河邊抓到的青蛙、螃蟹、紅蟲、金龜仔……附近草叢拔來的昭和草、魚腥草、蒲公英、不知名野花……反正任何能取到手的東西，都可能會出現在那鍋黑湯裡，簡唐甚至朝裡面丟了一把爛泥、加上番仔忠吐的一口痰。

祕密基地裡，裝飾得像個盤絲洞，牆上掛了不少林春花的圖畫和勞作，用廢棄襯裙做成的薄紗垂簾、幾千隻紙鶴、紙船、紙飛機串起來的風鈴，地上還鋪著破損的草蓆，擺著一些家私，和撿來的鍋碗瓢盆，角落甚至以磚塊疊起一座小灶，那原是專為焢窯烤地瓜的，此刻，恰好用來調製「巫婆湯」。

大目坤仔悠哉地靠牆而坐，番仔忠的怒容總算換上笑臉。

蔡呈瑞努力不讓淚珠滾下來。

龍山掛的向來民主，他可以有兩個選擇——

1. 幹電線桿十次！

2. 唱國歌、喝巫婆湯！

這夥艋舺囝仔大聲鼓譟喧鬧，吵成兩派，為各自的偏好揚拳吶喊，一邊大啖偷來的零食，珍珠仔呆和番仔忠還用糖果餅乾下賭注，賭蔡呈瑞的抉擇。

幹電線桿？不不不！太痛、太恥辱了！

唱國歌？不不不，那鍋黑湯太噁心，太嚇人了！

但，願賭服輸。天之驕子蔡呈瑞無所逃於天地，他終究必須痛下抉擇。

於是，他張開嘴，顫著聲音唱：

三民主義，吾黨所宗，以建民國……

囝仔們大笑叫好，也有囝仔臭罵：「幹！沒種！」隨之笑鬧，眾聲喧譁，蓋過蔡呈瑞的歌聲。

「喂！聽到唱國歌要立正站好啦！」番仔忠賞了簡唐的後腦勺一巴掌。

「啊你咧?!幹！賭輸糖果就這樣？」簡唐瞪眼，撫著後腦勺。

蔡呈瑞總算唱完國歌，捧起裝在碗公裡的「巫婆湯」，湯還是熱的，煙氣騰騰，他的表情扭曲，籠罩在白色霧氣裡。

不要哭！不要哭！不要哭！

唉！

淚珠還是滾出眼眶，滴進碗公，隨著漸被吹溫了的巫婆湯一起嚥下肚。

那一大碗公「巫婆湯」究竟混了多少酒？加了多少亂七八糟的材料調味？難以估算，但味道不至於太悲慘吧？蔡呈瑞竟然沒嘔吐，只是唾出一口痰、半根青蛙腿骨和幾根雜草，臉龐紅咚咚地，連打幾個飽嗝，酒味濃重，眼神有點茫然，甚至——？嗯？愉悅？

氣氛愈來愈high！

物資過盛，囝仔們隨手抓零食當子彈，互丟糖果餅乾。

番仔忠、珍珠仔呆等人吆喝著，學大人飲宴作樂，大喊酒拳。

「……雙啊雙炮台，要買啊兩包菸，三請孔明啊伊都，五關斬將啊伊都……八仙過海啊伊都你輸你就喝……」

「幹！你們那什麼，呃，什麼啊？不好玩！呃，看我的啦！」

蔡呈瑞嚷嚷！醉醺醺地站起來，腳步搖搖擺擺地，展開雙臂，忽作振翅飛翔狀，忽而攏掌撮指如鳥啄狀，忽又雙手在胸前交叉擺動，唱作俱佳：

「鴟鴞在展翅，鳥仔在啄米，無啥咪代誌，無啥咪代誌……」

嘿，這夥艋舺囝仔就是明理！

犯人既已服刑受罰，等同無罪，罪犯在敵軍面前照樣可以大聲表達意見，而且，從來不說髒話的蔡呈瑞，竟大聲說「幹」?!真新鮮，既然彼此操他媽的相同語言，這夥艋舺囝仔聽著耳順，也莫管龍山掛或老松掛了，馬上前嫌盡棄，連番仔忠和大目坤仔都跳下來，跟蔡呈瑞一道喊起了老鷹拳。

◎結果

接下去發生的事情，太出乎意料，也太驚心動魄，消息傳出後，艋舺大受震撼，輿論譁然！

那天，這夥艋舺囝仔究竟灌了多少酒？沒有記錄，反正大家都已醺醺然。

我只知道，於今，許多人一回想起來，仍然心驚膽戰，腦門發麻。

就像此刻，在大目坤仔靈堂裡，曾經身歷其境的這幾個艋舺囝仔，即使已經長大成人，提起往事，依舊無法坦然面對。

「事情都過去那麼久，別提了！」白蘭藉故起身，打開未拆封的冥紙，說要教大家摺紙蓮花。

陳秀玉也假裝很有興趣，低頭收拾紙筆，讓出桌面。

●

唉！既然大家避談，**我**也只能尊重。

所以，請原諒**我**，暫且把悲慘的後半段按下不表，或許等大夥兒做好心理準備，或許遇到恰當時機——或許，再說吧！

反正，**我**只能先這樣告訴**你**，那件意外發生後，許多艋舺囝仔心靈深受重創，夜眠噩夢淒慘，久久恢復不了平靜。

而日漸淤淺、早已喪失商運舟楫之利的淡水河，從此，更是威望大損，名聲更臭，連帶地，隱藏著許多艋舺囝仔童年往事的祕密基地，也失去童真，逐漸沉淪變調了。

但為了滿足**你**，**我**決定再透露一些關於祕密基地的湮遠往事。

那可是連這些艋舺囝仔也不知道的祕密！

3.4 太平洋戰爭和三隻小豬

說到祕密，你就眼睛發亮了吧？

當然啦，「祕密」，總是誘人，不僅囝仔著迷，大人也為之狂熱。

祕密，隱喻著無限可能，充滿幸福或殘忍的想像，勾引偷窺的慾念，既具傷害性，讓人備受煎熬，卻又能療傷自慰，使人亢奮、激情、而熱血澎湃。

囝仔需要祕密基地。

大人也同樣需要隱晦的私處，藏匿不宜揭露的現實與夢想、壓抑與熱情，就像回到子宮，安全、溫暖、舒適。

而這群艋舺囝仔的祕密基地，不僅收納光陰故事裡的童真與青春，也典藏許多老艋舺人的歲月滄桑。

甚至畢生不承認自己是艋舺人的陳馮嫣及其家族的最初生存之道，也與它關係匪淺。

雖然，曾在這裡留下各種記憶的人——至少還包括歐肥仔、三好嬌、蔡黃音子等——他們內心深處對這個祕密基地，或有不同的描述與說法，但就現實面的一般認知，它，只有一個很平凡的稱謂——防空洞。

是的，那是一個防空洞。

防空洞＝？

在字典裡的解釋或一般性的功能，應該不需浪費文字解釋。

不過，稱謂、功能或解釋是一回事。

就其實，**防空洞**＝？答案卻可以十分廣泛、且充滿創意。

例如陳馮媽就曾在裡面隱藏著惹惱日本警察的祕密，事後，多虧一位賺吃查某暗助，才免去牢獄之災。

猜猜看，陳馮媽的祕密＝？

提示

1.時間：一九四四年

2.地點：鄰近淡水河畔的防空洞

3.聯想：著名的童話故事

4.目的：生存

現在，請暫時把文章蓋起來，猜猜答案。

你猜對了嗎？

祕密＝三隻小豬

不是開玩笑，是真的。

日據末期，陳馮媽曾經在淡水河畔那個十分隱祕的防空洞裡，偷偷養了三隻黑毛小豬，並且因故提前將牠們送上黃泉。

答案說穿了，沒啥稀奇，但那可是陳馮媽和她的兩個兒子陳寶山、陳寶泉以及童養媳邱阿足挖空心思、徹夜討論後，才策定的生存之道。

那三隻黑毛小豬原本是養在淡水河畔竹仔寮旁邊，任其天寬地闊地嚼嚥豬食，只待餵養得夠肥夠壯，才會快樂歸天。

為什麼陳家卻在三隻小豬未及長大，就突然萌生殺機？

我告訴你，都是戰爭惹的禍。

話到這裡，恐怕就得翻回歷史，細說從頭——

◎竹仔寮歲月

還記得嗎？當年，爭產落敗的陳馮媽，被逐出家門，帶著兩個兒子和一個童養媳，穿越暮色蒼茫的昭和橋，在艋舺竹仔寮一帶落戶。

雖然兒女漸長，但生活仍然不好過，偶爾，陳寶山賭性發作，手頭緊，還會連拐帶騙地，把母親的私房錢哄走，送進別人的口袋。

陳馮媽發現被騙，氣得指天罵地，但下回，陳寶山又甜言蜜語一番，她還是把藏在衣服內袋的錢又掏出來。陳寶山依然拿了錢，就出門。

「阿母，妳明知又要給，再來後悔——」童養媳邱阿足搖頭說，一邊往大灶裡塞柴火，準備炊煮。

「妳知啥？這回寶山講得有道理，當然就要聽！」

「若寶泉兄講，我就愛信，若寶山喔？哼，晚暝計畫滿厝間，天光要做全無影！」邱阿足嗤之以鼻。

「破格𪁎！講話從鼻孔出來？是目睭赤，看人沒點嘎？我會比妳憨嗎？再頂嘴多舌，妳就知死！」陳馮媽破口大罵。

邱阿足閉嘴了，低頭咳嗽，柴煙燻得她眼眶泛紅。

次日，陳寶山約莫斜陽西下才進門。

「你不是說要做食品生意？」陳馮媽驚訝地問，她以為兒子會批許多貨物回來，未料，竟帶回三隻黑毛仔豬。

「你知曉今嘛豬肉一斤幾圓？豬仔有錢也買不到，若不是我套關係，免想咧……」

陳寶山說得在理。

太平洋戰爭爆發後，物價波動，往昔，一圓可買四、五斤豬肉，於今一圓卻買不到一斤好肉。而豬養大，可以販賣，也可以製成日本人最愛吃的肉脯、肉乾，還可以留下種豬，繼續繁殖，是小本多利的事業……

陳寶山描繪的大好前景，讓陳馮媽眼睛發亮。

於是，陳家開始了養殖事業。

邱阿足的工作，除了原有的家務外，又多了煮豬食。

陳馮媽也沒閒著，戰時物資缺乏，河畔市集無法營生，早就歇業，她有大把時間，用來精打細算——淡水河畔，魚蝦蟲蟹取之不盡，離岸不遠的大片空地，隨便撒籽都能種活草賤易長的各種豬菜……

當時猶是中年的陳馮媽，雖個頭嬌小，做事麻利，利用河邊撿來的漂流木立樁綑綁，和上灰泥、石塊，就在住家邊搭起了豬寮。

天剛亮，陳馮媽就帶著工具到淡水河畔，為豬覓食，拉起昨夜布好的罟網，有魚抓魚，無魚，蝦也好，泥鰍、螃蟹樣樣行，帶殼的去殼，有骨的剝骨，岸邊空地種了大片番薯，舀河水灌溉，也不需施肥，隨時可以採收，嫩葉子人吃，老葉粗梗醃軟了，就是最佳的豬菜，需時取出來拌粗糠、豆餅，煮成一大鍋香噴噴。

看著豬仔搶食，陳馮媽也眉開眼笑。

●

奇怪的是，每逢漲潮的日子，陳馮媽常見到一位約莫六、七十歲，瘦削端莊的貴婦佇立岸邊，當時，一般台灣婦女大都仍是梳髻、穿著寬寬的粗布衫褲，只有在外出或重要場合時，才搭配裙子，但那位貴婦妝扮特殊，有時穿著刺繡美麗的唐裝，有時又非常時髦，穿著及踝的長旗袍，有時又是款式新穎的洋裝衣裙，放足的三寸金蓮，走起路來，像鳥，輕盈靈巧。

一回見生、二回見熟，三回見，陳馮媽就和她搭訕、聊了起來。

「阮要等船入港吶！」那貴婦雖已老，但容貌仍隱現昔時秀麗，笑起來，一嘴黑牙。

陳馮媽驚訝地望著老婦人。

對於黑牙，她倒見怪不怪，她的阿嬤那一輩，許多台灣女人都酷愛嚼食檳榔，而且特別用澀草或芭蕉花把牙齒擦黑，認為黑齒妍麗，加上纏足，才是美女。

但是「等船入港」？可就奇怪了！

艋舺雖然商業發達，然而淡水河早已喪失舟楫之利，自她落戶在此，就未曾見過大船靠岸，當時，除了泊在大溪口第一水門外的三艘大型「牡蠣船」外，就只有飲冰棚屋那邊的河面，還有一些專供遊客遊河休閒的小艇，哪會有船入港？

至於「牡蠣船」，其實是日本人經營的日式酒菜船，始終是繫在岸邊，並不駛出河道，主顧多半是日本人，請來陪侍宴飲的，也多是日本藝妓，但隨著時局緊張，熱鬧大不如前。

漸漸相熟，老婦人偶爾會提起自己在等心上人，偶爾也會說在等家人，但陳馮媽若再追問細節，她就顧左右而言他，轉移話題。

「但是今嘛，哪有大船靠岸？——」陳馮媽滿眼疑惑。

「唉！反正日子閒閒！我等慣習啊，有閒就來等，當作散步嘛！」老婦人笑了，眼神矇朧，掩嘴微笑，談起心上人，不禁流露嬌羞女兒態。

陳馮媽既羨慕，又醋味泛酸，想起自己的夫婿，幽幽嘆氣。

「汝飼豬要小心喔，日本政府最近抓真緊，豬仔要藏好……」貴婦人顯然頗知世道消息，好心提醒陳馮媽。

一九四四年三月六日，日本政府公布「台灣決戰非常措施要綱」，因物資以支援前線為重，生活用品匱乏，實行配給制度。

正是貴婦人的指點，陳馮媽才懂得要將三隻黑毛仔豬趕進那個隱祕的防空洞裡，偷偷飼養著，以免被徵收。

眼看著豬仔一天天長大，陳馮媽的心情也愈來愈緊張。

物資日益珍貴，配給米糧少得可憐，番薯漸成三餐主食，人都快吃不飽了，粗糠、豆餅也買不了，哪有餘糧飼養豬仔？

夜裡，陳寶泉返來，全家人悄悄商議。

「若被發現報上去，豬仔點油做記號，就白飼囉！」陳馮媽憂心忡忡。

「就是啊，趁早刣刣咧，較妥當！」陳寶山建議。

「但私刣豬仔去賣，是違法的。」陳寶泉搖頭。

「對啊對啊，勿冒險，萬一暴露，會掠去關呐！」邱阿足心驚膽戰地。

「妳知啥？查某囝仔人恬恬！」陳馮媽斥責。

「今嘛，黑市豬肉正好價，不先刣先贏，難道要等飼大才送給四腳仔?!了錢白做工是大憨人，阿母，妳趁早決定啦！」

「好，驚啥？敢才快做嬤！」陳馮媽沉吟著，拍板定案。

當夜，邱阿足負責在外把風，他們摸黑進了防空洞，點起菜籽油燈。

在可容納約二十人的防空洞裡，一邊靠牆放著耕鋤農具，另一邊，三隻小豬就被圈飼在角落，以簡陋的竹篾圍住，破槽裡的豬食早已舔淨。雖然每天邱阿足來餵豬時，都會順道清理豬糞，仍然臭氣沖天。

三隻小豬或許敏覺到死亡威脅，躁動不安。

陳寶山和陳寶泉，你看我，我看你，兩兄弟都沒有殺豬經驗，凶器也只有從家裡廚房拿來的菜刀和尖長的屠刀，怎麼辦？

他們商議著，打算一隻一隻拖出來解決。但才動手，豬仔就奮力掙扎，驚狂奔逃，撞翻了圍籬，陳馮媽也被撞倒，跌坐在豬糞上，但仍緊緊攔肚抱住其中一隻豬仔，豬仔發出恐怖的尖叫——

情急下，陳寶山什麼也來不及思考，一心只想抑止尖厲的豬嚎，操起暫置地面的屠刀，直接就刺向豬仔的喉嚨，鮮紅的熱血噴灑出來，濺了他滿頭滿臉，陳寶泉手上的菜刀又猛朝豬仔剁過去。豬仔軟軟地倒下來。

兄弟倆全身顫抖，喘著氣，又追向另外兩頭豬仔。

困獸臨死前的哀嚎，驚心動魄，陳馮媽發狠扛起鋤頭，就猛朝豬頭重劈，兩隻豬仔哀鳴幾下，就沒聲音了。

激烈的人豬大戰，總算在血腥屠殺中，成功落幕。

靠著昏暗的菜籽油燈光，他們費盡九牛二虎之力，先把豬仔放血、開膛剖肚，取出內臟，架起來，用火把來回輕烤豬皮，豬毛遇火蜷曲成灰……又舀來一桶桶河水，清理血跡、糞泥等穢物。

次日，陳寶泉得返回蒸籠店幹學徒，陳寶山一肩扛起重任，天才亮，他就出門，暗訪幾位花得起錢、也樂意花錢的老客戶。

至於那些肢解成塊的豬肉，則被藏進以姑婆芋葉層層遮掩的竹簍裡，上面再覆蓋蔬果，由陳馮媽用哩阿卡（手推車）推到大街上，順著預先規畫好的路線，轉向人跡稀少的途徑……

可惜，才穿越大厝口，來到有明町派出所附近，就被日本警察本田靖雄盯上。

「大人啊！這些青菜水果是自己種的啦——（日語）」陳馮媽心驚膽戰，含笑作揖，努力裝作若無其事。

本田靖雄眼神銳利，瞄了瞄哩阿卡上的一桿長秤，突然以配刀挑翻覆蓋在竹簍上方的蔬果，並拉掉層層姑婆芋葉。

「叭卡耶路！這是什麼？（日語）」本田靖雄大吼！

陳馮媽嚇得臉色慘白，當場跪下來。

一九四一年六月，實施台灣志願兵制度

一九四五年四月，擴大實施全面徵兵制度

人贓俱獲、罪不可赦的陳馮媽，本該吃牢飯，卻因時局變化，日府兵役政策修改，將計就計，逃過一劫。

原本，日本政府因忌憚台灣人「恐怕對本國不能忠實奉公」，所以，戰爭初始，台灣青年原本沒有資格當兵，但隨著戰事吃緊，日軍陷入苦戰，為求兵員，才不得不放寬規定。

皇民化運動後，日本當局更大肆鼓勵台灣青年參戰，例如一九四二年的陸軍特別志願兵制、一九四三年的海軍特別志願兵制，陸續掀起一波波「天皇赤子」的「血書志願」熱潮，之後，又全面實施徵兵制度。

坦白說，以一位不識字的村婦而論，陳馮媽算是頗有膽識，但其見識卻不足以讓她聰明到懂得利用時局，多賴她在淡水河畔結識的那位貴婦人指點。

其實，過程也不複雜——為響應政府「皇民化運動」，陳家先請准為「國語家庭」，從此全家人說日語，改日本名，穿標準的國民服，家廳不奉祖先神主牌位，改奉日本天皇為尊，吃飯前，先感謝天地與日本天皇……更重要的是，陳寶泉將志願投軍，成為忠貞的「天皇赤子」。日警本田靖雄同意了這樣的交換條件。

國語家庭與天皇赤子

陳寶山機巧變通，馬上改名為竹中太郎，拉近與城內西藥鋪老闆竹中先生的關係，藉此輸誠，希望得到更多信任。

追隨其後，只好跟著改名為竹中美代子的陳馮媽哭得肝腸寸斷，一邊用炭火熨斗幫兒子把軍服燙得筆挺。

原本計畫未來將與新「天皇赤子」竹中建治（陳寶泉）送作堆的童養媳鈴木足芬子（邱阿足），則夜夜垂淚到天明。

至於竹中太郎倒是看得開，在兄長出征前夕，慫恿全家人盛裝出遊，到艋舺寫真館拍照留念。

到了出征當日，艋舺街頭舉行從軍歡送活動，從軍者胸前配戴著寫上姓名的出征布條遊街，民眾手持皇民奉公旗或日本太陽旗，搖旗歡呼，不過，這些「天皇赤子」還不夠格當正規日軍，只配當專門侍候日軍的軍伕。

……紅色彩帶，榮譽軍伕，多麼興奮，日本男兒，獻給天皇，我的生命，為了國家，不會憐惜……

人們大聲唱著由當時流行歌謠「雨夜花」、「月夜愁」等曲調改填日文歌詞而成的歌曲——「榮譽的軍伕」、「軍伕之妻」等，臉上掛著笑，但更多人眼中落下淚來，歡送行列一路浩浩蕩蕩，在龍山寺廟埕前集結，拍照留念。

寺廟牆上，掛滿了寫著各種祝賀出征詞句的長布條，許多學生奉師長之命，在一幀特大的日本旗上簽名，為日本帝國祝禱祈福。

竹中太郎（陳寶山）以流利的日語，發揮口才，竟說動官方攝影師特別幫他和兄長拍合照，甚至借來那幀超大的日本旗，攤開在前方地面，旗上，「武運長久」四字圍繞著太陽，在陰沉的天空下，特別顯得猩紅刺眼。

沒錯，那就是之前，陳秀玉在家族相簿裡看到的老照片。

除了這兩張照片外，關於這椿家族史，還有兩件證物：

1. 台北州頒發的國語家庭認定證書。

2. 貴婦人送給陳馮媽懸掛在廳堂的海報，海報中，日本警察被畫成救苦救難的地藏王菩薩，端坐蓮花上，管盡人間大小事，從救災濟貧、惡疫預防、急難救助，到捕捉罪犯、思想取締……

無一不在其千手掌理中。

我猜日警本田靖雄，是看了那幀海報，龍心大悅，才輕易放陳家一馬，但他至死不承認。而陳馮媽原本對貴婦人感恩戴德，卻在發現她的真實身分後，態度丕變。

●

「嗄？妳不知？那個藝妲，是過去咱艋舺最出名的……伊哪有尪？騙肖耶！每回大潮時，伊來河邊是等心酸耶……」

偶然地，和一位老人家閒聊時談起，陳馮媽赫然發現，貴婦人並非富孀，而是過氣藝妲！

「原來是賺吃查某?!」陳馮媽又驚又氣。

「按呢講就外行囉！藝妲真高尚喔，和一般賺吃查某不同款，汝要知，藝妲不是每一個人都可以做的，也不是一般人開得起。」那老人家正經八百地強調。

「哼，有啥不同款？攏全是在酒樓陪肖豬哥喝酒、唱歌的肖豬母！還假高尚！」陳馮媽擰起濃眉，朝地上吐了口痰！

唉！一切與豬何干？

人類歷史裡，各種戰爭沒完沒了，不僅生活亂了套，也毀掉無數生靈。

即使生而為豬，難逃為人類口慾奉獻犧牲的命運，但總該能飽食終日，長肥養胖，再從容就義，卻因故少吃了許多糧，提前命喪黃泉，被殘酷撲殺，卻無人為做法事，超薦引渡，死後，竟還要遭受辱罵？

嗚呼哀哉！

豬仔冤死了！

至於那個防空洞，不再養豬後，則另有大用。

●

隨著盟軍轟炸台灣的次數，愈來愈緊密，跑空襲已成為人們日常生活中的必修課程。家家戶戶在窗玻璃糊上棉紙，慎防玻璃遇震爆碎，造成傷害，夜間謹防燈光外洩，入夜後的艋舺，一片黑暗，猶如死城。

對民間庶務無事不管的警察大人，更通令各位保正、甲長們，帶領民眾挖防空壕，並徹查列管區內現有的大小防空洞，那個隱藏許多祕密的防空洞，當然也列入管轄。

白天，即使沒有空襲，艋舺街頭也常配合政令舉辦防空演習。

警報一響，人人慌狂避難，躲進防空洞，警笛聲響徹雲霄，消防車匆匆奔馳，混亂的街道上，消防人員全副武裝，戴上有兩眼大窟窿的防毒面具，粗粗皺皺的排氣管垂在胸前，像大象長長的鼻子，雖是演習，也毫不馬虎，如臨大敵，消防人員高舉著水管，撲滅假擬的火災，醫護士急著搶救傷患……

但接二連三的空襲，仍是帶來重創。

一九四五年五月三十一日的「台灣大轟炸」，幾乎所有相關史料都會記上一筆——當年最摩登的鐵道飯店、台灣總督府圖書館、台北帝大附屬醫院幾近全毀，而台灣總督府也有部分毀損，傷亡人數成謎。

而老艋舺人向來相信神明的力量，戰時，每當空襲警報響起，許多附近居民寧捨防空洞，紛紛紛跑向龍山寺抱佛腳，確實安然度過多次危機，但稍後的六月八日，卻連**最重要的信仰中心龍山寺都慘遭襲擊**。

這些也都有照片及史料為證。

●

「這麼多老照片？做什麼用啊？」

在喪儀式場裡，白蘭摺了許多紙蓮花和金元寶，揉揉痠痛的手，抬眼望見陳秀玉正在另外一張桌前，整理資料和一些老照片，走過去，好奇地問。

「沒什麼，這陣子懷舊題材很受歡迎，不管是小說、電影或媒體，大家都在消費歷史，報社很喜歡刊登老照片，稿費還不錯。」陳秀玉聳聳肩說。

消——費？歷史？這啥意思？白蘭望著老照片裡，四個戴著防毒面具的「象人」，有點困惑，她雖然小學都沒畢業，也很少看電影，但會看報紙、電視，說餅乾糖果休閒娛樂是消費，她就懂，但歷史——？怎麼消費？她想了想，以為是陳秀玉口誤或自己聽錯，就自動修正：「消遣——歷史？也有錢賺喔？」

「消遣？」陳秀玉愣了愣，爆笑出來：「沒錯，沒錯，消遣兼消費！所以囉——如果有好的老照片，歡迎提供，一經刊登，每張三百元。」

白蘭訕訕地，以為被嘲笑了，放下老照片，不好意思再多問。

「幹！讀冊人講話彎彎曲曲！一張三百就說三百，講啥消費，練瘋話啦，麻煩！」番仔忠嗤之以鼻。

「那種老相片，我家多著咧，妳說的喔，一張三百？」簡唐的笑眼瞇成一字型。

「若說到吃和錢，你馬上精神百倍。」珍珠仔呆噴出一口濃煙。

白蘭、番仔忠及眾弟兄們也紛紛加入吞雲吐霧的行列。

陳秀玉眼澀喉癢，深知大夥兒已為她忍很久，勉強壓抑咳嗽，匆匆收拾好資料和老照片，提起脹鼓鼓的公事包，逃離呼吸困難的現場。

四、消失的儲藏室與裂痕

……阮是一切女族的母親。阮的嫡系，
跟血緣、氏族沒關係，而是精神意識的傳承。
經歷許多男人之後，女人才發現，骯髒卑賤的，不是性，而是人性。

「喂，喂，妳要睡啦？可妳還沒有說晚安——」

大目坤仔亡靈一路追著陳秀玉。

陳秀玉毫無反應，快步穿越靈堂後方，繞過西藥房，從後門進入家裡，她呵欠連連，連日來忙於喪事，還得抽空處理已經延宕的專題，她快累癱了，連澡也沒洗，進了房間，倒頭就睡。

大目坤仔亡靈哀傷地望著她。

奇怪，怎麼連最親的小妹都不理他？到底發生什麼事了？剛剛——應該是剛剛沒錯吧？他的時空感似乎錯亂了，腦海時而清楚，時而混淆，整個人輕飄飄的，心頭卻又很沉重，每個人都對他視若無睹，昔日好友們一再談論他，卻又輕忽他的存在。

唉！大目坤仔嘆氣！落寞感像一道冰水，竄過脊背，鑽進空洞洞的心，他打了個顫，忽然強烈懷念起童年，同時想起昔日的百寶箱，裡面放了囝仔時代最珍貴的諸多物項，那原是水雄哥的寶貝，自從水雄哥被抓走後，他就接收了一切。

他還記得，離家前，曾特別把百寶箱塞進後門旁邊的儲藏室裡。

他躍上遮雨棚前後探看，發現這麼多年過去了，他家還是原本的舊式透天厝——格局就像個長方形盒子，門面窄而屋身長，動線是一條通，最前方臨街的門面，用作西藥房，隔著一層拉門，後方就是客廳，魚缸、電視、音響、沙發、置物櫃……各種家具和家電用品互相挨著，一路發展完畢，緊接著就是餐廳，跨過矮階，又連著廚房、浴廁，所有的房間都在二樓和違建的半層閣樓上，閣樓又分成兩邊，一邊作為佛堂，一邊就給囝仔們當作書房。

而儲藏室在正屋後方，是違建搭蓋的磚造隔間，現在卻遍尋不著，拆除了嗎？那麼，收在百寶箱裡的那些布袋戲偶、尪仔標、彈珠、棒球手套……呢？

4.1 戲夢人生掌中輕

小時候，他們這夥龍山掛的艋舺囝仔，最愛玩布袋戲和打棒球。

不管日後人們如何推崇李天祿為國寶級布袋戲大師，尊奉他搬演的才是正宗的台灣傳統布袋戲，批評黃俊雄布袋戲是變鬼變怪的金光戲，但在大目坤仔這夥艋舺囝仔的生命史中，黃俊雄所創造的史豔文、祕雕、怪老子、哈嘍二齒仔、劉三、孝女白琴、苦海女神龍、六合、白面郎君、藏鏡人……等光怪陸離的布袋戲人物，卻才是永遠鮮活的記憶，劇裡的英雄美女，更是囝仔們心中不滅的偶像。

雖然買不起音子雜貨店裡的布袋戲偶，但水雄哥的手很巧，用撿來的木頭雕刻許多俊美帥氣的人頭，搭配林春花和陳秀玉用碎布頭拼縫的彩衣，還挺有模有樣，而且，大目坤仔自幼手氣特佳，逢賭贏面大，雖然零用錢少得可憐，但積到一元，就可以到雜貨店抽兩支牌，幾回運氣好，抽中了幾尊小型布袋戲偶，林林總總的加在一起，大目坤仔家族就有了一大箱的布袋戲偶，羨煞艋舺街童。

儘管在外人眼中，艋舺或許是一個缺少發展腹地的老舊社區，街道狹窄，空間貧乏，但在艋舺囝仔眼中，卻天寬地廣，無處不是舞台。

隨便街頭一蹲，箱子翻底一擺，戲偶人物就能躍上凶惡江湖，開始歷險犯難，仗義天下，當歹徒壞事做絕，好漢就施展武技絕學，替天行道，除暴安良，簡單的人情義理，在囝仔心中自有公道，劇情任意掰造，創意源源不絕。

像史豔文這種英雄出現，施展武功、打擊犯罪時，場面必定要不同凡響，才能轟動武林、驚動萬教——沒有器材製造聲光效果，怎麼辦？

簡單！從家裡偷來一把線香點燃，快速搖晃，就能產生視覺幻影，眼前頓時金光閃閃，瑞氣千條。

江湖武林，變化莫測，布袋戲偶尊尊有名有號、各有大用，小嘍囉誰來扮演？也不難，一條手帕，兩條橡皮筋，就能紮出有頭有身的人形，手掌伸進去，食指撐起脊椎和頭臉，大拇指和中指就成了靈活的雙臂——反正跑龍套的嘛，被追得連滾帶爬時，這雙手臂還能匍匐前行，演出趣味。

當年，除了黃俊雄布袋戲轟動外，艋舺講古大師吳樂天所講的「廖添丁故事」，透過電台強力放送，也深深擄獲艋舺囝仔的心，囝仔們常用布袋戲偶來搬演編造各種誇張突梯的情節，蹲在路邊玩一整天，唯有電視節目「雲州大儒俠」播映時間到，大夥兒才會一哄而散。

我還記得，這條街上的第一台電視機，就是陳寶山買的。

●

一九六〇年代初期，台灣剛有電視時，許多富裕的艋舺人還抱持觀望態度，陳寶山就眉也不皺地，花大錢買了一部雙門式大同電視機。

這在他們那條街造成轟動，「哩阿卡」送貨來的那天，街坊鄰居都跑出來圍觀，對有四條腿模樣像碗櫃的黑盒子品首論足，東摸西摸地。

當電視機終於安置妥當，陳寶山把鑰匙插入鎖孔，兩手朝左右拉開電視機門，眾人不禁讚嘆地「嘩」了一聲，並且耐性十足地等工人爬上屋頂，調整好天線，螢幕裡出現模糊不清的影像時，大夥兒又興奮地「嘩」了一聲。

自此，從早到晚，只要電視開著，與「協安西藥房」以一道塑膠拉門相隔的陳家客廳，就會擠滿遠近而來的大小觀眾，有些人還把飯菜都端來電視機前吃——尤其黃俊雄布袋戲「雲州大儒俠」開始在電視搬演以來，每當節目時間一到，不僅陳寶山無心生意，讓西藥房放空城，鎮守在電視機前，附近街坊鄰居，無論大人小孩，也都急忙放下手邊事務，趕赴盛會，計程車司機甚且帶著便當，也要擠進來參一腳。

陳寶山和陳馮媽當然是坐大位，幾個囝仔則擠在沙發另一邊，其他外來客們就席地而坐，肩挨著肩，屁股擠著屁股，奶娃兒抱在大人懷裡，年幼的囝仔坐在兄姐們的兩胯間，這人前胸貼著那人後背，有的人一腳跨在另一人腿上，而被前方身影擋住視線的人，就得歪著脖子，尋找空隙，視線穿越一片烏壓壓的後腦勺，在螢幕前聚焦。

從小，頭圍就比同齡孩子大一號的簡唐，每回都成了被眾人公幹的罪魁禍首，嚷著要他換位子、讓開點的吼聲此起彼落，被呼來喝去不打緊，那顆大大的後腦勺還挨過不少響亮巴掌。成長後，他常抱怨，他的頭就這樣被愈打愈大。

「慘啊！我的冰！」有一回，大夥兒都坐定了，白蘭的繼父林志明才突然想起冰桶忘記蓋緊，急匆匆地站起身，一路抱歉一路朝外擠。

但要從牆這頭走到大門口那邊，就得跨越人山人海。

唉！難哪！

那回，當林志明起身時，節目才開始不久，等他終於滿頭大汗地擠出人牆，「雲州大儒俠」的經典片尾，恰恰響起：「悲慘！悲慘！悲慘！刺激！刺激！刺激！史豔文身懷不白之冤，又中毒昏迷，劉三要怎樣化解危機？欲知詳情，明載同一時間，請收看精采續集——」大夥兒發出滿足的嘆息。

同一時刻，林志明卻發出悲慘哀鳴——在攤販車上，那桶芋仔冰已被夏日豔陽曬糊了，變成一攤淡紫色的濃稠不明物，而另一桶裝在塑膠封套裡的枝仔冰運氣好些，因被建築物陰影遮擋去部分陽光，枝仔冰雖已疲軟變形，但尚未全毀。事後，林志明被他老婆秀英嬸罵到抬不起頭來，變形的枝仔冰被以十分之一價格傾銷，至於那些芋仔冰連狗都不舔，只能全數倒進水溝。

節外生枝在所難免。敦親睦鄰的電視時間，多數時候充滿歡樂，但有時候，也會夾雜些許衝突，例如囝仔們因故爭吵尖叫，遭大人喝罵、挨巴掌，自制力差的奶娃兒，忍不住屙屎拉尿，整個客廳熱鬧騰騰，騷味沖天。

不過整體而言，除了客廳被攻占外，其他一切秩序良好。

這種盛況，一直維繫到金龍少棒隊奪得世界冠軍，舉國歡騰，一時之間，人人成為棒球迷，狂熱啊！那些年，為了看球賽轉播，半夜起床，總不好再去擠別人家的客廳嘛，這條街上的許多家庭才忍痛掏錢買電視，被攻占已久的陳家客廳總算得以光復。

往事歷歷在目。

大目坤仔亡靈唇際揚起一朵恍惚的笑。

但是——那個裝著布袋戲尪仔和棒球手套的大紙箱呢？

他記得是放在儲藏室裡——那個他和水雄哥一起用廢木料和磚塊、水泥搭起來的儲藏室，放了許多許多被父母勒令丟棄的舊玩具、故事書、火把燈籠，和各種工具……怎麼不見了？

大目坤仔亡靈在家屋後方的空地上兜轉，找不到消失的儲藏室，就從窗戶的夾縫擠進屋內。

◎歷史凍傷與人生負債

客廳裝潢如昔，但家具擺設明顯不同，動線也改變了。

大目坤仔亡靈困惑地四下張望。

家裡的事無分大小，問阿母最清楚，哪怕是找一根遺失的鉛筆頭或好久以前亂丟的尪仔標，她都能像變魔術一樣，馬上變出來。

不知阿母睡了沒？他才這樣想，發現自己就已來到了主臥室。

大床上，睡在左側的阿母，像嬰兒般蜷縮著，身軀瘦弱，面容滄桑，乾枯的白髮散落在爬滿皺紋的臉上，眉頭緊蹙，彷彿鎖著無盡的疲憊與哀傷。

大目坤仔十分迷惘。

印象中的阿母，身材壯實，彷彿隻手能撐天，從早到晚都在忙碌，家務完全無需兒女代勞，而且只在全家人都吃飽後，才會坐下來動筷子，收拾盤底殘留的剩菜，就能配兩碗飯，有時候連剩菜都沒了，拌些菜湯，依舊吃得香，還笑說：「囝仔人不懂，菜尾最好吃！」

童年時，大目坤仔曾多次試圖比阿母早起、晚睡，但夜晚來臨，無論他多麼努力撐住眼皮，終究還是輸了，而次日，不管他多早起床，總發現母親已開始忙碌，廚房裡傳出甜暖暖的稀飯香，她回頭看見睡眼惺忪的兒子，會順手刮幾顆甜滋滋的花豆，塞進他的嘴裡。

彷彿永遠不需要休息的阿母，只有在生病時，才會躺下來，精神稍好時，坐在椅子上，手裡卻還拿起針線縫縫補補。

有鄰居知道她病了，好意送碗營養滋補的雞湯來，她把雞湯倒在自家碗裡，留給婆婆和丈夫吃，把鄰居的碗洗淨抹乾，裝滿家裡最好的食物，再叫兒女拿回去還——有時是幾塊糕餅，有時是鮮食蔬果，有時是糖果餅乾，即使家裡沒有適合還禮的食物，至少也會裝滿尖山般的白米。

童年時，最討厭被大人使喚的大目坤仔，卻樂於被指派這項任務，常自告奮勇，搶著要去「還碗」——途中，他會小心偷吃一些碗裡的東西，而且，鄰居通常又會賞他幾顆糖或一片糕。

但對於母親的做法，他的小腦袋其實無法理解。

「為什麼要回送？咱兜都不夠吃？」小大目坤仔曾經抱怨。

「人有來，咱就有去，這才合天理。」陳張阿水摸摸他的頭，笑眯眯地說。

在她內心運轉的人生邏輯，永遠簡單明瞭，堅不可摧。

她沒讀過書，不認識字，看不懂報紙，也不關心新聞，不在乎科技進步，文明如何變遷演化，世道如何起伏跌宕，都撼動不了她。

看到電視裡，歹徒作奸犯科，政治人物貪汙腐敗，她會理所當然地將之與接二連三發生的天災人禍連結在一起——不管是颱風、地震、蟲害、戰爭……乃至氣候異常，她都可以推出結論：「人若沒照天理，天就無照甲子！」

她對新事物的反應，也時常讓大目坤仔瞠目結舌。

當人類首度成功登陸月球時，舉世振奮，大家都擠在電視機前，昂首期待那歷史性的一刻。

但終其一生，陳張阿水對人類可以上月球的事——根本，不•相•信。

即使大目坤仔強硬地把她架到電視機前，要她親眼目睹美國衛星實況轉播——阿姆斯壯在月球上踏出偉大的一步，那是多麼讓人熱血澎湃的一刻呀?!但陳張阿水面無表情地望著螢幕，撇撇嘴，用日語下了結論：「播漫畫！」而且非常慎重地提醒大家：「肖戲加減看就好，莫被它騙去！」然後就轉身，回到廚房，繼續洗菜。

突然，我感受到一股寒意。

主臥室裡，睡在大床右側的陳寶山，忽然翻個身，捲走了大部分的棉被，蜷臥的陳張阿水，就有半邊身體露出棉被外，整個人瑟縮得更緊。

大目坤仔亡靈瞪著他阿爸。

不愉快的記憶，在他眸中燒著怒火，周遭空氣卻像冰一樣凍結。

好冷好冷……

森森冰火中，我看見大目坤仔人生標尺上的兩處凍傷。

第一個凍傷，發生在大目坤仔個人教育史的首頁

年幼的他，眼神驚惶、不解，像一隻受傷的小獸，不懂自己為何會陷入困境。

事情的來龍去脈是這樣的——

到種德幼稚園的第一天，小大目坤仔就闖禍了。

他完全不懂課堂規矩——例如，上課時間，小朋友該說什麼話、做什麼事、讀什麼書、唱什麼歌，全由老師決定，小朋友最好乖乖聽話。

那天升完旗後，有著圓圓大眼睛和扁鼻子的貓咪臉老師，引領小朋友們回到教室，就開始教唱遊，她一邊彈風琴，一邊拉開嗓門：「來，各位小朋友，我先唱一次，你們再跟著唱——」

哥哥爸爸真偉大，名譽在我家……

點仔膠，黏住腳，叫阿爸，買豬腳，豬腳箍，滾爛爛，夭鬼囝仔流嘴涎……

小大目坤仔卻另有主張，扯直喉嚨大唱，把老師的聲音都蓋過去了。

「點仔膠」這首童謠，每個艋舺囝仔都耳熟能詳，小朋友們樂不可支，也紛紛跟著唱。

貓咪臉老師唬地站起來，把搗蛋鬼拉到講台邊罰站。

外省籍的她，勉強聽懂「叫阿爸」是叫爸爸，「買低珈」是買豬腳，卻完全聽不懂什麼叫：「店阿戞，年釣珈……低珈摳，棍亂亂……」

「重來，老師唱一句，小朋友跟一句——」她深呼吸，重新開始彈唱。

……為國去打仗，當兵笑哈哈……

「老師，為啥咪當兵會笑哈哈？」被罰站的小大目坤仔又插嘴了：「阮阿爸講，好男不當兵，好鐵不打釘——」

「你閉嘴！」貓咪臉老師臉都氣黑了，衝到他面前，瞪大眼睛吼。

小大目坤仔一臉無辜。

不過，這下他總算懂了，小朋友不能亂唱歌，卻還不懂，上課時，小朋友也不能擅離座位、不能隨便開口，更不能罵髒話。

第二堂課，貓咪臉老師在教算術時，他不吵不鬧，偷偷在簿子裡畫千里眼和順風耳，一時，卻忘了媽祖該怎麼畫。

「小朋友，不懂的可以問老師喔！」

小大目坤仔原想保持緘默的，但老師偏偏在這時候不斷慫恿小朋友發問，一對貓眼，滴溜溜轉，露出長髮外的大耳環晃得人眼花撩亂，於是，小大目坤仔高高舉起右手。

貓咪臉老師微笑。

「老師，媽祖幾歲？」

「誰？媽祖？」貓咪臉老師笑臉垮了。

「老師，媽祖有沒有戴耳環？她——」

這回小大目坤仔被罰不准吃點心。

而這些只是暖場。

第三堂課，貓咪臉老師盡心盡力地教ㄅ、ㄆ、ㄇ、ㄈ……

超認真的小大目坤仔，學習太投入了，竟忍不住站起來，轉過身，也有模有樣地當起老師，教導大家：

「來，小朋友，跟著我念，ㄅ、ㄆ、ㄇ、ㄈ，嗯，很好——」

他還在一排排座椅間遊走，嘻皮笑臉地找同學玩剪刀、石頭、布。

貓咪臉老師衝下講台，拿教鞭抽小大目坤仔的屁股一下。

「幹你娘機巴！」小大目坤仔反射性地護住小屁股。

其實，小大目坤仔毫無惡意，幹字訣只是他老爸和許多鄰里叔叔伯伯們的口頭禪，小孩子耳濡目染，懂啥？

但貓咪臉老師氣得發抖！

更倒楣的是，虎姑婆園長正好經過聽到，如雷貫耳，馬上衝進教室。

那年代可不流行「愛的小手」，虎姑婆園長揮動教鞭，打得小大目坤仔哎哎叫，跳狼似地東閃西躲，又罵了更多句髒話！

學校把家長找來告狀時，陳寶山謙恭有禮，頻頻感謝老師教導，走出幼稚園，臉就拉下來了。

「幹！你幾歲囝仔，敢罵老師？」陳寶山忍到回家後，才大發雷霆。

「我哪有?!幹！大人都亂說。」小大目坤仔辯解，還哼一聲，嘟起嘴來。

陳寶山愣一下。他原本只是想嚇唬囝仔，這下子，氣得揮出兩個耳光。

「幹你娘！狼狽死囝仔，還不承認？」

「你自己也在幹譙啊！」小大目坤仔摀著火辣辣的臉頰，瞪大牛眼反駁。

陳寶山頓時惱羞成怒，掄起棍子就揍下去！

「恁爸若無好好教訓你，陳寶山三字才給你倒過來寫！幹！狼狽死囝仔！這麼小就敢幹譙老師？」

「你也有幹譙啊，你先打自己啦！」小大目坤仔痛得齜牙咧嘴。

沒料到又被反嗆，陳寶山怒火中燒。

那是小大目坤仔第一次被用兩根粗木棍夾著雙腿，連同小小身軀緊緊綑綁著，整個人吊起來打，之後，又被拉進廁所悶水。

那一刻，他眼中的父親，是瘋狂的巨獸，向他擊出毀滅性的魔掌，一次次把他的頭按進水裡，嗆水窒息的驚痛，讓他感覺胸腔快報廢了。

●

那一刻，小大目坤仔還年幼，不清楚自己內心的變化，**我**卻看見他小小的心靈，結起了一層霜。

第二個凍傷，人生負債的開始

坦白說，如果翻閱大目坤仔人生初階的教育史扉頁，將發現他原本有機會成為可造之材。

他雖頑皮刁鑽，卻挺聰明的，小學四年級以前，一直名列前茅，尤其喜歡數學——照他的說法：「不必讀，就自己一百分啊！」

那年代的孩子，幾乎沒有不怕師長的，他卻膽大包天，例如功課沒寫被罰跪，老師罵他知不知羞恥？他還嘻皮笑臉反駁：「我早都會了，幹麼浪費時間寫作業？簿子和筆都要錢買耶！」老師氣得發抖，拿藤條抽他，他仍舊一臉不馴；又例如剛發下來的冬天制服，他拿起剪刀就把袖子給裁了，老師當頭賞他兩巴掌，大罵：「小時不知惜物，長大變成廢物！」他還頂嘴：「我哪有不珍惜，這樣穿起來舒服啊！不然制服就要做好一點！」感覺手臂伸展受到束縛，就裁掉袖子，種種劣行，都有他自成道理的說法，卻不見容於成人世界，回家當然又是一頓揍。

老師要求學生到家裡或留校補習，在當時相當普遍，多數同學都參加了，但小大目坤仔不肯。「我不要補習，也考第一名。」他說到做到，連著兩次月考五科滿分。

但老師還是要求家長到學校來一趟。

「為了孩子好嘛，是不是有困難？」老師說得客氣。

「沒有困難，怎麼會有困難呢？一定叫他補！」陳寶山連迭地說。

之後，小大目坤仔就被迫每天課後留下來，和同學們一起補習。

月底到了，該繳補習費。

在陳家，陳寶山向來總管財務、決定一切，陳張阿水負責洗衣燒飯，連買菜錢都是當日實銷實支。而陳寶山可能早已忘記是他硬要孩子參加補習的。

「幹！生雞卵無，放雞屎有，讀冊還要補習？」

運氣好時，小大目坤仔向父親伸手，被臭罵幾句，可以順利拿到錢。

運氣不好時，遇到陳寶山賭輸，或因故心情差，補習費就會拖欠，學校老師又每天催問。

小大目坤仔於是決定自力救濟。

他從阿嬤的錢袋摸走一百二十元，加上小妹貢獻的存款八十四元，到三水街市場和康定路交口，批來一些碗粿和抽紅包袋、糖果抽籤盒，兄妹倆沿街叫賣。

那是個寒流來襲的日子，氣溫降到攝氏四、五度，穿夾腳拖鞋，踩在乾硬的路面上，足心還會隱隱作痛。

寒風，像冰冷的刀子，一道道刮過臉龐，小大目坤仔把外套脫下來給小妹穿，裸露在過短長褲下的小腿，皮膚乾裂。

但即使氣候嚴酷，兄妹倆的創業征途，一路有說有笑，挺愉快的，但警察伯伯卻把他們擄進桂林分局，還悄悄通知家長。

●

結局頗慘。

整件事雖沒鬧大，但陳寶山顏面盡失，兄妹倆被領回家後，當然逃不了痛揍，小大目坤仔還罪加數等。

「幾歲囝仔這呢愛錢？是欠你穿還是欠你用？」陳寶山下手極重。

「敢偷阿嬤的錢嗄？出大力摃給伊死！下肆症！」陳馮媽也在旁助陣。

那回，他的錢全數被沒收，還不了補習費，還被打得奄奄一息，卻仍咬緊牙根，沒有掉一滴淚，既不認錯，也不肯回答需要錢的理由。

一向逆來順受的陳張阿水，衝出來和丈夫拚命，被狠踹了幾腳。

喀拉！我還記得那像踩過滿地花生殼的崩裂聲！清脆，響亮，但很輕微，分貝不高。

那一刻，不僅我聽見，連小大目坤仔自己都聽見了。

在陳張阿水被踹裂幾根肋骨、成功守護兒子的頃刻，小大目坤仔的心，瞬間冰凍，龜裂成傷。

※

幹！連睡覺都要欺負阿母?!

大目坤仔亡靈使勁想把棉被拖過來，蓋在阿母身上，才伸出手，阿爸忽又一個翻身，整個人露出棉被外，像一隻穿著膚色衛生衣的大蟲，記憶中，那高壯挺拔的身軀佝僂了，手臂鬆弛，肚腹擠著肥脂，臉油光光、肉乎乎的，兩鬢發白。

瞪著眼前老態畢露的阿爸，他冰冷的眼神，湧上一股悲哀。

蹬、蹬、蹬……

突然他聽見急切的腳步聲，好奇地循聲而去——

原已上床睡覺的陳秀玉，一臉迷迷糊糊地，赤足踩著階梯下樓，穿越餐廳，晃進廚房，打開冰箱，搬出一堆食物，坐在地上狂吃。

說狂吃絕不誇張。起司片、冷雞肉、玉米罐頭、毛豆、蘋果、魚片、麵包……她甚至啃起了結凍的培果，還一邊把小黃瓜蘸著番茄醬吃。

「嘖嘖嘖！不怕肥死?!」大目坤仔亡靈搖頭，蹲下來，推推小妹。

陳秀玉毫不理會，又狂啃了一整盤雞爪，抓了紙巾，抹抹嘴，站起身來，丟下滿地狼藉，連冰箱也不關，就轉身朝後門走。

「喂，別走啊，妳有沒有看到我的布袋戲尪仔？幫我找找看嘛！」大目坤仔亡靈擋在陳秀玉面前。

陳秀玉與他四目交接，卻面無表情，瞳孔也似無聚焦，像兩道光直直射進他的雙眸，穿透後腦，投向遙遠的虛空。

「嘖嘖，睡眠症又發作了？」大目坤仔亡靈嘆氣。

他並不驚訝，睡眠症患者發作時，有時會狂吃，有時會夢遊，甚至做出許多匪夷所思的舉動。

陳秀玉打開後門，走出去，像隻敏銳的兔子，四下張望，快步朝向馬路而去。

「都半夜了，要去哪裡？回來啦——幫我找布袋戲尪仔！」大目坤仔亡靈聲聲呼喚。

但陳秀玉愈走愈快。

●

天色暗沉沉，縱橫交錯的街道卻亮如星河。

許久以來，淡水河雖然日益沒落，沒有船隻靠岸，不再送往迎來各種人與物的交易，但艋舺依舊熱鬧滾滾，一條條街道，像河流延伸的支脈，繼續歡快吞吐著人們的生活與夢境。

夜深了，鬧市陸續收攤，緊臨環河南路和華西街的寶斗里也熄了燈，粉味的喧囂淫趣瞬間安靜下來。

隱伏於街道暗處的女人，卻仍然活躍，在與男人交歡的頃刻，她的姿態妖嬈，汩汩春泉在她生命的根部冒著泡，滋潤無數枯寂的心靈。

交歡後，女人赤足而行，穿越T字形街道盡頭，爬上隔開淡水河和馬路的堤防，步履輕快如風。

疾行的陳秀玉，停下來，觀望著女人。

「妳很好奇我是誰，對嗎？」女人微笑，也停步，側過臉，回望著她。

「妳——是詩卉？」心思被一語道破，陳秀玉臉紅了。

高中後，她和詩卉就沒聯絡，更無往來，而眼前的女人，和印象中的詩卉一樣清秀美麗。

「阮是查某人花——是一切女族的母親！」女人狎暱地眨眨眼。

「什麼？我，聽不懂——」陳秀玉一臉困惑。

「不懂？呵！妳和我一直很親呢！」女人輕輕笑起來，靠近陳秀玉。

「妳——不是詩卉？」一股冷香逼來，陳秀玉顫起雞皮疙瘩。

「憨查某！妳是花，阮也是花，咱的嫡系，跟血緣、氏族沒關係，而是精神意識的傳承。」

女人言辭怪巧，渾身散發嬌媚的氣息。

「呃，我想，我可能認錯人了！」陳秀玉往後連退幾步。

女人又笑了，踮起腳尖，獨自在堤防上跳起舞來。

4.2 藝妲的海海人生

堤防上的女人，像風中精靈，舞影婆娑，輕妙旋身，瞬間化身無數。身落處，衣香鬢影，觥籌交錯。

輕快的恰恰音樂，洋溢著歡樂氣氛。現場，女人們的打扮，猶如三〇年代的上海仕女，大都穿著時髦合身的旗袍，裙襬或長或短，開衩或高或低，或是在領口與袖子上做變化，燙過的鬈髮，梳起各式典雅的髮型，有些簪著髮飾，有些紮著絲巾，也有些做女學生般的清純打扮，俏麗的短髮，搭配白衣藍裙，氣質出眾。

牆上掛著紅色布條，以俊逸的書法寫著：「**艋舺華麗會創會典禮**」。

那些女人們輕聲閒聊著，個個容貌姣好，別具丰姿，看似不同的容顏上，卻又流露某種神似，嬌柔的媚態，在舉手投足間，從盈盈流轉的眼波飄逸而出。

「飛鳥嬌，恁阿母怎會沒來？」一位頭戴銀色髮箍的薄唇女子問。

「今天是滿潮，妳忘記了？」被喚作飛鳥嬌的女子，用牙籤拈起一粒紫蘇梅，含入嘴中。

「恁阿母還是那樣啊？從少年等到老，到底是在等誰？」

「誰知道，從來沒看到她等的人出現！」

「真是癡情耶！」

「誰知道是癡情，還是花癡？為薄情郎守候一生，值得嗎？」

「小聲點，萬一被孝順的黑貓嬌聽到，妳這個妹仔就慘了！」

「喔？那妳意思是說我不孝嗎？」

「沒有啦，啊，看——黑貓嬌和貴賓們來了！」

現場響起熱烈掌聲。

一位盛裝的標致女子，在眾人簇擁下，陪著多位政要士紳們，緩緩步入會場。

司儀介紹完政要後，才請艋舺華麗會會長黑貓嬌致詞。

「今天承蒙署長先生，以及各位佳賓在百忙中，撥空特地光臨，蓬蓽生輝，深感榮幸，我謹代表本會眾姐妹們，由衷地表示感謝之意……台北既是文化都市，艋舺更是文化之心，豈敢落乎人後？我們同業者，立志團結互助，一起研練才藝，修身養性，提高氣質，因此共組艋舺華麗會……」台上的致辭者侃侃而談，口才、美貌驚豔四座。

•

關於這場盛會，雖然史料記載散失殆盡，但曾經被記錄、敘述的事，只要有人閱讀、傳述，語言文字就有了自己的生命，猶如我曾親身參與一般。

你應該知道吧？

在那個保守封閉的年代，女性地位卑微，能進學堂的，多半來自中階以上的家庭，一般人家的女兒，少有機會受教育。而被賣入風塵的藝妲們，卻因鴇母有意栽培，藉以提高日後賺錢的本事，反倒有機會讀書識字，學習才藝，或許這也算不幸中的幸運？

許多藝妲頗知上進，團結互助，例如，「日本在台施政四十週年的紀念博覽會」結束不久後，大稻埕藝妲們也曾經創辦「稻華會」，一起研藝切磋，互相鼓勵。

而艋舺藝妲們在更早之前，就創立了「艋舺華麗會」，推舉名噪全台的藝妲黑貓嬌擔任首屆會長，那是像姐妹會一樣的組織，有明確的宗旨、章程，定期聚會，並舉辦詩文才藝講座、競賽，及各種娛樂活動。

在此之前，藝妲們的生活，表面上看似多采多姿，其實日復一日地，多只在酒樓、藝妲間周旋來去，比較上進的藝妲，還會利用閒餘時間，到私塾拜師，提升詩文造詣，否則，一般藝妲常接觸的人，約莫就只有客人、鴇母和少數藝妲、樂師而已。

華麗會的成立，為艋舺藝妲們的生活，帶來新氣象。

向來作風大膽的黑貓嬌，為了打開知名度，率先在一些小報上刊登廣告，把自己的花名、齋號、住所、興趣、特長、簡介等，搭配美麗的個人沙龍照，秀在報紙上，許多藝妲姐妹們也紛紛跟進，一時之間，報紙上美女如雲，環肥燕瘦，竟成為街談巷議的八卦趣味。

而在生活中，黑貓嬌的穿著打扮，也掀起某種示範作用。

許多經常往返大陸、台港間，或旅遊海外的豪客士紳，常會為她帶回新資訊，包括上海名媛如何穿著、乃至歐美貴婦的新流行，很快地就會在她的裝扮中看到，不過，她並非照單全收，而是加入個人創見，再請裁縫師傅重新設計裁製，往往一穿出來，就驚豔群芳。

一時間，黑貓嬌竟成為新潮時髦的指標，不僅藝妲們紛紛效仿，嘗試各種造型、穿戴出新風格，當年，許多名媛淑女，也會悄悄模仿藝妲們的妝扮，奉為流行時尚。

此外，遇到重要宴會或表演活動時，黑貓嬌也會請理髮婆阿草姐把剪燙工具帶到藝妲間來，參照畫報上的照片，或映畫裡的明星髮型，互相討論研究一番，先在買來的假髮上試驗，待試出成果來，才在頭上變髮。

●

「嘖嘖嘖，連水鑽銀簪都要取出來用?!是蔡桑約妳出去，對嘿？」阿草姐神祕兮兮地問，手也沒停，忙著依照新流行的設計，將黑貓嬌的鬈髮梳攏到側邊，用銀飾夾緊。

「他一定不是透過檢番來請喔……」阿草姐一副萬事通的模樣，笑得曖昧。

黑貓嬌連忙舉食指比在唇上，輕噓一聲，轉頭瞧了瞧側身面向牆壁躺在貴妃椅上午睡的養母。

「既是朋友，何必還要透過檢番，讓人白費錢？」黑貓嬌淺笑壓低聲說。

當年，客人若要請藝妲陪酒，通常得吩咐茶房打電話到檢番事務所去，透過事務所的人通知藝妲前往酒樓或某處出局，檢番每局收取一圓費用。

「妳萬項為伊設想，伊一定真感動！」阿草姐別上最後一根髮夾，大功告成。

「時間差不多，我得走了。」黑貓嬌笑，望望鏡中的自己，滿意地起身。

妹妹飛鳥嬌在客廳翻閱畫報，早已等候多時。

這天，她們要先去艋舺寫真館拍照，再轉往江山樓赴宴，接著，又要趕到坐落於龍山寺後方的先生府，和艋舺詩會的文人們相聚。

色藝俱佳的黑貓嬌，不僅豔名風月，亦活躍於文人雅士之間，常受邀一起吟詩作對，時而相互較量詩藝，表現毫不遜色。

當年冠蓋群倫的艋舺名士蔡毓文，即對黑貓嬌十分仰慕，但他已婚，她又非自由身，所以彼此相處時，多是以文會友，相待以禮，並無逾矩，但兩人私下交往的傳聞，仍甚囂塵上，而鴇母為了方便監控，要求黑貓嬌無論到哪裡，都得飛鳥嬌陪同才行。

蔡毓文對風言風語斥之無稽，倒不在乎多花一倍費用，仍時常邀宴，陪著一起作詩，一起在先生府票戲、練樂唱曲，而白天套曲練藝後，有時，還安排黑貓嬌姐妹到放送局表演，更讓她們聲名遠播。

●

那日，趕完一天行程，從放送局離開時，夜已低垂，蔡毓文又陪她們姐妹倆分搭兩部三輪車，行過三線路，轉經圭母卒，返回艋舺。

街道上人跡稀少，遠方，時而傳來麵茶、肉粽等的叫賣聲，車伕踩著踏板，嘎聲吱吱，更顯夜色寂寥。

他們提早在前一條街下車，吃一碗麵茶做消夜後，才踏月而歸。

蔡毓文一路護送到藝妲間門外，才告辭離去，還頻頻轉身揮手。

月光將他的影子拉得好長、好長，黑貓嬌望著竟有些癡了。

「我看哪，叫蔡桑幫妳贖身，兩人早送作堆，省得老是這樣十八相送！」飛鳥嬌頑皮地推了姐姐一下。

「說什麼呢，妳！」黑貓嬌雙頰飛紅。

「真的，若能嫁入豪門，作妾也甘願，何況蔡桑一表人才，知書達禮——」

「哼，愛作妾，自己去，也不知害臊！再說，就撕爛妳的嘴！」

黑貓嬌嗔怒，姐妹倆說說鬧鬧，才進門，一隻大枕頭就丟了過來！

「汝二人整日唱戲作耍，生活也要兼顧！龍山寺又派人來請，汝是去或者不去？也要回一聲！莫對人失禮，又得失神明！」

躺在床上抽大菸的養母，看到她們進門，坐起身，怒眉斥罵。

當年，艋舺、大稻埕、乃至中南部的各大寺廟，舉辦大型廟會時，甚或富裕人家的婚喪喜慶、壽宴等，都常會邀請知名藝妲，登台演出「藝妲戲」。

除了不同寺廟、陣頭會較量高下外，戲班子之間拚台，有時也商請藝妲助陣，而藝妲閣之間也會互別苗頭，把廟會氣氛炒得愈熱鬧，神明悅樂，人更歡喜，獎賞自然也豐厚。

「好啊，唱戲嘛，既可以娛樂人，又可以娛樂神，為什麼不去？」黑貓嬌一邊脫外套，一邊又說：「阿母，妳菸少抽點，傷身吶！」

「按怎？翅膀硬了？連我也歸妳管？」養母的菸管一棒丟過來，差點砸到黑貓嬌的臉，她眼眶一紅，嚷嚷：「好嘛，砸死我，就沒人敢頂嘴，也沒人敢管妳抽多少菸，隨妳咳到胸疼吐血，反正我死了，還有妹仔替妳做貓！」

黑貓嬌嚷完，扭身就進房去，不理會養母在身後氣得說不出話來。

●

賭氣歸賭氣，一旦黑貓嬌首肯的事，就絕不會草率敷衍。

從某個層面來說，藝妲戲可謂開啟台灣女性演員的先鋒，更首開台灣娼妓演戲的例子，而當年若能請到她們雙嬌姐妹登台，更是極有面子的事。

那回，龍山寺觀音佛祖神誕，黑貓嬌盛裝如觀音，飛鳥嬌則巧扮媽祖，別出心裁的演出，造成轟動，許多人專程從遠地趕來艋舺觀賞，不僅廟埕前擠得水泄不通，連街道也寸步難行，有名町派出所出動日本警察來維持秩序。

珠彩纓絡將雕欄玉砌般的藝閣妝點得金碧輝煌，遊藝其間的黑貓嬌，唱作俱佳，舉止優雅端莊，竟無勾欄媚態，更讓傾倒者為她心醉神馳。

當時，幾個地方上有頭有臉的人物，為她爭風吃醋，還引發一場風波，被報紙加油添醋，寫成斗大的標題：「張區長大鬧龍山寺，林保正痛哭黑貓嬌」。

據說，也有一些日本政界人士，仰慕她的美色，私下請託，但願一親芳澤，卻都被婉拒，連日警本田靖雄送來的禮，也被退了回去。

「哼，甘願死，也不做番仔酒矸！何況那種矮仔?!」黑貓嬌的伶牙俐齒、嬌蠻不屈，和她的色藝一樣出名。

然而，這終究為她帶來禍端。

就我所知，那件禍事也和「花榜活動」脫離不了關係。

•

藝妲們聲名遠播，各種才子佳人的香豔故事也在民間流傳，逗人遐思。

一些附庸風雅的富商和報社結合起來，大張旗鼓地，為藝妲們舉辦選美活動，而為了吹捧自己喜歡的女子，也有些富商不惜砸錢請文人捉刀，加油添醋撰寫藝妲們的趣聞軼事，以提高人氣。

而花榜活動的選拔標準，也在報上公布——除了注重藝妲本身的姿色外，才藝也是重要的評比項目，並借用古時科舉制度奪魁者的稱謂：狀元、榜眼、探花等，作為獲獎者的頭銜。

那回遴選出來的十美中，年僅十三歲的吳曼君「以豔勝——歌藝纏綿，風姿曼妙，容貌豔麗」奪魁，居次的金阿治竟是「以度勝——花容月貌，軟玉懷香，夢枕銷魂」，壓過了許多人看好的黑貓嬌。

選美結果讓人失望，個性潑辣的黑貓嬌，也不避諱，快言快語地大聲批評。

「以豔勝？我雖不服氣，勉強可以忍受，至於——以度勝？哼，同業犯賤，道德墮落，評審自辱斯文，華夏之恥莫此為甚！」

當時，擔綱評審的，多是地方菁英、豪紳，這番話傳出去，得罪了許多人，也讓同業臉上掛不住，不久，大家竟私下串聯，共同抵制黑貓嬌，並投票卸除了她繼續擔任華麗會主席的榮銜。

不過以「詩文出眾，嬌麗大方，曲藝婉轉」僅獲得探花獎的黑貓嬌，名聲反而更響亮了。

坊間流行起一句話：「黑貓嬌有三好——文才好、容貌好、曲藝好。」

但這又讓她站上危險的風頭。

有一天，黑貓嬌應邀出局，經過有明町派出所時，遇到個頭矮小的日警本田靖雄，他遠遠地就開玩笑嚷嚷：「貓仔嬌啊，聽說妳有三好？不夠呀！若想侍候好男人，夜度好第一重要，呵呵呵……妳不就是這樣才輸了花榜？」

黑貓嬌最恨人家叫她貓仔。在那個年代，許多人會以「黑貓、黑狗兄」來稱呼漂亮時髦的女人，及風流倜儻的俊帥男子，並無貶損的意味，但「貓仔」卻是泛指「賺吃查某」，一字之別，差之千里。

「哪裡有貓仔？是誰家的青暝四腳狗，看不清就亂亂吠？哼，矮人厚悻！」黑貓嬌杏眼圓瞪。

日據時代，人人怕警察，民間雖私下嘲謔日本人為四腳仔，但大家表面上卻是恭敬如儀，豈敢公然挑釁？

黑貓嬌竟敢當街辱警？曾因遭拒懷恨在心的本田靖雄，這回逮到機會報復了。

那回，黑貓嬌被控蔑視警察，鋃鐺入獄。

在她坐監的四十九天裡，許多政商豪客都趕來探望，並代為奔走關說。

但她出獄後不久，卻就因故歇業，從此銷聲匿跡。

●

之後，傳出她與福州客人合夥做生意被騙，人財兩失，自殺身亡；也有傳說她嫁作良婦，隨任職高官的夫婿遠赴神州，過著幸福生活；但幾年後，卻又有人說，看到她在被日本政府劃為特定風化區的遊廓一帶出沒，甚至說她為了滿足養母的私慾和毒癮，淪落為低級娼妓，在「九間仔口」操持賤業。

又過了一陣子，被謔稱為北台公娼「集中營」的凹肚仔，出現紅極一時的豔妓三好嬌，她雖非二八年華，卻以嫵媚之術，豔名遠播。

某些自稱曾到藝妲閣點煙盤的客人說，三好嬌其實就是年華漸逝的黑貓嬌。

那時三好嬌究竟幾歲？

本人不說，外人無從得知，模樣仍然嬌媚動人的她，接客時，躺著一邊嗑瓜子，照樣讓男人銷魂蝕骨。遇到多事好奇的尋芳客，她雙腿用力一夾，男人就軟了，她嘴一唾，冷笑說：「騙恁婆啊咧十八歲！目睭糊到屎！恁祖媽做貓仔按怎？」被唾了一臉瓜子殼的男人，垂頭喪氣地離去，她隨後而出，把臉盆裡的水，朝門外潑，腰肢一扭，就轉身掀起布簾子，接下一位客。

這些鮮為人知的事，曾被以文字簡單地記錄下來。

之前白蘭意外拾獲「交還」給陳秀玉的那些資料，僅留斷簡殘編。

但為什麼荒遠的歷史殘餘，會突然出現在陳秀玉的夢遊見聞中，實在匪夷所思，而且內容似真似假，也啟人疑竇。

或許有人會強烈建議**我**該多花些心思來設計情節的轉折與過場。

但是，這回不要好嗎？

坦白說，玩弄文字固然有趣，但對**我族**而言，卻也是一種輕慢猥褻，這些年來，**我族**的生存空間，已嚴重窄化，**我族**大受折損，我不想，也不該浪費筆墨。

能否偶爾容許我？理直氣壯地說，反正，就是發生了！

4.3 有明町派出所和桂林分局

不管**你**同不同意，就是這樣啦！

此刻，夢遊中的陳秀玉，一臉迷惑，發現眼前的有明町派出所，恍惚變成了桂林分局。

而她的腦海，就像一鍋沸騰的熱湯，那些荒遠突梯的歷史殘餘如煙霧般蒸發了，而一些童年時的記憶碎片，則在熱湯上翻滾、撞擊、喀喀作響。

一時追丟了陳秀玉的大目坤仔亡靈，就趴在那些記憶碎片上，瞬間抵達。

「喂！我的布袋戲尪仔哪裡去了？那兩尊史豔文和廖添丁還在吧？」

大目坤仔亡靈發現陳秀玉時，陳秀玉也同時發現他。

「還記得賣碗粿和抽糖果盒的事嗎？」陳秀玉答非所問，指著面前的桂林分局說：「後來我們被帶進警局……」

◎桂林分局……無犯意的詐欺犯

怎麼會忘記？

那時，他們兄妹倆沿街叫賣，碗粿才賣出三粒，但小本多利的抽紅包袋、抽糖果盒卻賺了不少。

「嘿嘿！一大堆狼狽仔，自己手氣歹，怪誰?!」大目坤仔亡靈哼一聲。

那回，兄妹倆蹲在地上，就做起小生意。

囝仔們圍聚過來，搶著要抽紅包袋。許多人一路損龜，極不甘願，就一次又一次跑回家去「擄」錢，再來挑戰。

「不抽了?別後悔喔，搞不好下一支就被別人抽中大獎！」當時年幼的大目坤仔已深諳心理戰術。

做生意嘛!他承認自己確實出言慫恿，卻不知道有些囝仔的錢，竟是偷來的——例如簡唐，就從他老爸攤位上的錢罐裡掖來不少錢，番仔忠則偷貓仔間公娼們的賣肉錢，蔡呈瑞從他阿嬤的店，摸出六條進口巧克力、五包新樂園香菸和九包生力麵，甚至還有囝仔拿出金項鍊……

囝仔們錢散人去後，約略點算一下，在陽春麵一碗兩元的年代，兄妹倆一個下午竟海削近千元，外加無數戰利品，眉開眼笑的他們，就坐在路邊吃起沒賣完的碗粿。

桂林分局的一個警員巡邏時經過，看他們衣著單薄，還以為是可憐的流浪兄妹，大發同情心，讓他們進警局避寒，還請他們喝紅豆湯，並且買下所剩的碗粿，分送同事。

喝完紅豆湯，兄妹倆正打算要離開，卻被指認出來。

「欸?——這不是藥房陳桑的囝仔?猴死囝仔!這麼小就不學好?」從外面走進來的吳志明刑警吹鬍子瞪眼睛，一把擰住大目坤仔的衣領。

原來，分局接獲多位家長告狀——有個叫大目坤仔的傢伙，威脅囝仔回家偷竊。

唉!欲加之罪，何患無辭?!

大人根本不聽解釋，反正囝仔回家偷錢、偷東西是事實，贓款、贓物也一一在大目坤仔的戰利品中找到。

陳寶山接獲通知趕到桂林分局時，先給自己的孩子一頓巴掌，對眾多家長致歉不迭——街坊鄰居們看在眼裡，氣消平，也就大事化小，小事化無，不了了之。

當然，賺來的錢和戰利品，得全數掏出奉還「苦主」。

●

那件事情後，小大目坤仔的補習歲月就結束了。

老師一直催收不到補習費，不再強求，每天最後一堂下課鐘響，學生們分區打掃完畢，多數同學都留在教室，開始寫測驗卷，只有他和幾個家境貧寒、或在老師眼中「特別頑劣」的學生，可以背起書包，步下樓梯，穿越黃土飛揚的操場，準時放學。

他拿著黃色的小路隊旗，和同學們邊玩邊走，回頭看到老師就在三樓走廊上，還笑嘻嘻地揚手招呼。

有一天，他們卻在半途被叫喚回去，每人挨賞一巴掌，理由是精神散漫，路隊沒排整齊，身為小路隊長的他，則罪加一等，被左右開弓，臉頰登時烙上五爪印，熱辣辣地，他迷惑地瞪著老師。

「瞪什麼瞪？我看準你們這些傢伙沒前途！頑劣！」老師哼一聲，轉開眼，放下又抬起來的手。

那時，小大目坤仔聽見自己的心咯嗤一聲，又多了一道裂痕。

後來，等他總算存夠之前積欠的補習費，卻已分班升上五年級，換了導師。剛開始，他把錢放在鉛筆盒裡，每天帶到學校，卻又每天帶回家，等終於下定決心了結這樁事時，教務處卻說，那位老師已經調到別的學校。

●

「你到底還老師補習費了沒?!」陳秀玉側著臉問。

「過去的事，不提了，我的史豔文和廖添丁呢?那些布袋戲尪仔藏哪裡去了?」大目坤仔亡靈滿眼熱切。

「布袋戲尪仔?」陳秀玉如夢般呢喃。

清脆的喀啦聲，從遙遠的深邃之處傳來，那是大目坤仔心靈碎裂的聲音，是陳張阿水肋骨斷裂的聲音，是……那些布袋戲尪仔被一個個摔碎的聲音，就在大目坤仔正式加入黑道那天，陳寶山震怒下的傑作——大目坤仔不知道這件事嗎?還是忘記了?

「別管布袋戲尪仔，」陳秀玉轉移話題，側耳傾聽，小聲說：「你聽，有種奇怪的聲音……」

噠喀噠喀……踩動舊式縫紉機踏板的聲音，從桂林分局裡傳來……

「管他啥聲音?!走啦，我們去找布袋戲尪仔！」大目坤仔亡靈固執地拉扯陳秀玉。

陳秀玉皺眉，推開他，轉身閃進分局，一探究竟。

◎有明町派出所……混亂的戰爭末期

分局裡，燈光悠忽，牆面灰溜溜地，陳設十分老舊，不似兄妹倆年幼時在裡面避寒、吃紅豆湯配碗粿時那般光景。

應該擺辦公桌的地方，卻擺著幾部老式縫紉機，婦女們利落地裁著粗棉布，有些婦女則使勁踩著踏板，皮帶快速轉動，發出明快的節奏，那些粗棉布一塊塊地被接縫起來，成了簡易的勞軍袋，成品、半成品堆了滿地。

婦女們多半穿著「**罔蔽**」，但有一個年輕女子，卻穿著米白色洋裝，低頭修剪勞軍袋縫邊上的線頭。

「妳噢，莫太虛華！戰爭時陣，查某人更加要共體時艱！」留著仁丹鬍的保正先生經過時，語帶斥責。

少女唯唯諾諾，趕緊取下漂亮的蝴蝶髮夾，協助保正先生將勞軍袋堆向牆角，讓出一條通道，讓日警本田靖雄通過。

「大人放心，為日本皇軍效命，後援補給，咱艋舺輸人不輸陣！我調來幫忙的這些婦女，都是車工技術最好的……」保正先生鞠躬哈腰，笑嘴咧到耳邊。

本田靖雄嗯一聲，滿意地點點頭。

語珠註解：

罔蔽：（譯音）皇民化運動後，日本政府強力推行的戰時婦女制服。

●

你猜對了嗎？

當時的桂林分局，正是日據時期的有明町派出所。

我甚至可以預告一下，幾年後，當珍珠仔呆寶升為十大槍擊要犯，某一天，將會全身綁滿土

製炸彈，在距離桂林分局僅有幾公尺之遙的亭仔腳，打公用電話向警察嗆聲。

但這個時候，珍珠仔呆還在大目坤仔的喪儀式場裡守靈。

而大目坤仔亡靈和夢遊中的陳秀玉，則在分局內，恍惚撞見光陰深處的歷史幻影。

●

那些勞軍袋將送往艋舺附近行政區的各級學校，發給學生帶回家去，裝滿各種物資，再由學校統一收齊，繳交給相關單位，用以慰勞日本皇軍，充實後援。

「捐獻活動是民間發起的？真是讓人感動，我謹代表皇軍獻上十二萬分感謝，借出場地，協助作業順利進行，希望大家能忠誠團結，盡最大的努力——」

本田靖雄說著，用力拍了拍保正先生的肩。

「當然，沒問題，當然是這樣！」保正先生搓手搓腳地笑著。

那些用作勞軍袋的粗棉布也來自民間奉獻。

當時台灣已實施配給制度，一般家庭可配給三碼布，國語家庭則配得六碼布。

送走大兒子陳寶泉去當兵，免去牢獄之災的陳馮媽，在正式成為國語家庭大家長後，雖然很鬱卒，更擔憂兒子安危，不過，在物資配給上倒占了不少便宜，而且家門口貼著「志願兵記號」，連警察大人經過時，都得敬禮。

在保正先生的鼓動下，她忍痛把配給到手的布奉獻出去，並且割愛了一把屠刀、一柄鋤頭。

戰事吃緊，物資短缺，軍方不僅搜括糧食，也不放過任何金屬，連龍山寺的鐵欄杆都被拆光，陳馮媽特別跑去看，隨即趕回家，把灶上的大鐵鍋和鍋鏟藏進粗麻袋裡，扛在肩上，匆匆出門。

「阿母，妳是要將鼎扛去兜位？」養女邱阿足追出來。

「汝真正憨面，不趕緊藏起來，要留給四腳仔徵收去？以後要用啥燒水煮飯？」陳馮媽擰眉，要邱阿足扛著麻布袋，母女倆速往河岸邊的隱祕處去。

那日是滿潮嗎？陳馮媽不肯定，卻在河岸邊，又看見那個常來等船靠岸的老婦。她一身唐裝，配上串珠的繡花鞋，這種裝扮，若在畫片中，或許相當美麗，但在現實中出現，卻顯得突兀，更違背了日本政府大力宣導的戰時節約守則。

「哼，歹年冬，厚狷人！貓仔穿水衫，也是貓仔啦！」陳馮媽嗤之以鼻，撇撇嘴，打算當作不認識，從旁邊繞過去。

「很久沒看到妳，事情都解決了？」老婦卻熱絡如昔，大聲呼喚她。

陳馮媽垮下臉，瞪著她，忍不住衝口而出：「汝是在等魔神啊？也沒嫁，哪有尪，哼！根本就是煙花女，賺吃查某還假高尚！」

那老婦像猛然挨了一拳，臉上露出痛苦的表情，背佝僂了些，眼神朦朧了。

「妳莫這樣凶啦，人家幫過咱！」邱阿足緊張地拉拉陳馮媽的衣袖。

「哎呀，反正——多謝妳啦，」陳馮媽也覺得自己太過分，語氣緩和下來：「反正愛等誰，是汝的自由！干阮無誌代！」

「失禮啦，阮阿母就是歹那張嘴，心不壞啦！」邱阿足紅著臉解釋。

雖然邱阿足並不清楚藝妲和娼妓差別多大，卻頗有物傷其類的感慨，昔日，若非陳馮媽收養她，必難逃被賣入娼家的命運，所以對老婦深富同情。

老婦嘆口氣，凝望著陳馮媽和邱阿足，笑得悲涼。

藝妲生涯原是夢，一日一夫無了局，淡水河邊抱希望，甘願等君一世人。

老婦突然吟起文謅謅的詩句，不再理會陳馮媽與邱阿足，詩句吟完，轉頭望著悠悠河水，兀自輕聲唱起歌來。

查某人花，查某人花，
咱命運雖然不相款，人生路途同款坎坷，
是命運對咱失禮，咱免怨嘆世間人！

查某人花，查某人花，
阮雖然是墮落煙花，嘛想要開花、結子，
是命運太過凶險，咱免怪罪天公伯！

●

至今，**我**猶能清晰聽見那首歌，在淡水河畔的夏日風光中迴盪。

蒼老的女性嗓音沙啞悲涼，時而悠切低迴、時而悽惻婉轉，滄桑鬱鬱，如泣如訴，與樹梢尖陣陣傳出的蟬鳴聲，相互應和。

氣候熱得異乎尋常，空氣彷彿裹了厚厚的泥塵，又溼又重，天空沉沉地壓住河面，讓人喘不過氣來。

那天恰是一**九四五年六月八日**。

如果陳馮媽知道那是兩人此生的最後一會，而且那個日子，之後將被視為老婦的忌日，或許不至於那麼尖酸刻薄，可惜，老婦哀怨的歌聲，讓她傷心起來，更加重了積鬱的怨怒。

她不知道自己的丈夫究竟死在哪個銷魂窟，也不知道該找誰復仇，才能解除心頭憤恨，她認定就是賺吃查某毀了她的一生，因而對所有賺吃查某恨之入骨。但聽到老婦唱的歌，她的心卻隱隱作痛，在那頃刻，甚至萌生了同情——她無法理解如此複雜的心情，也不想理解。

陳馮媽用力扯了邱阿足一下，倔著臉，掉頭走開。

她跨過堤岸，出了大溪口，隨風吹送的悽惻歌聲，彷彿在身後追趕，她鼻頭陣陣酸楚，愈走愈快。

就在越過草仔鞍附近時，耳際突然響起一陣「咻——咻——」的聲音，緊接著，警報聲就大作，盟軍又對台展開大規模空襲。

一時間，場面大亂，街上人群慌狂奔竄，尋找掩蔽。

陳馮媽一邊跑，忍不住回頭眺望，已望不見老婦身影。

「阿母！好痛！怎麼辦？」扛著麻布袋的邱阿足，被人群絆倒，膝頭擦傷，鮮血直流。

「屎緊，褲帶打死結！急死人啊，妳！平平路也會跌倒？」陳馮媽扶起養女，茫然四顧，不知該往何處逃，只好跟著人群胡亂跑。

4.4 一隻鳥仔哮救救

「緊啦！炸彈若來，走都未赴！」船家急嚷。

第一聲空襲警報響起時，載著蔡黃音子與數簍魚鮮回程的小船，恰恰靠岸。

※

船家夫妻倆使盡力氣，總算將作為貴賓席的大陶缸推倒——那時陣，水上交通工具簡陋，航程中，為免衣裳被浪花打溼，客人常會坐進船家準備的特大號陶缸——但此時，坐在大缸裡的蔡黃音子卻嚇軟了腿，日益富泰的她，身軀龐大，癱著不動，船家也抬拉不動。

「夫人，妳莫怪阮！」船家哀嘆，說著，拉起妻子，轉身跳下船，拔腿就跑。

●

大難來時，隨人顧性命！

原已談妥價錢，會協助將魚貨一併送抵家門的船家溜跑，蔡黃音子雙手緊握著船頭，指節發白，卻就是不敢跳下船，下半身還塞在倒臥的大陶缸裡，上半身軟軟地趴在潮溼的船板上，緞面衣襟上滿是泥汙和散發出魚鮮腥氣的水漬，近旁，幾條跌出水缸的魚，在船板上顫動，奄奄一息。

警報一聲急過一聲，每一聲都讓她的心臟揪緊。

她原本可以讓家僕代勞，免出這一趟門的。

只因公公愛吃魚，加上她的兒子們——赴日求學的蔡家三少蔡仲琛、蔡仲豪、蔡仲霖，會在當天返抵台灣，為表示慎重，她才決定親自搭竹筏去大稻埕碼頭，轉雇大船到淡水採購。

雖然此去路途顛簸，但當公婆笑著說：「所有的媳婦，還是音子最感心！」蔡黃音子連忙微笑自謙：「哪有啦，老大人若歡喜，阮做世小的，再累都有價值！」瞥見站在公婆身旁的丈夫也點頭贊許，她更掩不住嘴角的笑意。

而那天的魚貨特別好，一尾大鱸鰻足有六、七斤，蜘蚋魚、馬頭魚、黃魚、土龍、石斑、紅蟳、孔雀蛤……她足足買了兩大簍，放在船上裝了冰塊的大缸裡保鮮。

上船時，在船家協助下，她費盡九牛二虎之力，才順利爬進那只特大號陶缸裡。回程風浪不小，但想起公婆和丈夫吃到鮮美的土龍生魚片，那種吮指回味的饞相，她就滿心歡喜——而仲琛若愛吃，就會要求：「阿母！再來一盤！」仲豪呢？大概仍像以往那樣，必恭必敬地鞠躬致意說：「阿母，您辛勞了！多謝！」至於沉默寡言的仲霖，什麼也不會說吧？

此刻，下半身陷在大陶缸中的她，努力掙扎，卻渾身綿軟無力，喘著氣，抬起頭，茫然四顧！

淡水河畔天寬地闊，岸邊就在一步之遙，卻可望不可即。

突然，一架飛機劃過天際。

她驚惶地瞪大眼睛——

人生的最後一瞥

一架飛機、兩架飛機、三架飛機……衝過杏仁豆腐般凝凍的天空，機屁股噴出濃而長的白煙……

相同的景象，從不同角度映現在老婦混濁的眼球上，彷彿被飛機航速和引擎聲劇烈震撼著，影像顫抖、扭曲。

兩分鐘前，在河岸的另一邊，當她的歌聲被空襲警報聲響掩過時，老婦倒抽一口氣，趕緊拉高裙腳，朝前跑起小碎步，繡花鞋在溼漉漉的河沙地留下一串嬌巧的足印，成功避開幾處小水窪後，一個不慎，放足後的三寸金蓮卻踩空了，整個人往前滑倒。

老婦痛苦地呻吟著，脆弱的骨架彷彿整個鬆脫了般，右臉頰剉過地面，傷處不斷淌出血來，滲入骯髒的泥沙裡，她掙扎了幾下，撐不起身子，勉強回眸一瞥，在燠溽暑夏驚起一身冷汗——那是兩分鐘後，臥傷倒地的老婦望見三架飛機，朝她的方向衝過來，天空彷彿被割裂幾道長長的傷口，一枚枚炸彈從天而降。

不！那不是三架飛機！

在她人生的最後一瞥，在傷裂的天空裡，她看見的是三隻巨大送子鳥，空投飽含精血的卵，朝她直擲而來，一一在她的子宮裡著床。

光與熱。

尖銳的痛苦和慾悅。

如果說，生育是最深沉的交媾，是最極致的高潮，那麼，在她海海的藝妲人生中，的確幹過幾件驚心動魄的事——

她，生過，三個孩子，卻不曾抱過一回、養過一天。

昔日，傾慕她的男人如過江之鯽，能否登堂入室，成為入幕之賓，得要她首肯，然而許多時候，養母卻才是幕後操縱的決定者，她既無法抗拒被嫖的命運，只能消極捍衛——在被嫖的那一刻，她不是女人，只是躺下女體，供男體洩慾，她內在的女性依舊堅硬而安全，查某人花緊緊收合，花瓣緊閉如貝殼，護守生命柔軟的核心。

至於男人嫖幹時，胯下的，是女體？還是女人？只有他自己知道，不，或許連他自己也不清楚，有些男人的心像毛玻璃，昏昧模糊，混沌不明。

但有時候，男人看她是女人，不，或許是她在男人眼裡，看見的自己是女人，而非僅是女體，在裸裎相見的瞬間，散發腥甜的熱流滾入體內，歡娛滋養，她柔軟了，查某人花緩緩綻開——在與男人過從甚密的那些時間裡，她暗自盤算，精確估計生理期，並謹慎遮掩懷孕的跡象。

第一回，眼尖的養母發現了，逼她喝下苦藥，功虧一簣。

當再遇到心儀的男子時，她學聰明了，也老練了，善巧安排，掩人耳目，待養母發現時，已來不及阻止，若勉強墮胎，恐危及母體，她是搖錢樹，損失不起，只能暫避鄉間休養安胎。

產後，卻說是死胎！

養母假哭著安慰她，她也適時虛弱地昏過去，卻在心底暗笑。

「孩子生下來，要不就溺死，要不就遠遠送走！唉！反正隨妳處置！」這是養母和老虔婆談妥的詭計，卻早被她識破，並將計就計，私下買通老虔婆，言明若生下女嬰，就直接溺死了事，若是男嬰，就偷偷送到男人家去。

她精明而瘋狂，一切都在謀畫中——但她只算準了百分之九十，男人雖認了男嬰，卻遲遲沒有迎娶她，反而從此銷聲匿跡。

前一個男人走了，後一個男人來了……在她人生的三個機會裡，她豪賭三次，分別為三個男人生下三胎男嬰。

她成功了，卻也徹底失敗。

日復一日，她等著，等到人老珠黃，等到一身是病，什麼也沒等到。

她依舊孑然孤苦，靠著領養的媳婦仔賺皮肉錢養尊處優，如同昔日養母榨乾她的靈肉錢那般享福。多年下來，她雖也曾睜隻眼閉隻眼，給媳婦仔從良的機會，誰知媳婦仔命運竟和她如出一轍，男方願意收養生下的男嬰，卻不願娶婊做某。

她冷笑，一次又一次在四使爺前詛咒，這兩代四胎男嬰分屬的三個家族——蔡姓、陳姓、張姓互不聯姻，否則必遭凶煞，家毀人亡。

在閉眼的前一刻，她又笑了，男人辜負了她們，卻養著她們的孩子，雖然分屬不同姓氏，卻傳承了她們的血脈。她知道，歷史裡有無數多的男人，強權黷武，發動戰爭，燒殺擄掠，抄別人的家，滅他人的族，企圖征服世界和女人，然而，女人溫柔地躺下來，獻出陰道和子宮，就能不戰而勝，融合血緣，統一世界——可惜，她來不及賭贏，就已輸掉一生。

在閉眼的前一刻，她笑著流下淚來，很欣慰從不曾抱過她的孩子，流著她的血的孩子，如果抱過一回，等待的過程，必然更錐心刺骨吧？她也很欣慰，不曾生下女嬰，否則就算重來一遍，還是寧可溺死了事！

老婦在流淚的笑容中，閉了眼，而身後，炮聲隆隆。

●

同一時間，許多婦女從有明町派出所和附近的幾家小工廠蜂擁而出。那位穿米白色洋裝的女孩，在眾多身著「啚蔽」的婦女中，特別顯眼，尤其鬢邊的蝴蝶髮夾，隨著她奔跑，一顫一顫地，彷彿振翅欲飛。

鄰近有些民宅後院，或大水溝旁的空地上，就設有防空洞，日本政府早已勒令開放公眾使用，空襲一來，人們扛著重要家當，從屋子裡奔出來，爭先恐後地搶先占位。

在日警本田靖雄指揮下，多數人都快速散向鄰近的防空洞，米白色洋裝少女卻推拒好意，獨自穿越後街仔，朝龍山寺街的方向奔去。

突然，轟然巨響，她嚇得蹲在牆角，蜷縮著，渾身發抖，一陣地動山搖之後，眼前硝煙密布，隔著許多低矮的房子，她遠遠望見城內那個方向，似乎火光幢幢，冒起黑煙。

她手腳發軟，緊緊捏住口袋裡的信——那是昔日被富親戚領養的阿兄，偷偷託人送來的，信上畫著六／八，落日下的龍山寺，她一看就會心微笑，知道是當日抵台，傍晚約在龍山寺相見。

她掙扎著站起來，跌跌撞撞地擠過混亂的街頭。

●

混亂街頭的另一邊，相反方向的芳明館附近，有兩位婦女在路邊拉拉扯扯。

「空襲危險，咱先去躲再說啦！」理髮婆阿草姐滿臉驚慌。

「阮阿母穿繡花鞋出門，哪有法度跑空襲？我要先去找她！」三好嬌推開阿草姐的阻擋，焦灼地朝大溪口的方向跑。

「姨仔，等咧，我陪妳去！」當時猶是漂丿青年的歐肥仔正從芳明館跑出來，及時追上三好嬌。

「淡水河岸這麼寬，是要去哪裡找人啦？……」

阿草姐的聲音，在身後飄散，漸漸聽不見了。

三好嬌一路跑，心如擂鼓，汗溼衣襟。

透早，她就眼皮直跳，特別提醒阿母別出門，阿母反而大發脾氣，摔了菸管，網袋一拎，就甩門而去，一路抹淚，咕噥著：「阮去等大船靠岸，是礙著妳？按怎？我飼汝、成汝，汝翅鼓硬啊？阮老啦，沒地位啦？就讓汝管東管西？連出門都不自由？……」

三好嬌嘆氣，那時她望著阿母的背影，心口像塞著一團烏雲，鬱得慌。

那一對解放了的三寸金蓮，哪跑得過不長眼的炸彈？

「阿母——！阿母——！」

她竭力嘶喊，聲聲呼喚，被尖銳的警報聲和轟炸巨響掩蓋過去。

●

就在盟軍的第一顆炸彈投在城內，引燃大火之際，背著麻布袋的陳馮媽和邱阿足，恰在仁濟醫院附近遇到外出喊玲瓏的陳寶山，三人躲入龍山寺後殿，就擠在蔡家三位少爺旁邊。

而幾分鐘後，那位戴著蝴蝶髮夾的年輕女孩，也隨後而至，一個踉蹌，跌倒在中殿的觀音菩薩座下。

●

空襲警報聲聲急！

當盟軍飛機穿越淡水河上空時，三好嬌仍未找到養母，卻在泊岸的小船上，發現倒臥的大陶缸，以及掙扎著要爬出大陶缸的蔡黃音子。

三好嬌連忙喚來身強力壯的歐肥仔，總算將蔡黃音子又推又抬地拖拉下船。鳥屎般的炸彈噗噗跌落河面，炸出驚濤駭浪！

他們三人及時躲入河畔的防空洞。

※

曾被陳馮媽當作豬舍的防空洞，像個半穴式的蒙古包，拱頂土牆上雜草叢生，遠看就像隱在樹叢間隆起的土丘，推開柵門，裡面已經整理乾淨，甚至拉了電線，安上一盞小燈，還擺了兩排長條椅，座無虛席。

歐肥仔靠在門邊，三好嬌攙著蔡黃音子擠進兩排小腿之間，席地而坐，陣陣泥地的潮腐味和人們的腳臭、汗酸味，撲鼻而來。

轟炸聲時起時歇！泥塵從防空洞上方不斷掉落在人們頭上、臉上、身上，咻——咻——尖銳的炮彈聲，呼嘯而過，猶如鬼哭狼號，淒厲而激切。

許多人緊抱著孩子，喃喃誦念著佛號，祈禱神明保佑。

蔡黃音子咬緊牙根，臉色慘白。

死期到了嗎？不，我不要！模糊不清的語音，在她的齒牙間顫抖著。

她彷彿聽見冷風竄上脊背，鑽心而過，發出空空的聲音，不禁握緊拳頭。

「不知道阿母怎樣了？」三好嬌也嚇得發抖，卻仍故作鎮定，設法轉移注意力，低頭看見自己身上灰撲撲的罔蔽服，頗覺遺憾！

自從太平洋戰爭爆發後，日本政府就厲行節約政策，要求民間杜絕一切奢華娛樂，她所有漂亮的衣裳都收進箱底。而政府為了整肅風氣，還勒令全省的酒家、貸敷座、娼館等風月場所都得歇業，無論是高級的日本藝妓、台灣藝姐，或女給、貸敷婦、娼妓等風塵女子，都被迫轉業，她們多數改行當女工。

但她手不能提、肩不能挑，才當一天女工就腰痠背痛，學做女紅，卻踩不來縫紉機，針線工夫又憨慢，只好跟著阿草姐學理髮。這身罔蔽就是阿草姐替她找來的，出外工作時就換上，免得保正先生囉唆。

唉！如果要死，也該換件漂亮的衣裳再死！三好嬌嘆氣！

「我的心，破了一個大洞。」蔡黃音子忽然說。

「什麼？」三好嬌聽不清楚，但她用力握了握蔡黃音子的手說：「放心，不會有事的。」

其實，三好嬌並不認識名門富孀蔡黃音子，猶如蔡黃音子也沒有機會認識暫時改行當理髮婆的風塵女子三好嬌，她們只是因為跑空襲而萍水相逢。

那一刻，兩個年齡相差十多歲、身分懸殊的陌生女人，在炮聲隆隆的恐懼中，緊握彼此的手，想著各自的心事。

啞巴牡丹．蔡黃音子

在緊繃的情緒裡，蔡黃音子的心，反而變得清晰。

想到自己可能為了幾條魚而死去？覺得太可笑，也太不值得了！

至於怎麼死才值得？她雖沒仔細想過，也曾數次差點想不開，但真正逼近死亡的瞬間，卻才驚覺——如果就這樣死去，她，死不瞑目。

她雖已過中年，卻還沒停經，希望未滅啊！

一生拚搏，博來好媳婦的名聲，公婆疼惜，丈夫相待以禮——人人誇她好命！是啊！她真的好命，出身高尚，嫁入豪門，養尊處優，有權有勢，富貴如牡丹，然而，她卻是一朵不會結子的啞巴牡丹。

雖然名義上，她有三個兒子，但都是領養的。

一個不孕的女人！命再好，也是空的。

換作別的富豪人家，丈夫早已納妾，賢良的元配，為了延續家族命脈，就應該主動謀策，好幾回，公婆有意無意地暗示過。

年輕時，無數個夜，她暗自飲泣，人前強顏歡笑，大方向丈夫建議：「只要老大人不反對，出身再低的……也無妨——」她暗自吁氣，說不出「賺吃查某」這樣的字眼。「我等文人，豈可封建迂腐、滿腦舊思維？」受五四運動洗禮，自詡為新世代表率的蔡毓文，認為納妾是可恥的，他斥責妻子，轉身走開。

蔡黃音子從此不敢再提。其實，很久了，她耳聞丈夫迷戀藝妲黑貓嬌，但丈夫從未承認，深受舊式傳統禮教的她，不敢多管男人在外交際應酬的事，丈夫不肯納妾，她是歡喜的，但無法傳宗接代，卻又讓她深覺罪疚，於是，在公婆同意下，領養了娘舅家的孩子——仲琛，成為蔡家長孫。

她以為這樣就可以鞏固地位，挽住丈夫的心。

但二十年前，一個風雨夜，有位不速之客登門求訪。

那是理髮婆阿草姐，她手藝佳，常進出藝姐閣，為藝姐們服務，艋舺一帶，不少追求時髦的少奶奶們，也常會請她來家裡為她們做頭髮，順便打探藝姐的風流韻聞、問些穿著打扮、時尚流行等事。

「囝仔是先生的，如果不收，就要溺死……」阿草姐獻上懷裡襁褓，吞吞吐吐地轉達老藝姐的囑咐。

猶如炸彈落在心田，轟然震響，蔡黃音子陣陣耳鳴，差點站不穩，趕緊扶住桌角。

她抬頭望丈夫一眼，只一眼，她就懂了。

她沒有落淚，冷靜微笑，拿出大家閨秀的風範，給阿草姐一筆錢，留下孩子。

那夜，蔡毓文獨自在書房，聽著唱片，抽菸到天明。

蔡黃音子數度經過書房，終又安靜踅回寢室。

•

掐死他！

回到寢室，蔡黃音子忍不住伸出雙手，放在嬰兒的脖子上，感覺到一陣溫暖。

掐死他！快！稍微用力，就辦到了！快！妳一定可以！

要不？就用枕頭悶死？對！就像意外猝死，這種事常發生，神不知鬼不覺！

熟睡中的嬰兒，突然醒了，卻也不哭，睜開眼睛，蔡黃音子嚇了一跳。

初生兒視覺尚未發展，看見的她，應是模糊一片，卻對她露出純真的笑，還舒服地伸了伸懶腰。

蔡黃音子縮回手，埋首啜泣。

那一刻，她知道自己贏了——丈夫認了孩子，卻依然沒有蓄妾的打算，更無意休妻另娶，多年來壓在心頭的恐懼，總算消除了，她的地位仍然穩若泰山。

但那一刻，她更清楚自己徹底輸了！無論她多麼尊貴，對這個家族如何鞠躬盡瘁，那個孩子，將會讓她無法或忘，在這世上，有一個女人，即使隱身於陰暗的角落，即使地位卑微，卻將永遠凌駕在她之上。

那年，她才三十歲，領養的長子仲琛五歲了。

為了讓孩子順理成章地留下來，她編個理由，稟告公婆，又從遠房親戚過繼了新生兒，取名仲豪。

「嗯，養兩個都是黃姓的後代？唉！也好啦！」公婆輕描淡寫。

一年後，公婆卻突然作主，又從蔡姓遠親過繼了仲霖。那個孩子極認生，因此留在原生家庭撫育，直到十五、六歲，才住進蔡家認祖歸宗。

當時她恭謹地接納了一切。然而，夜裡，卻哭溼衿枕。

知書達禮的她，雖學不來千嬌百媚，但也會作詩、對弈、彈曲，風流倜儻的丈夫卻只看見她的賢慧，表面相敬如賓，心卻冷漠飄忽，她只能偷偷窺視他疏離的身影，猜測他的心情；她也懂得算帳、經營生意，讓家道殷實，處處曲意承歡，公婆、妯娌都看重她，然而，說到底，她還是外人，過繼仲霖——只因為他姓蔡，蔡家長房的財產，總不能全由姓黃的後代得去。

那一夜，似乎特別冷，她蓋著厚被仍渾身發抖，下人都睡了，她悄悄踱進廚房，熱了一大鍋湯飯，端回房裡，吃到碗盤見底，仍餓得慌……一碗又一碗，一盤又盤，她囫圇吞，如風捲殘雲，把各種食物掃進嘴裡……

從此，她乾脆就在房間內擺了個大食櫃，裡面放滿各種糕餅點心。

她的胃口極好，似乎怎麼也填不飽，人也愈來愈胖，兩腿粗壯，頂著寬厚身軀，像隻大衣櫃，人們誇她愈來愈福相，愈來愈有富太太的架式，然而丈夫似乎不覺有任何改變，看她的眼神，既不驚訝，也無嫌棄，仍是淡而有禮。

煙花牡丹‧三好嬌

「喏！手絹是乾淨的。」

三好嬌推了推蔡黃音子，蔡黃音子才發現自己竟在啜泣。

或許，在死亡面前，尊嚴、地位都微不足道了？從不曾在人前失態或透露任何心事的她，感激地接過手絹，拭去淚痕，突然幽幽地說：

「妳知道嗎？我既無法接受，卻又無法放棄！」

三好嬌茫惑地點點頭——雖然莫知所云，不，或許她懂，即使不清楚對方的故事和遭遇，但她懂得同樣的心情！

既無法接受，又無法放棄?!陌生的胖太太，竟說中她的痛？日復一日，夜復一夜，糾結、矛盾的心，被絕望啃噬著，蛀蝕得千瘡百孔，破洞愈來愈大，到最後，心都空了！

許久以前，她也曾做過美夢。

但無論她如何豔名遠播，嬌俏秀麗，才華出眾，甚至媚骨風騷，勾人心魄，但迷戀她的男人，因為同樣的理由，愛著她，卻也因同樣的理由，看輕她！

她在男人眼裡，清楚發現這樣的事實——作為名妓，在應酬場合，男人有她相伴，是足可誇耀的，但若娶妓為妻，將是男人的恥辱與災難，即使，她豔若牡丹，卻只是一朵煙花牡丹，虛而無實，以為找到幸福，終究是霧中影，即使為愛人守身如玉，依舊是俗世不齒的殘花敗柳。

日子也曾經美好，在深深的愛戀中，快樂如在雲端。

「妳是奇蹟，是愛的女神！」男人的甜言蜜語，她曾信以為真。

然而，奇蹟終究沒有出現，神女也仍是神女，並沒有變成女神。

●

突然一陣地動山搖，有個孩子嚇得大哭。

三好嬌也被震得回過神來。

轟炸愈來愈密集，防空洞裡濁氣沉重，死亡陰影在昏暗中搖晃著。

孩子的哭嚎，以及大人的小聲斥責和安慰，使氣氛更凝重。

三好嬌慌鬱難受，輕哼起歌曲解悶。

一隻鳥兒哮救救，哮到三更一半暝，尋無巢。嘿著什麼人，給阮弄破這個巢，乎阮掠著不放伊干休……

那孩子聽到歌聲，停止啼哭，眼珠子水溜溜地望著她。

她對孩子笑，一曲又一曲地唱著，從童謠唱到民謠，從民謠唱到演歌，婉轉溫柔的歌聲，似乎頗具撫慰的力量，人們側耳傾聽，也暫時遺忘了恐懼，表情漸漸柔和，不似之前那般驚惶。

白牡丹，白花蕊，妖嬌含蕊，等親君，無憂愁，無怨恨，單守花園一枝春……

一曲曲台語歌謠，訴盡人間滄桑，許多人流下了眼淚，也紛紛跟著唱，連向來自恃尊貴的蔡黃音子也不例外。

●

那真是有趣的景象。

無論戰爭與死亡，是如何的無法避免，如何把人嚇破膽，人們還是可以流著眼淚一起歌唱。

我依舊記得一九四五年六月八日那天，戰爭是如何重創艋舺，也記得在猛烈轟炸中，淡水河畔的那個防空洞裡，流淚唱歌的每張臉。

●

這些歷史幻象，穿越意識之流，在陳秀玉的夢遊之境如實演出。

一張張在戰爭夾縫中求存的臉，一曲曲日據時期流行的台灣民謠，含淚的歌聲，幽幽泣訴著海海人生的悲歡離亂……

雖是不同世代的人生遭遇，卻同樣觸動內在深處幽微的情感。

感受著他們的感受，陳秀玉不禁也跟著唱起來……其中有些歌曲，在她的成長過程中，曾被國民黨政府列為禁歌，在公開場合完全消音，但私底下，卻仍在民間傳唱，艋舺街頭巷尾、公園、茶館、龍山寺對面的講古棚……幾乎到處都有人在唱，不管是鄰居的阿公阿嬤，或是自己的父母，偶爾也都會哼上幾句，在艋舺長大的她，耳濡目染，也就學會了！

※

「恁婆啊咧！總算找到妳，」白蘭連迭地嚷：「翻遍全世界找無人，妳竟然穿著睡衣跑到這裡來唱『雨夜花』，神經病……不冷嗎？連拖鞋也沒穿！」

「嗯？」陳秀玉迷惑地睜開眼，發現自己就站在那個廢棄的防空洞前，赤裸的雙足滿是泥塵，汙濁的睡衣裙襬沾著許多雜草。

「忘了吃藥？」白蘭已聽說她的異類睡眠症，關心地問。

「嗯，昨夜太睏了，倒頭就睡。」那是她之前最後的記憶，望了望四周，只覺恍惚，隱約有夢，但夢境模糊不清，飄忽漸遠。

「好久沒來這裡，祕密基地還在啊？」白蘭好奇地朝防空洞裡面看，只見一堆垃圾、菸蒂，還有不少殘留著強力膠的透明塑膠袋——那是附近小混混們吸膠後丟棄的。

「妳忘了吧？那時，我等了整個禮拜，還到寶斗里到處找妳！妳卻不當一回事，和我吵起來。」陳秀玉輕喟。

沉默片刻。

「才不是——唉！我只是覺得，太丟臉！」白蘭輕聲嘆氣，笑一笑說：「在妳面前抬不起頭來，我，只好裝凶嘛！」

「對不起！」

白蘭和陳秀玉異口同聲，兩人眼眶一紅，壓在心頭十幾年的話，終於說出口。

白蘭搖搖頭，笑了笑：「後來覺得這樣沒什麼不好，反正我本來就憨慢讀冊，做啥攏同款！

但是妳不同，好讀冊，有前途，咱本來就是行雙叉路，若勉強做朋友，也是艱苦！」

陳秀玉嘆氣，無言以對。

「哎唷，慘啊！專程出來找妳，卻忘了正經事，」白蘭跳起來，連迭地嚷：「水雄哥今天會回來，妳記得吧？我得趕去上班，珍珠仔呆他們已經去接人，可葬儀社卻現在要送大厝來，妳趕緊返去……」

五、歷史亂旅和肚臍眼

神明大家拜，公媽隨人栽，歷史家己掰。

如果照小朋友國語詞典解釋，歷史是指國家大事，那麼，阿公阿媽爸爸媽媽伯伯叔叔哥哥姐姐鄰居朋友……曾發生過的事，算啥呢？

傳說農曆七月半出生的人，命運特別凶險！

恰是農曆七月半出生的艋舺囝仔大目坤仔，生前擾亂江湖，死後風波不斷，關於他的傳奇和英雄事蹟，在他過世後，甚囂塵上，愈傳愈廣，包括那場盛大的喪禮——

但從何說起好呢？整個發喪過程，該以「滑稽突梯」來形容？或說「怪事連連」比較貼切？許多過去的事，若仍在民間流傳，常會以訛傳訛，加油添醋，像滾雪球般，愈滾愈誇大。

就像之前，有則新聞報導說：廖添丁不是義賊，而是地痞流氓，他既偷日本人也偷台灣人，偷搶來的財富全供自己花用，「劫富濟貧」只是後人穿鑿附會。

這種「歷史真實」豈不叫人傷感？大目坤仔亡靈若聽見了，一定會氣得從墳墓爬出來。

當年，在許多艋舺囝仔心中，廖添丁和史豔文的地位並駕齊驅！那些英雄事蹟，曾為許多稚幼心靈啟蒙了行俠仗義、濟弱扶貧的高貴情操，半生在艋舺講古的吳樂天，更靠「廖添丁和紅龜仔的故事」，紅透半邊天，講古內容透過電台大力放送，內容愈是誇大怪趣，大家愈是著迷！

而就我觀察，大目坤仔傳奇，頗有類似意味。

有些事我根本毫無印象，但許多人卻言之鑿鑿。

例如，傳聞當年喬裝嫖客的一位記者，為探查艋舺末代藝妲黑貓嬌的祕辛，被角頭兄弟痛毆，連滾帶爬逃出寶斗里，懷恨在心，竟結合外省掛的黑道幫派，回頭尋仇。

那些外省掛的，覬覦艋舺已久，正好借題發揮，夾槍帶棍地趁夜潛入，想一舉挑了艋舺幾處重要角頭。

當夜，歐肥仔在華西街附近，被數十人追殺，臨危之際——街頭發生幫派火併，人人驚狂走避，手無寸鐵的大目坤仔，卻毫不畏懼，搶了羊肉羹攤販老簡仔的一把菜刀，和一把長柄湯勺，就衝向前去，單挑數十人，一路護衛著歐肥仔殺出重圍後，又率領艋舺眾多角頭，操起傢伙追砍回去。

雖然那一役，大目坤仔也渾身是傷，鼻頭還被削了一刀，破了相，卻殺得那幫外省掛的抱頭鼠竄，他的驍勇狠勁，名聲勁揚，此後，無論是外省掛的黑幫，或是中南部的江湖兄弟，都莫敢再染指艋舺。

但這都是傳說。

5.1 憤怒的番茄

關於弟弟大目坤仔的彪勇事蹟，政治犯陳水雄也是後來才陸續聽聞的。

在大目坤仔亡故那年，他獲准假釋。

入獄時，昔日青愣的高中生，出獄時，已接近中年，且未老先衰，模樣就像個糟老頭，小平頭，髮蒼蒼，頭頂幾處癲痢，整個人形銷骨毀，雙頰深陷，左眼下一道疤，斜斜橫向耳際，臉容暗沉，像鬱著一團霧，唯獨濃眉大眼略見昔日光彩，但眼眶深陷，眸子時常流露著驚恐，在清臞的臉上，猶疑不定。

走出獄所時，他試著抬頭挺胸，但陽光卻刺痛他的眼睛，讓他頭暈目眩。

珍珠仔呆、簡唐和番仔忠迎向前來。他畏縮地猛嚥口水，童年記憶遙遠，彷彿是幾輩子以前的事，他幾乎認不得他們了，尤其外貌凶悍的番仔忠，袖子一拉起來，滿手臂的刺青，讓他望而生畏。

一路上，他們不斷尋找話題攀談，他總是謹慎地回答是或不是，低頭搓著手，躲開關心探詢的眼神。

被告知真相時，他萬分震驚，揚起眉梢，雙眸燒起兩團黑火，但隨即壓抑住，低下頭，黑火也瞬間熄滅。珍珠仔呆等人訴說著悲憤，揚言復仇，他聽著，不斷點頭，面無表情。

車在巷口停住，他們下車，走向靈堂式場時，大目坤仔的大厝也恰恰送至。

※

在陳馮媽堅持重金禮聘下，師公陳豬乳再度被請來負責喪儀，陳秀玉等同輩及一些姻親晚輩，依俗禮跪接大厝。

那個年代，還不流行「大體ＳＰＡ」，只有傳統的洗、穿、化、殮。

之前已稍作整容的大目坤仔，雖死不瞑目，但在親人撫慰下，總算閉了眼，被洗得乾淨如初生嬰兒，粉妝後，灰慘的臉色紅潤了，刷上唇彩的嘴，油光水亮，身穿五件七層長袍馬褂，加蓋蓮花水被，足登壽鞋，不再裸露慘白的雙足，並有一粒明珠塞住黑洞洞的嘴。

時辰一到，穿戴法衣、法帽的師公陳豬乳，主持入殮儀式，引領喪家行禮。

陳水雄總算趕上見到弟弟大目坤仔死後容顏的最後一眼。

但那僵硬的面貌，毫無生機的軀體，明明是個陌生人！

印象中，那個小傢伙是隻蠻牛，從無片刻安靜，連睡覺都不安分，睡著睡著常就翻到他身上，要不就跌下床，有時會突然伸出雙臂搬演布袋戲，雖是說著夢話，問他什麼，卻還會應答，十分滑稽。

那個胖乎乎的大箍呆，就是眼前又高又壯的一具屍體？

陳水雄頭發昏，心臟像被緊緊捏住，痛得呼吸困難，胃裡冒出陣陣強酸。

「大家要先哭過去，不能讓往生者哭過來——」儀式開始前，師公陳豬乳就一再交代。

但陳水雄雙眼乾澀，壓抑著狂叫的衝動，低聲嗚咽，梗在喉際。

●

相關儀式唯有同輩及晚輩參與，長輩只能旁觀。

陳張阿水與陳馮媽早已在屋內哭昏，沒有出現在喪儀式場，陳寶山強忍悲慟，陪著親友全程觀禮。

陳豬乳誦完阿彌陀經後，即為亡靈辭生、打桶，說些祈福吉祥話，象徵性地以筷餵食三牲四果十二碗菜飯，並在棺內置入亡者生前衣物、庫錢、草蓆、照心鏡、扇子、童男、童女……等。

眼見就要蓋棺了，生死兩隔的最後一瞥，在場人人扶棺痛哭。

但在儀式圓滿前一刻，突然橫生枝節。

「且——慢哪——！」尖銳的嗓音，厲聲呼喝！

原在屋內的陳馮媽，竟突然手持桃花木劍，朝靈堂奔躍而來。

現場所有人全被嚇到。

只見她翻著白眼，踩著七星步，如孩童般嬉笑怒罵，就在棺木旁，持劍起舞，呼喝有聲。

七十老婦精神矍鑠，身手靈活，竟還能跳上跳下，將一把桃木劍舞得虎虎生風，現場諸多親友、子孫後輩，慌忙往後退。

原以家屬為主的入殮儀式，傳出有仙人降駕起乩，許多街坊鄰居好奇地跑來圍觀。

此外，也有不少角頭弟兄聞訊，遠近趕來，一探究竟。

甚至連歐肥仔都被驚動了，帶著保鏢出現在喪儀式場。

「怎會突然起乩呢？好奇怪，好恐怖……」

許多圍觀者竊竊私語。

「有啥奇怪？大目坤仔的阿嬷，過往就是童乩！很多艋舺囝仔小漢時不乖，或者是遇到歹物仔，攏是請伊來收驚，阮白蘭有一次發燒，也是——」白蘭母親秀英嬸嗓門大，一臉萬事通的表情，很多人轉頭看她。

「阿母，小聲點啦！」白蘭尷尬，拉了拉母親的衣袖。

「是哪個仙姑起駕？孫大娘嗎？」簡唐小聲問。

「駛恁婆啊咧，真正憨到沒救，孫大娘有列仙班嗎？」秀英嬸瞪了簡唐一眼。

「是三太子啦，聽那聲音，就知道是三太子來駕！」

「也有可能是囝仔仙啊！」

「是西天聖母吧？」

「屁彈！你又知道了？」

善男信女啊！天理昭彰，因果循環，不是不報，是時候未到！

喪儀式場內，陳馮媽尖著嗓子說話，那古怪的童音，彷彿是由丹田發功，再從喉管擠壓出來，與她平日蒼邁的聲音，判若兩人。

師公陳豬乳連忙領眾跪迎仙人降駕。

陳馮媽哼一聲，像個嘔氣的孩子般嘟起嘴來，昂首望向高處。

「請三太子指示！」師公陳豬乳萬分虔敬地，重複請示三回。

陳馮媽這才又翻了翻白眼，打起各種手印，彷彿是在傳遞靈界訊息，向師公陳豬乳及信眾們交代要事……

但打完手印後，陳馮媽卻瘋了般，激動起來，突然高舉桃木劍，狂揮猛砍，汗流如奔，綰在腦後的髻，鬆脫了，灰白相間的稀疏長髮，飛散開來。

陳馮媽揮劍凌厲，現場幾個弟兄，甚至歐肥仔都差點被桃木劍擊中。

情急下，大家合力想要制止她，卻不知陳馮媽哪兒來的蠻力，一時間，十幾名大漢竟難以近身，制服不了這位七十老嫗。

混亂中，陳馮媽奔到三寶架後方，繞棺三匝，直接將桃木劍置入棺木中。

「大目坤仔，你死得冤枉，我專程送來桃花劍，助你復仇！」

怨惡淒厲的童音，從陳馮媽皺如爛菊花般的唇間蹦出來，令人聽了毛骨悚然。

●

神靈退駕後，陳馮媽昏睡了一天一夜。

醒來時，她對起乩的事，毫無印象，但對是否該讓大目坤仔持桃木劍入殮？則語氣肯定：「俗語講，也要人，也要神，既然是三太子降駕指示，誰敢不遵從？」

事情既牽涉到神明，就變得很微妙。

這場起乩事件，風言風語傳遍艋舺。

眾人議論紛紛，一派認為冤冤相報何時了？惡緣會愈結愈深，唯有放下怨恨，亡靈才能順利投胎；另一派則主張有仇不報非君子，冤有頭，債有主，唯有沉冤昭雪，亡靈才能安然轉世……

無論如何，這畢竟是陳家的喪事，外人無從置喙，各幫派角頭、乃至歐肥仔，不管臉色好不好看，都沒有立場贊成或反對。

末了，大目坤仔總算獲得一具上好棺木，不再可憐兮兮地曝屍於門板上，從此能夠躺得安穩舒適，免受風寒，並擁有了一把桃木劍伴棺長眠。

※

入殮風波之後，陳水雄整天待在小閣樓裡，幾乎足不出戶。

剛開始，珍珠仔呆等人曾試圖找他商談如何查明凶殺疑雲，為大目坤仔報仇，但陳水雄沉默著，猛搓雙手，蹲縮在椅子上，不做任何回應。

親友們關心探問獄中生活，陳水雄還是那樣蹲縮著，偶爾抬起頭來，卻不習慣和人四目交接，慌忙轉開眼睛，少時曾是各類演講比賽常勝軍的他，現在卻辭不達意，說話一口吃，臉就脹紅起來，捏緊拳頭，又沉默了。

昔日艋舺囝仔眼中比大目坤仔更英雄的棒球王，完全走樣了。

大家除了嘆息外，徒呼奈何！

「返來就好啦！」陳張阿水禮貌地送客，不多說什麼，對兒子這十幾年所受的折磨，也沒有多問。

他不到飯廳共餐，她就把餐食端進小閣樓，如果他願意說什麼，她就聽，但他很少說話，因此多數時候，她就只陪他靜靜坐著。

身為母親，她所能做的，就是努力餵飽孩子，但挖空心思炊煮各種美食，陳水雄卻吃得極少，有時只用菜湯澆白飯吞。

而且，他也睡得極少，白天慣常蹲縮在椅子上，一蹲就是大半天，夜裡睡下，天未亮，就起床，又蹲坐在窗邊，一抬頭，眸中兩團黑火，凝望著夜空從灰黑漸翻魚肚白，陽光照進屋內，他就爬到靠牆的椅子上，下巴頂住膝上，繼續蹲坐著。

有一天，陳張阿水燒完香後，從供桌上把蝴蝶牌口琴取下——那是大目坤仔被砍倒於街頭時，她從地上拾回的——現在，正好還給陳水雄。

陳水雄看見口琴，沉黑的眸光亮了一下，卻仍面無表情地蹲坐著，並不伸手去接，陳張阿水把口琴擱在桌上，就帶上門離開。

阿母——多謝！

他望著母親的背影，想喚住她，嘴唇激動地顫抖著，卻一句也說不出來，輕撫著刮痕累累的舊口琴，眼睛蒙上一層霧。

少時記憶在腦中翻江倒海，他拿起口琴，在唇邊徘徊，卻沒有吹奏出聲音，只覺喉頭哽咽，金屬特有的澀味，在口腔內泛酸。

吹呀！趕快吹呀！

「黃昏的故鄉」、「苦海女神龍」、「孤女的願望」……對了，吹「點仔膠」，吹呀，一首又一首，一首又一首……像以前那樣……

大目坤仔亡靈興奮地嚷。

然而小閣樓裡依舊靜默。

但大目坤仔亡靈瞇起眼睛，側耳傾聽，隱約地，彷彿就有遙遠的樂音，從時光深處悠悠響起，他搖頭晃腦地，飄渺的神識也隨著旋律波動，恍惚回到那個美好的童年午后……

●

冬陽和煦，空氣沐在日色金光中，窗玻璃暈染著橘色餘暉，地面一片澤亮。口琴輕快的旋律，伴著童稚的笑語歡聲，連大人也都跟著哼唱了起來。

那把蝴蝶牌口琴，是陳水雄獲得全國數學競賽第一名的獎品。

陳寶山深以為榮，買了許多椪柑，和整桶冰淇淋來慶祝——不是叭噗，而是百貨公司超市賣的奢侈品。

「神經！十二月天吃冰？」陳張阿水笑罵。

陳馮媽也點頭笑，難得地同意媳婦的看法，嘴裡噙著冰淇淋，還邊剝椪柑。

陳寶山心情好，當場露了一手。坦白說，他吹奏的日本歌謠「紅蜻蜓」，像老牛拉車，聲音破碎，旋律坎坷，一路哽咽，時而斷氣，但吹奏完，大家都瘋狂鼓掌。

「來，你們都來吹吹看！」

陳寶山甚至耐性地教每個囝仔吹奏，連老是挨揍的小大目坤仔，也因吹出曲子，難得地被父親讚賞，樂不可支，像猴子般跳上跳下，竟也沒挨罵。

但大目坤仔的天分，遠遠比不上兄長，陳水雄無師自通，只要會唱的歌曲，不需看譜，就能馬上吹奏出來，還敢接受點歌，一曲又一曲地吹奏了整個下午，嘴唇都腫起來了，還不肯停止。

那個午后，是大目坤仔童年時最美好的記憶，全家和樂融融，沒有人來家裡催逼賭債，沒有緊張的低氣壓，沒有奇怪的男子在屋外徘徊，父親臉上沒有不耐煩，母親眉宇間，沒有憂愁卑怯，連嚴厲的阿嬤都是笑著罵人……

但那樣的日子，從陳水雄被捕後，就消逝了。

眼前瘦骨嶙峋、兩眼黑沉沉的怪男人，就是水雄哥？

呃，應該是吧？雖然模樣變了，但那對濃眉大眼，感到困惑就蹙眉，驚訝或生氣就聳眉的習慣，還是沒變。

水雄哥入獄後，家人噤若寒蟬，就怕事件張揚，父母偶爾去探監，都是偷偷摸摸的，而他尚年幼，卻也懂得警覺緘默，從不問也不向任何人提起相關事件。

水雄哥彷彿人間蒸發了，從現實生活中被抹除，但他依舊存在，卻像永遠無法復元的傷，傷處一再被撕開，逐漸疤痕扭曲——固定時間，父母都得向警局報到，而回家後，母親佯裝若無其事，卻連著幾天，都會怔忡恍惚，躲起來流淚，夜裡，跪在神桌前，使勁擦亮口琴，供回觀音菩薩座前。

表面上，大人們都如常工作生活，囝仔們也照樣讀書、吃喝、玩樂，但那種低迷的氣氛，重重壓住每個人胸口，父親愈來愈不耐煩待在藥房招呼生意，脾氣愈來愈暴躁，母親成了受氣筒，而且，永遠有做不完的工作……正邁入青春期的大目坤仔，內心充滿憤怒，看到母親逆來順受、隱忍卑怯的模樣，就想殺人，到處惹事生非，誰都管束不了他。唯當母親因他悲傷落淚，在外凶狠暴戾的他，卻馬上就跪下來認錯。但他愈來愈受不了母親的眼淚，就愈來愈少回家了。

最後一次回家，他和父親鬧翻了，離去時，什麼都沒帶，只拿走供桌上的那把口琴。

「水雄哥，再吹一次『點仔膠』嘛！」大目坤仔亡靈在陳水雄耳邊鼓譟。

陳水雄恍若未聞，但覺耳朵發癢，放下口琴，用耳耙子耙出一些乾硬結塊的耳屎。

他望著耳屎發呆。

小時候，雖然父母三令五申，不准隨便挖耳朵，但他常偷偷幫弟弟挖耳屎，看誰的耳屎多，研究耳屎的形狀，互相嘲笑。

有時，也一起比賽撒尿，好幾回，兄弟倆猛灌水，把膀胱都快憋破了，雙腳站齊，從街的這頭，一路往前尿，看誰尿得最遠，有一次，兄弟倆還合力尿攻電線桿下的大狼狗，他們甚至連拉屎，都要較勁，比較誰的大便更長更粗……兄弟倆什麼都能比，也天天打架，打掛了，馬上又玩在一起。

為什麼沒來看我？在監獄時，日復一日，陳水雄深切盼望著，卻一再落空，每回父母探監，沒見到弟弟身影，想問，卻欲言又止。

十幾年就這樣過去了，弟弟竟然不曾來探望過一次。

他失望，而且憤怒！

「幹！我去了，只是太堵爛，才沒進去！」大目坤仔亡靈冷笑！

許多次，他曾悄悄尾隨父母身後而去，即使成年後，也一再獨自前往，而且每回，都會帶著水雄哥最愛吃的小番茄。

但如果見面，他一定會把水雄哥揍個半死！當年，站在獄所門口，卻總是徘徊不進去的大目坤仔，恨恨地嚼著小番茄，一口口吐在地上，使勁踐踏，橘紅色果肉噴血般濺開。

因為他，母親天天躲在暗處落淚，因為他，父親在人前抬不起頭來，愈來愈沉溺於賭，水雄哥一直是陳家的驕傲，怎麼能讓事情就這樣發生？他怎麼可以變成恥辱？讓陳家淪入黑暗？怎麼能這樣？他一想起獄中的水雄哥，就咬牙切齒！

「天下之大，捨我其誰！哼，你再說啊！那不是你的口頭禪嗎？結果呢？你卻活成一坨屎！」

大目坤仔亡靈瞪著猴瘦委靡的陳水雄，牛眼幾乎要噴出火來。

年少時的陳水雄，抱負遠大，雖還不清楚未來志向，卻在所有課本內頁，用漂亮的小楷寫上「天下之大，捨我其誰」四字，不像大目坤仔只會在課本裡胡亂塗鴉，還把書中所有的人物圖片加工改造——無論俊帥美醜，男女老少，無一幸免，有的生毛帶角，有的眼歪嘴斜，有些變身為卜派、米老鼠、科學小飛俠之類的卡通人物，有些則成了三頭六臂的變形金剛、武力威猛的機器人……

●

陳水雄想起那些畫面，就哭笑不得，弟弟不僅荼毒自己的書中人物，連他的課本也跟著遭殃，包括蔣中正、蔣經國之類「民族救星」的笑臉，一律被弟弟改頭換面，塗成滿嘴黑牙、臭頭爛耳，兼眼睛下斜，鼻孔朝天，甚至加上光溜溜的翹屁股和一根大陽具。

弟弟愛搞怪，陳水雄看著滑稽，也胡鬧叫囂：「讚啊，把那些卒仔全幹掉，由我來統治全世界！天下之大，捨我其誰！」但入獄後，他卻自嘲：「天下之大，有我猥穢！」

成了政治犯，人生烏有，他認了，但大好前程的弟弟，是父母僅存的指望，應該更上進求好，連他的那份一併努力了才對，卻竟自甘墮落、淪落黑道?!他絕不能原諒！

他耿耿於懷，賴死苟活，就等著出獄後，問個明白，痛揍弟弟一番，未料，返家來見到的，卻是一具無法回答問題的陌生的高大屍體！

為什麼不來看我？為什麼要走歹路？為什麼？……

問號盤據於胸，無處投訴，陳水雄怒不可抑，一想起來，眼中兩團黑火就燒得更旺。

「你不會懂啦！我在阿爸眼中，根本就是一坨狗屎！」大目坤仔亡靈怒吼，窗簾被振得飛揚起來。

水雄哥入獄後，父親的目光突然焦聚在他身上，但他是一步壞棋，怎麼走，都不對，在家裡，從父親眼中，他看到的自己，像一坨難以忍受的屎，不！比屎更臭，更不如！

但是在外面廝混，在朋友眼中，他是英雄，人人跟他稱兄道弟，他講義氣，豪勇善鬥，打起架來，沒人比他更敢拚、沒人比他更不怕死，連歐肥仔都賞識他，人前人後讚揚：「若不是這個小漢大仔，我早就返去陪閻羅王打牌囉！」

「要是你，你會怎樣？要當屎？還是當英雄？說說看啊！為什麼你會變成政治犯？他們說你，意圖顛覆政府，圖謀不軌，有嗎？你有嗎？你到底做了什麼？為什麼大家都說不清楚？人說打虎抓賊親兄弟，我卻從頭到尾都不知道你做了什麼？你老實告訴我真相，你到底做了什麼？……」

大目坤仔亡靈拋出一堆問號，但所有的問號都跌落虛空。

5.2 膠著的命案與夢境

陰陽殊途，在一個空間裡，兄弟倆各說各話，隔著生死鴻溝，無論大目坤仔亡靈多麼激動，陳水雄出神的雙眸只有更深的沉痛。

整個下午，小閣樓裡偶爾傳來陳水雄的自言自語，復又歸於沉寂。

晚餐時，陳秀玉端著餐盤進去。

陳水雄蹲坐在椅子上睡著了，勾著頭，臉埋在胸前，雙手環抱著小腿，骨節粗大的手掌垂在腳背上，掌中的口琴顛危欲落。

陳秀玉吁口氣，放下餐盤，把口琴拿放到桌上。

她凝望蜷縮著、看不見顏面的兄長。

他入獄時，她尚年幼，印象不深，現在，他回來了，卻依舊是個陌生人。

有時候看他蹲在那裡，大半天動也不動，她曾試著和他閒聊，他卻像受驚的小動物，唯唯諾諾地，態度謹慎，尤其談到社會新聞或政治話題時，他馬上眼神戒備，連脊背都緊張地弓起來，四下張望，就怕被誰聽見似地。

「沒關係啦，已經解嚴了，到大街上公然罵總統也沒事！」陳秀玉笑著打趣，想消除他的疑慮和恐懼。

他猛搓著手，沒有回答。

日復一日，他就像沉沉黑影，蟄伏於幽暗中，刻意不引起注意，卻又讓人無法遺忘他的存在。

久了，陳秀玉已習慣不去驚擾他。

她拿了件薄被蓋在兄長身上，陳水雄警覺地震一下，睜開眼。

「吵醒你啦？對不起！」陳秀玉抱歉地說：「去床上睡嘛，比較舒服。」

陳水雄看了一下四周，放鬆戒備。

我夢見大目坤仔了！陳水雄想這麼說，話到嘴邊，卻又吞回去。他害怕大家又來找他談論弟弟的事，他是個廢人，能做什麼？人們眼中的期待，讓他無所遁形，只能逃進沉默之中。

隨棺帶去桃木劍，到陰間復得了仇嗎？應該好好活著的弟弟，毫無價值地死去，而早該死去的他，卻悲哀地活著回來，成了一個活死人，一個大冤屈，他也需要一把桃木劍！

但人們卻來問他如何查明真相？如何復仇？那些話題，讓他不知所措。

「記得你口琴吹得很棒，真想聽！」陳秀玉隨口謅，其實，她根本沒印象，只是曾聽家人提起。

「嗯——有些音，壞了！」陳水雄靦腆地笑一下。

「這樣啊？」陳秀玉拿起口琴瞧了瞧，的確有些地方摔凹了：「能不能修？我拿去修修看？」

「沒用！什麼都修不好了！」陳水雄突然大吼，搶回口琴，表情激動。

陳秀玉被他的反應嚇一跳。不修就不修，幹麼發火？陰陽怪氣！陳秀玉在心裡嘀咕，聳聳肩，下樓去。

●

其實，陳水雄剛回來時，陳秀玉期待頗深，運動、才藝、功課無一不精，人人口中品學兼優的少年菁英，據說連打架都很厲害呢！

然而，陳秀玉的期待落空了。

歸來的兄長，猴瘦蒼白，什麼都怕，白天悶不吭聲，夜裡常會突然驚叫，擾人清夢，原就有睡眠障礙的她，苦不堪言，卻又不好抱怨。

她也曾試圖和他討論小哥的命案，但他一臉冷漠，甚至流露煩倦的表情，以沉默抗議，彷彿厭惡被打擾。

陳秀玉只好作罷。

尋找清醒的耳朵和眼睛

當年，她一心想追查真相。

然而，大目坤仔命案的調查，始終難有進展。

警方說，朝仇殺的方向抽絲剝繭，證據不足，毫無線索，又缺少目擊者，一時破不了案。

但也或許，在警方眼裡，大目坤仔是個流氓，反正幫派間砍砍殺殺，稀鬆平常，大目坤仔只是比較倒楣，死得冤枉罷了，所以調查草率，交差了事。

否則，就算除夕夜寒流來襲，又打雷下雨，許多攤販提早收攤，但逛街人潮也不至於銷聲匿跡，長長的廣州街，數百店家、流動攤販、近旁的龍山寺香火鼎盛，為何找不到半個目擊證人？沒有人目睹案情發生？沒有人看見一個年輕人被砍倒在血泊中？沒有人發現陳張阿水在淒風苦雨中推著大目坤仔艱苦挺進？

難道那一刻，所有的眼睛，全部失明？所有的耳朵，瞬間失聰？所有的心，全部關閉？一切感知，全部失靈？

負責偵辦此案的吳志明刑警，一被追問，就皺眉說：「已掌握重要線索。」被問急、問煩了，就冷冷丟一句：「偵辦過程不公開。」緊閉著嘴，掉頭走開。

●

「哼，那些戴帽子的，尻倉幾支毛，看現現！」

歐肥仔似乎也對警方辦案效率強烈不滿，但不滿歸不滿，卻也沒有進一步指示。

他的態度讓人猜不透，只是出門時，會多帶幾名保鏢隨行，並且告誡兒子番仔忠行事盡量低調，不可落單。

寶斗里・初旅歷險

既然警方辦事草率，大目坤仔賴以安身立命的黑道不可倚靠、兄長漠不關心、好友也無能為力，陳秀玉決定靠自己的力量，著手調查。

但自從大目坤仔離家後，做過些什麼事，家人所知甚微，他人生的最後十年，對陳秀玉而言，更幾乎是一片空白。

當時，她曾擬妥一套計畫，決定先從大目坤仔生前最後形跡進行了解。

從昔日童伴們和那些角頭弟兄的對話中，陳秀玉約略揣摩出一條線索——大目坤仔離家後，混過龍山寺口，也混過頭北厝，與會社尾、後菜園、大眾廟口、新加坡等地頭兄弟過從甚密，卻也結下不少梁子，後來被歐肥仔網羅，一度成為貼身保鏢，並代為掌管地頭利益，和芳明館老大臭屁彥幾乎平起平坐。

而寶斗里和芳明館都屬於歐肥仔的勢力範圍，所以大目坤仔短暫人生的最後時光，最常在寶斗里出沒。

艋舺著名的風化區寶斗里，因而成為陳秀玉探查真相的首要地點。

而提到艋舺寶斗里，許多人常會皺眉搖頭，露出曖昧表情，不管是真心反感，抑或裝模作樣，那裡總是被貼上負面標籤，聯想的字眼是：性與暴力、邪惡、骯髒、頹廢、變態……

對孩童們來說，那裡更等同禁區，充滿威脅，陳秀玉幼時的「寶斗里初旅」歷險，就非常不愉快。

你還記得我之前提過克麗娜颱風吧？

風災後的第二個週末午后，在兩包香菸糖酬庸下，小簡唐曾帶著小陳秀玉，前往寶斗里，展開「尋友歷險記」。

雖是白天，霓虹燈尚未亮起，但寶斗里的公娼館早已開始營業。

粉味的熱鬧喧囂，飲食男女的生之大慾，沒有中場休息，午餐時間，嚼著檳榔的保鏢坐鎮監督，娼妓們仍得隨時迎客，只能偷著空檔，填飽肚子，幾個濃妝豔抹的女人，坐在門邊的椅子上，大口吃麵，有些女人倚門抽菸、剔牙，看到男人就笑聲浪語，頻作媚態，甚至跑出來拉客，和路過的男人糾纏不清。

空氣中，飄散著濃濃的脂粉香、臭水溝的爛泥巴味、附近麵攤的油蔥香、路邊牆角被吐一地隔夜的酒臭與尿騷味……和一些不知所以的怪味，種種含混悶騷的氣息，被陽光蒸熱，和灰塵一起沸沸揚揚。

小陳秀玉抱著書包，跟緊小簡唐，在歪七扭八的巷弄裡亂竄，滿頭滿臉的汗。「小妹妹，要不要吃糖？來呀！」一個渾身酒氣的怪叔叔，竟伸手摸她的臉，讓她害怕極了，心臟噗通亂跳，拔腿就跑。

在一條死巷裡，他們遇見小林春花扛著兩袋髒衣服，從巷底那頭走過來。

小陳秀玉原本準備了滿肚子的話，見到好友，卻愣愣地，說不出話來。

小林春花則一臉倔強地望著地面。

氣氛彆扭。

小陳秀玉緊捏藏在書包裡的空白圖畫本，手心不斷沁汗。

那本空白圖畫本，原是想要送給好友當生日禮物的。

那年颱風來襲前，她打破小豬撲滿——裡面一角、兩角、五角、一元的都有，還有五張紅色十元的壓歲錢，她借給小哥八十四元，用九十元買了粉藍色圖畫本，和印著白雪公主圖案的包裝紙，並在圖畫本內頁貼上自己的照片，用彩色筆仔細畫上漂亮的花邊、星星和氣球，寫上大大的「勿忘我」三字。

小林春花總是在撕下來的作業簿，或在隨便撿來的廢紙上畫圖，若能擁有真正的圖畫本，一定很開心吧？——小陳秀玉期待見到好友獲得生日禮物時，既感動又快樂的表情。

結果，兩人在寶斗里的死巷裡相遇，卻大吵一架，還打了起來。

「查某囝仔嬰，敢打阮白蘭？緊走，若擱來，我就掠妳去賣！」

小簡唐一看到三好嬌出現，馬上溜得不見人影。

●

那天，她被嚇得哭著跑開，在寶斗里胡闖瞎撞。

複雜的巷弄，一次又一次地把她帶進死巷，她心慌意亂，循原路折返，卻不斷地又走進另一條死巷，在沒有出口的循環裡迷失了方向。

太陽毒辣，路面都被曬軟，她滿頭大汗，眼冒金星。

停在路邊的攤販車鋁板，折射著銳利的白色反光，燙得幾乎要冒煙。

她蹲下來嘔吐。

●

直到傍晚，小陳秀玉都未進家門，家人著慌，報警協尋。

「……查某囝仔失蹤，十歲左右，綁辮子，身高一百一十公分，二十五公斤，穿龍山國小學生制服，若有人看到，請好心送來里辦公處，家長會有重謝……」

那年代的艋舺，尚有古風，街頭鄰里發生大小事，里長伯都會背起擴音喇叭，一路敲鑼放送，警察也會在街頭巡邏，利用警車裡的麥克風，沿途廣播。

最後找到她的，是大目坤仔。

那一天，**我**是先聽到台灣童謠「點仔膠」的口哨聲，才看見當時即將跨入青春期的大目坤仔。

他穿著夾腳拖鞋，汗衫短褲，一路穿街走巷，在寶斗里邊緣，找到昏睡在三清宮外的妹妹陳秀玉。

那時，太陽已經落山了，殘霞夕暉染紅天際，雲氣鑲著金邊。

蹲在三清宮外睡著的陳秀玉，滿臉淚痕。

大目坤仔用手抹去她的淚，但即使睡得不省人事，她卻仍在夢裡哭，淚水奪眶而出，才擦乾，又淌出來。

大目坤仔把妹妹背起來，任由她哭溼他的背脊，一路吹口哨，簡單的童謠旋律，在高廣天空下迴盪，伴著他們兄妹倆的身影，一步步走向暮色蒼茫……

※

你問我，為何一再舊事重提？

因為，這牽涉到一個重要關鍵：

陳秀玉就是**在那個夢境，預見了大目坤仔日後的死亡**。

夢境裡，腥紅的血不斷淌出來，流向地面，一路蜿蜒，鑽進芳明館原址附近的一間大房子。

大房子裡，到處張燈結綵，許多人忙進忙出，打掃、貼春聯，廚房傳出炊粿的香味。廳堂內，有張極大的原木茶桌，歐肥仔就坐在中央，對面右側是大目坤仔，左側是芳明館老大臭屁彥和番仔忠，他們喝著新送來的春茶閒聊。

「這些，給手下過個好年，」歐肥仔丟出數疊厚厚的鈔票，啜了口茶說：「沒事的，就返家去看父母，知否？尤其是你，住這麼近！」

「返去？阮老爸看我若垃圾，開嘴就幹譙！」大目坤仔一臉吊兒郎當。

「天下無不是的父母，大的是在教咱做人的道理，你敢應嘴應舌？」臭屁彥怒斥大目坤仔，輩分較高的他，一副老大姿態。

大目坤仔冷笑，把鈔票收進大衣口袋裡，低頭喝茶。

「蜘蚋慶侵門踏戶來嘬咱的地頭，你放恬恬？」臭屁彥意有所指。

歐肥仔聞言，臉色略變，望向大目坤仔，淡淡笑說：「你還未去翻他的場子？」

「還未啊，等過年後吧，反正咱的場都滿員，也不差幾天！」大目坤仔還是一副無所謂的模樣，嗑了滿桌瓜子殼。

「幹！阮阿爸之前就有交代，你竟然敢**裝皮皮**？」番仔忠霍地站起來，發現歐肥仔瞪眼，才住了嘴，仍滿臉不悅。

語珠註解：

裝皮皮：（譯音）沒當一回事、苟且敷衍之意。

「算啦！該送的禮，該收的帳，莫漏鈎就好。」歐肥仔沉著聲說。

「我帶兄弟去送茶葉。」大目坤仔站起來，走出門去。

美其名送茶葉，說穿了，實是變相勒索，每年三大節日，地方角頭多會向其勢力範圍內的商家、妓戶、攤販販售茶葉、乾果、瓜子，或者應景的粽子、中秋月餅等，「售價」昂貴，大家莫不乖乖照付，一買一賣，和氣生財。

「竟連老大交代的事，也敢沒照步來？幹！應該教訓一下！」臭屁彥捶桌子。

「沒錯，太囂張了，他以為他是誰啊？阿爸，你講一聲，看要怎樣辦？」

「莫亂來，你跟他若像兄弟——」歐肥仔話未完，臭屁彥就搭腔：「大的你放心，歹人我來做，你吩咐一聲。」

「要吩咐啥啦？從頭到尾，都是你在講，我啥都沒講喔！」歐肥仔冷笑。

「我了解！」臭屁彥點頭，一副心領神會的模樣，和番仔忠交換眼神。

「我真不知你們要衝啥?!」

「沒錯，大的完全不知，這件事跟大的無關係！」

「你們莫亂來喔，都是自己人！」歐肥仔換了一泡茶葉，也給臭屁彥換上新茶杯：「今年的冠軍茶，喝看看。」

「讚！香氣足，喉韻夠，還會回甘。」臭屁彥細聞杯底。

「喏，你愛喝茶，這罐帶返去！」歐肥仔拍拍臭屁彥的手。

「大的，跟著你十幾年，我清楚，你已經忍很久，大目坤仔不知天地多重，沒大沒小，這樣下去，將來就更壓不住，這件事——」

「欸！今嘛少年仔，以為敢拚就贏，若不吃虧，就不知驚，算啦！計較不了，希望以後伊會慢慢知道分寸！」

「阿爸放心啦，彥叔會處理得很漂亮。」

「沒你的事，免插嘴！」歐肥仔斥責：「我再講一遍，我沒有叫你們教訓大目坤仔，聽清楚否？」

「大的放心，我不會亂來！」臭屁彥點頭稱是。

「知道分寸就好，服眾不是靠拳頭，知否?!我要到議員家走一趟，你們也把帳收齊，準備過年。」歐肥仔說著，起身出門。

●

歐肥仔踩著血印離去。

在華西街與桂林路口，流淌的血跡與他分道揚鑣，拐向二四二巷，鑽進隱藏在地下室的賭場。

裡面一桌桌賭局，戰況熱烈，莊家和賭客的行為舉止，都被隱藏式攝影系統監控著，所有影像在辦公室裡的四部電視螢幕中一覽無遺。

「幹！茶葉送到這裡來？」蜘蚋慶的手下潑猴捶了珍珠仔呆一下。

「你面子夠大，一兩五千啦！」珍珠仔呆放下茶葉罐說：「大目坤仔已經很夠朋友了，大家雖然是國中同學，但朋友相挺是有限度的，你到艋舺來設場子，遲早會被挑掉，自己要覺悟！」

「哼，若不是我擋著，蜘蚋慶早就要砰掉大目坤仔了，還等他來挑？幹！敢來設賭，蜘蚋慶自有打算，你懂啥？」潑猴數了一疊鈔票給珍珠仔呆，說：「你才該提醒大目坤仔小心點，免那麼拚啦，打了天下，也是歐肥仔的，他卻得罪人，我聽說連頭北土都很堵爛他，想搶回九間仔口的地盤……」

珍珠仔呆陰沉著臉，悄悄釁出地下賭場，也在地面留下一個個血色足印。

腥紅的血，像一條河，在艋舺街上穿腸繞道，梭織著迷宮般的路徑。

應該還有好幾處關鍵性的停駐點。

陳秀玉卻怎麼也想不清楚，回憶的夢境，總是在「南都夜曲」這首老歌從一間妓戶中傳出來時，就被許多彩色泡泡遮擋住，影像變得扭曲，混淆不明。

5.3 柔腸寸斷的光復

直到歐肥仔等角頭弟兄陸續來喪儀式場弔唁時，陳秀玉才認出來——那些人竟然就是曾在童年夢境中出現的陌生人。

究竟是誰殺了大目坤仔？似乎人人都有嫌疑。

在大目坤仔亡故後，陳秀玉總在現實和夢境之間困惑、迷途。荒謬的是，只要走進寶斗里和剝皮寮附近的巷弄，她就會像童年時一般，走著走著，忽然就失去了方向感。

恍惚中，她搞不清楚究竟是迷路了？抑或是跌落夢境？

許多時候，那些迷途的經歷，及過程中的所見所聞，彷彿連續劇般，竟能夠彼此串聯，情節相續。

偶爾，大目坤仔亡靈也會跟著陳秀玉的意識，走進那些熟悉的街道，觀望種種怪異的景象，和陌生的人與事。

在許多情節裡，艋舺彷彿災難現場，街道柔腸寸斷，建築支離破碎，市況蕭條，許多屋舍被炸毀，牆面焦黑，處處斷壁殘垣，廢土、垃圾、殘破家具……雜物一堆又一堆地被棄置在路邊，但人們卻興高采烈地從家裡衝出來，大聲歡呼，許多人甚至組成了遊行隊伍，敲鑼打鼓，舞龍舞獅，各式陣頭齊出動，連媽祖都被請出來，坐著神轎遶境遊街。

這樣的景象，你或許並不陌生？

沒錯，那正是二次世界大戰結束後，台灣人歡欣鼓舞的慶祝場面，許多老照片都曾記錄下來那些影像。

如果有興趣，不妨到圖書館借幾本相關書籍，**絕對比我揣摩得更精采生動**，我就不贅述了。在此，**我**只想透過陳秀玉和大目坤仔的意識，和相關的文字記錄，告訴**你**一些當時發生在艋舺街道上的事：

◎精神勝利法

那年夏天，到處一片混亂。

人人皆知戰事疲弱，未料第二次世界大戰，竟會以這樣的方式結束。

八月六日、九日，當兩顆原子彈分別在日本廣島、長崎炸開了驚世火花，天空綻放了奇妙的蕈狀雲，台灣人尚未從惶惑中醒來，裕仁天皇就識時務地昭告天下，宣布無條件投降。

被日本統治五十年的台灣，究竟該屬戰敗國？還是戰勝國？

一般人還來不及搞清楚狀況，蔣介石政權所領導的中華民國就已得到美國老大哥同意，以戰勝國之姿，派國軍七十師於十月十七日在基隆登陸，前來接收台灣。

文化根源於漢族血脈的台灣，當然樂於站在勝戰的一方。

到牆角，嚇得尿褲子，卻還是緊抱著偷來的電燈泡不放——因為彼此語言不通，大家花了很多時間才了解，原來那個才十六歲的外省兵，從沒見過電燈，既驚嘆又歆羨，一時貪念，以為只要偷走電燈泡，將來有機會帶回河南鄉下，就能安裝在老家中照亮黑夜，也讓鄉人長長見識。

那回，陳馮媽家的電燈泡也遭殃，但她竟然沒有破口大罵，反而紅了眼眶，大力勸退鄰居，還把自己被偷的電燈泡送給小兵。

「怪肖，日頭從西邊出來啊！伊啥時變款，這呢慷慨？」菜刀劉仔聳聳肩，和阿義分別拿回自家的燈泡，臨去前，瞪眼嗆小兵：「以後若敢再做賊，給恁爸掠住，你就知死！」

陳馮媽嘆氣，抹了抹眼淚。

「你要好好做人，莫削你老母的面底皮，知否？……唉，不知別人會按怎對待阮阿泉？」她還從鍋裡撈了個番薯，讓小兵帶走。

那陣子，街頭常見到四處遛達的阿兵哥，而許多被徵召去當日本兵的台灣子弟也陸續返回故鄉，卻也有許多台籍日本兵未知下落。

陳馮媽的大兒子陳寶泉，就音訊全無。

每天，她翹望門外，但願有奇蹟出現，要不，就是坐在灶前，垂頭喪氣地發呆。

戰後物資短缺，鍋裡的番薯籤，吃到都反胃了，只能撒點鹽勉強吞，卻嚥不下去，常梗在喉頭，咳得眼淚奪眶而出，肚子還會脹氣，不斷放屁，腸子突然一陣嘰嚕蠕動，就得趕緊提起褲腳衝向茅廁。

蹲茅坑時，她常會懷念起死於非命的三隻小豬。

當時，若非擔憂被徵收，就不會提早宰殺搶賺黑市價，大兒子陳寶泉也就不必被送到南洋當軍伕，當時，若能順利把豬仔養肥養大，賣了好價錢，就可以給兒子們娶親……唉！都是戰爭害的，但戰爭結束後，台灣人應該出頭天了，為什麼卻更苦？她前思後想，就是想不明白。

按說，台灣四季豐收，就算戰時，物資嚴格控管，台灣人自己種的糧，自己養的豬，自己吃不得，全被日本政府徵收，民間物資缺乏，好歹也還有定額配給，雖是吃不飽，一時也餓不死。戰後，日子卻更難過，糧價卻一日三漲。市面上，漸漸買不到米，連日常生活用品、五金百貨也日益匱乏，黑市猖獗。

可惜，她看不懂報紙，否則偶然撿來貼在茅廁竹籬上擋光的「經濟日報」，就透露著端倪。艋舺人林佛事辦的「經濟日報」，除了刊載糧價最新行情，還分析物價變化、追究物資匱乏、通貨膨脹的原因，愈來愈多人發現，台灣的米糧物資，正一船船地被運往中國大陸，而官員貪汙腐敗，更是惡形惡狀。

但陳馮媽不關心政治，只關心如何餵飽家人，要不，就是拿著陳寶泉的兵籍資料，到處探查兒子的下落。

陳寶山的光復

日本戰敗，陳寶山的地位突然水漲船高。

在天皇宣布投降後不久，城內西藥房老闆竹中先生原已做好切腹的準備，千鈞一髮之際，陳寶山及時發現，搶救一條人命。

「太郎！我們一家人怎麼辦？」竹中先生低頭嘆氣，竹中太太也哭倒在榻榻米上。

「竹中桑，現今時機敏感，最好還是叫我寶山，嗯？」陳寶山扶起老東家，好言安慰：「中國人有句老話：留得青山在，不怕沒柴燒，說不定明天局勢又變了……」

戰後初期，城內日本人聚居的場所，失去昔日井然有序的繁華景象，市容變髒了，大街上看不到密集的攤子，許多熱鬧的商店，已改由台灣人經營，到處都是本省人和外省人，偶爾還會看到像從博物館搬出來的破汽車載著外省兵滿街跑。

有一回，陳寶山在台北公會堂（後改為中山堂）附近，看到一輛直冒黑煙的卡車，車上，二十多名士兵拿著上了刺刀的步槍，押送三名雙手被綑綁跪著的日本罪犯，似乎正要前往刑場，犯人身旁就豎立著一塊木牌，寫明罪狀。這種恐怖場面，嚇得陳寶山加快腳步走開。

沿路上，仍在營業的商店裡，擺設的多是日本人出售的舊東西、來源不明的物資，或來自上海的華美便宜貨，以往從未見過的小吃攤和菸攤占據街角，戰後突然大增的黃包車，到處流竄，許多車伕就在街頭排隊等候客人。

而許多原屬日本人的商店和住宅，都被貼上接收的紙條，在同一處，甚至被不同人或不同單位貼了數張，各自主張占有權。人性的貪婪，暴露無遺。

只要逮到機會，誰不想趁機撈一筆？

前不久，他的母親陳馮媽，就搶著在竹仔寮附近，用竹竿圍下一塊地。他自己也在鐵路邊圍了一間竹籬搭的違建，後來卻被幾個外省兵強硬占去，他曾去溝通交涉，但彼此言語不通，外省兵常跑到裡面拉屎拉尿，忌憚他們有槍，吵了幾次無效，只得作罷。

不過，他倒是因圍地的過程，才發現西門一帶，在戰後突然春色高幟，那裡的露店多設有半樓，原是好友相聚，男女約會的去處，但戰後世道混亂，不像日據時期管理嚴格，許多露店老闆搶商機，把半樓簡單隔間，隨便布置一番，請流鶯來陪酒坐枱，為客人跪送毛巾茶水、勸酒挾菜，小費隨意給，酒菜又便宜，幾乎日夜客滿。

陳寶山和朋友去過幾次，在那裡認識了一些外省籍公務員，靠著紙筆和比手畫腳，彼此建立起交情，因著這層關係，城內西藥房僥倖逃過被接收的命運，而陳寶山雖年輕，儼然已是這家西藥房名義上的經營者，竹中先生對他的倚賴日重。

然而，城內西藥房雖未被接收，卻難逃被搶劫的命運。

一夜，幾個流氓撬開大門，摸黑進入藥房，睡夢中的竹中夫婦被驚醒，下樓探看，反被綑綁，痛毆一番，對方甚至強暴了竹中太太，還惡言威脅：「快滾回日本，不然讓你們死得很難看！」流氓把貴重藥物洗劫一空，揚長而去。

次日，當陳寶山到藥房時，竹中太太已上吊自盡，而竹中先生仍被綑綁著，一臉呆滯──難道，他親眼目睹了妻子被強姦、後自盡的過程？陳寶山不忍多問，解開繩索，扶著竹中先生回到樓上房間。

樓下的藥房一片混亂。藥櫃東倒西歪，玻璃碎落一地，陳寶山指揮幾個夥計，協助整理現場，時而抽空上樓探看，擔心竹中先生想不開。

早已將台灣視為第二故鄉的竹中先生，在放棄切腹後，原已決定繼續留在深愛的台灣，但這件事，又讓他改變心意了，雖仍深陷於悲傷中，漸漸恢復平靜後，他決定離開，在等待遣返的日子裡，著手整理貴重物品，並請陳寶山代為販售一些家具、留聲機、銀器、瓷器等，作為盤纏。

未料，政府規定，日人被遣返時，除了隨身行李外，只能帶走一千圓現金。

「太郎，你就是我在台灣的兒子，我信得過你！」竹中先生詳列清單，把帶不走的房產、店鋪、金錢等，都委託給陳寶山。

竹中先生預定搭乘遣返日人的最後一班船。

船期那日，陳寶山親自到基隆港送行。

竹中先生站在甲板上，頻頻揮手，他背著幾包行李，佝僂著背，已完全失去昔日風采。

不久，船就朝日本方向疾駛，海面起霧了，基隆港逐漸消失在薄霧中，竹中先生一直站在甲板上，滿臉是淚，他奮鬥半生的醫藥事業，他人生精華階段的二十幾年青春，都留在逐漸沒入黑暗的台灣了。

岸邊，陳寶山也頻頻拭淚，直到完全看不到船隻的影子，才依依不捨地離去。

蔡仲豪的光復

即使戰後，社會問題嚴重，但像蔡仲豪這樣激情的愛國分子，是不會輕易對祖國失望的。

一開始，雖因父親蔡毓文在轟炸中喪生，仍帶孝在身的他，不便前往迎接國軍，卻也沒有閒著，皇民化運動後就被禁絕的私塾，在他的推動下，紛紛重新開課，他還每晚在龍山寺廟埕前，開設國語講習班，免費教授民眾學習「中國話」。

雖然他以優雅漢語吟誦的詩文，跟來自中國大陸各不同省份鄉音的「中國話」，其實南轅北轍，各說各調，有時幾乎搭不上腔，但大家熱情不減。

他鼓勵兄弟們，響應政府號召，前往中國大陸留學，蔡仲琛不願離家，寧可留下來協助地方事務、參與辦報，一直無法融入蔡家生活的蔡仲霖，倒是有興趣出去闖一闖。

當時，誰也沒有料到，蔡仲霖這一去，隨著中國內戰愈演愈烈，竟就此失了音訊，直到髮蒼目茫後，才得以再踏上睽違五十年的故鄉。

但當時不管別人怎麼說，世道如何混亂，官員如何貪贓枉法，經濟如何蹇困，蔡仲豪仍然堅信：「那只是過渡時期，是黎明前的黑暗，是新世界誕生前的陣痛！」他雄辯滔滔，滿懷信心。

戰後，台灣各地瘟疫爆發，霍亂肆虐，他不顧家人反對，號召幾位好友，組成艋舺巡醫隊，找到一輛日軍遺留下來的小卡車，帶著一批藥品和必要的醫療器材，遠至偏遠鄉間、山區，展開醫療救援和防治宣導。

當艋舺巡醫隊來到宜蘭鄉間時，蔡仲豪發現當地十多個村落，竟然連一個醫療所都沒有，於是就將卡車駐在中心地帶，充當臨時醫療所，免費為鄉民看病。

剛開始，不少村民報以懷疑眼光，生病寧可求助神明、喝香灰水、燉草藥，求診者不多，倒是孩子們若受傷，很喜歡跑來搽紅藥水和碘酒。

某日，天色未亮，蔡仲豪就被吵醒。

一位黥面的泰雅族勇士，背著臉色慘白的少女，前來求醫。

泰雅族勇士表情緊繃，瞪著一對深邃的大眼睛，一手扶著彎刀，發出詰屈聱牙的語音。

蔡仲豪連忙將設於卡車內的簡單臥鋪清理乾淨，讓少女躺下，少女嚴重上吐下瀉，已到了無物可吐的地步，不斷乾嘔，腹絞如割，奄奄一息——診察後，發現她竟感染了可怕的霍亂。

蔡仲豪趕緊做了應有措施，少女暫時穩住病情。

●

在那年代，治療霍亂並無特效藥，蔡仲豪帶來的藥品不足，四環素之類的抗生素也沒有了，他趕緊商請村民，以適當比例的糖和鹽調製成口服液，不斷為患者補充水分，避免患者脫水而死。

除了隔離病患外，最重要的是保持衛生，勿生食、生飲，環境得全面消毒，病人所有的衣物、用品，最好全數火化、或煮沸，讓細菌無法生存，否則，疫情很快就會蔓延。

但要求將少女衣物脫下消毒時，卻因雙方語言不通，產生誤會，黥面勇士圓眼暴睜，發出低吼，高舉彎刀，一臉凶狠，嚇得蔡仲豪腿軟，跌退了幾步。

所幸，奔出去求救的朋友，找來一位嫁給平地漢人的泰雅婦女充當翻譯，才化解僵局。

原來，那泰雅族勇士名喚托卡諾，女孩是他的胞妹烏蘭塔。而且，部落裡另有幾個族人也似已被傳染。

霍亂一旦發生，極少孤例，會透過病患的排泄物、嘔吐物等途徑，迅速蔓延，萬一水源遭到汙染，所有人都難以幸免。

事不宜遲，蔡仲豪想將醫療隊帶進山區，但朋友們極力反對，蔡仲豪只得自己收拾必備的醫藥器材，與泰雅族勇士托卡諾一起步行上山。

山路陡峭崎嶇，泰雅族勇士托卡諾背著所有的醫療器材，仍健步如飛，空手的蔡仲豪卻氣喘如牛，以粗枝代杖，一步步艱難地攀爬。

終於抵達部落。

經過多日療治後，幾位染病的族人漸漸恢復元氣，疫情及時控制，幸未擴大。

不久，因牽念山下的病患，蔡仲豪又在托卡諾的陪同下，風塵僕僕地返回設於宜蘭鄉間的簡陋醫療所。

●

艋舺巡醫隊的善行逐漸傳遍後山。

在那個醫療欠缺的年代，原住民得病常是求助巫師，或者依靠外國傳教士診治，聽說這裡有漢人「神醫」，不僅備受鄰近漢族村落居民崇敬信賴，連偏遠山區的原住民也都慕名求診，甚至有人遠從花蓮後山越嶺而來。

漸漸地，每天求診的人，把充當醫療所的卡車圍得水泄不通，天晴時，病號隊伍還算秩序井然，遇到下雨，大家就猛往卡車裡躲，擠得難以轉身，根本無法看診。

托卡諾見狀，什麼話也沒說，匆匆跑回部落，隔幾日，帶著七、八位族人，和一批木料、石材、灰泥出現，開始動手搭蓋房舍——就這樣，艋舺巡醫隊有了正式的診間和病房。

此期間，幾位朋友來來去去，因俗務纏身而逐漸少至，但原住民少女烏蘭塔卻留了下來，學習幫忙護理工作，並負責打理生活瑣事，炊煮三餐、清潔房舍，每天，蔡仲豪忙得幾乎沒時間吃飯，好不容易病人較少了，又騎著破舊鐵馬，到偏遠地區出診，幫不良於行的老人家量血壓。

常兜轉於鄉間，蔡仲豪發現，許多學齡前孩童整天撒野調皮，無所事事，於是，就跑去和附近較大的一間土地公廟商量，希望利用廟埕開設幼稚園，把孩童們集中起來上課。

幼稚園開學後，有些孩子背著襁褓中的弟妹也來了，蔡仲豪照單全收，商請附近懂漢文的讀書人輪流為師，師資青黃不接時，七十幾歲的廟公就給孩子們講解籤文和七俠五義的故事，已經夠忙的烏蘭塔，則又兼任保母，下課後，給孩子們準備點心。

夜裡，蔡仲豪仍不得閒。藥品耗費頗巨，幼稚園點心消耗極快，樣樣亟待補充，他已經省到無可再省，仍捉襟見肘，靈機一動，學起外國傳教士向外募款，不過，他沒有教會可以仰仗，也沒有信徒奉獻，只能不斷寫信向家裡要、求助於富裕的朋友，也試圖向政府單位紓困，後者卻從無回應。

但蔡仲豪一直深信，新政府會很快步上軌道，只要大家同心協力，盡一己之力，協助照顧政府一時管顧不到的小地方，那麼等新政府大勢底定，站穩腳跟，就會帶領台灣和祖國一起進步——他就是要從小處著手，做大家忽略了的事。

直到二二八事件發生後，蔡仲豪的信念才開始動搖。

三好嬌的光復

日後被稱為艋舺不老花的三好嬌，也是到二二八事件後，才發現事實與想像的不一樣。

戰爭期間，一度被勒令停業的風月場所，戰後，紛紛重起爐灶，高舉豔幟。

當初為了侍奉鴉片菸癮極大的養母，她淪為娼妓，多年來，早已看開，於今，在戰爭轟炸中失蹤的養母，音訊渺茫，已報准登記死亡，她負擔小了，但粗活幹不來、細作沒本事的她，除了重操舊業外，還能幹啥？因而仍投靠歐肥仔之父黑龍旗下營生。

一朝天子一朝臣，誰當皇帝都一樣，反正，對小老百姓來說，誰能讓日子過得舒適暢快，誰就是王道。

她既不在乎國民黨軍隊如何以戰勝者之姿出現，各地前往迎接的民眾如何歡呼、繼而皺眉嗤鼻，而曾經不可一世、耀武揚威的日本人，如何於戰後淪為過街老鼠，有些曾受到欺壓的台灣人，看到日本人就打，部分逞凶鬥狠的青年，甚至包圍有明町派出所，搶奪武器、痛毆警察……

她一逕慵懶度日，過一天是一天，既不管政治腐敗，也不管世道混亂。

滑稽的是，當有明町派出所被地痞包圍時，日警本田靖雄於混亂中逃出重圍，在遊廓街區複雜的巷弄間穿腸繞道，一路狂奔，臨危時，躲進一間老舊屋舍——未料，竟鑽入了三好嬌的從業房。

仍然貌美的三好嬌，聽見動靜，斜睨一眼，抬起腿來，把已是歐吉桑模樣的本田靖雄一腳踹進床底下。

帶頭鬧事的歐肥仔和一幫地痞追來時，三好嬌仍閒倚在床上，哼一聲，揚起眉稍嗔道：「沒阮允准，誰敢闖入來？」刁蠻潑辣的她，備受老地痞黑龍的寵愛，即連歐肥仔也得禮讓三分，乖乖帶著兄弟們離開。

「你你你是？是黑黑，黑貓——」本田靖雄從床底下爬出來時，望見三好嬌，驚訝地口吃了。

「貓你去死啦！還不閃？要我叫那些人返來嗎？歐肥仔——」三好嬌嗔罵，拿起拖鞋，照頭亂打，本田靖雄抱頭鼠竄。

三好嬌既無宗教信仰，不服膺任何主義，也不在乎民族情操，她既不悲觀也不樂觀，只是活著，對未來也沒啥期待，卻盡幹一些旁人難以理解的「蠢事」。

戰前，她死活不肯接待日本客人，提起日警就咬牙切齒，戰後，卻偷偷掩護落衰的日本人。而幹這行的，如果年過三十尚未從良，多數會領養媳婦仔，作為日後倚仗，但她卻將所有勸告當耳邊風，不僅不存老本，還常捐款給愛愛寮（艋舺專門收留乞丐的慈善機構），有一天，她又到愛愛寮去，有個約莫四、五歲的小乞丐竟親暱地拉著她叫：「阿母！」得知他是個戰爭孤兒，一時興起，就辦了領養手續。後來才發現，那是個傻孩子，竟對所有人——女必呼：「阿母！」男必呼：「阿爸！」大家覺得滑稽，常拿他當笑話，逗他玩，三好嬌也不在乎，照樣疼愛有加，並且讓那孩子仍保有原來的姓名——李政達。

戰後，台灣不再受日本人欺凌，卻來了蠻幹的外省兵，曾有穿著軍服的老芋仔來白嫖，辦完事後，硬是不給錢，還掏出槍來恐嚇，黑龍教唆兄弟衝過來，將之團團圍住，老芋仔嚇得屁滾尿流，丟了槍，連褲頭都未繫緊，就落荒而逃。

「幹！外省仔豬，沒錢敢猶想要開查某?!」人人罵不絕口。

但三好嬌穿好裙子，掀起門簾，懶洋洋地把一臉盆水往外倒，之後，對本省人和阿山仔仍然一視同仁。

二二八事件發生後，許多台灣人義憤填膺，不分青紅皂白，一度看到外省人就拖出去痛揍，某回，有位十六、七歲的娃娃兵，被本省人一路追打，恰好被三好嬌撞見，她照樣出手解救，把他藏進自己房間裡，躲了好幾天。

羊肉老簡仔的光復

日後，在艋舺夜市賣炒羊肉羹的老簡仔，就是當初被三好嬌解救的那個外省兵仔，本名簡國柱。

他出生於河南鞏縣的窮鄉僻壤，父親是佃農，最大的心願，是將來能擁有一小塊地，全家人能頓頓飽餐粗糧，逢年過節吃上幾次攙了玉米粉的白饃，就心滿意足了。

但簡國柱的心願卻被戰爭打碎了，十五歲那年秋天，他正在田裡收割，滿腳汙泥，國民黨軍隊經過時，不僅搶了糧，也把他擄走。

他好擔憂沒了糧，那年，家人要怎麼過冬？

從不曾想過要當兵的他，莫名其妙地就被編入軍隊，跟著南征北討，長官指東，就朝東去，下令攻擊，就往前衝，但即使身經百戰，他卻沒有變得英勇，依舊充滿恐懼，隨時想逃，無處可逃時，就盡量躲，躲不過時，也會開槍掃射，看見敵軍倒在血泊中，自己也嚇得全身發抖，腿一軟，就倒了下來，停火後，他掙扎著從死人堆裡爬出來，走在被炮火轟擊過的土地上，放眼望去，到處都是死人，有敵方、有己方、還有許多平民百姓死在牲畜旁邊，那一張張死亡的臉，睜著死不瞑目的眼珠，堆滿了怨氣沖天的殺戮戰場。

帶著硝煙焦味的屍臭彌漫著，他狂吐不止，只期盼趕快打完仗。

一路征戰，這一連被殲滅，僥倖未陣亡的就被重新整編，他雖勝少敗多，卻幸運地活了下來，前前後後待過哪些連、哪些師，都數不清了！

一九四五年，長官告訴他：中國戰勝了。

原以為總算能回家了，沒多久，卻隨著部隊被載到台灣。在異鄉，人生地不熟，語言不通，水土不服，想起家鄉的爹娘和田裡被踩爛的苗種，就忍不住紅了眼眶。

二二八事件到底怎麼回事？他壓根兒搞不清楚，長官說，是台灣人叛變作惡，政府宣布戒嚴，反正那陣子就是一團亂，許多外省人被台灣人打死，也有許多台灣人被外省人打死。他又僥倖逃過一劫。

處處風聲鶴唳。沒多久，長官又說，國共戰事吃緊，他奉命隨部隊押解許多召募來的台灣兵，坐船到上海去。

又是永無止境的混戰。

以前，打日本鬼子，他還可以理解，戰後，回到大陸，卻是中國人打中國人，他怎麼也想不明白，有一回，在徐州平原上作戰，他和幾個弟兄被逮了，共軍網開一面，任由他們離去或加入解放軍，他選擇離開，一路顛簸，想逃回家鄉，半途，卻遇到國軍，趕緊見風轉舵，辯稱自己是在尋找原屬部隊，於是又被編進隊伍，再度回到戰場，沒多久，卻又戰敗，再度被共軍抓走，這回，他心想，與其離開，再被國軍抓回戰場，甚至被當作逃兵槍斃，不如投共算了，於是，他就成了解放軍。

一樣的徐州平原，一樣的天寒地凍，一樣的炮火連天。

有一回雙方才開戰，他就躲向林子裡，卻在以為無人處，槍桿子對上自家人——竟是當初被他的部隊押著一起搭船從台灣來的兵員，那個只會說台語和日語的年輕人，生就濃眉大眼，之前曾在戰場上救過他一命，再度相逢，彼此卻是槍桿相向，這回，他變成共軍，他還是國軍，他瞪著他，他瞪著他，兩人語言不通，手扣著扳機，緊張而猶豫著——

千鈞一髮之際，他把槍丟下，坐在地上嚎啕大哭！

那年輕人愣了愣，竟然也丟了槍，坐下來一起哭。

遠方，炮火時起時歇，林子裡，寒氣肅殺，風在枝梢尖哨打旋，兩個相差四、五歲的阿兵哥，哭夠了，決定一起逃兵。

然而，過沒幾天，兩人卻走散了。

到處兵荒馬亂，他既要躲開國軍，也害怕碰上解放軍，一路躲躲藏藏，四處打聽，聽說河南已被共軍解放，他不敢回鄉，就跟著逃難人群流動遷徙，有一回，聽說有船開往香港，他偷偷潛上船，躲在船艙睡著了，沒想到一覺醒來，才發現竟然又被載回台灣。

他上岸了，卻不肯再回部隊，抱著必死的決心，正式成為「逃兵」。反正當年許多人逃難時都丟失了證件，他也就跟著一些人虛報戶口，就這樣又回到了艋舺落戶，從此盡量少和任何官署打交道，無論是軍官、警察，或一般公務人員，他都能躲就躲，遠遠避開麻煩。

陳寶泉的光復

羊肉老簡仔在徐州平原林子裡槍桿子對上的那個年輕人，正是曾為台籍日本兵的台籍國軍陳寶泉。

一九四五年五月間，原在海軍日艦充當技術員兵的陳寶泉，隨部隊被派赴菲律賓搬運糧械物資支援山區作戰時，遭到盟軍攻擊。當時，許多日本兵都被菲軍殺害，陳寶泉逃入岷答那峨山區，靠著山泉野果充飢，夜裡就睡在洞穴裡，躲避野獸及風雨侵襲，與外界完全隔絕。

當日本宣布投降時，完全不知情的他，還在設法求生，努力適應叢林生活。

那天，之前設下的陷阱，意外捕捉到一隻山雞，他喜出望外，擰住雞脖子，用磨利的鐵片割喉放血，數月不知肉味，想到鮮美多汁的烤雞，口水都快流下來了，待他拔光雞毛，支起木架，才發現沒有火源，幸好身邊還有放大鏡和一些子彈，聰明的他，就用放大鏡把陽光焦聚在彈藥硝石上取火，卻差點引起爆炸，嚇得他再也不敢嘗試，想茹毛飲血，卻又難以下嚥，最後，只好學古人鑽木取火，試了好久，桂竹才終於冒出煙，雖然烤得半生不熟、兼帶部分焦黑，卻總算得以飽食一頓野味。

夜裡，他偶爾也會悄悄蹴近土著村落，有時偷砍香蕉、玉米，或挖甘薯、芋頭，又摸黑躲回洞穴，夜裡再冷，也不敢生火，就怕暴露行蹤，白天，更是遠遠躲開人跡，他既害怕被盟軍逮捕，淪為戰犯，也不願重回軍隊，替日本人打仗，日本官兵對俘虜的凌辱虐待，甚至酒後梟首作樂的惡行，以及兩軍對峙廝殺的殘狠恐怖，都讓他不寒而慄。

他就這樣在深山裡躲了將近一年，才被菲軍發現，押解到三保顏收容所時，模樣就像個野人，身上軍服早已破爛，手腳滿是傷痕，髮鬚雜亂糾結，整張臉幾乎只露出濃眉大眼和鼻梁，因語言不通，菲軍要他理髮，他誤以為是要砍頭，嚇得全身癱軟，悲從中來，心一橫，趁菲軍不注意時，想用磨利的鐵片割頸自殺，幸虧及時獲救。

沒有死成的他，在收容所裡遇見一些台籍日本兵，才知道第二次世界大戰已經結束，戰俘們要不就等著遣返，要不就是等候審判。

「甲阮阿母講，我不是殺人犯，我是沒法度的！」

其中有一個也是艋舺人的台籍日本兵黃阿根，在獲知被判死刑時，流著淚將懷裡的香火袋交給陳寶泉，懇求他帶回家鄉，面告老母。

黃阿根的死罪，乃因所屬的日軍部隊移防時，考量拖著俘虜行動不便，且耗費糧食，竟無視國際公法，下令殺害俘虜，黃阿根被指認出曾協助日軍殘忍行凶。

陳寶泉心驚膽戰，就怕昔日犯行也被指認出來。曾經，一位日本軍官酒後發狂，朝著一位盟軍俘虜揮下武士刀，卻施力未準，那位被梟首的美國大兵，倒在血泊中，頭軟軟地垂下來，頸肉卻還筋連著肩部，他奉命把整顆頭割下來，讓酒醉的軍官們當足球踢。

在等待遣返的日子裡，陳寶泉夜不成眠，就怕突然被押赴刑場。

被迫成為劊子手的黃阿根伏刑後，陳寶泉鼓起勇氣，懇求菲軍讓他在屍首上剪下一小撮頭髮，塞進香火袋裡。

一九四七年二月下旬，陳寶泉終於安全踏上返鄉的路。

然而，當他回到艋舺，卻遍尋不著家門。

原來，陳馮媽以長竹竿圍來的地，惹起附近地痞眼紅，不斷尋隙鬧事，不堪其擾，乾脆放棄，並且從竹仔寮避遷到大眾廟口附近。

陳寶泉盲目地在街頭流浪。戰後民生凋敝，滿目瘡痍，到處都是乞丐、遊民和操著奇怪口音的外省兵，物價飛漲，商家惜售，許多店乾脆關門，不做生意，也避免被搶。

幾日後，陳寶泉終於找到位於土炭市（今康定路一帶）的黃阿根家，黃家原本經營水粿糕餅鋪，暫因麵粉米糧缺貨而歇業，陳寶泉傳達了戰友的遺言，黃家老少淚眼相望，黃母抹淨淚，一臉堅毅，收妥香火袋，淘米煮飯，呼喝小輩取出藏在窖裡的香腸、鹹豬肉，堅持款待送訊的陳寶泉。那是陳寶泉吃過最香最豐盛的一餐，熱騰騰的白米飯上，竟然還澆了一匙豬油、淋上醬油露，滿面風霜的陳寶泉紅著眼眶扒飯，咬著滴油的鹹豬肉，心頭一陣陣溫暖。

二月二十八日上午，陰雨綿綿，露宿街頭的陳寶泉被雜沓人聲吵醒，睜開眼，看見許多人額上綁著書寫「艋舺請願隊」的白布條，夾棍帶棒地在街頭集結，帶頭者不斷用擴音器呼籲民眾群起抗議，打聽之下，才知道昨天在天馬茶房外發生了因查緝私菸引爆的衝突事件，於是，他好奇地一路跟著抗議群眾前進。

在小南門附近，陳寶泉突然激動地朝人群那邊大喊：

「咦——寶山?!寶山！寶山！是我啦！」

對街，陳寶山緩緩騎著日本老闆竹中先生留下來的腳踏車，跟在群情激憤的群眾旁邊。

當天，他雖未直接加入請願隊，卻一早就四處遛達，關心局勢發展。

忽然聽見聲聲呼喚，他回頭一望，看見背著帆布袋、滿面風霜的陳寶泉，差點認不出來。

「阿兄？」陳寶山遲疑幾秒。

陳寶泉已經穿越馬路，快奔過來。

竟然在街頭巧遇，兄弟倆緊緊相擁，喜極而泣。

歷劫歸來，恍如隔世。

那段日子，街市局勢混亂，氣氛緊張，陳家卻在安慰的淚水中，歡喜團圓。

從城內西藥房搬回來的收音機，雖然收訊不良，雜音干擾，仍依稀可辨——聽聞幾聲砰砰槍響後，政府透過廣播表示，因有匪徒在基隆港登陸，所以即日起戒嚴……

「騙恁婆仔咧十八歲？匪徒在基隆港登陸，放送局竟然聽得到槍聲？」陳馮媽心情好，一邊揀菜，一邊罵，笑了起來。

「講要宵禁、戒嚴……戒嚴是啥意思？」邱阿足疑惑地問。

其實，連陳寶山和陳寶泉都是第一次聽到「戒嚴」這個字眼，兄弟倆互望一眼，表情沉重。

「會不會是——又要戰爭了？」陳寶泉吁口氣。

全家人聞言，愀然變色。一戰爭，又要開始躲空襲，沒吃沒喝的，隨時都有生命危險，唉！

活無寧日啊！

兄弟倆商議，未雨綢繆，次日一早相偕出門，設法搜羅存糧，以備後需。

當他們推著從黑市買來的乾貨預備回家時，途中卻遇到盤查。

那兩個阿山仔既未穿軍衣，也沒有配槍，態度散漫撒野，倒更像流氓，藉口臨檢，強行要沒收貨物和腳踏車，會講幾句阿山話的陳寶山據理力爭，卻挨了兩巴掌，另一人還掄起棍子要揍人，經過叢林生活洗禮的陳寶泉動作敏捷，抬腿踢倒兩個阿山仔。

「緊走！」陳寶泉吼，全力護衛陳寶山脫困，並從懷裡抽出磨利的鐵片猛揮過去，兩個阿山仔登時血流如注，抱著傷口哀嚎。

兄弟倆趁機快逃。

●

二二八事件後，緊張情勢愈演愈烈，政府強力鎮壓，開始到處抓人，陳家陷入愁雲慘霧，深恐因打傷阿山仔的事，禍連其中。

遇到困阨，人們往往會從過去的經驗法則尋求解決之道。

於是，舊事重演。

當政府貼出布告，以優厚待遇召募台灣子弟兵時，不少年輕人決定從軍，以避免清鄉被捕的危險。

陳寶泉和家人商議，決定如法炮製。

「聽說薪水很高，還能順便學國語，兩三年後退役，能存下不少錢，做個小生意，政府還會幫忙安排高薪的職業……」陳寶山說著，深情地望向邱阿足。

邱阿足嬌羞地低下頭淺笑。

再度從軍。由於陳寶泉曾在日艦上擔任技術員兵，所以參軍之初，被派到國民政府接收的日本軍艦上工作。

然而不久，軍中氣氛愈來愈詭譎，部隊即將開赴大陸的耳語在外省兵之間傳開，他們多數是被捉伕來的，思鄉情切，難掩興奮，但這些耳語卻在本省籍士兵當中引起極大的恐慌。

「募兵傳單上，保證不會調離台灣啊！」陳寶泉半信半疑。

「哼！你信？還保證高待遇咧！結果呢？」另位台籍兵冷笑。

幾天後，陳寶泉和一些本省兵下了軍艦，被載到新的營隊報到。

由於那段時間，逃兵事件極多，部隊規定不准請假外出，連上廁所也得報備，陳寶泉想寫信告知家人新營隊的地址，信卻被攔回，並且被關了三天禁閉。

一個夜裡，沒有任何預警，也沒有任何說明，本省兵員們像囚犯般集中在營區外，被驅趕著前進，卻不知要去向何方。

從營房走到車站的道路兩旁，站滿拉著繩子、手執火把的外省士兵，氣氛十分緊張，陳寶泉滿臉惶惑，卻不敢亂問，跟著眾人一路前進，被押著上了火車。

我是陳寶泉，我家住在艋舺大眾廟街口××號，請撿到這張字條的仁人君子通知我家人，說我已被調往大陸，謝謝，千萬拜託。

陳寶泉暗自流淚。逮到機會，就用日文和簡單漢字，偷偷寫了許多類似的紙條，趁著外省兵沒注意時，拚命往外撒；許多本省籍士兵見狀，也有樣學樣，一路上，大家都是有機會就寫，有機會就撒，所以鐵路兩旁，到處是各式各樣的小紙條，像冥紙般在風中飄舞著。

抵達基隆港時，運兵船已泊在海面，碼頭上冷冷清清，一個送行人也沒有。

陳寶泉偷偷張望，發現除了坐火車來的他們之外，還有一些部隊是以木板密封的卡車直接送上船，等船離岸，士兵才從卡車中被放出來。

甲板上擠滿了新兵，有的還一臉稚氣，十五、六歲的模樣，穿著過大的軍服，只得把褲腳衣袖捲起來，有些小兵眼眶噙著淚，啜泣著低聲輕喊爸媽。

新兵們來自台灣各地，有些操閩南語、有些說客家話、還有許多山地人，日語成了他們的共同語言，但是班長以上的軍官全是外省人，說的唐山話口音很重，彼此很難溝通，偶起衝突，大家都相勸著忍氣吞聲。

「不要！我要回家，我不要離開台灣！」黑暗中，突然有人哭叫著說。

「對！政府有保證，咱可以留在故鄉！」馬上有小兵附和。

響應者愈來愈多，喊聲也愈來愈大。

「行啦！咱來去轉啦！」忽然，有位本省兵大叫一聲，竟越過船舷，往大海裡跳。

「對，來去轉！跳啦！」喊聲此起彼落。

混亂中，隱約可見一個又一個本省兵，縱身跳海，身影消失於黑暗。

甲板上陣陣騷動，營長發現了，立刻命令班長將觀望的本省兵趕入船艙，接著，竟下令機槍手朝大海裡掃射，一時間，槍聲四起。

船上一片嘩然。

不知有多少人被機關槍打死？有多少人淹死？會有人成功游回家嗎？蹲在船艙內向外偷看的陳寶泉，心如擂鼓，悄悄拭淚。

歐肥仔的光復

相較於許多人普遍共有的光復經驗——從滿懷希望到強烈失望，心情像溜滑梯，從高處跌落谷底——歐肥仔的光復經驗，卻生猛有力，他與新舊政權之間的較勁，更是充滿戲劇性的變化。

若翻開艋舺街頭運動史，老地痞黑龍允稱前輩高手，後起之秀歐肥仔，則堪稱糾眾鬧事的梟雄。

大戰結束時，歐肥仔正值血氣方剛、逞凶鬥狠的年紀，一聽說日本投降了，馬上呼朋引伴包圍有明町派出所，走在路上，遇到日本人就拖到淡水河邊痛毆，甚至糾眾打劫日本人的家。不僅如此，他還把搶到的一批槍械彈藥，悄悄藏到淡水河畔的防空洞裡。

人人害怕世道混亂，對他而言，卻是正中下懷，戰前被日本政府嚴格管束的風月場所，在戰後迅速重燃慾火，娼館生意強強滾，國民政府新來乍到，風月事一時管顧不到，承襲家業的歐肥仔趁機大展身手。

未料，一九四六年六月二十一日，國民政府突然宣布禁舞廢娼令。

歐肥仔十分火大，和父親黑龍商議後，四下奔走，結合了大稻埕、艋舺一帶的娼業、酒店、舞場，組成請願隊。

二十二日，清晨六點，百餘名平常習慣晚睡晚起的同業、鶯燕們，就陸續蜂擁而至，加入請願行列。

歐肥仔裸著上半身，露出強健體魄，用力敲擊從三清宮借來的大車鼓，率領大批人馬，浩浩蕩蕩走向街頭，將抗議隊伍帶往婦女會總會長謝娥經營的康樂醫院。

「給我們糧食和工作！」

「我們不是因為喜歡才做這一行的！」

歐肥仔擂鼓疾呼！在強而有力的節奏下，鶯聲燕語也發出嬌滴滴的怒吼。

路過民眾莫不好奇圍觀，醫院門口擠得水泄不通。

「我絕不會出賣鄉親，這件事婦女會事先完全不知情，那都是政府自行決策的……」謝娥被團團圍住，一臉錯愕驚慌。

雖然戰爭末期，日本政府也曾關閉酒色行業，卻仍保有相關業者的工作機會和米糧配給，未曾引發抗議，但這回，國民政府雖表示會顧及她們的生活，卻只準備數十台裁縫機，而當時，光是台北市就有數千位女招待生、娼妓、舞女，以及依靠她們生活的龐大家族，這些人將何以維生？

抗議活動幾乎得到相關業者全面響應。

情勢比人強，謝娥完全妥協，接下陳情書，一再強調會努力捍衛女權，協助解決民生問題，並保證隔日一同出席民政處舉行的女招待生大會，共同申訴抗議這項不合宜的政令，抗議群眾才終於態度趨緩，放她脫身離開。

由於抗議聲浪不斷，那次廢娼禁令，終究不了了之。

不久，政府就宣布暫緩實施，但強調為「加強節約、維護善良風俗」，又做了種種舉措，例如一度把酒樓、餐館、酒家都稱為「公共食堂」，凡設有女招待的「公共食堂」，一律改為「特種酒家」，女招待稱「侍應生」，應設臥房及衛生消毒設備，侍應生每週要接受身體檢查一次，並陸續頒布「特種侍應生管理辦法」、「台灣省妓女管理辦法」等，總之，公娼制度得以存活下來，艋舺的凹肚仔也於戰後改名為寶斗里，繼續豔名北台。

●

反正，歐肥仔只怕沒事可鬧，有事絕對跑第一。

緝菸事件發生次日，他又摩拳擦掌，號召市場魚販、豬販及露店攤販，組成艋舺請願隊，殺上街頭，努力擴大暴動。

這回，他不僅請人寫了許多白布條標語——「打倒軍事獨裁」、「打倒國民黨專政」、「打倒官僚資本」……高掛起來，若看到公司行號有「中國」二字的也一律塗黑，聽說謝娥竟透過放送局廣播，指稱官方的人沒有打菸販，只是槍枝不小心碰到她而已，就氣得帶人去砸謝娥家，由於當時謝娥家剛娶新娘不久，很多被丟下樓來的新家具，還貼著喜洋洋的紅色喜字，照樣被放火燒掉。

消息傳出後，憲兵很快就坐著卡車出現了，駕著機關槍，四處巡邏，以擴音器命令群眾返家，不准在街上集會或遛達。

而糾眾鬧事的一干人等，早已開溜。

在歐肥仔的率領下，艋舺請願隊繼續征討。

途中，聽說全市賣菸人已組織串聯去專賣局陳情後，又轉到行政長官公署抗議，歐肥仔豈甘屈居人後？他馬上帶隊轉向，跑去包圍啤酒廠。

酒廠主管早溜了，只賸幾個員工，和看管門戶的歐吉桑，他們看到來人氣勢洶洶，嚇得直發抖，歐肥仔也不為難大家，摔碎幾箱啤酒後，就宣告占領成功，讓大夥兒飽飲佳釀，並把白布條綁在大門口，作為宣示，一行人躊躇志滿，又醉醺醺地繼續開拔。

5.4 信仰補丁和百衲被

穿越西門町打著勝利旗號歸來的歐肥仔，發現龍山寺一帶，許多抗議群眾以哩阿卡（三輪貨車）、垃圾桶封住街頭路尾，不讓車輛通過，馬上又擴大戰線，帶著請願隊設起關卡，守住芳明館附近的街道。

「阿山仔來啊！」

街道那頭，忽然一片混亂，有人大聲嚷嚷。

歐肥仔抬頭望去，遠遠地，只見幾個外省人從被攔住的汽車中跳出來，拔足狂奔，身後，一批年輕人緊追不捨，個個手持鐵鎚、菜刀、棍子，一路高喊：「要拚？來啊！大家來拚！」路旁，有些小孩跑出來看熱鬧。

「快進去！快進去！」大人驚惶地叫，追出去，想抓回孩子，但這邊追，那邊跑，亂成一團。

歐肥仔馬上衝過去助陣，幾個阿山仔被打得頭破血流，其中兩員還跌進大水溝，動也不動了。

二二八餘緒．艋舺．街頭即景

上午，歐肥仔在這邊顧盼自雄。

下午，火車站附近，卻上演相反的戲碼。有幾個北上議事的下港人，走出投宿的萬華旅社，正要買票南下返家，路邊，設路障盤查的阿兵哥喊：「站住！」下港人聽不懂，只回頭望一眼，又繼續前行，阿兵哥竟當眾開槍射擊，下港人軟軟地倒下來，一命嗚呼！

舊糖廠附近，一個出門買菜的歐吉桑，被憲兵包圍，憲兵指著他腳上的木屐哇哇大叫：「不准穿日本鬼子的鞋！」歐吉桑嚇得臉色慘白，趕緊脫下木屐，丟進垃圾桶，光著腳，連滾帶爬地逃走。

但同樣穿著木屐出門的另一個歐吉桑——老地痞黑龍就沒這麼幸運了。他和朋友相約談事，二人在會社尾附近遇到幾個荷槍的阿兵哥，指著他們的木屐破口大罵，他們雖聽不太懂，卻很識時務，馬上兩腳一踢，甩掉木屐，阿兵哥要他們跪下，他們就跪下，要他們立正，他們馬上就扶著地面起身，乖乖站好。

「叫爺爺！」其中一個年輕小夥子用槍頂著黑龍的額頭說。

約略聽懂意思的黑龍，按捺住滿腔怒火，叫了。

阿兵哥們哄堂大笑，說：「走吧！」

但他們才走了十幾步，忽聞背後槍響——

黑龍還來不及感覺痛，就趴倒了，跌進一旁的大水溝，背上破了數個大洞，血冒出來，染紅了漂著垃圾的溝水。

他的朋友也同時趴倒下來，不過，俯跌在大水溝邊的他，只是嚇昏過去，幾分鐘後就醒了，卻不敢起身，繼續埋頭裝死，直到夜幕低垂，確定阿山仔早已離去，才敢偷偷抬頭，掙扎著爬起來，四下望去，街上杳無人跡，僅有幾具屍體橫陳，被雨淋得溼漉漉地，卻無人敢來收屍。

二二八餘緒・艋舺・失約的起義

聽說成千上萬的台灣人被阿山仔打死，一車又一車的屍體，被載去填港。

腥風血雨的憤怒，在艋舺人幾欲爆炸的胸臆烈焰狂燒，一次起義事件在暗處醞釀。

據說這次起義，是一批留學日本東京帝大的醫生共同策動的，艋舺這邊就由蔡仲豪負責。

二月二十七日深夜，當時仍在宜蘭巡醫的蔡仲豪，就聽說了天馬茶房外的緝菸事件，次日，趕回艋舺後，才知事態嚴重。

民間積怨已深，全台暴亂四起，許多人趁機作亂，燒殺擄掠，搶奪民宅。

蔡家難以幸免。半夜，幾個阿兵哥帶槍闖入，藉口追緝叛亂分子，進門後，卻翻箱倒櫃，搜括財物，蔡家兄弟氣憤難平，和家中幾個僕役使眼色，打算出手反制。

「是財物重要，還是人命重要？」蔡黃音子低聲喝止。

那夜，阿兵哥搶走許多金子。

之後，蔡仲豪一方面透過管道打聽，試圖緊急召回之前遠赴中國大陸留學的蔡仲霖，卻音訊全無；另一方面，則與各地朋友聯繫，了解局勢發展，關心台灣未來，商謀對策。

「最近，生意都收起來，關緊門戶，沒事盡量不要出門。」蔡黃音子殷殷交代家中所有人，夫亡後，她一肩扛起家庭重責，遇事果斷明快。

蔡仲豪兄弟不敢公然違逆母命，唯諾承應。

密謀起義當天，兄弟倆故作輕鬆，在家泡茶對弈，足不出戶，打算晚飯後，俟習慣早睡的蔡黃音子入眠後，才偷偷出門。

未料，這事早被蔡黃音子識破。出身大家族的她，自幼熟稔權力運作，在家中埋了不少眼線，一直以來，家中大小事——包括妯娌間的明爭暗鬥、僕役們的偷雞摸狗……幾乎都在她的掌握中，無意間得知起義的事，驚得冷汗涔涔，卻不動聲色。

晚餐後，她笑吟吟地吩咐僕役端上參茶。

「這是高麗紅參和黃耆、紅棗煨的，來，嘗嘗！」她自己也飲了一口。

盯著蔡仲豪兄弟倆將參茶飲盡，神情開始顯得睏倦，蔡黃音子使了個眼色，一旁侍立的僕役早已備候多時，兩兄弟雖想掙扎，卻渾身乏力，眼皮沉重，終究還是被綑綁起來，抬進房間裡反鎖。

入夜後，許多相識與不相識的艋舺人，偷偷在龍山寺廟埕前集結。

鄰近街市的一些年輕人，聽到消息，紛紛主動加入。泰雅勇士托卡諾及其族人，也帶著長槍、竹矛、棍棒，一早就從宜蘭山間出發，及時趕來相挺。

按照預定計畫，艋舺志願軍將會在午夜丑時趕抵大橋頭，和大稻埕義勇軍聯手，一起偷襲行政長官公署。而新莊、板橋、新店頭等地，也都有義勇軍將會同時起義，攻打附近要塞，殺他個措手不及。

然而，大夥兒左等右等，領導艋舺起義的蔡仲豪兄弟卻遲遲沒有出現。

歐肥仔血脈僨張，原想大幹一場，並視情況提供軍火，來到後，卻覺得情況不妙，臨時打退堂鼓，並把已帶來、藏在推車裡的槍械又悄悄拉回防空洞藏妥。

來自各方的志願軍發現有人走了，也受到影響，陸續脫隊離去。

雨愈下愈大，時間愈來愈晚，離去的人漸多，留下的人也意興闌珊，任何風吹草動，都神經緊繃。到最後，終於連泰雅勇士們也失望離去。

大橋頭那邊，苦等不到艋舺志願隊的人馬，擔憂事情敗露，緊急通知新莊等處的義勇軍，取消這次起義。

●

那回，艋舺起義事件，敗興收場。

或許有些飽學之士會跳出來指責我竄改歷史，或直接批判我編造歷史。然而，史料不及備載的往事，多如牛毛，時隔日久，我難免也會產生混淆，你明白嗎?所謂「歷史」這碼事，原就是一種弔詭。

很多人以為歷史存在於過去，但我卻認為，歷史活在當代，一切的言之鑿鑿，都是當代見解下的詮釋。

很抱歉，這麼多歷史碎片，在我意識中翻攪、起伏跌宕，我也很想為你把它們全部整理清楚，但你必須明白，唯有被書寫、被閱讀、被討論、被記憶……湮逝的歷史才能重獲新生，至於那些不再被書寫、閱讀、討論，**終而完全失憶的歷史，即使留下文字殘骸，也只是死亡了的歷史**。

死亡的歷史，是不存在的，至少對我而言，歷史沒有真實，只有看法。

就像大目坤仔亡靈在淡水河畔發現的那一大堆支離破碎的文字屍骸，**除非你讀了它，看懂它，產生見解，否則不管那些文字屍存不存在，都毫無意義，對你而言，也就等於不存在。**

再者，就像此刻，如果**你**突然想起來，這個篇章的前半部，原是在寫陳秀玉走進寶斗里追查亡兄死因，難免會不耐煩地質問——這些混亂的歷史碎片，究竟干卿底事？為何會在迷途的陳秀玉意識中混亂翻騰？

呃，如果，**我**附和大目坤仔亡靈的判斷，說陳秀玉壓力太大，異類睡眠症又發作了，行嗎？

不行啊?!

或者**我**說，夢遊的陳秀玉，跌進了異次元時空？

噢哦！太誇張啦?!

要不，**我**再編個理由，強調陳秀玉平日閱讀太多歷史資料，那些沉澱於意識、潛意識的文字、影像，在某個神祕時刻，紛紛活躍起來，透過神祕的腦部波動，攪混了意識亂流，導致時空錯亂——這樣，會否好一些？

※

但是這回，請容**我**再換個說法。

你即使不同意，也請不要幹譙，好嗎？

說：「歷史嘛——是家己的肚臍。」

天真無邪的她，毫不避諱地就把小可愛上衣稍稍拉高，露出肚臍眼，笑瞇瞇地補充：「你沒看過《生命歷史》嗎？我們還在媽媽肚子裡的時候，媽媽就是從這裡餵寶寶吃飯，有一根長長的管子，叫做臍帶……出生以後，寶寶就要學習自己喝奶奶、吃飯，慢慢長大……」

仔細瞧，曾經臍帶相連的傳承，在臍帶斷後，新生命於焉降世，囝仔脫離了母體，呱呱落地，開始發展自我，留下肚臍眼的皺摺，見證昔日的牽連。

原來，生命歷史果真就藏在肚臍眼裡。

蔡詩卉的推論，讓大目坤仔佩服極了，從此就認定，她是全艋舺最了不起的查某囝仔。

●

可不是嗎？每個人都是用自己的人生，說寫自己的歷史。

小蔡詩卉自幼就知道，雖然每個人都有肚臍眼，但出生後，就得學習生存，用自己的方式，過自己的人生，追尋自己的信仰，朝拜自家的神明。

就像陳張阿水拜觀世音菩薩，羊肉老簡仔敬奉阿彌陀佛，陳馮媽常被三太子附身起乩、歐肥仔和大目坤仔信仰黑道倫理、艋舺名醫蔡仲豪曾在三民主義和共產主義之間徘徊，後來只信任自己，另有不少人則崇拜金錢和權勢……有人認為龍山寺比較靈驗，有人只去艋舺教會，有人堅信青山王宮比較興旺……

握有權柄的強權者，卻常誤以為自己就是神，要求眾人信仰、膜拜，並強行決定該如何說寫歷史。

一旦改朝換代，新的掌權者，常又任意改編揑塑，並強制大家重新理解，相信新版本才是歷史真實。

唉！就提台灣吧！據說，從明朝天啟年間，甚至更早的秦朝，漢民族就開始說寫台灣史，緊接而來的荷蘭、西班牙……包括之後的滿清王朝、日本政權也都各有一肚子台灣屎話，噢，不，口誤了，**我**是說——台灣史話啦！即使到了今天，台灣島上，不同省籍、派系與歷史定位的多重角力，依舊暗濤洶湧，左右著什麼才是「歷史真實」的判定——

怎麼，嫌囉唆啦？

好嘛！就算**你**罵我歷史造詣差，一派瞎扯！**既然大家都可以強行說寫各自的台灣史，我族為啥不能霸道地戲說艋舺史？**

對在大街上討生活的許多阿公阿嬤阿爸阿母叔伯姪嬸兄弟姐妹……來說，歷史只是曾經發生過的事，但這許許多多族繁不及備載的庶民史，卻鮮少被史家記載，早就屍骨不存。

反正，神明大家拜，公媽隨人栽，歷史家己掰！

追探歷史，就像在撞碎一地的玻璃碎片中茫目摸索，試圖從不同角度反射的不同影像，勉強拼湊完整的圖樣，擴大視野。

所以，**我**也不會硬往自己臉上貼金，說**我族**有能力傳述歷史。

事實上，不管是蔡仲豪、歐肥仔、三好嬌、陳寶山、陳張阿水、大目坤仔、珍珠仔呆、番仔忠……他們雖都確有其人，曾在不同世代的艋舺，揚起過一陣陣歷史灰塵，但從頭到尾，**我只能給你一些歷史碎片，讓你像縫百衲被一樣，把歷史碎片幻射的虛影拼湊起來——形塑屬於你的艋**

舺史。

請你用自己的方式，說寫自己的故事。

如果不慎迷失了，也請自己開路，走出歧途。

六、末代風月與迷宮

不預設終點，就不會迷途——

如果沒有非如此不可的方向，沒有非去不可的地方，那麼，路，就只是路，沒有對、錯的問題。充其量，每條路都只是朝著它的方向發展，延伸到某個地方。

許多年後，不少人都還記得艋舺傳奇流氓大目坤仔的英雄事蹟，以及他英年早逝的重重疑雲。

即使在嫌犯落網服刑後，關於他的死亡之謎與黑道恩仇錄，官方、民間依舊各持己見，種種穿鑿附會，也各說各話。

反正大目坤仔不是啥大人物，影響不了世道大局，人們頂多在其傳說野史的真假虛實間，逡巡狎望，走馬看花，不管是官方說法，或民間版本，信者恆信，不信者恆不信，真相似乎永無水落石出的一天，卻無損探索的樂趣。

而在現實生活中，總是迷途的陳秀玉，於大目坤仔亡故後，為了探查真相，多次進出寶斗里和剝皮寮，卻因一次次迷途，發現更多。

那些既熟悉又陌生的路，猶如迷宮，殊難預期。

有些路錯綜複雜，千迴百轉，一旦進入，就陷入沒有出口的循環。

而有些路，彼此平行，各有去向，永無交集。

另有些路，蜿蜒交錯，四通八達。

也有些路，相互背離，各朝不同方向發展，愈離愈遠。

還有些路，點狀交叉，偶然相逢，很快就又分道揚鑣。

——但說到底，只要不預設結果，每條路都會客觀提供沿途風景，顯現某種意涵。

她一路摭拾、拼貼事故的斷簡殘編，真相的樣貌也就隨機顯現。

6.1 娼館啟示錄

這或許也算迷途的意外收穫?!

若非又和番仔忠、白蘭等人搭上線，陳秀玉可能不會注意到，在大目坤仔死後的前十年裡，拜經濟起飛之賜，台灣性產業也一片榮景，新式酒家林立，淫慾之樂，花樣翻新，初始，舊式娼館雖也沾到甜頭，卻很快被邊緣化，逐漸沒落，而艋舺黑道生態也出現了戲劇性的變化。

身為記者的她，早在相關議題尚未被各界關注時，就敏覺到這股態勢。

有一回，為了撰寫「公娼制度百年史」專題，她請託白蘭引薦，希望專訪當時仍健在的幾位資深娼館業者，約好在三好嬌經營的「貓仔間」見面。

那夜，她提早出發，在錯綜複雜的巷弄裡穿梭，好不容易找到環河南路×巷……一二五號、一二七號、一二九號——之後，巷弄轉了個彎，出現一戶沒有門牌號碼的磚造樓房，再往前，門牌卻變成華西街×巷×號，明明是同一條巷弄，卻前後名稱不同，她所尋找的N號則不知所蹤。

會是這間嗎?陳秀玉在沒有門牌號碼的房舍外前後張望。

「有人在嗎?」她推開半掩的門，探頭問。

沒有回應。

她走進去。

小小的廳堂裡，陳設簡陋，藍色塑膠皮面的長條沙發和柳木茶几前，擺著小電視，角落低矮處供奉著虎爺，左牆掛著一張「台北市妓女戶許可證」，另一邊牆上，則貼著一排標示公娼藝名的照片，照片下方，飲水機和陳舊的黑色電話就擱在邊框略微鬆脫的五斗櫃上。

「請問有人在嗎？」她又問。

還是無人回應。

她掀開前廳玄關邊的紅色門簾，發現裡面別有洞天，通道兩旁是陳設簡陋的房間，盡處，一邊是浴廁、另一邊是廚房，靠牆而立的木架子上放滿塑膠臉盆。

陳秀玉拿起臉盆瞧了瞧，心頭一震，眼前的一切，莫非在夢中見過？

※

這回，你猜對了嗎？

陳秀玉誤闖娼館了！——裡面的空間配置、陳設，正是昔日娼館的普遍樣貌。

鶯燕們上班時，會把個人物品收入五斗櫃，進門處有一片落地式穿衣鏡，方便她們隨時梳整儀容，塑膠臉盆則是為客人淨身用的。

客廳裡的電視幾乎整天開放，沒客人時，她們就坐在沙發上閒聊、看電視。而牆上的公娼照片及許可證，是依政府規定張掛，以宣示其合法性。

紅色布簾後，通道兩旁的房間就是執業房，鶯燕們接客時，按下按鈕，房門口就會亮起綠燈，十五分鐘為一節，燈熄滅，代表時間已到——這些，陳秀玉都曾在採訪過程中詳錄下來。

所以，我也就一五一十地告訴你。

不過，她的熟悉感，並非來自採訪，而是曾在預見大目坤仔之死的那個夢境中見過，卻遺忘諸多細節，也未曾記錄下來，我只能盡可能地揣摩如下：

大目坤仔死亡的那個除夕夜……

在娼館「貓仔間」裡，白蘭和姐妹淘們正要圍爐。

莉娜忙著準備火鍋料，她的兒子蜷縮在一旁的輪椅上。他雖然已經二十多歲，卻因腦性痲痺及多重生理障礙，像永遠長不大的孩子，臉部時常不自覺地抽搐，口水從歪斜的嘴角流下來，胸前整天掛著溼答答的圍兜，平日待在啟智療養中心，逢年過節才接回來。

白蘭另外約了在歐肥仔那邊做小姐的余美美、愛咪，她們說說笑笑地，布妥碗筷時，滿臉皺紋的理髮婆阿草姐也來了，還貢獻一箱啤酒。

請注意，一九九七年廢娼政策定案後，在一些支持團體協助下，公娼們強力抗爭，走上街頭，掀起一波波抗議行動，寫下台灣娼運史重要的一頁，上述幾位公娼也將參與其中。不過當時，她們還不知道賴以維生的性工作，即將失去合法性。

被稱為賺吃查某的她們，滿肚心酸淚，除夕夜裡，與其回去面對一屋子空虛，不如相聚飲宴，彼此關懷。

「喂，美美，妳是頭殼壞去?賺錢攏拿去飼貓飼狗，自己餓肚?瘦到賸一身骨！」白蘭笑罵，挾一塊肉到余美美碗中，又問：「恁阿爸身體好些否？」

「伊喔？唉，整副牲醴壞了了，每禮拜要洗兩次腎，死馬做活馬醫，加減拖啦！」余美美苦笑，撫弄著懷裡的貓咪。

「流浪狗、流浪貓少飼幾隻啦，恁阿爸的醫藥費很貴吧？」

「咦？愛咪，臭屁彥過年有拿錢給妳嗎？聽說今年很發喔！歐肥仔分紅給眾角頭，尤其是芳明館這邊的……」阿草姐啃著雞爪，假牙險些鬆脫，說話漏風。

「碗糕啦！那棵不找愛咪拿錢就阿彌陀佛啊，還肖想伊拿錢給愛咪？」余美美哼一聲，推莉娜一下說：「我手不夠長，拜託妳抽張面紙來——」

「哎唷喂！」莉娜縮了一下。

「按怎？恁尪又起腳動手？」白蘭眼冒怒火。

莉娜紅了眼眶，不吭聲。

「唉，嫁到那款垃圾，送某來賺嫌不夠，若喝酒就起肖，出手打人，這款查甫一世人狼狽……」阿草姐愈罵愈氣。

「過年時，歹話減說兩句啦，」三好嬌姨輕摟莉娜的肩笑說：「俗語講，水人沒水命，就是講咱啦，免怨嘆，笑，是一日，哭，也是一日，不管好命歹命，咱就笑笑過日，知否？」

莉娜用面紙擦擦眼睛，點頭笑了。

這時，白蘭看見簡唐在門口探頭探腦，就呼喚他進來喝一杯。

但平日貪杯好吃的簡唐，卻搖頭，反而把白蘭叫到一邊去，悄聲問：「大目坤仔有來否？」

白蘭搖頭，瞧簡唐欲言又止的表情，踹了他一腳，罵：「有屎快放啦！」

「幹！會痛啦！」簡唐嘆氣，支支吾吾地：「欸！我也不知道要怎樣講，反正聽說一些人，可能要對大目坤仔不利，我是想，如果他有來找妳，妳就留住他，半夜別讓他一個人到處遛遛跑……但不要說是我講的喔！」

簡唐說完這些話，就離開了。

不一會兒，珍珠仔呆竟然也帶來類似的訊息，他說：「提醒他小心點，好幾個角頭都放風聲要砍他——反正，別跟任何人講我來過。」

白蘭聽得心驚膽戰，飲宴興致全消，姐妹淘們酒足飯飽後，隨三好嬌姨及阿草姐離去，她決定留下來收拾善後。

大目坤仔出現時，正在洗碗的白蘭，力勸他行事小心。

但大目坤仔卻不當一回事。

「放心啦，這種話聽多了，」大目坤仔吊兒郎當地玩著肥皂泡說：「想砍我的人多到數不清，有膽罕幾個？我敢迌迌，就不怕死，誰敢就來嘛！」

●

究竟是誰砍死大目坤仔？

在悲劇發生後，陳秀玉曾一再努力回想，甚至尋求催眠治療，卻無助益，直到誤闖那間沒有門牌號碼的娼館時，記憶突然湧現——在那個預知噩耗的夢境裡，許多人曾不斷提醒大目坤仔要小心。

但為何不幸還是發生？

陳秀玉望著塑膠臉盆苦思。

忽聞前廳似有人聲喧譁，她把塑膠臉盆放回木架子上，循聲穿越走道，掀開紅色門簾——

●

喧譁聲是從電視傳出來的。

有位女人坐在沙發裡，正在看電視，聽見後方動靜，回眸一笑。

「妳妳妳……詩卉？」陳秀玉驚跌在另一邊的沙發上。

「阮？」女人彎著眉眼笑，調整一下坐姿，右手支頤，懶洋洋地說：「阮本名是罔腰啦，大家都叫作阮是月春嬌！」

噢?! 陳秀玉愣了愣。

說的也是，小哥過世十幾年了，她自己也已中年，詩卉怎麼還會是眼前妙齡女子的模樣呢？陳秀玉釋懷了，不過，那女人真像極了年少時的蔡詩卉。

至於——月春嬌？陳秀玉忍不住多瞧幾眼，她就是傳奇流鶯月春嬌嗎？坊間傳說她是大目坤仔生前的相好，在大目坤仔亡故後，對人生絕望，自甘墮落，也有人傳說，她是艋舺某名門望族之後，因受到刺激，精神異常，而淪落風塵——多年來，陳秀玉一直希望認識她，卻緣慳一面。

「不好意思，自己闖進來，我是記者，本來約好——」陳秀玉道歉。

「記者喔?!——我知啦，妳是想要採訪妓女的故事，對否?若講到這項，道理是真深——」女人樣貌清秀，說話卻老氣橫秋，且台味十足。

「呃，不，我是想找這個地址——」

陳秀玉才開口，話又被打斷，女人熱絡地坐過來，神祕兮兮地打開話匣子。

「這款歹誌，問我就對啦！我跟妳講，若無妓女，一定世界大亂，為什麼呢？先免講查甫人天生愛風流，單單是那夥有路沒厝的羅漢腳仔，就會想查某想到起肖，是不是？擱再講啦，就算某水賢慧，查甫人也會貪鮮，是不是？查甫人愛面子，在社會走闖，若賺錢有限，就會被某看衰肖，但是來開查某呢，伊最大，賺爽又賺暢，開錢就好，免負責，無危險，自由、安全，坦白講啦，咱賺吃查某雖然被世間看輕，但認真講起來，是在做功德……」

女人連珠炮似地，邊說邊笑。

「呃，是這樣，我和人約在貓仔間見面，請問，妳知道怎麼走嗎？這是地址——」陳秀玉不耐煩聽，打斷那女人的叨叨絮絮。

「貓仔間噢？」女人接過紙條瞧了瞧，又笑了：「哎喲，妳走錯巷子啦！」

原來，陳秀玉把X巷看成Y巷了，經女人指點，才恍然大悟。

「妳，呃，就是傳奇流鶯——？」臨去前，陳秀玉終於忍不住問。

「流鶯怎樣？想去報警啊？我是不是流鶯，干妳屁事？」女人突然板起臉，雙手叉在胸前，柳眉高挑，國、台語雜纏，厲聲怒斥：「妳們這些坐辦公桌的，不知道人家躺著賺的辛苦，妳以為那很容易很輕鬆嗎？……」

女人愈罵愈氣，竟拿起桌上的雜物摔向陳秀玉。

陳秀玉落荒而逃。

●

神經病！

陳秀玉暗罵，怕那瘋女人追出來，快步離開。

繞到隔壁巷，轉了幾彎後，她總算找到「貓仔間」。

「恁婆啊咧，現在才來？只好另約時間啦！」白蘭抱怨，邁入中年的她，雖已發福，依舊嫵媚。

原本約好的幾位娼館老闆，因不耐煩久等，已先離去。

客廳裡，只賸三好嬌蜷縮在電視機前，仰頭靠在椅背上，睡著了，嘴巴微微洞開。聽說因往昔打了太多胎盤素和荷爾蒙針，這些年來，她迅速老化，曼妙的身材乾癟了，白髮稀疏，露出大片頭皮，臉皺得像鹹菜乾，時常坐著坐著就睡著了，一睡大半天，花大錢植了一口好牙，但食量縮減，愈吃愈少，也不再嗑瓜子，但偶爾還會抽菸。

「別吵她，若躺上床去，她反而睡不著。」白蘭壓低聲說：「明天是大目坤仔的祭辰，聽簡唐講，珍珠仔呆可能也會偷偷去，妳呢？」

陳秀玉很感動。小哥的祭日，這些童年友伴從不曾忘記，總是相約到墓園祭拜，去年珍珠仔呆被通緝後，雖不便公開露面，竟仍講義氣甘冒危險，反倒是她，常因事忙而數度缺席。

●

次日，在位於新店郊區的墓園裡，陳秀玉見到睽違已久的簡唐、珍珠仔呆和番仔忠。

原本就胖的簡唐，反倒瘦了，高壯彪勇的番仔忠挺個啤酒肚，西裝革履，腕上的勞力士錶閃閃發亮，髮式中分，很經過一番修飾，但慣嚼檳榔的嘴齒卡著黑垢，笑起來，仍令人望而生畏，個頭矮小的珍珠仔呆，沒變多少，只是臉色蠟黃，頻頻咳嗽。

「你啊，酒少喝點，傷肝啦！」白蘭一副大姐頭的樣子，一邊擺祭品，用香腳在香爐中插了許多檳榔和香菸，還一邊訓人：「飯要照三頓吃，身上錢夠用嗎？番仔忠你也同款啦，整天喝酒賭博——」

「幹！囉唆啥啦！」番仔忠朝地上吐了口檳榔汁。

珍珠仔呆冷冷地瞧他一眼，彎下腰，把祭拜後的線香插進香爐中。

坦白說，關於珍珠仔呆的崛起，陳秀玉看法和我一樣，只有二字：荒謬！

即使他眼神陰鷙，擁槍自重，且名列十大槍擊要犯榜首，卻沒有跟班小弟，連搶劫、勒索、丟包……樣樣都得自己跑腿、打點，毫無黑道大哥的威風。

當初，若非誓言為大目坤仔復仇，艋舺一帶的角頭們根本不曾注意到他，因搞不清楚珍珠仔呆是誰、有何來歷，紛紛明察暗訪，一時間，「珍珠仔呆」這個名號，才會不斷被提起、被討論、被猜測……

消息傳開，短短幾天，原本沒沒無聞的珍珠仔呆，鋒芒竟蓋過凶悍的番仔忠。

而明知大目坤仔之死，牽涉微妙，卻還敢公開嗆聲，這讓許多人心生敬佩，就連雄霸一方的角頭老大們，也莫敢輕視，悄悄注意著珍珠仔呆的動向，暗自揣測他的斤兩，估量他的能耐。

但珍珠仔呆卻一直沒有行動，恆常陰著臉，讓人猜不透下一步棋，各方也就更戒慎恐懼。

有一回，在回家的路上，珍珠仔呆懷疑自己被跟蹤，悄悄拜託簡唐，設法購買黑槍，還公然帶到大目坤仔靈堂前，燃香祭拜。

「你要保佑兄弟我平安，才能幫你復仇，幹！若見到凶手，我一槍砰掉一個！」珍珠仔呆說完，把槍塞進外套裡，環視周遭，還是那副冷冷的樣子，表情一點也不激動。

從此，他就隨身帶槍。

沒多久，芳明館老大臭屁彥不知是忌憚，還是惜才，提出優厚條件，吸收他成為手下。

大目坤仔頭七那天，在盛大的水陸法會後，輩分還在臭屁彥之上的歐肥仔，竟也決定收珍珠仔呆為義子。

「我看你以後就跟在我身邊吧！」

那天，歐肥仔拍了拍珍珠仔呆的肩說：「你和番仔忠本來就像兄弟，好好做，我不會虧待你！」

自此，珍珠仔呆在艋舺地頭的身分，彷彿就得到肯定，與番仔忠平起平坐，稱兄道弟。其他地方角頭衝著歐肥仔的面子，也不敢等閒視之。

而這才是珍珠仔呆即將快速竄起的開端！

※

那個頭七，不僅是珍珠仔呆迥迥人生的重要分水嶺，也是大目坤仔短暫生命史的最後里程碑

直到頭七，大目坤仔才**赫然・肯定・自己・死了！**

在此之前，亡靈茫茫渺渺，感覺如夢似幻，並不清楚已然陰陽兩隔。

依俗禮，為了消災超薦，那場頭七特別搭壇舉行法會、打枉死城，師公陳豬乳帶領家屬繞場，一邊念著咒語、唱誦金剛寶懺，一邊丟撒糖果、銅板，許多親朋好友、左鄰右舍前來觀禮。

大目坤仔亡靈也站在一旁看熱鬧。

法會一直進行到夜晚，在堤防旁空地上燒庫錢時，許多紙紮的鈔票、屋子、家電、童男童女……陸續被丟進火海裡，每丟一樣，師公陳豬乳就會喊：「×××準備了×××……你要去領收……大目坤仔有收到否？」眾親友就會大聲回答：「有喔！」

真奇怪！這些人為何擅自替他回答呢？大目坤仔愈看愈疑惑。

他的目光穿透火海，望見番仔忠、珍珠仔呆、簡唐、白蘭等人，眼裡噙著淚，情悲意切。

那一刻，人類的意識、腦波，究竟是如何運作的？

猶如亂數？或自有邏輯？

那一刻，大目坤仔發現，自己竟能從人們的眼裡，看見過去——

童年歲月的點點滴滴，在烈焰與風聲中起伏跌宕，而那件在祕密基地惡作劇的往事，那件眾人不願提起、卻又忘不了的意外，也隨著友伴們對他的追思，再度顯現……

那天，在祕密基地裡，這些艋舺囝仔喝了許多混酒。

不管是老松掛的，或是龍山掛的，統統在酒酣耳熱中，一笑泯恩仇。

大夥兒喊膩了三國拳、老鷹拳，沒啥好玩的，就跑出祕密基地，跳上一艘停泊於岸邊的舊船——那曾是一艘老舊的擺渡船，兼用於捕魚、載貨，但廢棄已久。

囝仔們樂得無法無天，玩起海盜遊戲。

「這是阮阿舅伊阿嬤的小妹的阿姑的後生的船……免驚，駛出去——」不知是誰胡亂起鬨，竟解去纜繩，推船離岸。

舊船隨流飄蕩，漸行漸遠。

忽然有人發現船進水了，嚷嚷起來。

囝仔們驚得面色慘白，有的囝仔開始放聲大哭。

「跳啦！跳船泅返去啦！」慌張中，有人喊！

一片混亂。囝仔們相互推擠，忽然真就有幾個囝仔跳下水，淡水河處處湍流，有些不善泳的囝仔很快滅頂，有些囝仔奮力划水，在河面上載浮載沉。

情急中，搞不清楚究竟有多少囝仔跳河？大目坤仔只記得自己拉著昏過去的珍珠仔呆游回岸上後，又游回河中，瞧見不遠處，番仔忠原本拖救一個囝仔，那個囝仔卻猛力掙扎，緊緊箝住番仔忠的脖子，番仔忠無法施力，反而被拖拉著一起往下沉……大目坤仔趕緊泅過去，揮拳擊昏那個囝仔，並拖起番仔忠奮力往岸邊游，但未及上岸就筋疲力盡，被捲入湍流中，失去意識……

●

歐肥仔率領艋舺保安隊獲報趕來，火速展開救援。

那次意外，總計有十一個囝仔獲救，其中三個急救無效，次日，又從淡水河出海口撈回七具屍體，但至今仍有兩個囝仔下落不明。

幸運活下來的大目坤仔、番仔忠、珍珠仔呆、簡唐、蔡呈瑞，以及留在祕密基地未上船的林春花和陳秀玉，很長一段時間，都噩夢連連。

那之後，又發生幾次溺水事件，河畔茶棚也在颱風後傾毀殆盡，縱然淡水夕暮依舊，但昔日風光不再，遊客少至，盲樂師與歌女走唱的歷史情調終成絕響。

不久後，艋舺囝仔的祕密基地也荒廢了，一度淪為不良少年吸膠、作惡的場所。

●

頭七那夜，童年往事歷歷重現。

大目坤仔亡靈首度察覺，自己竟能穿透時空，不僅看見友伴們心頭的舊傷，當師公唱誦到歐肥仔致贈的紙大厝、紙名車、紙麻將時，更瞬間心領神會，洞悉了曾深藏於祕密基地的另一些大祕密……

歐肥仔的祕密

在歐肥仔的人生中，那個廢棄的防空洞，曾隱藏著攸關成敗、決定生死的祕密。

時間要推回一九四七年。

二二八事件後，暴亂雖已被軍隊鎮壓，但台灣仍處處風聲鶴唳，政府展開一連串肅清行動，人人自危。

檢警單位獲報，艋舺藏有大批槍械。

戰後，包括老松町、有明町、龍山寺町、入船町等行政區改制的十幾個里，都被列入稽查，各里里長陸續被捕。

歐肥仔驚恐萬分，就怕事跡敗露。

「愈驚愈慘，不如去報案，顛倒是大功一件！」三好嬌笑紋紋地倚過身來，柔荑搭在歐肥仔肩上。

行嗎?這是奇招險走!

歐肥仔估量後，決定拚了。

他主動投誠，不僅謊報諉過，還親自帶領檢調人員去防空洞挖出他藏匿的那批槍械彈藥。

「就是這裡啦……日本警察把槍炮藏在這裡，聽說當時，那些王八蛋，還打算吸收地痞流氓來對抗國民政府……」

歐肥仔用不甚流利的國語，繪聲繪影地瞎掰情節，那些外省籍檢調人員究竟半信半疑，抑或照單全收，不得而知，卻採納了一個危險建議。

當年，肅清行動是要算業績的，按人頭發放獎金，外省人初來乍到，對當地情勢陌生，常亂抓一通，弄不好，也會出事。「在地人比較了解在地情勢，又熟門熟路……」歐肥仔獻計，建議由本省人抓本省人——那些外省公務員被打動了。

「你叫張——志明?是吧?」為首的檢調人員沉吟著，點點頭說:「你識字，又能讀能寫，以後甭叫啥——嘔吥耶?嘖!難聽!」

從此，歐肥仔被編入組織，每天往單位報到。

當時，在他的強力推薦下，許多沺迌人也都搖身一變，成了警察，這些人雖不致魚肉鄉民，但平日遊手好閒，在大街上流竄滋事，左鄰右舍哪個人是幹啥的?與二二八事件有無牽連?有無反政府的思想言論?是不是叛亂分子……誰有罪?誰無辜?誰該抓?誰該死?他們說，他們統統都瞭若指掌。

情況變得微妙、滑稽，但是可怕!

為了交差，他們抓走很多人，為了人情，也放過很多人。

畢竟大家都是街坊鄰居，當那些阿公阿嬤叔伯公親大妗婆歐吉桑……聲淚俱下的跪在歐肥仔面前，為涉案的子孫們求情，歐肥仔能怎樣？他心軟了，隨便編個理由謊報上去，或許就能救人一命。但有時候，當彼此有利益衝突，或是遇到宿敵，他卻心狠手辣。

嚴格說來，大家都是地痞流氓，身分雷同，但有了警檢加持，歐肥仔及其徒眾走路有風，說話夠力，想逮誰就逮誰，即使缺少足夠的證據，也能輕易栽贓，肅清異己。

歐肥仔的勢力板塊迅速擴大。不僅艋舺，包括鄰近的蚵蚋、板橋、三重埔、新莊、蘆洲，都有他的人馬——人稱十二生肖的十二位角頭老大，即使輩分高，也都自甘掛鉤麾下。

清鄉初期，利用本省人抓本省人的計畫，一陣雷厲風行。

之後，效果漸微，許多「績效差」的本省警察，陸續被卸除職務——包括歐肥仔及其徒眾在內。

但經此一攪，歐肥仔已非昔日可比，加上還有部分「表現優異」的迌𨑨兄弟繼續留在檢調單位，日後慢慢升為中、高階警官，歐肥仔在黑白兩道，從此人脈亨通。

回歸角頭生活的歐肥仔，即使被卸除了警察身分，依舊是大贏家。

往昔，艋舺一帶，角頭勢力分散，往往大小廟宇、陣頭各自稱雄，甚至在同一條大街上，每個轉角口、不同的巷弄，都被劃分出不同的勢力範圍，彼此常為一點小小的利益、面子，拚館衝突、鬥毆鬧事，雖誰也不服誰，但誰也凌駕不了誰，勢力拉鋸，只有輕微的消長。

清鄉之前，歐肥仔家族掌握的，不過就是寶斗里的兩、三家娼館，但漸漸地，其他養不起保鏢的娼館，也主動依附在他的羽翼下。

過去，因角頭勢力範圍界線模糊，龍山寺附近的一些露店，常忍受不同角頭重複剝削，今天才給了這個角頭保護費，明天，另一個角頭又來囉唆，不給，就翻桌鬧事，要給，小生意利潤微薄，苦不堪言。

歐肥仔看在眼裡，主動釋出善意，告訴露店攤販們：「免驚啦，有歹誌我負責！」他養起一批打手，不管任何角頭來收取保護費，都是一陣痛毆。

那段打天下的日子，腥風血雨，剛開始，艋舺街頭，幾乎每天上演流血事件，即使被警察逮捕，只要是歐肥仔的人，很快就會釋放出來，換作其他角頭，可能就得多蹲幾天牢，漸漸地，很多角頭見風轉舵，乾脆輸誠和談。

歐肥仔嚼著檳榔笑，也不趕盡殺絕，在一定的條件下，仍留下生存空間給對方，他說：「攏是在地艋舺人，有錢大家賺。」隨著他的勢力擴展，包括布局於警界的人脈，都雨露均霑，歐肥仔出手大方，甜頭給得爽快。

早年艋舺地區，幾乎是一支青紅燈就是一個角頭的微妙關係，嚴重傾斜了，利頭滾滾，都靠向歐肥仔這一邊，新的恐怖平衡於焉奠定。

陳寶山的祕密

除了歐肥仔的祕密外，陳寶山的祕密也無所遁形。

當師公陳豬乳高聲唱問：「大目坤仔，這是恁阿爸要燒給你的布袋戲尪仔……有收到否？」眾人答喏：「有喔！」

大目坤仔亡靈喜出望外，原來那些布袋戲尪仔，並未遺失或毀壞，全被妥善地收藏起來，但許多尪仔頭都有碎裂破損後修補的痕跡。

當那些布袋戲尪仔一個個被拋入火海中，大目坤仔連忙出手搶救，手掌穿火而過，卻不燙不傷，他驚訝極了，愣望著手掌發呆，看見的，卻是陳寶山意識中的吉光片羽……

●

二二八事件後，社會亂糟糟，城內西藥房被連搶數次，受託看管的陳寶山自顧不暇，為了撇清和日本人的關係，偷偷賤賣屋舍及所有值錢的東西，並帶著一些藥櫃、聽診器、消毒筒、針筒等醫療器材，在艋舺另立門戶。

頭腦靈活的他，雖無學歷證照，卻說服一位老藥劑師出租牌照，並利用過去建立的人脈，取得藥品供應，開起了「協安西藥房」。

除了販售五分珠、表飛鳴、魚肝油、胃乳……等成藥、營養劑外，他甚至會幫人配藥、打針、消毒、包紮傷口……過去常觀察老醫生看診，他累積了不少醫學常識，尋常小病小痛、發燒感冒，難不倒他。

但那陣子到處都在抓人，陳馮媽寢食難安，因此藥房又一度歇業，舉家避禍於鄉親陳豬乳的老家。

陳豬乳的高齡老母陳胡阿女，幾已半瞎，見到陳寶山，掩嘴驚呼：「哎喲！人講囝仔不能偷生，恰實有影！」她用老邁嗄啞的嗓音說，陳寶山和他的父親幾乎一個模子印出來。

「但若像頭家風騷愛賭就慘……查甫人娶某以後，心才會安定啦！」閒來無事，嚼舌根度日，陳胡阿女力勸陳馮媽，早點幫陳寶山完婚。

「不如讓寶山和阿足結婚?!」陳馮媽也覺有理，突發奇想。

但兩個年輕人都不願意。

陳寶山早已打聽清楚，大轟炸時在龍山寺巧遇的那位女孩——張阿水，是艋舺蓮花池一帶張姓人家的養女。

他，喜歡，她。

「不可喔!咱這脈姓陳的，跟張、蔡不聯姻!」陳胡阿女蹙眉搖頭，皺著老臉說：「過去咱祖先有詛咒啦，若違背這條，會禍及子孫。」

陳馮媽也聽過這個家族禁忌，半信半疑。

陳寶山則怒斥為迷信!

返回艋舺後，陳寶山堅持要去提親，天天亂發脾氣，搞得雞犬不寧。

「那就——一個換一個?免多養一張嘴。」陳馮媽勉強同意，又打如意算盤。

邱阿足哭了。自願入伍的陳寶泉，失去聯繫後，音訊渺茫，她該怎麼辦?

「若不是我，汝早就被賣去妓女戶，吃果子要拜樹頭，汝若是人，就要感恩啦!我是送汝嫁，也不是送汝去賺，哭啥?」

邱阿足哭幾天，陳馮媽就罵幾天，直罵到邱阿足屈服。

至於張阿水，不管願不願意，命運也是掌握在養父母手上。

就這樣，在雙方養母同意下，邱阿足，張阿水，這對童養媳，被互相交換，而張阿水長相甜美，價格貴一些，陳家還得貼補三斤白米和一隻雞。

然而婚後，一旦陳家發生不順遂，大至陳水雄被關、大目坤仔被殺，小至藥房生意變差、陳寶山吃喝嫖賭，皆被歸因於娶錯媳婦，觸犯了祖先禁忌。

「當初我就不答應，你偏偏目睭糊到屎，堅持要娶這隻破甕，厝內才會不平靜！」陳馮媽每一提起，就咬牙切齒，呼天搶地。

因為姓張，所以就罪該萬死？冠了夫姓的陳張阿水，與婆婆一樣，不曾上學，不識字，民間信仰和傳統教條，幾乎涵蓋她的思想全部，被罵久了，也就漸漸相信禁忌之說，在痛苦、悲傷、罪疚中，隱忍婚姻生活的一切折磨，她的心，逐漸像緊閉的貝殼，但悶到透不過氣來時，就會拿出昔日珍藏的信件，雖然信紙早已發黃，但落日餘暉中的龍山寺和大船，依舊美好，她紅著眼眶微笑，偶爾，也會轉念開脫，告訴自己——張，是養父母的姓，身為棄嬰的她，父母不詳，才不姓張呢！

※

頭七那天，大目坤仔亡靈驚訝地察覺，在場每個人微妙的心靈變化。

他的阿嬤、阿爸、阿母，身為長輩，受限於習俗，並未加入燒庫錢的行列，站在另一端，隔著熊熊火光，看起來，就像影子般虛無縹渺。

雖然無法確定，在他們意識中起伏的諸多陳年芝麻爛事，幾分偏見？幾分真實？但他們相互怨懟，糾纏於心頭的結，年深月久，覆著厚厚的塵埃，遍布蛛網。

大目坤仔亡靈在陰陽界上迷惑徘徊，一點點發現自己的不同。

眼前，圍疊如城的庫錢，幾億幾億地燒起來，烈焰在風中勃發，火苗竄起，搖曳款擺，恰似女人胴體妖嬈扭動……噢哦，那烈焰的女體，竟忽忽騰空而升，往前行去——

大目坤仔亡靈下意識地追隨其後，恍惚間，竟發現自己又來到棄置了許多垃圾和文字屍骸的淡水河畔。

●

河水黑得像墨汁。

烈焰般的女人俯身河畔，從字屍裡撈起斷簡殘編。

大目坤仔亡靈認出來那是張溼漉漉的報紙，湊過去看，內容大致寫著：「大目坤仔慘死街頭，震驚艋舺，台西惡少涉嫌重大，疑似喊酒拳起衝突，失手誤傷，警方正嚴密追緝……」

「啊？我——死了？」大目坤仔低頭，愣愣地望穿停止心跳的胸膛。

「是啊！男人死了，女人的愛情才開始。」謎般的火焰女子回眸一笑。

「咦？詩卉？是妳！」大目坤仔亡靈驚喜地叫。

「我是男人心中的女人，愛叫什麼，隨便你囉！」那女人點頭，又搖搖頭，黑髮飛揚，恰似一團黑火，燃向天際。

「告訴妳，我已經離開那個家，我甚至可以不姓陳，妳說，妳還有什麼藉口？」大目坤仔亡靈擋在女人面前，熱切地說：「妳若敢說從沒愛過我，我就認了，但不要躲在神主牌背後，我不信這套，姓氏不是原罪！那些古老的禁忌，一派荒唐無稽！我只問一句，妳，愛，我嗎？」

「愛情沒有那麼簡單啦，傻瓜！」女人輕佻地眨眼。

「哼，妳是在意我沒學歷？家世不夠好？配不上妳？」大目坤仔揚起眉梢，挑釁地冷笑。

「愛情也沒有那麼複雜，呆子！」女人輕輕笑起來。

「我告訴妳，我就是不爽世俗的那一套，妳很清楚，我讀過的書，比一般大學生多得多，總有一天，我會用自己的方式闖出一條路——」

「路？憨面吶你！」女人愛嬌地皺了皺鼻子說：「愛情是迷宮，是沒有出口的循環，一踏進來，就進無路，退無步！」

「不對，妳不是詩卉！」大目坤仔亡靈突然瞇起雙眼，疑惑地盯著女人瞧。

「我有說過我是詩卉嗎？白癡！」女人用腳尖輕踹大目坤仔，笑出一口可愛的虎牙。

嗯？眼前女人果然不是詩卉？

詩卉很正經八百的，她端莊聰慧，絕不會這麼輕浮，也不會打啞謎，嗯！沒錯，這是不一樣的女人。

「你真正愛的女人，是不一樣的我才對吧？」

「不不不，我的愛情是永恆不變的——」

「騙人！愛情會生、會死，也會生病呢，我告訴你喲——」女人忽然一臉詭譎地說：「愛情，其實都是自己編造的，再加上一些些荷爾蒙調味。」

「亂講，愛情是偉大的！」

「嘖嘖，笨吶你！哪是愛情偉大？是人性偉大，才能使愛情變得偉大，性愛恐懼症患者，總誤以為性是淫亂骯髒的，其實，骯髒的不是性，而是人性啦！」

「妳到底是誰？瘋言瘋語的！」

「沒錯，你可以當我是瘋子，但你一直愛著的女人，其實是我，而我呢？卻是在你死後，才開始愛你喔！」
「為什麼？」
「祕密！」

6.2 帶傷的靈魂

你自己猜嘛！

那女人是誰？

在頭七儀式完全結束，庫錢、遺物、紙紮等化為灰燼的同時，那女人也消失於黑夜中。大目坤仔亡靈渾渾噩噩地隨著魂幡、牌位返厝。

據說頭七當夜，亡靈會返家，若在門口擺一盆沙，將會留下足跡。陳秀玉如法炮製。

次日清晨，沙盤上果真踏痕零亂。

不過，那實非大目坤仔的腳印，而是陳水雄的傑作。

終日蹲踞發呆的他，在眾人皆睡後，睜開微閉的眼簾，眸中燃起兩團黑火，之前無論家人如何力勸、威脅、甚至譏諷，也拒絕參加頭七法會的他，揉了揉發麻的腿，跨下椅子，看見那盆沙時，冷笑，用力踩踏了幾腳，才蹴出家門。

夜愈深，露重風寒，他深吸冷冽的空氣，側著上半身，右上左下張開雙臂往前走，像一具歪斜的十字架，不！或許更像雙翅失衡的鳥——有時候，他覺得自己是壞掉的十字架，有時又覺得自己像飛不起來的鳥，有時候，他原地踏步，繞著無形的方格子，有時候，他又倒著走，進兩步退三步，進兩步退三步……他還沒適應出獄的生活，但他出獄了，在深夜無人的大街上，高興怎麼做，就可以怎麼做！

他的腳步恍惚，像喝了酒般，眼神迷離，在如夢的街河上，載浮載沉。

※

黑沉沉的艋舺街頭。

荒涼。沉寂。夜市早已收攤，滿地的紙屑垃圾，隨風飛滾。

空氣又潮又陰，春寒溼濡。

無家可歸的男人，無心歸家的男人，在艋舺街道上徘徊，時而沒入暗處，時而黑影幢幢。

連春色淫淫的寶斗里，都沉入黑甜的迷夢中了。

陳水雄躲在騎樓轉角處，凝視在黑暗中俗稱「站壁的」流鶯。

「要嗎？來啦！真爽喲！」女人拉起陳水雄顫抖的手掌塞進自己豐滿的胸脯，踩著恰恰舞姿般的輕巧步伐，帶著他，走向更黑沉的深處。

●

帶傷的靈魂。原始的凌遲。古老的幸福。

深邃而綿密而多皺而溫熱的膣。深邃而綿密而多皺而溫熱的窒。深邃而綿密而多皺而溫熱的蛭。深邃而綿密而多皺而溫熱的滯。深邃而綿密而多皺而溫熱的桎。

層層疊疊的慾望。柔軟多汁的乳房。肥厚敏感的陰蒂。沒有止境的悲傷。

在那頃刻，他，進入她。

在那頃刻，他奔馳。舔噬。鯨吞。殺掠。嘶吼。

在那頃刻，在女人身上——他背負枷鎖，雙腳鐐銬，一步步艱難地往前走，押解者面帶微笑，打開沉重的鐵門，拖過椅子，請他坐，「※㊣－÷χΦπξ℘∞……」穿中山裝的男人一直問話，他卻一句也聽不懂，那些語言，每個字他都懂，但沒有一句話，他聽得懂，日復一日，在沒有止境的逼問後，他已經完全聽不懂，但他們要他懂，連續幾十個小時？或者更久？他累得像一灘泥，被冷水澆醒，馬上又睡著，頭軟軟地垂下來，又被澆醒，又馬上睡著……他困陷在惶惑的字海流沙裡，努力要聽懂不斷逼問而來的洪洪之聲，喉嚨乾澀，呼吸窘迫……或者他們也用針刺指尖？也或者他們什麼都沒做？是的，我看了那些書。他點頭。但是什麼書呢？他想不起來。老舍？「駱駝祥子」？馬克‧吐溫和馬克斯有親戚關係？魯迅？你是阿Q嗎？紅潮？你在週記上寫「天下之大，捨我其誰？」造反啊？你想要當天子？組黨的目的，是想推翻政府對吧？哼，叛亂罪很重喔，最好供出來是誰主使的，不要嗎？沒有人指使？好，那告訴我，為什麼故意在課本上醜化領袖、誣衊偉人？這句他聽懂了，差點衝口而出，但他咬緊牙根，全身顫抖。

快呀！告訴他們！

就坦白說嘛，你沒有組黨，那是蔡呈瑞發起的，國父寫的三民主義確實提到，人民有組黨結社的自由，不是嗎？蔡呈瑞突發奇想，打算組一個黨，但是，你雖受邀了，卻根本沒有去，你什麼也沒做，只是讓他寄放幾本書，也看了其中幾本，並且在週記上抄了佳句，寫上幾行讀後心得，如此而已。

怕什麼？就老實講呀！課本上那些生毛帶角兼黑齒缺牙滿臉麻子的蔣公，是弟弟大目坤仔塗的，但他是個孩子，只是頑皮，沒有醜化或侮辱國家領袖的意思。

但他終究什麼也沒說。只是累到撐不下去了，就什麼都點頭，讓他簽字，他就簽，關多久都無所謂，只要讓他飽飽地睡上一覺。

即使在他從瀕死邊緣活回來，服刑期間，聽說是蔡呈瑞受不了刑求，把許多人供出來，甚至牽連了多位根本毫不相干的人，其他牢友憤慨地發誓復仇，他也只是默默地躲進廁所手淫，在精液釋出的瞬間，壓抑著呻吟聲，落淚。

反正都已經這樣了！反正都已經這樣了！他喃喃自語，在女人身上呻吟，害怕滅頂。

害怕滅頂？

是的，陳水雄雖然出獄了，卻仍困陷其中。

從小到大學過的字，引導人生方向的字，勾引慾望的字，富啟發性的字……該看和不該看的字，能說和說不出口的字，聽懂和聽不懂的字，他們要他認了的那些字……他全部記住，卻全部認不出來，洪浪滔滔的字海，攪混著巨大的漩渦，沉沉地把他往下拉。

只有在交媾時，他能順暢呼吸，認出那些字，包括無數多他曾寫過的字，藏在腦海裡，還來不及寫出來的字。

但平日，潛在意識的防衛機轉，為了把他救出來，就幫他自動罹患了字語失憶症，唯有躲在失憶之區，才感覺安全。

●

歷史知識豐富的**你一定知道！**

在艋舺，不，不僅艋舺，像陳水雄這樣的政治犯，不管在任何世代，任何地方，都多的是，他們微不足道，比灰塵還容易被掃除抹淨，如果沒有人為他們發聲，沒有機會平反，很快就被會歷史流沙吞沒，不留絲毫痕跡。

而每當有新政權尊貴駕臨，不僅政治犯戰慄，我族更是挫咧等。

當年，陳馮媽的預言：「台灣人要衰啊！」雖遭唾棄，卻很快就應驗了。

二二八事件時，在槍林彈雨的屠殺中，**我**看見殺人者與被殺者，都心懷恐懼，因為彼此陌生，就更加倍恐懼，因為沒有退路，只能更凶殘地鎮壓。

那時，**我**曾在心裡偷笑，何需如此？其實還有更好的方法，不必浪費一顆子彈，就能使台灣人被同化，放棄島國心態，乖乖降服。

但**我**抱著一絲僥倖，緊緊守住祕密。

沒想到，令**我族**心寒膽戰的事，還是發生了。

新政權顯然也發現了，文字、語言這對孿生子，力量無遠弗屆，既能興邦，也能滅族。

但日據時期的皇民化運動旗領先鋒，**我**還能理解，臍帶相連的新政權來了，竟還接著蠻幹，這是怎麼回事？許多人即使沒有像陳水雄那般受語言文字牽連淪為政治犯，但包括大目坤仔、陳秀玉、珍珠仔呆、番仔忠、簡唐……甚至連小學都來不及畢業就被賣入寶斗里的白蘭，都經歷過在學校講台語要罰錢，歌仔戲、布袋戲、閩南語劇代表沒水準、並遭禁演的年代。

我對政治毫無興趣，卻對語文孿生子的困境，有著物傷其類的悲哀。

這是「政治不義，人為芻狗」？或是「歷史吃人，不吐骨頭」？學識豐富的**你**，偏愛哪種論調？但**我**想，對莫名淪為政治犯的人，任何說法，就算說破嘴，都是廢話，終究只能自嘆倒楣！

但在相同的政權底下，也有人不僅不倒楣，還打蛇隨棍上，成了幸運兒。歐肥仔不正是極具代表性的既得利益者？

公娼館與暗間仔

隨著新政府在台灣站穩腳跟，推動經濟發展，世道好轉，人民有錢了，色情行業也快速茁壯。據了解，在大目坤仔開始潦混黑道的**民國六十年代初期**，**台北市登記有案的公娼約莫一、兩千人**，寶斗里概為大宗，**私娼更難以計數**，包括隱藏在頭北厝巷弄間的阿公店、九間仔口的人妖、龍山商場後方的流鶯……政府既無法可管，歐肥仔就統統將之納入管轄，只要乖乖接受打點，「有錢大家賺」——歐肥仔的名言，言之成理，放諸江湖，皆準。

在艋舺勢力漸穩的他，娼館一家家地開，為了發揚賤業，提供更多新鮮女色，老貨粗牙，總不如幼齒可口，只要捨得砸錢，人口販子就不惜上山下海，尋芳獵豔，為他提供豐富貨源。同業見有利可圖，有樣學樣，紛紛搶進。

無數多窮鄉僻壤的少女，或騙或賣地，被帶進寶斗里。

明裡暗裡，歐肥仔兩頭賺，以合法公娼館掩護非法的暗間仔（私娼館）。

●

泰雅族少女莉娜被帶來時，才十二歲，五官秀麗，大眼水汪汪，但衣服脫光，瘦條平板，顯然營養不良，當時替歐肥仔看管娼妓的臭屁彥，第二天就把她強暴了，由於月事未來，為了催經，臭屁彥安排她固定去附近藥房打荷爾蒙針，她卻半路脫逃，被抓回來，打個半死。

三好嬌知情後，閒晃到歐肥仔的娼館。

「莉娜欠教訓，叫那些保鏢再打嘛！你怎有閒納涼？沒去監督？」三好嬌斜倚著沙發，朝著臭屁彥噴了口煙，似笑非笑地，眼底一股子冰冷。

「嘸啦，是伊自己跌倒。」臭屁彥深知三好嬌疼愛莉娜，避重就輕地。

「哦──原來如此，是我誤會？歐肥仔若知，莉娜重傷──」

「這款小歹誌，何必驚動歐肥仔？」臭屁彥陪笑臉。

「是啦，水姑娘仔滿世界，若不小心打死，再買就有啊，歐肥仔做人海派，也不一定叫你賠嘛，驚啥？最驚打得殘廢，無法度賺錢，你還要養伊！」

「話不是這樣講，小姐偷跑，我若不管，歐肥仔也敢讓我沒命，我是盡責任而已嘛！後來也請醫生看診開藥啦！」臭屁彥沉不住氣，大聲辯解。

「哼，若有閃失，你怎樣向歐肥仔交代？唉！乾脆我帶返去照顧，算你賺到！」三好嬌蹺著腿，高跟拖鞋在腳上晃呀晃地。

臭屁彥聳聳肩，反正把人照顧好，美美的送回來就成，何樂不為？

類似的事，三不五時地發生，歐肥仔知道嗎？是被蒙在鼓裡？或是睜一隻眼閉一隻眼？無從求證。

七十年代後，歐肥仔的事業版圖，逐漸從娼館、地下賭場、擴及殯葬業，還要分派兵馬去「保護」露店、攤販、商家，而這些事，都各有不同親信負責，他則逐漸退居幕後。

枱面上，歐肥仔多數時間用在與黑白兩道、政商周旋，熱心參與地方大小事，加入警義消，成立民防隊，無論寺廟迎神、地方作醮、端午節在淡水河畔舉辦的龍舟競賽、元宵節龍山寺、青山宮的花燈展覽……他樣樣不落人後，出錢出力。

或許，事多繁雜，那些隱而未宣的黑暗事，他也就當作不知道吧?!

●

那時，三好嬌早已自立門戶，經營「貓仔間」，住家就在隔壁巷底。

昔日領養的傻孩子李政達，長大後，不僅不笨，還挺會讀書，雖然只考上私立大學，已堪稱奇葩，成了寶斗里的才子，既乖巧又孝順，三好嬌一提到他，就笑瞇了眼。

當三好嬌把病懨懨的莉娜帶回家裡時，剛升上大二的李政達既憤怒又難過，趕緊拿出藥箱幫忙。

在那一、兩個月裡，雞瘦的小莉娜得到調養，不知是否之前的荷爾蒙針發揮功效，少女的身段快速抽高、豐滿了，皮膚油蜜水滑，極有彈性，一頭長髮黑得發亮，走起路來，身姿飄逸。

「讓我留下來，好嗎？」痊癒後，莉娜曾哭求三好嬌。

三好嬌當然求之不得，但幾經懇託，歐肥仔就是不肯放掉好貨色。

莉娜終究還是被送回暗間仔，開始雛妓生涯，契約到期前，毫無自由，早上六點就開始接客，直到凌晨一點才得休息，常忙到沒時間吃飯，又睡眠不足，常一邊接客一邊打瞌睡，若被客人抱怨，還會挨揍。

臭屁彥對於生意好的小姐，相當手下留情，也很懂得避重就輕，絕不打臉，專毆肚腹，要不，就隔著厚厚的電話簿或棉被，以鐵槌擊胸，不會留下傷痕。

但相較於這些，莉娜最怕的，還是用菸燙腳底板，好幾天不能走路，連上廁所，都得跪著爬進去，也無法端水替客人淨身，只能任由骯髒蹂躪，累到直不起腰可以忍，卻忍不住噁心感，連珍貴的睡眠時間，也噩夢連連，一直爬起來乾嘔。

每週，公娼們都得到性病防治所做健康檢查，若被發現有性病或傳染病等，就得接受治療，痊癒後才能再接客。

但私娼卻任其自生自滅。

「小姐生意好，若染病可惜，固定檢查一下，卡穩當啦！」閒聊時，三好嬌曾這樣建議。歐肥仔頗覺有理，因而其轄下的私娼，也開始固定健檢，卻不能公開，由保鏢偷偷帶到相熟的花柳科私人診所。

那是莉娜唯一得見天日的時候。

●

三好嬌萬萬料想不到，李政達和莉娜，這對年齡、身分懸殊的青春男女，竟然利用那一點短暫時間約會。

他們二人究竟何時互相意愛？何時開始暗通款曲？三好嬌毫無頭緒。

原先，她只察覺到養子忽然變得愛錢，錙銖必較，功課一落千丈，整天忙得不見人影。逼問之下，才知道他竟然到處打工，要籌錢為莉娜贖身。

「我就是愛她嘛，大學畢業後，我就要和她結婚！」李政達倔強地嚷。

「你是頭殼壞去？一個大學生，竟然要娶妓女？」三好嬌氣得發抖。

「妓女怎樣？妳自己也是妓女——」李政達衝口而出。

啪！三好嬌揮過去一個巴掌！

這一生，除了被開苞那次，狠狠哭過外，幾乎不曾再落淚的她，哭了一晚。

李政達也在房門外跪了一晚。

三好嬌原諒傻孩子，卻沒有認輸，開始鐵腕遏止兩人繼續私交，並配合哀兵政策，懷柔殷勸、威脅利誘、聲淚俱下、裝病送醫……無所不用其極。

她贏了！

之前原本極力抗爭的李仲達，在三好嬌昏倒送醫那天，又變得像以前那般乖巧溫順，叫他做什麼，就做什麼，絕口不再提莉娜的事。

未料，幾天後，這對小戀人竟服藥自盡。

在艋舺一家小旅館裡被發現時，李政達已經氣絕。

而被緊急送醫救活的莉娜，則已珠胎暗結。

※

你以為事情就這樣落幕？

不！人生彎來拗去，無論受傷的靈魂怎樣千瘡百孔，怎樣坑坑疤疤，即使是死去的人，只要還被記憶、懷念，就會繼續發揮影響力，而活著的人，無論傷得多重，只要努力活下去，人生的故事就不會落幕。

●

女人，為母則強。

被救活的莉娜忍辱苟存，孩子出生後，卻患有先天性腦麻及多重障礙，終生無法自理。

她拚命賺錢，四處求醫，孩子十歲以前，就開過九次刀，刀刀都像砍在她心上，她咬牙忍痛，沒有放棄。

有一段時間，她每天把孩子綁在牆柱上做復健，孩子痛得哇哇大哭，她也哭，仍然繼續做，連姐妹淘都罵她狠心，陪著她哭。

但淚擦乾，日子還是要過。

遇到現任丈夫時，以為終身有靠，她從良了，大方拿出積蓄幫丈夫開店。

原本，丈夫待她與孩子都很好，未料生意失敗後，卻性情大變，暴躁易怒、憤世嫉俗，終日藉酒澆愁。

食衣住行樣樣要錢，孩子的安養、醫藥費用驚人，她只好重回寶斗里。

丈夫喝醉了，常會動手打人，糾住她的髮怒罵：「我真倒楣，被妳這個賤貨帶衰！欠人幹是不是？透早出門，半暝才返來，真爽啦喔？」她掙扎反抗，就被打得更凶。丈夫清醒時，卻搥胸痛悔，跪在她面前，自怨自疚，請求原諒，有時卻又耍賴耍狠，威脅要引爆瓦斯同歸於盡。

早該離開他的，卻一直姑息，莉娜自己也說不清楚，為何下不了決心？

或許因為他還算疼孩子吧？孩子的身形已是大人，卻還需要人掠屎掠尿、抱上抱下的，她做不來的，他都擔了。

●

莉娜的遭遇如此。

其他寶斗里的煙花女子，也多數命運坎坷、歷盡滄桑。

嘿！你瞧，那邊正巧有幾個公娼走過來——

若不刻意貼標籤，她們看來是否就像尋常的鄰家婦女？

先說高䠷細瘦的余美美吧。

她既不抽菸，也不打牌，曾和有婦之夫有一搭沒一搭地交往著，後來漸行漸遠，唯一的嗜好，是餵養流浪動物，常自掏腰包為牠們治病、結紮。

其實，十六歲以前，余美美家境優渥，但一場大火，燒毀了她家的工廠，波及鄰舍，負債千萬的父親病倒，母親哭瞎眼睛，她自願犧牲為娼，直到幫助弟妹讀完書後，才轉行創業，卻一再失敗，負債累累，只好又重操舊業。

走在余美美左手邊的，是身材豐滿的愛咪。

她十七歲那年，因為礦工父親車禍意外，半身不遂，同為礦工的哥哥又因礦坑爆炸受傷殘廢，母親哭著求她接受一樁買賣式的婚姻。

嫁過去後，家務、農務從早忙到晚，她連生兩個女兒後，丈夫卻有了外遇，還把懷孕的女人帶回家，她氣不過，賞了那女人一巴掌，卻被丈夫拳打腳踢，連婆婆都搥她、罵她：「若將阮金孫傷著，妳就知死！總說一句，怨妳家己啦，生不出後生，是妳對不起林家，家己要覺悟！」她傷心欲絕，殘廢的哥哥拄著枴杖登門理論，幫她簽了離婚證書，一毛錢沒拿到，卻得撫養兩個女兒，哥哥說：「沒關係，咱是一家人，日子再苦也能過。」

約莫兩個多月後的一個雨天，她去應徵工廠作業員，途中，遠遠看見坐輪椅賣口香糖的哥哥，竟陷身大雨中，她冒雨衝過去，才知是輪椅卡在路邊的溝縫，使盡力氣推，仍動彈不得，她和哥哥在雨中抱頭痛哭。

之後不久，她就在一位阿姨介紹下，成了寶斗里公娼。

這卻是她坎坷人生的另一段更坎坷的開始。

她被臭屁彥看上，臭屁彥心情好時，會帶她去吃飯、送禮物、送錢，但心情鬱卒或喝醉時，卻會動手打人，賭輸或手頭緊時，還會找她拿錢，愛咪想分手，卻不敢，害怕臭屁彥抓狂，他曾威脅要殺她全家，想逃走，也無處可去，有一大家子和兩個女兒要養，除了這行之外，她能幹什麼？夜裡，總要喝到微醺，才睡得著，閒時，就打打牌，否則難以度日。

至於走在愛咪身旁，穿牛仔褲裝的白蘭，**你**已經知道了嘛！

她就算不打扮，仍嫵媚豔麗，菸癮雖大，卻討厭賭，當初為了籌繼父和妹妹的醫藥費而賣身。妹妹雖救活了，卻因傷到脊椎而癱瘓，不長進的弟弟做啥敗啥，她曾經希望多賺點錢，一度轉到酒家，但酒量差，不善應酬，也幹過舞女，但脾氣衝，常得罪客人，年紀漸大，負擔卻沒減輕，終究還是回寶斗里，客人付錢辦事，直截了當。

反正她早已認命，日子就這樣過下去。

芸芸公娼中，她們幾位雖稱不上典型，卻有些代表性。

坦白說，**你**曾否對賺吃查某有成見？——認為她們煙視媚行？行為淫亂？道德薄弱？無視倫理？虛榮浮華？好逸惡勞？甚至罵過：「婊子無情」？……

唉！事實上，多數公娼生活單純，每天就在住家和娼館之間兜轉，平日接觸的，大都是同行姐妹淘、客人和經營娼館的人，而且，就**我**所知，這些歹命的賺吃查某，常比許多好命人更孝順、更重情義，更願意為家庭犧牲。

6.3 死後哀榮與影響力

大目坤仔的死，就像預告一個時代的轉折。

那些年，台灣經濟躍起，性產業一片興旺，民間大家樂風行，幾成全民運動，以賭、色為兩大利頭的艋舺角頭們當然是踩在浪峰上前進。

走在艋舺的大街小巷，無分男女老少，從寶斗里到露店、攤販，從計程車司機到木匠、泥水工，從公務員到遊民、拾荒者，從一般上班族到學校老師、菜籃族……大家樂融融，一券在手，希望無窮。

許多人突然變得「神通廣大」，即使是沒有宗教信仰的人，也可能興匆匆地，跑到寺廟裡去求明牌。

例如，好賭的陳寶山，原本堪稱鐵齒，自從迷上大家樂後，卻變得靈感豐富，甚至還能「與神對話」，從香灰落下的角度、痕跡，就能體會神明旨意，走在路上，聽到喇叭聲、看到花朵飄落、灰塵揚起……都能觸類旁通，有所感應。

尤其連中幾次特仔尾後，他更是連做夢都在算牌，夢見兩個孩兒蹲在路邊玩遊戲，兒——與二諧音，那回，果然開出二來，夢見八隻豬，原先，他斬釘截鐵地說：「八隻豬，就是豬八戒嘛！這期絕對是開八！」結果開出十二來，他捶胸頓足，用力拍打腦袋，恍然大悟：「幹！八戒，意思很明顯，八，禁戒不開，想想看嘛，十二生肖，豬排在第十二位，當然是開十二嘛，唉！誤解天機，可惜！可惜！」為了避免誤判，很少看書的他，特別買來了多本《解夢大全》、《夢與靈感》、《解夢不求人》、《天機妙算靠自己》……擺在案頭，時常翻閱、研究。

除此之外，一聽說哪裡的廟宇靈驗，和他一樣賭性堅強的親友鄰舍，也會相邀出團，不辭千山萬水地找去，桃園將軍廟、安坑姑娘廟、埔里地藏庵、白雞仙公廟、北海岸十八王公廟……乃至各地有應公、土地公、狗仙虎神猴靈魚精……他們逢廟必拜、逢仙必求，甚至不惜半夜摸黑到墓園去感應靈異，專找雜草叢生的，野草愈高愈亂，就代表愈是無人祭祀，那裡的孤魂野鬼也愈是飢餓難耐，肯定較好收買。果然，四周鬼火磷磷，風吹來，盤上的沙也皺起紋路，陳寶山瞇起老花眼，拿著放大鏡，仔細推敲——嘿！瞧那沙紋，絕對是六、七，沒錯！

所謂「有福者得，無福者失」，縱然天機難測，一旦福至心靈，好運來時擋也擋不住！然而，一夕致富、見好就收者幾乎沒有，大發橫財後，利慾之心被燒得更旺，反而籌措更多錢拋下去的人，可就多啦！無數善男信女省吃儉用，摳下來的一點私房錢，全賠光了，這還算祖上有德，愈賭愈大，到最後傾家蕩產，負債累累，甚至賠上一條命的，大有人在。

不過，陳寶山或許算是不幸中的幸運兒？

總計下來，他贏了不少，卻輸了更多。

加上，一方面因為法令漸嚴，沒有醫師駐守，藥房不准幫人打針、開藥、療傷，再者，因一心向賭，大大荒廢了生意，常只留沉默畏縮的陳水雄幫忙顧店，陳水雄瞪著黑沉沉的眸子，蹲坐在擺放收銀機的櫃台邊，客人望之卻步，藥房營收銳減，入不敷出，陳家逐漸債台高築。

這樣下去怎行？也喜歡簽牌小賭的陳馮媽雖已老態龍鍾、背駝腰彎，卻心知肚明，要陳寶山戒賭太難了，怎麼辦？她已經老到沒力氣起乩大跳七星步，但在有求必應的三太子指示下，她神祕兮兮地附耳對兒子說：「家己刣賺腹內！」

大目坤仔亡靈絕對沒料到，自己都死這麼久了，竟還能庇蔭家庭?!

陳馮媽賣老臉請求，念舊情的歐肥仔慨然點頭了，艋舺兩大組頭庫瑪和臭屁彥也就做個順水人情，同意讓陳寶山充當下線小組頭，成為民眾簽牌的窗口，不管盈虧，只賺佣金。

就這樣，藥房照常營業，三不五時地，還是有熟客來買些感冒、頭痛藥，但簽牌收入漸成主流，客人川流不息。

大目坤仔生前的諸多角頭好友，帶念舊情，遇有重大車禍意外，或哪條溪河又淹死人，也都會通知陳寶山——陳寶山放下電話，隨即強拉著對數字敏感度頗高的陳水雄，匆匆趕赴事發現場。

通常，番仔忠及其葬儀社手下也已抵達。

番仔忠揚手、點頭，算是打招呼，偶爾，還會湊過去，和陳寶山、陳水雄一起仔細研究，討論再三，大夥兒總不難從泡漲的水流屍或撞得稀爛的傷亡者身上，推敲出明牌的端倪！

※

死後的大目坤仔，不僅福蔭父兄，甚且能發揮政治影響力。

在他死後的前十年，寶斗里雖然還娼業鼎盛，之後隨著整體經濟發展趨緩，舊式娼館逐漸沒落，生意大不如前。

不過社會氛圍明顯較過去開放，黨外勢力抬頭，以娼業起家的歐肥仔，轉而從政，出馬競選市議員。

他的宣傳花招，台味十足，訴求悲情：「阮阿爸在二二八慘死在大溝內，阮阿叔被關十幾冬……」話鋒一轉，他吶喊：「沒錯！有人報老鼠仔冤，謠言灑散放，講我開查某間、賺黑心錢，事實上，查某間是阮老爸手頭放下來，百善孝為先，我做人子的，孝順頭一樁，怨天怨地不可怨老爸……擱再講，我早就不管那些利頭，每天參加民防、義消、做善事……」

「這我可以證明！」白蘭的繼父林志明被人用輪椅推上台，抓著麥克風，說起昔日颱風家毀獲救的經過，聲淚俱下。

接著，還有許多在地人也上台做見證，包括昔日溺水獲救、而今長大成人的那些艋舺囝仔，都被請回來抬轎，簡唐和番仔忠也難得地穿上西裝、打領帶，營造親和形象。

歐肥仔三令五申下，所有弟兄低調行事，私下布樁，不准擺出陣仗，而由形象較佳的義消、民防隊員、寺廟董事及陣頭組成助選團，除了到處催票外，也負責蒐集情報、維持秩序。

為了強調本土草根性，他的競選車隊常以舞龍舞獅、宋江陣為前導，終日穿行於艋舺大街小巷，一場又一場的競選演說，也選在廟埕前舉行。

他已經盡量撇清黑道背景，但有時候，台下還是有人鬧場。

●

「哼，誰不知歐肥仔是黑肉底？漂不白啦！」

「奶奶個熊，他個黑道流氓！世風日下，虎狼豺豹都能升天啦！」

膽敢大聲嗆話的人，雖很快就被維持秩序的民防隊員請走，但不少人受到鼓譟，頻頻交頭接耳。

歐肥仔看態勢難以制止，乾脆大方邀請那些人上台。

「咦？那不是你老爸？」番仔忠推了推簡唐。

是耶！果然是羊肉老簡仔！他一臉驚慌，半推半就地，被請上台去，旁邊還有幾個人，也是梧州街或廣州街的攤販。

「我承認我是角頭出身的，但角頭不是流氓，是咱在地文化，和外省仔幫派不同款，」歐肥仔年紀雖比羊肉老簡仔年長些，但身段極軟，他轉頭對著台下說：「各位鄉親世大，不管是在地艋舺人，甚至是來咱艋舺討賺的艱苦人，相信都還記得很多年前，外省仔幫曾侵門踏戶來擾亂，那當時，若不是咱艋舺青年大目坤仔奮不顧身，救我一命，和眾角頭兄弟合力趕走他們——鄉親世大啊，艋舺若被外省仔幫整碗捧去，咱這些賺吃人，日子就慘囉！你們講，對不對啊？」

歐肥仔的徒眾們高聲附和！

被請上台的攤販們，大都經歷過那次驚動社會的火併事件，尤其羊肉老簡仔更是印象深刻。那回，他平白損失了一把大菜刀和長柄杓，大目坤仔（那時羊肉老簡仔根本不知他是誰，以為只是鬧事的壞蛋之一）還把熱騰騰的羊肉羹掀鍋一推，燙得那些人唉爹叫娘的——嗯，這樣說來，守護艋舺，他也有貢獻咧！

「這麼多年來，我歐肥仔有魚肉鄉民嗎？有仗勢欺壓善良百姓嗎？無嘛！鋪橋造路、捐錢救濟的事，我就算沒做比別人多，也絕不比別人少，大目坤仔過世時，我負擔所有的喪葬費用……」

現場氣氛又被炒熱。

珍珠仔呆面紅耳赤，眼神陰沉，藏在外套暗袋裡的槍，他一直都帶著，保養得很好，卻從沒用過，大家也都忘了這回事了吧？

那一刻，他想也沒想，就把槍掏出來——

砰！砰！兩聲巨響！

現場所有人都愣住。

連潑猴也搞不清楚發生何事。

「啊！你流血了！」有人驚呼。

潑猴順著那人所指的角度，從額上摸下來，摸到滿臉的血，才知道自己中槍了，大叫一聲，痛昏過去。

事發突然，當在場的人回過神來，珍珠仔呆早已奪門而去，只留下那桶不慎被踢翻的小鋼珠，滾落滿地。

6.4 恐懼上身・殺人上癮

開槍殺人，會上癮嗎？一回生、二回熟嗎？

不知其他的槍擊要犯如何？但珍珠仔呆開槍時果決狠準，事後卻很驚恐，他從未想過會真的殺人，而且一開殺戒，就著魔似地，管不住一時的衝動。

在很短的時間裡，他連續殺了三個人？五個人？還是更多？

在小鋼珠店闖禍後，他拿著歐肥仔給的錢，躲往南部，錢用完了，只好另想辦法——唉！都怪那個歐吉桑，如果不要聽到動靜就下床察看，他也不會嚇得開槍；而那個半夜回家的中年婦女，竟然凶悍地追過一條街，想搶回皮包，還用高跟鞋打他，他只好給她一槍，還有呢？——他記不太清楚了，感覺愈來愈麻木。

逃亡不好受，晝伏夜出，只敢偶爾去夜店酒家透透氣，吃住都不像樣，生病也不敢就醫，只能託人幫忙，隨便買些成藥，更不敢在同一個地點滯留太久。

不過，珍珠仔呆在道上的名聲響亮了。

有回，在台中一家酒店，遇到一位縱貫線老大，他還過來敬酒，順便問候歐肥仔，視他與歐肥仔平起平坐似地，那回，縱貫線老大不僅買單，還送他一支金錶。

但日子實在悶得受不了，大目坤仔作忌那天，他偷溜回來，祭拜完後，還潛入艋舺，爬過寶性只是藉口，是手段，是騙人的把戲，男人與女人各取所需。

在與不同男人交歡的頃刻，**女人從不同男人的身上，都收集到一部分的大目坤仔，同時也創造一部分的大目坤仔。**

女人是滿足的，毫無顧忌的，因性而逸樂，因愛，而存在。

※

陳秀玉卻一直無法肯定，那個女人，是否——真的，存在？

當珍珠仔呆流連於暗間仔、並與後街流鶯進行廉價交易時，陳秀玉也正在附近徘徊。

那天，寶斗里的娼館雖仍正常營業，氣氛卻異乎尋常。

一九九七年七月三十日，台北市議會三讀通過「台北市管理娼妓辦法」廢止案，並將於九月六日執行。

消息一公布，群情嘩然。

關心廢娼議題的陳秀玉，聽說在婦運團體支持策畫下，公娼自救會將會有一連串的抗爭行動，她先趕到大同區歸綏街採訪幾位江山樓的公娼，耽擱頗久，又匆匆返抵寶斗里，希望在截稿前，能報個大獨家。

其實，在此之前，相關議題即引發輿論關注，許多女性團體——包括女工團結生產線、粉領聯盟、婦女新知、勵馨基金會……以及政治人物、學界等，曾多次舉辦座談會，討論公娼存廢問題，但意見常呈兩極。

或許因為她成長於艋舺，又與白蘭相熟，多了一份情感與關懷。官員一聲令下，廢娼後，原本擁有合法工作權的她們，該何以維生？而依附她們生存的家庭、親人，又靠誰來養？她一想到莉娜、余美美等公娼就心酸。

時間已晚，她心急如焚。

按常理，對寶斗里應該熟門熟路了，荒謬的是，她竟然還是迷路。

一個人缺乏方向感，究竟是大腦缺陷？抑或心理障礙？或許二者皆是？

這回，陳秀玉原以為找對貓仔間了，大剌剌地走進去，場景、擺飾都差不多，但怪異的是——女人，不對。

「找誰啊？」一位女人掀簾而出，嫵媚作態地笑。

「月——，春嬌？」陳秀玉瞠目結舌。

「阮的藝名是春嬌沒錯，但不姓月，本名叫陳罔市啦！不過，大家叫我是地藏王婆婆！」那女人眨了眨眼說。

噢？仔細一瞧，眼前的女人雖妝扮秀麗，但眼角略見皺紋，有些年紀了，確實不是之前見到的那個月春嬌。

「那——呃，白蘭在嗎？」陳秀玉四下張望，囁嚅地問。

「阮這裡沒白卵，也不滮瀾喔，若不棄嫌，阮看順眼的，才會給他含卵啦！」女人吃吃笑起來，眼角的笑紋更明顯了。

從沒聽過如此粗鄙的話，陳秀玉滿臉飛紅，微露慍色。

「哎喲！莫愛聽喔？哼！」女人嗤笑，眉宇含怒，冷冷地說：「手拿佛經，腳踏查某間，假鬼假怪！妳和那些穿皮鞋的查甫、查某攏相款啦，以為家己蓋高尚？妳給一人睡，我睡眾人，按怎？哪一點輸妳？」

「我是站在公娼這邊的，我沒有瞧不起——性產業，只是想寫報導，希望有幫助，而且——」

「而且啥？當作阮不識字、沒讀冊喔？騙猶耶！我是誰？地藏王婆婆吶！去探聽一下，阮識天識地識很多人的老爸，」那女人眼神狂亂，用力握住陳秀玉的手，一臉神祕地說：「妳是國民黨噢？哼，國民黨猶想要用三民主義統一中國，但是，阿共仔打算要用毛語錄解放台灣啦，啊民進黨咧，鼓吹想要台獨，拚得亂糟糟，啊妳要講誰對？大家攏講一切為人民，結果咧，哼，人民是誰？眾生嘛！阮躺下來就是普渡眾生——咱查某人一旦開花、結果，就算無名無姓，照常瓜瓞綿延，哼，查甫人真憨啦……」

一派鬼扯！毫無邏輯！陳秀玉只想趕緊離開，但那女人緊握住她的手不放，瘋言瘋語地，愈說愈來勁兒。

忽聞戶外警用蜂鳴器狂響，伴著尖銳的口哨聲，在夜裡聽來，分外驚心。

「慘啊！來臨檢抓人啊?!」那女人忽像驚覺危機逼近的動物，身手敏捷，一掀紅色門簾，鑽進走道旁的房間。

陳秀玉追過去，但那女人卻一閃就不見了蹤影。

奇怪！陳秀玉東張西望，一個踉蹌，差點跌倒，低頭看，才發現地毯下暗藏玄機，原來木地板底下有夾層——**老鼠洞**？聽說**暗間仔常設有隱匿空間**，遇到警方臨檢時，私娼就迅速躲到地板底下，並常**利用廢棄空間、閣樓等來掩飾**，安置保鏢和買來的雛妓，此外，通常**還會有密道，方**

便客人逃竄。

陳秀玉喜出望外，趕緊拿出隨身攜帶的傻瓜相機猛拍，並四下搜尋，終於找到隱藏的暗門，推開門，爬進去，才發現原來每個房間都可暗自通向密道，約莫僅容半身高的密道彎來繞去的，直達屋頂，朝向俗稱不見天的遮雨棚——一整排沿著巷弄搭建的遮雨棚，猶如高架道路般，直通巷尾，客人跑到盡頭，再沿著鐵梯子通到另一戶人家的三樓，爬下女兒牆邊的樓梯，就可溜到另一邊的防火巷，從容逃逸。

●

順著防火巷走出寶斗里的陳秀玉，看見後街那邊的路口停著幾部警車，警察猛吹哨子，追捕四處逃竄的流鶯，有個被逮到的女子不斷掙扎、怒罵：「我跟男朋友在旅社睏不行嗎？不行嗎？」

「咦？美美？」陳秀玉才出聲呼喚，旁邊的警察馬上衝過來，架住她。

「幹什麼？你！」陳秀玉驚呼，卻推不開被鉗制的手臂。

「幹什麼？要抓妳去關啦！」原來警察不分青紅皂白，把她也當作流鶯了。

陳秀玉氣急敗壞，那警察還嘻皮笑臉，直至看清她出示的記者證才鬆開手。

風化區消息傳得快，此時，白蘭已聽說美美被逮，跑來關切。

「陳警員啊，你來寶斗里若踏灶腳，茶也喝了不少，那些戴帽子的從別處來，不認識美美就算了，你也不認識美美嗎？她是有牌的公娼，憑什麼亂掠人？」白蘭據理力爭。

「公娼也一樣啦，私下進行性交易，就是違法！何況已經宣布要廢娼——」

「公告廢娼日是在九月六日，在這之前，公娼還是合法的，何況她已經說了，是休假和男友在一起，不是性交易，」陳秀玉怒氣未消，補了一句：「我和她都可以反過來控告你執法不當！」

「如果是男朋友，何必跑？」陳警員冷笑，但態度軟化了，放了美美說：「這回算妳走運，下回別再讓我碰上，只要違法，我照抓！」

據統計，一九九七年九月，廢娼前，台北市公娼：萬華區寶斗里十二戶六十六人，大同區江山樓六戶六十二人，總共僅餘一百二十八人。

「俧婆啊咧！抓錯人還囂張！」

結伴回到貓仔間的路上，白蘭沿途低聲咒罵，一邊安撫哭泣的余美美。

「妳告死他啦，警察最怕記者。」愛咪也義憤填膺。

陳秀玉聳聳肩，竟被當成流鶯？真是奇恥大辱，傳出去，會成為笑柄，何苦自討沒趣?!

「伯父、伯母最近好吧？」白蘭問候。她有一陣子沒看到陳秀玉了。

陳秀玉還是聳聳肩。自從父親陳寶山當起小組頭，代營大家樂、六合彩以來，她總以工作忙為由，愈來愈少回家。

白蘭嘆氣，不再多問。

●

那天，許多公娼聚在貓仔間商討，幾個婦女團體的義工來了。

老而乾瘦的三好嬌蜷坐在一旁，但從頭到尾，都在打瞌睡。

「政府太霸道了，當初發牌給我們，就是承認合法，現在又來反悔？」席中，一名年輕公娼，才拿到小牌（公娼許可證）不久，就要面臨失業，愈講愈氣。

「阮阿母往生後，那支用三十幾年的大牌就自動吊銷，害阮若流浪兒咧，今嘛擱是咧禁歹命耶？」另一位公娼抱怨。

依法，大牌（娼館營業許可證）不得轉讓、繼承、遷移、擴大或出租，也不能新增，業主去世就自動吊銷執照，而年初政府又宣布停止發放新的妓女證，即使不廢娼，早已沒落的公娼也會慢慢自動消失，於今倉卒決議，「逼娼從良」，雖然有一些配套的補助和轉業方案，多數公娼卻不領情。

「我有五個孩子，若照補助方案申請，每個月可以拿到五、六萬，但是如果名稱叫補助金，而不叫賠償金，就算給我二十萬，我也不要！」

「我沒有跟父母、小孩同戶籍，就算想申請，也申請不到呀！」

「還說咧，父母明明是我在養，但阮阿兄打零工，加減有收入，所以我也不能領，像愛咪，兩個女兒都還在念書，但已經超過十八歲，也不行。」

「叫咱轉業，那麼容易喔？我小學讀沒畢業，能做什麼？去替人洗碗一個月兩萬多，人家還嫌我太老！」

「反正一定要抗爭到底啦，控告這款無能無信無義的政府……」

大家七嘴八舌，討論熱烈，但當義工向大家說明抗爭的核心主題及活動方案時，許多公娼卻退縮了。

「嗄？要去拉白布條遊街？還要去市政府前露面喔？不要，我不敢。」

「若露面，不僅我們被指指點點，連家人也會很沒面子，不要啦！」

「我就算不在乎面子，也要顧到兒子的自尊啊，如果讓同學知道，那以後他在學校怎麼抬得起頭？」

即使義工強調，戴上公娼帽，可以遮去顏面，不會被認出來，但及至會議結束，願意挺身而出的公娼，還是有限。

6.5 性愛與死亡攻擊

為了趕上回報社發稿，討論尚未結束，陳秀玉就先行離去。

街頭警力也已收兵回巢，被掃蕩過的後街，氣氛寥蕭。

珍珠仔呆從隱匿的暗處潛出，看到前方正快步走向堤岸邊停車場的陳秀玉，原想喚住她，突然上腹一陣痙攣，痛得蹲下來，好一會兒，痛楚略減，起身，已不見陳秀玉的蹤影。

那陣子，為了避免被批評「只廢公娼，不抓私娼」，警方臨檢動作頻繁，大規模掃蕩全台北市媒介色情的商業酒店、舞廳，艋舺當然也是取締重點區。

珍珠仔呆卻懷疑警方另有所圖，藉著取締私娼，布線下網，想鈎釣一清、二清專案的漏網之魚，而名列十大槍擊要犯的他，正是警方追緝的頭號人物。

事實上，潛回艋舺後，他就一直擔心哪天會和警方正面槓上，為了自保，幾乎把所有的錢，都用來添備火力。

土製槍枝已無法滿足他。前陣子，透過臭屁彥穿針引線，他向軍火販許金德購買了防彈衣、手榴彈，最近，又看上一把衝鋒槍，對方卻索價七十萬元，若能籌夠錢買下來，夜裡應該可以睡得較安穩吧？

他失眠的情況愈來愈嚴重，稍有風吹草動，就驚跳起來。

以前，偶爾還會找番仔忠和簡唐喝酒，但自從歐肥仔從政後，他們努力漂白，遊走於灰色地帶，對他的態度，明顯冷淡許多，珍珠仔呆甚且擔憂童年友伴哪天會跑去密告領賞，所以不敢曝光。

回到藏身處後，他終夜輾轉反側，天蒙蒙亮時，他跳下行軍床，決定去找歐肥仔。

大哥大的另類政治

雖說從政，歐肥仔的從政之路，卻和一般的政治人物大不相同。

那些年，幾乎所有的大小選舉，他都有份，卻志在參選，不在當選，目的是出來鬧票，攪亂選舉，分散票源，多分天下的局面，在最後一刻，他的票倒向哪一邊，哪一邊贏面就大，由於起著關鍵作用，誰都想爭取他，而他也很懂如何運作，從中謀取最大利益。

在父親的庇蔭下，番仔忠圍事、攬工程、搶屍體的本領日益高強，他劃地自雄，只要在勢力範圍內，無論是包攬垃圾廢土、建築沙石，抑或交通事故曝屍路邊、在醫院壽終正寢、工安意外、街頭暴力……所有亡者的後事，全數歸他包辦，誰都甭想越雷池一步。

「幹！吃銅吃鐵，勿驚消化不良？若不是看著歐肥仔的面子，你勿給恁爸活，恁爸早晚給你死！」利益被侵蝕的一些角頭，逐漸積怨在心。

番仔忠也聽說了種種不利傳言，卻冷笑以對：「我消化好，按怎？好膽來啦，誰先死還不知咧！」

歐肥仔年紀漸大，人也更圓融了，出言相勸：「你幾歲啊？還不會想，人在做，天在看，一枝草一點露，勿太霸道，留一步給別人行，咱的路才會開通，把人逼急了，啥歹誌也做得出來，知否？」

「知啦，我自有分寸，你去泡茶啦！」番仔忠嘴裡敷衍，仍我行我素。

●

唉！好吧，泡茶！

珍珠仔呆去找歐肥仔那天，歐肥仔正在茗茶水酒樓與幾位艋舺地頭老大泡茶、敘舊。

歐肥仔、蜘蚋慶、頭北土、臭屁彥、庫瑪、蟾蜍榮仔等人，平均年齡超過五十五歲，多年來，彼此之間，亦敵亦友，卻也建立了深厚交情。

偌大的包廂，才剛裝潢過，十分氣派，尤其那張以巨大樹根製作的特大號茶桌，極為顯眼。

「自己帶來的冠軍茶，喝喝看！」輩分最高的歐肥仔親自執壺。

大哥大們都雙手捧杯，嘗過，紛紛點頭稱讚。

唯獨年少時曾在歐肥仔轄下辦事、後來獨立壯大的臭屁彥笑得言不由衷。

「喉韻算可以啦——」臭屁彥聞了聞杯底，微微搖頭笑說：「但是，香味太霸氣，雖然好喝，後韻恐怕不久長。」

「可能我們喝的茶都太溫和，所以萬項利頭，都讓喝冠軍茶長大的番仔忠拗去？」庫瑪也按捺不住了，笑著和臭屁彥交換一個眼神。

「免這樣暗來暗去，恁爸慣適有話直講，」頭北土連灌幾杯茶說：「叫你後生卡差不多咧啦，我是尊敬大的你，但是利頭攏拗去，阮那些小漢仔要吃啥？」

大哥大們的抱怨、幹譙，歐肥仔聽著，不斷點頭。

就在這時，珍珠仔呆闖進來。

大哥大們皺眉，歐肥仔的臉色也沉下來。

「咦？艋舺老大都在這裡？歹勢，來打擾，我以茶代酒，敬各位老大一杯。」珍珠仔呆大剌剌地自己倒了杯茶，高舉飲盡。

但現場卻無人舉杯，老大哥們冷笑，滿臉不屑。

「幹！你殺過人就囂掰？你啥身分？要跟恁爸平起平落？阮這層的人物在喝茶，有你聞香的份嗎？出去！」歐肥仔拍桌怒斥。

珍珠仔呆滿臉訕紅，卻忌憚外頭的那些保鏢，吞下怒氣，退走。

●

或許是因為這件事，讓珍珠仔呆懷恨在心？

也或許真如事後珍珠仔呆放話澄清的那樣——？

據說，離開茗茶水酒樓後，次日，當他再度去找歐肥仔，希望協助籌措一百萬，或至少七十萬時，驚見昔日出面投案、承認誤殺大目坤仔的四個少年仔——他們不知何時已出獄，雖成年後相貌不變，模樣卻還依稀可辨，他們竟和歐肥仔一起泡茶，有說有笑？

「我沒有金山銀庫，契子十多個，若都像你這樣，我剝光老皮也奉陪不起，前回已經給你三十萬，這回手頭緊，諒解啦！」歐肥仔丟出一小疊鈔票。

珍珠仔呆恍若未聞，心中不斷閃過各種複雜的念頭。

他看歐肥仔一眼，拿了錢，就安靜離開。

他一個人恍神很久，去臭屁彥那裡坐了一會，傍晚時分，穿過華西街走向廣州街，在剝皮寮附近徘徊，當歐肥仔從公共澡堂鳳翔浴室出來時，他快步走過去，點頭笑笑，當眾朝他的心臟砰了兩槍。

幾乎同一時刻，番仔忠也被一群外地來的流氓追殺。

許多目睹這一幕的艋舺人，都嚇壞了，光天化日下，那群流氓騎著摩托車，手持掃刀，一路追逐。

番仔忠死命地跑，不慎摔跤，臉龐恰恰跌在一攤狗屎上。

那群流氓大笑，慢下車速。

番仔忠吐掉滿嘴狗屎，掙扎起來，拔腿快跑，流氓揚刀再追，一路殺殺停停，最後，在無辜受到牽連的豆腐店門外，身中七十六刀的番仔忠倒了下來，血流如注，染紅了摔碎滿地的豆腐渣。

這件事震驚黑白兩道。

而更勁爆的是，幾天後，珍珠仔呆竟又出手，接連槍殺了庫瑪和臭屁彥。

●

珍珠仔呆瘋了？還是不想活？

黑道火併，通常事出有因，要不就為了爭利頭，要不就為了尋仇，珍珠仔呆單槍匹馬挑了艋舺勢力最大的三個角頭，卻無利可圖，不僅沒有搶來任何地盤，還自掘死路，一夕間，成了艋舺黑道的頭號公敵。

而角頭老大驟逝，底下群龍無首，野心分子難免爆發了奪位之爭，相同派系內訌，不同派系也互鬥，加上針對珍珠仔呆發出的誅殺令，那陣子，艋舺一片腥風血雨，警方疲於奔命，也更全力追捕珍珠仔呆。

誰都沒料到，槍殺了庫瑪和臭屁彥後，珍珠仔呆當夜就從艋舺舊武營口潛逃，翻山越嶺爬過廢棄古道，躲在靠近北宜公路的頭圍後山一帶。

但才躲了一個多月，珍珠仔呆就厭倦極了，無法繼續忍耐逃亡生活。

除了肺結核外，又被診斷出罹患肝癌的那天，他朝好心多次替他看病的老醫生揚了揚槍，從他皮夾裡搶走半數現金，深深一鞠躬後，決定下山。

潛回後，他先在武昌街的國賓戲院看了場電影，又到龍山寺附近的小吃攤，飽餐魷魚羹、碗粿、筒仔米糕、大腸煎、胡椒餅、鹹粥配小菜……飲了一瓶紅露酒加養樂多，咬著牙籤，踩著微醺的腳步，穿過廣州街時，把口袋裡僅存的幾百元掏出來，送給窩在路邊的一個老遊民，老遊民揉著酒糟鼻，笑開缺牙、而唇角潰爛的嘴，頻頻致謝，珍珠仔呆揚了揚手，覺得自己從來沒這麼帥過，他笑了，挺起胸膛，直直向前，穿越西園路，走進公共電話亭。

「喂！我是珍珠仔呆，現在就在分局附近，全身綁滿炸彈，你們不是要抓我嗎？敢就來啊，幹！我一個配眾人，死也夠本啦！」

倚在電話亭裡，珍珠仔呆抬頭平視，就可望見位於西園路與桂林路交口的桂林分局，他冷笑，握緊拳頭，準備大幹一場。

女人嗆聲，娼運興隆

珍珠仔呆在分局外嗆聲那天，因廢娼事件而起的公娼抗爭運動也發展到高潮。

之前一連串要求「性工作合法化、除罪化」的抗爭，如火如荼進行，公娼自救會和婦女團體一再向市府下戰帖，要求市長出面公開辯論，卻得不到回應，公開舉辦的辯論會中，雖有多位市議員和學者參加，但市府官員仍無一人出席。

一九九七年十月，公娼美惠、阿英，因廢娼後工作無著，受不了生活壓力、債務，相繼服安眠藥自殺；十一月，獨力撫養兩個孩子的單親媽媽公娼小莉，也因家計沉重，自殺。

雖然，自殺的姐妹們幸運獲救，但問題並沒有解決，艱困的日子，還在後頭。
接連傳出壞消息，希望爭取廢娼兩年緩衝的提案，也遭擱置。

這一切，大大惹火了白蘭。

一直以來，寶斗里的姐妹淘們，雖然關心、支持娼運，實際的參與卻不踴躍，勉強站出來的一些姐妹們，畏懼人群，總是遮遮掩掩的，不敢正視公眾，氣勢上就矮人一截。白蘭頗能同理這種心情，只能嘆氣！

參加娼運以來，她眼界大開，發現許多過去不知道的事，眼見政治人物枱面上作秀、枱面下黑手運作，府會鬥爭卻犧牲弱勢族群，她強烈體會到陳秀玉曾講的一句話：「正義不會從天上掉下來，正義是勇敢爭取來的。」遇到不公平對待，老百姓如果不勇敢抗議，據理力爭，只有白白挨打的份。

獲知娼運人士決定擴大戰線，直接深入群眾，尋求支持時，她到處奔走，力勸姐妹淘們全程參與，並積極邀請認同她們的熟客相挺。

一傳十，十傳百，活動開拔當天，一些艋舺地帶的遊民、及大橋頭那邊的散工，聽到消息，主動跑來聲援。平時，各政黨若需要人頭助聲勢、搖旗吶喊時，好歹得專車接送、每人發五百這場意外演出，不僅抗爭團體和群眾互嗆，不同意見的群眾也自相吵成一團，透過現場轉播，成為當天的大新聞。

次日，公娼團體繼續在廣場上拉開懸吊式的白布條，撒戰帖，大鳴空氣喇叭，並用飯碗排成大大的「怒」字，表達心聲。

得不到善意回應，早在意料中。

近午時分，這群額上綁著「拚」字布條的娘子軍們，開始埋鍋造飯。

莉娜露了一手，以各種野菜烹煮原住民風味的食物，愛咪自告奮勇要炒米粉，第一鍋炒得半生不熟，再炒一鍋，又太過火，米粉斷斷碎碎，軟爛滴湯，但大夥兒配著醃菜、鹹豬肉，和熱乎乎的貢丸湯，還是吃得碗底朝天，笑聲不斷。

夜裡，天候冷，有些姐妹不耐風寒，身體不適，先離去，仍有許多人留下來，依事前所規劃的方式，以夜宿現場，強烈表達「不能等」的決心，要求重視公娼工作權、生存權、支持緩衝兩年。

●

娼運活動一連串地進行下去。

在婦運團體的協助下，公娼自救會把核心訴求，化成一場又一場的行動劇、歌舞秀，在台北市各鬧區展開街頭秀，並不斷舉辦活動，開放參觀公娼館及公娼的家，希望揭開神祕面紗，讓人們看見真實的她們，也是有血有肉的人女人妻人母，為生計打拚，扛負許多壓力。

耶誕節前夕，在西門町的街頭演出，寶斗里碩果僅存的幾位公娼館老鴇也被請來助陣。

她們年紀都很大了，參加活動時，常成為注目焦點。其中，最資深的三好嬌，已超過九十高壽，渾身綾羅綢緞，瑪瑙瓔珞，打扮成現代豪華版的地藏王婆婆，其他老鴇們也都穿珠戴玉，成了各款仙班人物，端坐在轎椅上，華麗的陣仗，吸引大批觀眾。

情商贊助的八家將跳完開場後，重頭戲正式上演。

白蘭豁出去了，以真實身分飾演短劇中的女主角，但第一次演戲，有點怯場。

「平平是查某人花，阮只是卡歹命，才會墮落風塵，呃……平平，同款認真打拚為家庭，為啥米講阮是，是罪惡？」白蘭私下練習好久，卻還是背不熟台詞，有點懊惱。

「只有廢除性產業，才不會有更多少女被賣到娼館，變成雛妓！懂嗎？」象徵知識分子、貴婦的廢娼支持者，由義工阿芬擔綱。

「我不懂，難道廢娼以後，社會上就不會有雛妓？男人就不再嫖妓？」

「這都是為妳們著想，」義工阿芬悄悄提詞，但白蘭還是沒發現自己背錯台詞，她只好繼續接下去：「唯有廢娼，女性身體自主權才能獲得保障，女性不淪為男性的玩物……」

「恁婆啊咧！玩物！來啊，男人想玩我，就付錢嘛！」白蘭口頭禪脫口而出，觀眾大笑。

她被笑得心慌，一時忘詞，愣在現場，演出經驗豐富的阿芬，急中生智，乾脆改變戲碼，提出問題。

白蘭也很爭氣，只要不說那些文謅謅的台詞，她馬上對答如流。

「妳不覺得公娼太可憐嗎？」

「可憐？哼，不能合法工作，活不下去，才更可憐！」

「原來妳們抗爭，是想博取世人同情嗎?!」

「我們才不要同情，更不要被可憐，我們只是要合法的工作權。」

雖然恨您不通情理，但無論如何，您依舊是我最敬愛的女性，永遠。

不孝子政達絕筆

政達！政達！醒醒！快！趕快醒來呀！

但他不會醒了，那個傻孩子，才大二，前程似錦，卻躺在小旅館房間裡，動也不動，被子滑落，跌在骯髒的地板上，身體好冷，好僵硬。

她走過去，拉開窗簾，冬陽從窄小的窗戶透進來，無數灰塵在光裡翻飛，宛如透明薄紗，輕輕籠罩著他沉睡般安詳的臉。那麼年輕，那麼蒼白。

她以為自己會昏過去，但沒有，她甚至沒有落淚，只是捏緊那封絕筆信，失控尖叫，尖叫，一直尖叫，直到倒嗓，仍繼續乾嚎。由於聲帶嚴重受損，之後即使經過長期治療，原本清越的嗓音，變得低沉沙啞，一拉嗓子，喉頭就梗住，聲音出不來。

她再也不唱歌，整個人消沉下去。

這件事，連鐵石心腸的歐肥仔都紅了眼眶。

孩子是政達的嗎？無論歐肥仔如何逼問，莉娜只是埋頭痛哭，她才十四歲，每天接客數十人，是誰的種？她真的不知道，她甚至不知道自己懷孕了！

三好嬌什麼都沒有問。莉娜決定把孩子生下來，就生吧！歐肥仔同意放莉娜過來貓仔間，就來吧！莉娜年滿二十歲時，想申請當公娼，就陪她回山上去，找親生父母蓋章，帶她去警局核備。遇到好對象，想要再嫁？好，就嫁吧！嫁錯尪婿，也免怨嘆，一人一家歹……時間一點一點地過去，那個被綁在柱子上做復健哇哇大哭的囝仔，竟然會口齒不清地叫媽媽、叫阿嬤？三好嬌勉強笑了。

多年來，絕筆信裡的那些字，依舊歷歷在目，如火印炙烙在心。

但日子總是要過，既然要過，就算傷痕累累，只要還能笑，就繼續笑著過下去吧！

咦？政達？是你？你返來啦？

對不起，我不該讓您傷心。

免講了，乖，快坐下來看戲。

不，聽我說，我不是故意的——

都過去了。

不，還沒過去，那些傷很重、還在淌血，我都知道，唉！希望您能了解，那只是個意外，絕不是您的錯！我一點也不恨您，真的。

哼，你這個憨人，那個囝仔根本不是你的種！

誰的種重要嗎？我也不是您親生的，您卻比親生兒子還疼我！

明知我比親生仔還疼你，你還這樣?!

對不起，我真的不是故意的——就像當時您假裝昏倒送醫那樣，我知道您是想逼我就範，所以我，唉！希望您了解我的決心，所以才會——

所以你就偷了我的安眠藥，死給我看？

對不起，我不知道吃了安眠藥，不該又喝酒，結果竟假戲真做——

該怎麼說你呢？唉！算了，沒關係啦，都過去了。

不值啊！

咦？怎麼？大目坤仔？你也來看戲啊？

看戲？噢，是啊，一切好像在做夢，也分不清楚是戲，還是真實。

同款啦，反正到頭來都同款啦。

不同款，我死得好不值！

同款啦，恁這些憨少年仔，是要講冤枉？還是歹運？一個接一個死，總講一句，自作孽不可活，地藏王菩薩也無法渡！

……

端坐在轎椅上的三好嬌，突然一陣清醒。

眼前為廢娼議題而演出的街頭秀，演出者和工作人員，又與持反對意見的嗆聲群眾起了衝突，雙方爭吵不休。

「就是你們這些妓女破壞家庭、敗壞社會！」有人罵。

「沒有妓女，家庭就會比較圓滿，社會就比較和諧嗎？」白蘭駁斥。

……看著他們的爭端，總被抬出來坐鎮的三好嬌，突然覺得好累，白蘭的聲音又遠了……她悠悠望著前方，覺得街道好長好長，似乎沒有盡頭，但即使她從此躺下來，還是會有別人繼續往前走……

是啊！好想躺下來。她緩緩閉上眼睛，頭一沉，露出夢般的微笑嚥下最後一口氣。

戲碼外二章

只有陳水雄注意到，三好嬌的脖頸一低，妝扮美好的頭，像凋萎的花朵彎下來，沉沉地垂在胸前。

出獄多年，仍少接觸外界的陳水雄，難得地現身在娼運街頭秀現場，刻意壓低的帽沿，罩住大半張臉，他只是無數關心廢娼事件的沉默大眾之一，每場抗爭活動都盡量到場「安靜聲援」。

自從坐過牢，他冷漠消沉，無論置身何處，都行事低調，避免引起注意，慣常低頭斂眉，卻極端敏銳，觀察入微。

他把一切看在眼裡，對乾皺老朽的地藏王婆婆突然失去生命力，毫不關心，睖起眼來，目光越過人群，悄悄盯視著右斜前方。

陳水雄已經注意很久了，在許多次娼運抗爭現場，都發現那個穿著灰黑色夾克的男子，戴著鴨舌帽，刻意壓低帽沿，只露出方方的下巴、薄而寬的唇，和露出帽子外的兩鬢灰髮，脖子細瘦，斜肩背著帆布袋，雙手藏在夾克口袋裡。

那男子似乎敏覺到被注視，偶爾會瞄過來，當視線接觸時，就趕緊轉開，顧左右而望他方，然後，開始有意無意地挪動位置，悄悄擠出人群。

陳水雄發現了，毫不遲疑地，尾隨其後。

那男子先是漫不經心似地緩步前行，腳步逐漸加快。

陳水雄也跟著加快腳步，但刻意保持一段距離，到了武昌街附近時，恰逢電影院散場，人群湧出，那男子回頭望了一眼，突然衝向人群，拔腿快跑，陳水雄推開人群，追了過去。

那男子還真能跑，越過峨眉街，閃進媽祖宮口附近的小巷子，彎來繞去地，又從內江街鑽出來，跑回昆明街，陳水雄一路緊追不捨，好幾次差點追丟，出了西門町的範圍後，逛街人潮漸少。

到了剝皮寮附近，那男子突然彎向廣州街。這一小段街區，騎樓下，幾無行人，有些老舊的房舍外豎著鷹架，幾個工人爬在鷹架上，正在進行整修，也有些房舍破舊不堪，屋主早已搬離，久無人住，窗櫺殘破，壁面脫落，雜草從磚牆上鑽出來，狀如廢墟。

那男子穿過一間廢墟，又想鑽進小巷子。

※

「蔡呈瑞！」陳水雄突然大吼一聲。

那男子震了一下，竟停下來，氣喘噓噓，雙手扶膝，彎腰向前傾，卻沒有回頭望。

陳水雄衝到那男人面前，也一樣雙手扶膝，喘氣不休。

「沒錯，果然是你，蔡呈瑞！我就知道，一個禮拜前，哼，我就認出你了！王八蛋！再躲啊，看你躲哪兒去！」陳水雄冷笑，竟然沒有結巴，罵得順暢！清臞的臉，因激動而脹紅。

那男人沒有回嘴，調順呼吸後，拿掉鴨舌帽，尷尬地笑。

這是蔡呈瑞？沒錯嗎？拿掉鴨舌帽的他，簡直像個糟老頭，頭頂中心光禿禿，只剩外圍一圈稀疏的灰髮，兩鬢霜白，滿臉皺紋，還長著斑，左額曾受過火傷嗎？留下一片糾結如蟲的粉紅色傷疤，眼神黯淡無光，模樣委瑣，倒是那一笑，牙齒看來還算整齊。

「你？——」陳水雄愣了一下，彼此年齡相仿，他還高蔡呈瑞一屆，雖然都已中年，一樣坐過牢，但蔡呈瑞的模樣，竟比他更不堪?!原本有滿腹惡言，卻一句也罵不出來了。

「我原以為，你會更早來找我的！」蔡呈瑞聳聳肩，又把帽子戴回去。

「你以為逃得掉嗎？」火氣又湧上心口，陳水雄怒斥！

蔡呈瑞又聳肩，未置一語，雙手仍插在夾克口袋裡。

哼！還像以前那樣傲慢?!欠扁！

「以為我會放過你嗎？少做夢！」陳水雄暴跳，眼中兩團黑火旺起來。

蔡呈瑞還是沉默，低頭瞧著地面。

「王八蛋！很多人都說是你告的密，對不對？那我算什麼？我什麼也沒做，甚至沒有參加讀書會，為什麼你要栽贓？」陳水雄咬牙切齒。左眼下橫向耳際的那道傷疤，原已淡多了，此刻因臉部表情激憤而顏色變深，顯得凶狠。

蔡呈瑞猛嚥口水，喉嚨發出奇怪的聲音，口袋裡的手不安地動著。

都是這傢伙害的！沒錯，他雖沒承認，但一定是他！

陳水雄額上青筋暴起，捏緊拳頭。是這傢伙毀了你，也毀了很多人的一生，絕不能放過他！

快呀！不是一直想復仇嗎？現在就是最好的機會！

他從以前就打不過你，現在更只有挨揍的份。快！即使沒有桃木劍，也能把他打個半死，至少為自己出口氣，快呀！快出手！

「來呀！來拚個你死我活——」

陳水雄真的出手了！怒吼著，朝蔡呈瑞衝過去。

蔡呈瑞側身一躲，反射性地伸出手來抵擋，硬生生碰上一記左勾拳——

究竟是因為讀書會有問題？還是因為「艋舺愛國菁英青年黨」有問題？他一直搞不清楚，在他認為，兩件事應該都沒問題，國歌不是這樣唱嗎？——「三民主義，吾黨所宗，以建民國，以進大同」。國父的著作會出錯嗎？照著國父說的話做，會有問題嗎？當那些人拷問他時，他還振振有辭地反駁。但那些人非但不聽，還把他的臉打腫得像豬頭，罵他是匪諜、賣國賊。

他是嗎？或許，他笨得像白癡，卻從不曾有意出賣誰！

如果，真是他出賣了大家，那麼又是誰出賣了他？那些抓他的特務？誣陷他叛國的人？中華民國政府？還是國父？

他不想復仇，只想要回破滅的青春，但誰能還他完整的人生？

雖然，坐牢很苦，卻只能算小災難，相較之下，出獄後，才是大毀滅的開始。

他被萬夫所指，被所有人不齒，昔日最要好的同學、朋友、堂兄弟，乃至毫無印象的「黨員」，都可能隨時冒出來，要他的命，索求賠償，他即使被揍個半死，還得謙卑地感恩，謝謝原諒。

他真的十惡不赦嗎？他不知道，他只知道，意外防不勝防，如果悲劇無可避免，逃也沒用，學會逆來順受，面對那些拳頭和白眼時，會好過一些。

那天，被陳水雄認出來時，事後，蔡呈瑞本想照例鞠躬說聲：「謝謝原諒！」但看到陳水雄那麼悲痛的樣子，倒背如流的台詞反倒說不出口了，蔡呈瑞尷尬地用未殘廢的手，搔著後腦勺，傻笑，衝口而出：「去喝一杯？」

意外嗎？無奈的插曲，總是莫名發生，無法預設結果。

※

陳水雄，蔡呈瑞，這對從小亦敵亦友的艋舺囝仔，曾一起淪為政治犯的歐吉桑，坐在麵攤上，叫了一桌小菜，切仔麵配滷蛋，飲酒消遣，即使解嚴多年，他們依舊懼談政治，避談牢獄生活，除了說不完的童年往事外，「反廢娼」成了兩人最愛的共同話題。

他們心照不宣。

但**我**知道，這兩個被剝奪了正常人生的男人，即使出獄多年，還是無法在一般女人身上自在挺起，只有面對娼妓時，他們才能展露雄風，再度感到自己，還是男人。

怎麼？**你**也一樣——呃，關心公娼抗爭結果？

一九九九年一月二十五日，**台北市政府公告緩廢兩年，公娼抗爭行動成功**；

一九九九年三月二十七日，**大同區四家及萬華區四家公娼館通過市府檢查復業**；

二〇〇一年三月二十七日，**緩廢期滿，台北市公娼正式走入歷史**

雖然抗爭行動成功，獲得緩廢，但就如白蘭喟嘆的，艱苦的日子，還在後頭。

她算是較幸運的吧？即使沒有學歷，也做不來生意，緩廢期滿後，手巧善畫的她，在艋舺開了一家店，專門幫人刺青、畫藝術指甲，雖然收入不豐，但因沒有債務，生活還過得去，比較困擾的是，老花眼漸重，這種耗眼力的工作不知還能做多久。

緩廢結束，余美美也試著轉行，開過檳榔攤，但是毫無數字頭腦的她，不會記帳，出貨進貨搞得一團亂，客人買兩包香菸和一包檳榔，給一千元，要找多少錢？用計算機，她照樣算錯，挨客人罵，就抱著貓咪掉眼淚，幾個月經營下來，不賺反賠，只好退掉租來的店面，在家閒蕩吃老本。後來，有家寵物店老闆娘好心雇用她，她高興極了，但還是老問題，分不清楚進帳、出帳，常把自己買的飼料和店裡的飼料混用，既餵店裡寵物，也餵自己養的流浪動物，自己發現後，覺得好笑，但老闆可不覺得好笑，發生次數多了，請她走路。

日子過不下去了。

接連幾天，白蘭老是聯絡不上余美美，買了些水果餅乾去看她，才發現她和所收留的七隻貓、六隻狗和一隻花栗鼠，已經死了，現場遺留三個十元硬幣和攙了氰化物的十幾罐動物專用罐頭。

愛咪倒還活著，但是躺在醫院裡，吃喝拉撒都不行了，只能靠點滴維生。

原本，她是最有戰鬥精神的，臭屁彥被珍珠仔呆做掉後，她雖難過，卻也解脫了，對未來重燃希望，緩廢公告一出，馬上申請復業，但兩年很快過去，依舊一屁股債的她，只好經營起私娼館，過著不能見光的生活，整天關在屋子裡，等三七仔帶客人來，又隨時擔心被抓，心情鬱卒，酒愈喝愈凶，常睡不著，就熬夜打牌，沒多久，身體也報廢了。

至於莉娜，緩廢結束後，老公姘上別的女人，也把僅餘的積蓄一併捲走，為了孩子，她沒有別的選擇，快六十歲了，還在當流鶯。

●

如你所知，流鶯是違法的，有時，警察還會請線民喬裝嫖客，引君入甕。

莉娜就因此被逮過數次，更無奈的是，一些大角頭陸續凋零，黑道倫理崩塌，娼業消失後，沒利頭可賺，有辦法的角頭也就向外發展，餘下一些卒仔，大事幹不了，專會欺負像莉娜這樣的弱女子。

日子難過，還是得過。

廢娼後，淪為流鶯的公娼有多少？她們隱藏在艋舺街道的暗處，無人關心，當然也不會有統計數字，幸或不幸的故事，持續著，猶如性事，不會因政治性廢娼就消失，上流階層自有上流階層的交易門路，下流社會也會窮急應變，設法洩洪。

你問我，為什麼敢這麼武斷？

告訴你，**我的族類遍布八方，從倉頡造字以來，就記錄著人類的歷史和慾望、記憶著人類的記憶和夢想，抒發人類的意念和思維，成為溝通的橋梁……我族意識來自人類集體意識、並深入潛意識，與人類相互依存、相互影響。**

我族是最沉默的，卻也說得最多，深悉人類動靜。

我族不預設立場，沒有成見，無論是客觀陳述，或刻意編造，**人類對我族予取予求的同時，我族也隨之壯大，有了自我意志**，力量無遠弗屆，足以影響人類，改變世界，然而一旦失去信徒，卻如落難神明，下場悲慘。

難道**你**沒聽說？**我族**在母源地已形同被廢，徒剩殘軀敗肢，面目全非。

什麼？事到如今，**你還問——我是誰？**

嘖！你不是一直在看著我？

我還能是誰？——文字唄！

那——你，又是誰？

欸！這種傻問題，幹麼問我？**管你是讀者？評論家？還是出版商？你認為自己是誰就是誰嘛！如果你連自己是誰都不知道，誰會知道啊？**

我只知道，若文字不死，人類歷史就會被記憶下去，我族就有機會繁殖、擴大、增長、茁壯，而只要街道不死，就算生活在街道上的某些人物死了，還是會有另一些人物繼續活下去，街道的故事，也就會瓜瓞盤錯、永續綿延。

雖然，有些故事因故被嚥進歷史的腸腹深處，就像陳寶泉、蔡仲霖……等無數台灣籍老兵、大陸留學生一樣，他們生死未卜，卻像糞便一樣被排泄掉了，後人幾乎只看見空白，或許，有朝一日，他們悲慘的存在，那些湮滅的證據，那些丁點殘留的結石珠璣，會被重新搓揉、擠壓，再度從歷史的深喉嚨傾吐出來。

而有些故事，人物雖死，記憶猶存，情節起伏跌宕，仍在大街上蜚短流長。

挑釁與出山

還記得吧？珍珠仔呆在桂林分局外打電話挑釁警察的事？

雖然事後，很多人繪聲繪影地談論，那場火併有多麼激烈，小道消息還說，珍珠仔呆因病厭世，不願被捕，最後，服氰化物自殺身亡。

但就我所知，那場仗，根本，還沒打，就結束了。

「幹！有膽就來呀！看誰才是卒仔！」

那天，珍珠仔呆說完這句話，才將話筒掛上，腹部突然鬱上一團火，痛得他冷汗直冒，幾乎虛脫。

等警方全副武裝，荷槍實彈趕來，珍珠仔呆已拚盡最後一點力氣，爬回隱於小巷內的廢棄木屋。

吞嚥大把藥丸，仍痛得發抖，他咬緊牙根，想喝酒鎮定情緒，未料，才嚥下一大口陳高，突然，全身痙攣，內臟翻騰，腥血上湧。

他的死狀極慘，七孔流血，面目猙獰。

他一死，關於歐肥仔和番仔忠、庫瑪和臭屁彥的死因，也永遠無解了。

最普遍而為多數人接受的說法是——庫瑪和臭屁彥為了搶利頭，設計讓珍珠仔呆斃了歐肥仔，同時雇用外地流氓砍殺番仔忠，珍珠仔呆發現自己被利用，又對拿到的價碼不滿意，憤而幹掉庫瑪和臭屁彥。

這是真的嗎？死亡，重如泰山，輕於鴻毛，幾行字就能寫完，迴迴人的命運，在黑暗中輪迴，常留下無數謎團，引人好奇、揣測，而穿鑿附會。

就像大目坤仔的死亡之謎，雖然在法律上凶手落網伏法，在許多人心中，卻仍是疑雲重重，但當時警方既已宣布破案，家人也無可奈何，只能擇日安葬。

●

所有記得大目坤仔的人，一定也都記得喪禮告別式當日，時而風雨狂作、下起冰雹；時而陽光露臉、微風和煦的怪天氣。

唁。

那天，家祭後，開放公祭，南北二路的江湖兄弟擠得街道水泄不通，依序分批進入式場弔唁。

大目坤仔亡靈就在現場好奇地東瞧西瞧。

眾人行禮如儀，身為亡者兄長的陳水雄，竟不答禮，反而突兀地拿出口琴，吹起民謠「雨夜花」。

風聲。雨聲。口琴聲。

旋律悠揚，悽惻哀傷，現場聞者落淚。

嘿！開心點嘛！反正事情都發生了！大目坤仔亡靈在式場裡到處穿梭，安慰生者。嘿！棒球王，吹你第一次教我的那幾首啦！大目坤仔亡靈推不動陳水雄，只好猛在他耳邊吹氣。

陳水雄似乎感應到了，曲風一變，真的吹起童謠「點仔膠」、「阮是排骨仔隊」、「紅龜粿」、「大粿呆」……這些無數艋舺囝仔從小唱到大的兒歌，滑稽逗趣，是現場許多人的共同記憶，他們含著眼淚笑出來，不禁跟著哼唱，那潑野無憂的童騃歲月，那些在大街上廝混打架的日子，都化入樂音，展翅輕飛。

親人繞棺、封釘前，陳水雄終於停止吹奏，把那支陳舊的蝴蝶牌口琴置入棺中，無聲地說了句：再見，一路好走！

大目坤仔亡靈滿意地點點頭。

依俗禮，身為父親的陳寶山取竹枴杖棺，以示責叱兒子不孝後，陣頭就要發引出山了。

此時，突然風雨狂肆，作為告別式場的棚架幾乎被吹翻，彈珠般大的冰雹從天而降，棚頂塑膠帆布被砸破了十幾個洞，現場一片驚呼！

幸虧沒有人受傷，而好時辰已至，事不宜遲，彪勇的角頭兄弟們不畏狂風暴雨，抬棺送上靈車。

哀樂大作——

角頭兄弟們駕駛的六部重型機車和十二部賓士車為前導，銘旌、佛祖車、鼓陣、十音藝閣、西索米、女子樂團、儀隊表演、孝女白琴、脫衣舞車……依序列隊在後，緩緩行過艋舺街道，規模盛大，猶如嘉年華會。

浩大陣頭行經廣州街時，風雨竟奇蹟似地收歇。

那一刻，陳秀玉徬徨若失，恍然若悟。

街道兩畔，許多人車被堵塞住了，無數群眾駐足圍觀。

好奇的眺望。厭煩的目光。冷漠的瞪視。嫌惡的睥睨。百無聊賴的觀看……一張張臉，一對對眼。

她見過相同的場景，相同的畫面。

在預知兄長死亡的夢境裡，某些模糊的記憶碎片，突然像被拭淨了，清晰起來——那個風雨慘澹的除夕夜，廣州街夜市雖已陸續收攤，但猶人來人往，凶殺案當街發生，人們慌忙走避，無視殺人者從容逃逸，無視一個狼狽驚慌的母親，吃力地推著渾身是血的傷患，四處求救，路人冷眼旁觀，望著一路血跡流淌成河，被砍斷腳筋的年輕人，傷不致死，但，終究是死了。

那一張張陌生的臉，那一對對相同的眼。

觀看死亡，也觀看熱鬧。陳秀玉視線模糊了，大目坤仔謎樣的短暫人生，嘉年華般的死後哀榮，一切如夢似幻，唯有傷痛，是真的。

嘿！妹仔！免哭啦！反正結果就是這樣，開心點嘛！

大目坤仔亡靈伸手想拭去陳秀玉臉上的淚，抹來空無一物。

他聳聳肩，笑得虛無，視線越過人群，越過建築物，越過堤防，越過一切。

遠方，那個女人就在那裡，一直都在，從不曾離開。

她回眸一笑，表情靜謐，姿態慵懶，如水中倒影，一朵遲遲未開的查某人花，就從河裡抽芽、茁長，悠悠綻放，蕩漾著不安的美。

她在那方。

他在這方。

中間，沒有距離，卻又永世相隔。

西索米高亢的樂聲悠揚於冷冽的空氣中，喪葬陣頭漸行漸遠。

仍對艋舺戀戀不捨的大目坤仔亡靈，並沒有追上靈柩，反而踮起腳尖，在街道上輕輕跳起舞來……恰恰，恰恰恰……

陽光破雲而出，天空一彎七彩霓虹。

……恰恰，恰恰恰……她在那方，他在這方，花與靈，翩然對舞，似有音符從舞動的足尖滑瀉而出……穿越街道，悠悠流向吞吐著艋舺歲月的淡水河……

【特載】迷宮裡的黑道滄桑與風月傳奇

莊華堂

《艋舺戀花恰恰恰》是一部相當耐讀的小歷史小說。在刀光劍影的黑道滄桑，和男貪女愛的鹹濕色情中，讓讀者回味艋舺老街的風華歲月，並見識尋常巷弄中底層民眾的小歷史。同是女性小說家，同樣寫古城舊街，她跟施叔青筆下的鹿港、陳燁筆下的台南府城，呈現完全不同的風采。楊麗玲以特殊的視角，如同攝影機一般在街頭穿梭遊蕩，窺探台北三市街之一的艋舺，在大歷史的變遷下，艋舺社會市井小民的生活與恩怨情仇。

我用「穿梭」和「遊蕩」兩字，大致為這篇小說圈定格局——作者無意把艋舺跨過的世紀滄桑，寫下風雨名山之業。儘管，她也相當用心關照歷史曾經在那個古老城市烙印的痕跡——包括平埔先住民、漢番交易的番薯市、日本殖民時代到太平洋戰爭、終戰之後國府接收、二二八與白色恐怖、台灣少棒王國，乃至於阿扁市長時代的廢娼事件，都曾經在小說敘述中驚鴻一瞥。

身為艋舺人的女兒，楊麗玲自承「**出生、成長於艋舺的我，就算離開那裡生活已近三十載，卻依舊時常夢回艋舺。**」只不過作者魂牽夢縈的不是前述的艋舺大歷史——她似乎更關注於自童年以來，耳濡目染的黑道滄桑與風月傳奇，尤其是那些被黑暗街道吞噬的亡魂鬼影。

楊以新穎又繽紛的小說技巧——包括寫實／魔幻寫實、現代／後現代、後設、觀點移轉等諸多技巧，一層層抽絲剝繭的敘事手法，描寫艋舺人熟悉的指標性人物——黑道角頭和妓女為主的幾個角色，兼及當地世家、店家，寫盡隨著時間移轉的艋舺尋常巷弄。

小說以一樁於街頭發生的離奇凶殺事件為起點，接下來以這個點為基礎，圍繞在歷史黑洞的旋渦裡打轉，時而透過死者之妹——有記者身份的陳秀玉的訪查，輔以大目坤亡靈的人間梭遊，製造懸疑與詭譎的氛圍；時而透過幾個標的人物——包括徐娘藝妓黑貓嬌、角頭老大歐肥仔、艋舺世家名醫蔡仲豪，和陳馮媽、黃音子的追憶回想，煞費苦心的鋪陳一張綿密的人際關係網，讓讀者在五里霧中追尋大目坤死亡之謎的蛛絲馬跡。然而讀罷終卷，讀者才發現上當了——小說家並不是存心想寫一則推理或偵探故事，那些紛雜的人物與多線發展的情節，只是作者故弄玄虛的材料。

整篇都是小說家玩弄的文字魔術和精心構築的文字迷宮。

如果說作者存心耍弄讀者，似乎又言過其實，楊麗玲在小說〈序曲〉就開宗明義的提示「**長長的大街，吞掉黑暗，也吞掉祕密。**」所以我們註定得不到答案；此外她還不厭其煩的告訴你「我」的真情告白：

> 你認同嗎？一個地方，若不曾有至親死亡、入葬，那裡就稱不上是家鄉，而一條大街，若與死亡沾不上邊，恐怕就會缺乏深度和歷史感。

蔡詩卉的家，就在附近——自從一九四五年，蔡家大厝於戰火中全毀，蔡家就遷居於剝皮寮。

——第一篇〈查某人花〉

這是我第三次提到剝皮寮，你應該有印象吧？

——第二篇〈高潮迸發的瞬間〉

我族和人類相互依存，也相互影響。有時候，我族力量無遠弗居，足以扭轉人類的思維、生活、乃至歷史，甚或毀滅一切，有時候，卻又脆弱無助，連一粒檳榔都舉不起來。

——第三篇〈秘密基地〉

這些在每一篇章不時出現的「你」、「我」、「我族」，是這部小說最大的異數，間歇性的轉移視角，它以獨特視角，在創作者與讀者之間搭起橋，讓我們一窺小說家的創作意圖——她的思維模式、她對文學的特殊品味——特別是代表她的文學「史觀」。原來在小說家的心目中，搜集的史料、官方的檔案、學者的論述，以及採訪得來的口傳資料，都是死的、虛的、似是而非的，被反覆創作的、不可信賴的「歷史」。她對歷史作如是觀，文學觀也是，作者坦承「虛枉與空相，正是這本小說的基調」，甚至於頑強的認為「歷史沒有真相，只有看法」。

搞了半天，原來「我」和「我族」，不是別人，就是「文字」本尊。

為了解構歷史，楊麗玲以曾經擔任報紙記者、編輯的經驗，和習慣書寫報導文字，在《艋舺戀花恰恰恰》的情節承續轉換中，大量使用各種形式的標題、符號，還運用古文書、台語字珠和字典詞語釋意，彷如萬花筒般展示它的絢爛與繽紛。

我以為，作者的創見達成她解構歷史的意圖，然而作者也不經意間解構小說該有的重量——那些歷史動亂之下的城市滄桑，和引發的家族變故、黑道傾軋，以及人性深層裡的貪婪、出賣、背叛、復仇所蘊釀的戲劇力量，在繁複的技巧與段落切割下，變得微不足道。

但是，我仍佩服麗玲究竟是編織小說的高手，她精心構築的幾個場景：淡水河邊廢棄的防空壕、美機轟炸下的龍山寺神龕，是故事發生的場景，也是小說主線人物交會的所在——在那個陰暗的狹隘的空間裡，無論出身貴賤都受到戰爭的摧殘、神明的庇佑，同時也預示身份替換之下可能的情節推衍。同樣的身份錯置，置於烽火硝煙下的淮北平原——在河南鄉下被抓兵的少年簡國柱，和來自於台灣的陳寶泉，兩個社會邊緣人，身不由己的參加清日戰爭與國共內戰，他們在徐蚌戰場上丟下步槍抱頭痛哭，決定逃兵卻中途失散，最後命運之神把他們重逢於艋舺市街；而那個台籍日本兵陳寶泉，於太平洋戰爭末期的菲律賓島上，同樣遭遇戰爭的殘酷洗禮，他歷盡滄桑之後回到故鄉，恰逢二二八事件發生，在街頭抗議行列中巧遇多年不見的弟弟，陳家慶祝他歷劫歸來的時候，台北街頭開始戒嚴，萬千子民惶惶等待著下一波的屠殺與逮捕……。

作者運用時空錯縱筆法，穿梭於清末、日治、光復與九〇年代之間，適時的扼要的從幾個家族歷史的回溯，聯結大歷史的社會脈動、與小歷史的人物浮沉，豐富了文學的肌理，填實了小說的厚度。《艋舺戀花恰恰恰》中幾個人物的塑造——媚骨風騷的三好嬌、在蘭陽佈施行醫的蔡仲霖、自幼被賣身娼寮命途多舛的白蘭、愛說大話被奚落，最後幹掉角頭老大的珍珠呆，都讓人眼睛一亮。

整部小說中最迷人的角色，莫過於「活死人」的陳水雄、「死活人」的蔡詩卉。楊對這兩號人物其實著墨不多。水雄是亡靈大目坤的哥哥，因為參與讀書會遭人密告，坐政治黑牢而消耗掉青春理想；詩卉是蔡家的閨女，秀玉的同學，也是大目坤可望不可即的心靈伴侶，她有如張愛玲筆下的鬼魅女人，偶爾出現於幾次晦暗的場景裡，又瞬間如煙雲般的消失，帶給讀者無限的遐想。

最後給讀者一個建議：走進《艋舺戀花恰恰恰》的文字迷宮，你不必訝異，更無需歡喜，那些沉埋於淡水河邊的黑道滄桑與風月傳奇，才被掀開，又轉瞬間消滅了蹤影。

（本文作者為小說家／文史工作者）

九歌文庫 1097

艋舺戀花恰恰恰

作者　楊麗玲
責任編輯　莊琬華
發行人　蔡文甫
出版發行　九歌出版社有限公司
臺北市105八德路3段12巷57弄40號
電話／02-25776564・傳真／02-25789205
郵政劃撥／0112295-1
九歌文學網　www.chiuko.com.tw
印刷　晨捷印製股份有限公司
法律顧問　龍躍天律師・蕭雄淋律師・董安丹律師
初版　2011年（民國100年）9月
初版3印　2013年（民國102年）1月
定價　360元

書號　F1097
ISBN　978-957-444-785-5
（缺頁、破損或裝訂錯誤，請寄回本公司更換）

財團法人|國家文化藝術|基金會　長篇小說創作發表專案補助

國家圖書館出版品預行編目資料

艋舺戀花恰恰恰 / 楊麗玲著. – 初版. --
臺北市：九歌, 2011.09

面； 公分. -- (九歌文庫 ; 1097)

ISBN 978-957-444-785-5(平裝)

863.57 100014916